MARENTE
DE MOOR
PHON

Roman

Aus dem
Niederländischen von
Bettina Bach

Carl Hanser Verlag

Die niederländische Originalausgabe erschien 2018
unter dem Titel *Foon* bei Querido in Amsterdam.

Die Übersetzerin dankt dem Deutschen Übersetzerfonds
für die Förderung ihrer Arbeit.

Das Zitat auf S. 181 stammt aus Michail Bulgakow,
Der Meister und Margarita, aus dem Russischen von Thomas Reschke,
Luchterhand, München 2006.

1. Auflage 2021

ISBN 978-3-446-27081-7
© 2018 Marente de Moor
Alle Rechte der deutschen Ausgabe
© 2021 Carl Hanser Verlag GmbH & Co. KG, München
Umschlag: Peter-Andreas Hassiepen, München
Motive: Getty Images / © machinim (Zug), © A-Digit (Wald)
Satz: Satz für Satz, Wangen im Allgäu
Druck und Bindung: CPI books GmbH, Leck
Printed in Germany

MIX
Papier aus verantwortungs-
vollen Quellen
FSC® C083411

PHON

I

Ich höre nichts, aber es wird schon langsam hell. Vor mir zeichnen sich die kleinen Kegel und Dreiecke auf der Tapete ab, hinter mir wartet das Zimmer. Mit den halb verdunkelten Fenstern und den kaputten Fensterbänken. Dem Samtstuhl, über dem mein Trägerkleid hängt, als hätte ich es noch an. Dem Esstisch, die vier Beine fest im Teppich, und dem Schrank mit den Porzellantieren und den drei übrig gebliebenen Kristallgläsern. Mit der Schwelle, die mich derartig zum Teufel wünscht, dahinter der Flur, in dem ich mich spiegle wie in einem schwarzen Teich. Dort im Flur stehen zwei Türen einen Spaltbreit offen, die eine führt zur Küche mit dem Abwasch, die andere in das Zimmer mit ihm drin.

Die Haustür ist fest verschlossen. Trotzdem schiebt sich das Eis von der Veranda über die Schwelle herein, und gegen die Veranda drängt der Garten, wo noch knapp dreißig Zentimeter Schnee liegen. Hinten im Garten kommt das Tor zum Weg, und wie an den meisten Tagen werden meine Schritte die ersten und die letzten auf ihm sein. Aber damit halten wir uns nicht lange auf, weiter gehts, vorbei an Scherpjakows Haus zur Linken, wo die Fenster stumpf und grau geworden sind wie die Augen eines Starkranken, und an der Bushaltestelle zur Rechten, die genauso verlassen ist. Schätzungsweise seit zehn Jahren, vielleicht noch länger. Seit dem Jahr jedenfalls, in dem die Busse fernblieben und unser einziger Nachbar wegzog. Dem Jahr, an das ich mich lieber nicht erinnere.

Scherpjakow der Freundliche, so nannten wir ihn. In dieser Gegend war sein Charakter genauso ungewöhnlich wie sein vollständiges Gebiss. Immerhin, er konnte sich erlauben, breit zu lächeln, so erklärten wir uns sein sonniges Gemüt. Und er hat nie getrunken, nicht mal, als seine Frau starb. Wir wissen nicht, weshalb er weggezogen ist, er hatte gerade das Schnitzwerk an seinem Dach frisch lackiert. Vielleicht war er ja in den letzten Bus gestiegen und konnte einfach nicht mehr zurück, vielleicht war das der Grund und sonst nichts.

Hinter der Bushaltestelle liegt das Stück Land, das einmal ein Acker war und auf dem jetzt noch zwei Dutzend kleinere und größere Gebäude stehen, unter anderem eine Schule, die Bäckerei und die Krankenstation. Dahinter ist der Komplex der alten Batteriefabrik. Völlig leer und verlassen und innen wie außen schmutzig grau. Ich glaube, es liegt daran, dass die Zeit zu schnell verstreicht. Immer schneller fliegen die Tage dahin, und die Zeit versucht abzubremsen, dabei wird Staub aufgewirbelt. Weiter gehts, zum Sumpf. Der hat noch nie jemandem was gebracht, jedenfalls nicht in Friedenszeiten. In diesem Land ist der Sumpf für die Mücken und Feinde da, und wenn die erst ausgerottet sind, ist er zu nichts mehr gut, dann stinkt er bloß noch ein bisschen vor sich hin wie ein Veteran im Vollrausch auf dem Küchensofa. Hinter dem Sumpf kommt der Fluss, mit ein paar Seitenarmen. Bis zur Bezirksgrenze erstreckt sich Kilometer um Kilometer sterbenslangweiliger Wildnis, und ein ganzes Stück weiter in Richtung Südosten kommen wir schließlich zu der Hauptstadt, die noch eine Reihe tausend Jahre alter Städte in der Hinterhand hält. Weiter, weiter, Kuppeln, Pforten, Festungen, eine ganze Menge Steppe, Wälder mit immer höheren Bäumen, Dörfer mit immer schweigsameren Menschen, die Uhr rennt voraus, es wird immer später, oder sollte ich sagen immer früher?, jedenfalls rücken von Osten her sieben Zeitzonen an mein Bett heran. Und vor mir also diese kleinen Kegel und Dreiecke. Die Tapete habe ich selbst an die Wand geklebt, eine Woche nach dem Einzug. Was ich mir dabei gedacht habe? Sie ist nur für den Moment, bald kommt eine bessere drüber. Jedenfalls nicht, dass der Moment einunddreißig Jahre dauern würde und ich heute noch auf diese Tapete schaue.

Die nächsten fünf Minuten bleibt es still, alles schläft. Der Zug zieht nur nachts durch unseren Wald, wie die Füchse und Dachse. Das, was hinter der Wand liegt, beruhigt mich. Der ordentlich aufgeschichtete Holzvorrat, der Bach mit den Hechten, Forellen und Flusskrebsen, der Wald, den wir immer den Märchenwald nannten, weil es dort noch lange nach der Saison gute Pilze gab. Sie erhalten uns am Leben, obwohl es uns offiziell seit 2012 nicht mehr gibt. Wir sind aus den amtlichen Registern gestrichen, und als Einwohnerzahl hinter dem Namen unseres Dorfes steht null. Und sonst, was ist da sonst noch? Die große Straße. Asphalt und Schienen. Den schwarzen See, so heißt er wirklich, und die Minen, die die Partisanen im Moos verteilt haben in der Hoffnung, dass ein Deutscher drauftritt. Mit dem Auto braucht man eine Stunde nach Europa, zu den Letten. Den anderen. Hundertfünfzig Kilometer vor dem Bug und neuntausend im Rücken, meinen Standort zwischen den einen und den anderen kann man nicht gerade als ausgewogen bezeichnen.

Ich bleibe reglos liegen, streiche über das Laken hinter mir. Nein, diese Zeiten sind vorbei. Lew liegt nicht mehr hier, sondern dort, im Arbeitszimmer, seine trockenen Hände auf der

Decke und die feuchten Beine darunter. Vielleicht schläft er noch, wie alles andere in unserem lachhaften Laden. Um diese Tageszeit regt sich nur der Boden samt dem, was da schmilzt und kriecht, *Dunst aus der Erde, der alles bewässert*. Neuerdings findet die Schöpfung hier jeden Morgen statt. Jeden Tag reißt Gott die letzte Seite aus seinem Heft und fängt wieder von vorn an. Ich wünschte, ich könnte es hören, aber für Geräusche muss man hochschauen. Dann hört man, von oben nach unten und in dieser Reihenfolge: Zwitschern, Krächzen, Summen, Rascheln, Flattern, Wiehern, Bellen, Blöken, Fauchen, Gackern und, dicht über dem Boden, Knurren. Der Rabe, der jetzt auf der Fensterbank rumtappt, ist wichtig. Nicht zu übersehen. Er ist fast so groß wie das Fenster und hundert Jahre alt. Man sieht es, wenn er etwas sagen will, dann reißt er den Schnabel auf, noch bevor sich die Wörter in seiner Kehle aufplustern. Heraus kommt fast nur Geschimpfe; »Arschloch«, sagt er, und »Hau ab«. Aber nicht jetzt, jetzt sieht er mich mit einem Auge an, klopft kurz danach ans Fenster. Es heißt, Vögel würden an Scheiben klopfen, weil sie ihr Spiegelbild für einen Rivalen halten, noch so eine Theorie, die ungeprüft durch die Hörsäle zieht, aber wer an diesem Ort lebt, weiß, dass das Land den Tieren gehört und dass die immer was von einem wollen. Jetzt also von mir, der Letzten hier mit Grips im Kopf. Als ich den Raben das erste Mal an die Scheibe klopfen hörte, hielt ich seinen Schnabel für den Knöchel eines Menschen, so kräftig und rhythmisch klang es. Ich zog den Vorhang auf, er machte mir klar, dass er was fressen wollte, und ich spurte. Hätte ich nicht tun sollen. Seither weckt er mich jeden Morgen zweimal, mit einer halben Stunde Abstand, und da er jetzt zum zweiten Mal klopft, muss es sieben Uhr sein.

»Verdammt!«

Hört, der Mensch hat sein erstes Wort gesprochen.

»Nadja!«

Das bin ich. Die Frau. Die sich umdreht und das Fenster erkennt, den Stuhl, die Lumpen, Gläserschrank, Porzellan, Schwelle, Flur, Haustür, Schnee, Gerümpel, Matsch, und sieht, was sie alles erwartet. Nur den Spiegel hatte sie vergessen, und ihren Körper darin. Manchmal hofft sie, dass es an ihrem im Lauf der Jahre geschärften Blick liegt, daran, dass ihr Urteil hart geworden ist und nicht das Fleisch mürbe wie die ausgewaschenen Fundamente eines Speicherhauses. Bepackt wie ein Lastesel, so ergeht es allen Landfrauen dieser Welt. Bestimmt sagen die Leute: Die da, das ist eine Hexe. Sie darauf: Gar keine schlechte Idee.

»Nadjucha!«

Ich kann nicht antworten. Meine Stimme wacht später auf als der Rest von mir. Dreht sich da drinnen noch mal auf die andere Seite, schweigt mürrisch. Eines Tages wird sie überhaupt nicht mehr aufstehen, weil ich schlicht nichts mehr zu sagen habe über diesen lachhaften Laden. Ich stampfe also auf den Boden, und alles gerät in Bewegung: meine Brüste im Spiegel, meine Gläser im Schrank, meine Tiere in ihren Nachtquartieren. Nur mein Mann bleibt liegen und schreit. Wie so viele schreit er, weil er nichts zu sagen hat, weniger als früher jedenfalls.

»Nadja! Hast du schon nach dem Wasser geschaut?«

Oje, der Tag hat begonnen. Fragt sich nur, warum. Weshalb wird in diesem von Gott und der Welt verlassenen Nest nicht mal ein Tag vergessen? Einfach so zwölf Stunden übersprungen, damit ich gleich wieder bei der Nacht ankomme.

Kann mir mal einer erklären, warum ich zum zehntausendsten Mal das Trägerkleid über den Kopf ziehe, in meine stinkigen Schlappen schlüpfe, den Zopf hochstecke? Das sieht eh keiner. Was ich heute putze, ist morgen wieder schmutzig, was ich heute füttere, hat morgen wieder Hunger. Was würde wohl passieren, wenn ich liegen bliebe? Dann bräche einfach ein neuer Tag an, ohne dass es einer merkt. Aber nein, ich gehe wieder zu meinem Mann, der schon im Bett sitzt, entblößt, getrocknet und verdrossen. Sein Brustkorb, immer noch behaart und muskulös, als würde tatsächlich er hier die meiste Arbeit erledigen, bebt heftig. Er ist fast zwanzig Jahre älter als ich. Lenja, Lewonja, Lew Walerjewitsch, Professor L. W. Bolotow, gebt dem Mann einen Namen, sieht aus, als wäre er in den besten Jahren, kann aber nicht mal mehr Holz hacken. Oder will nicht.

»Hast du schon nach dem Wasser geschaut?«, wiederholt er tonlos.

»Noch nicht. Bin gerade erst aufgestanden.«

»Bestimmt ist es wieder weniger als gestern.«

»Gestern war alles in Ordnung.«

»Wir sollten den Wasserstrahl messen.«

Er legt die Hände um sein Geschlecht, das größer wirkt als damals, als wir noch gebumst haben. Angeblich haben auch von Geburt an schwachsinnige Männer große Schwänze. Natur beraubt, Natur beschenkt.

»Den Durchmesser notieren und ab damit zum Wasserwerk. Wir müssen auf unser Recht pochen.«

In einem der Fenster – dieses Zimmer ist das einzige, das mehrere hat – taucht unser Bock auf. Unübersehbar. Mit einer Zunge wie ein fauliges Stück Fleisch schüttelt er Laute aus seinem Kopf. »Blublablublahaha!« Es ist eines der Rätsel in und um dieses Haus, wie unser niedliches Zicklein nach drei Jahren Zwergendasein plötzlich größer wurde und in den Stimmbruch kam; seither blökt es wie ein ausgewachsener Irrer. Dabei war es wirklich ein Weibchen, da gibt es kein Vertun, Ziegen sind keine Kaninchen. Aber in diesem dritten Sommer hatte alles Mögliche angefangen zu wachsen. Spitzbart, Hörner, Hoden. Seht ihn nur stehen, die vier Hufe im Schnee. Abknallen, sagt Lew, ohne sich zum Ziegenbock umzudrehen, denn gerade lässt er sich in Morgenmantel und Hausschlappen helfen. Er kümmert sich nicht um das, was ich tue, sondern schaut hoch, in die Luft.

»Hast du heute Nacht noch was gehört?«, fragt er.

»Die üblichen Tiergeräusche.«

»Nein, am Himmel, meine ich.«

»Ach, die.«

»Die Großen Geräusche.«

»Ja, ja.«

Wenn er so gescheit guckt wie jetzt, werde ich glatt unsicher. Wenn er so guckt, habe ich das Gefühl, er weiß genau, was auf uns zukommt, und ich bin diejenige, die den Verstand verloren hat.

Ich versuche es mit: »Ist sicher bloß was Meteorologisches.« Meteorologisch, das klingt beruhigend, es ruft das Bild von Wettergehilfen auf, die alles im Griff haben.

Er lässt nicht locker. »Es ist noch nicht vorbei, darauf kannst du Gift nehmen.«

»Blublablublahaha!«

Lew fasst sich an den Kopf.

»Meine Güte, zum Schlachthof mit dem Monster! Das

halte ich nicht auch noch aus. Es ist so schon schlimm genug.«

Das also ist unser lachhafter Laden. So sieht es bei uns aus, seit die Kinder weg sind und wir nur noch zu zweit hier wohnen. Hätte Lew damals geahnt, dass er auch mal zum Lachhaften gehören würde, hätte er sich eine Kugel in den Kopf gejagt, aber so geht er ins Bad, setzt sich in die Wanne, dreht den Hahn auf und seift sich ein. Ach, ich hoffe auf gar nichts. Solche klaren Momente sind immer schnell vorbei, nachher wird er mit glasigem Blick durch mich durchschauen, und ich muss ihm aus der Wanne helfen, während sein Essen kalt wird. Danach wird er brüllend nach draußen stürzen und den Himmel absuchen. Sich wieder ins Bett werfen, sagen, wir müssten Klimow anrufen. Schenja Klimow, Ornithologe, Orakel, Busenfreund, seit zehn Jahren tot. Er starb in dem Jahr, als die Bushaltestelle verschwand und der Nachbar und so vieles andere, in dem Jahr, an das ich mich lieber nicht erinnere.

Aber an das Jahr 1984 denke ich gern zurück. Am Tag unseres Umzugs war es drückend, ein in unserer Erinnerung durch viele matte Fotoabzüge besiegeltes Gefühl. Die Fahrt zog sich hin. Drei Männer und eine schwangere Frau in einem roten Lada Niva mit Anhänger. Es zog sich, staubig und ohrenbetäubend laut. Klimow und Jewtjuschkin übertönten den Motorenlärm, indem sie in voller Lautstärke »Eine Million rote Rosen« sangen, den Hit, der damals in Dauerschleife lief, nicht nur an diesem Tag, sondern das ganze Jahr lang und das Jahr davor und die Jahre danach. Alla Borissowna, unser aller liebes heiseres Mütterchen Russland. Und ich war also schwanger, was ich deutlich spürte, als wir den Weg entlangholperten. Ich war genauso überladen wie der Lada, und meine Fracht war nicht hier gezeugt worden, sondern in einer Studentenbude in Leningrad, auf dem Bettsofa, das wir mitschleppten und auf dem ich heute noch schlafe, zwischen dem anderen modernen Kram, der nicht in das traditionelle russische Haus passte, das uns erwartete. Der Fernseher zum Beispiel, den Lew in der Nacht vorm Umzug aus der Wohnung seiner Exfrau geschmuggelt hatte. Damals empfing er noch einen Sender, seit ein paar Jahren gar keinen mehr, und trotzdem hält er, wie ein hochbetagter blinder Butler, der Form halber Wache. Im Esszimmer, das in Wirklichkeit unser Schlafzimmer wurde. Eigentlich sollten wir oben schlafen, wie die Kinder. Alle hatten uns für verrückt erklärt, weil wir die Geburt unseres ersten Kindes nicht in der Stadt abwarteten. Doch wir wollten noch genügend frische Luft atmen, bevor es so weit war, und ein Bettchen aus unserem eigenen Holz bauen. Wir waren ja so romantisch!

Eine Million, Million, Million rote Rosen, siehst du, da draußen vor dem Fenster? Wenn einer richtig verliebt ist, verzaubert er für dich sein Leben in Blumen.

Mist, jetzt kriege ich es nicht mehr aus dem Kopf.

»Nadja, es hört auf! Jetzt ist es endgültig vorbei.«

Lew hockt in der Wanne und versucht, Wasser aus dem sprotzenden Hahn aufzufangen. Es sieht aus wie dünner Tee, und der Druck wird jede Woche geringer. Diese Angst teile ich mit ihm. Ohne Wasser könnten nicht mal wir hier überleben. Wenn man uns, den vergessenen Dörflern an den Ufern des Malaja Smota, das Wasser abdreht, bleibt uns nichts anderes übrig, als wegzuziehen. Ich könnte zwar Schnee sammeln, aber ein Armvoll reicht gerade mal für eine Kanne Tee. Und man kann nie wissen, was drinsteckt, echte Verunreinigung hat keine Farbe. Die Fabrik ist seit fast zwanzig Jahren geschlossen, trotzdem kommt es mir manchmal so vor, als könnte ich noch den Teer riechen, mit dem sie damals die Batterien versiegelt haben. Wenn ich sage, es gibt hier Geruchsgeister, meint Lew, ich bilde mir das alles bloß ein.

»O weh, o weh«, sagt er, tropfnass und elend, streckt sich dann und furzt ungeniert. Auch was Neues. Professor Bolotow hat so was nicht gemacht, der war anständig, ein Mann, der nicht aus dem Haus ging ohne sein sechsfach gefaltetes Taschentuch, mit dem er sich die Nase wischte, bevor er eine Behauptung aufstellte. Jeden Tag ein sauberes.

»Komm, abtrocknen, essen.«

Ich gebe auf meine Worte acht, in dieser Stimmung ergreift er jede Gelegenheit zu einer Auseinandersetzung. Lew ist immer noch ein entschiedener Mann. Keine Rede davon, dass er im Lauf der Jahre zu einer sanften Seele versimpelt wäre; es macht ihm immer noch Spaß, mich in Grund und Boden zu diskutieren. Seine Worte pflanzen sich ungeschlechtlich fort, wie Bakterien, sie teilen sich ohne jeden äußeren Einfluss und wachsen zu Gedanken heran, die er sich nicht mehr ausreden lässt. Klatsch und Tratsch waren nie seins. Als ich ihn kennengelernt habe, konnte er abendelang vor sich hin theoretisieren, ohne mich auch nur anzusehen. Ich war noch in einem Alter, in dem man Redner bewundert. Klatsch und Tratsch lernt man erst zu schätzen, wenn man alt und einsam ist. Reden schwingen kann man auch vor Bäumen, diskutieren kann man mit Büchern, aber für Klatsch und Tratsch braucht es zwei, zwei Menschen aus Fleisch und Blut und einem guten Willen.

Lew ist noch am meisten aus Fleisch und Blut, wenn er sich schnuppernd an den Küchentisch setzt. Ihm gebe ich zuerst was zu essen, danach den Tieren. Wau, wau, piep, piep. Die Waschküche ist schon seit einer Viertelstunde voller Hundenervosität. Die Hündin Bamscha hält es nämlich durchaus für möglich, dass ein Tag vergessen wird, und sie mit ihm. Für sie liegt die Zeit in der Hand, die die Tür öffnet und sie streichelt. Sie platzt schier vor Freude, dreht sich ein paar Mal um die eigene Achse, bevor sie pissen und fressen kann. Dann sind die Hühner und Ziegen dran, sie rennen aus ihrem Nachtstall, ohne sich gegenseitig zu beachten, weil sie nur von der Seite auf mich schauen, auf meine Hände voller Buchweizenkörner und getrockneter Brennnesseln. Da streichen mir die Katzen um die Beine, da tritt das Pferd gegen die Stalltür, da ruft Lew auf der Veranda, ob das alles gewesen sein soll, die Suppe. Ich bin der Gott, der heute wieder aufgestanden ist.

Das Haus knarrt im Wind, weiß auch nicht mehr weiter. Gleich auf den ersten Blick hatte ich erkannt, dass es weiblicher war als ich. Gescheiter. Schlanke, weißlackierte Züge, eine blühende Klematis an der Fassade, die den Winter 93/94 nicht überlebte. Drinnen hatte jedes Geräusch von draußen lieblich geklungen. Selbst der Müll roch angenehm, und der Staub auf dem Fußboden war weich. Ich setzte mich auf die Veranda und betrachtete unseren Laden, der damals kein bisschen lachhaft war, sondern so idyllisch wie erhofft, und das Haus stützte meinen müden Rücken. Nach der zehnstündigen Fahrt hatten wir keinen Elan mehr, auszupacken. Wir holten ein paar Fische aus dem Fluss, machten ein Feuer und schleiften das, was wir zum Schlafen brauchten, zum Treppenabsatz. Lew stand genauso da wie heute, mit hochgekrempelten Hemdsärmeln. All der Dinge sicher, über die ich gar nichts wusste. Ich dachte, ich würde ihn schon noch einholen. Dachte, dank des Kindes in meinem Bauch, dank der magischen Addition von Mutter und Kind würden wir altersmäßig aufeinander zu wachsen.

»Ich glaube, es kommt zurück«, sagt er erneut. Wir sitzen auf der Veranda, unter einer Decke, und teilen uns einen Becher aufgewärmten Tee. Er schaut zum Himmel. Ich schaue zu ihm. Die Großen Geräusche, wie er sie nennt, kommen nicht vom Gewitter oder vom Sturm, sie sind lauter und uns schon dreimal widerfahren. Sie machen Lew ganz nervös. »Find dich damit ab«, sage ich, »wir sind im Ruhestand, Zeit, uns Tagen hinzugeben, die sich wiederholen, mit allen dazugehörigen Ritualen und Mysterien. Im Ruhestand pustet man seinen Tee kalt und sagt: ›Das war mal was.‹«

Er ist schweigsamer geworden, seine Behauptungen sind den immer gleichen Fragen gewichen: ob ich es gehört habe, ob ich weiß, was es ist, und ob ich glaube, dass es zurückkommt. Ich weiß nicht, was ich unheimlicher finde, den Gedanken, dass er Recht behält und uns tatsächlich ein großes Unheil zugestoßen ist, oder für den Rest unserer Tage seinem Wahnsinn ausgeliefert zu sein.

Der Himmel ist bedrohlich, zu dunkel für die Tageszeit. Aber welche Tageszeit ist es überhaupt? In der Stadt können sich die Menschen nicht vorstellen, wie schnell die Zeit auf dem Land vergeht. Die Vormittage gehören den Tieren, für die keine Zeit des Tages die erste oder die letzte ist, sie gehören ihrem Fressen und ihrer Scheiße. Die Nachmittage gehören den Pflanzen, ihrem Schimmel und ihren Krankheiten, ihren scharfen Kanten an deinen Fingern und ihren harten Wurzeln unter deinen Füßen. Zwischendurch der unsinnige Haushalt, und für die Abende bist du zu müde. Hier gehen Dinge echt kaputt, kommt Unvorhersehbares wirklich nicht gelegen, hier ist schlechtes Wetter ernsthaft schlecht. An manchen Tagen schaue ich auf nichts anderes zurück als auf die Spur meiner eigenen Stiefel. In der Stadt glauben die Leute, hier wäre das Land der Weitblicke, wir würden glückselig vor uns hin starren, bis es dunkel wird, aber das stimmt nicht, der Blick sinkt endlos tief nach unten, auf Matsch und Schnee, die niemals trocknen und zu denen du dich runterbücken musst. Und genau von dort, aus der Plackerei, steigen Erinnerungen auf, von denen du gehofft hattest, sie begraben zu haben. Heute wollte ich eine kleine Runde mit dem Schlitten drehen, mit Plow davor, und mich in aller Ruhe umsehen. Mich auf das konzentrieren, was wächst und was gestorben ist, auf das, was aus dem Pferdehintern in den Schnee fällt und dampfend Insekten und Vögel anlockt. Aber es ist schon wieder dunkel.

»Ich spüre es«, sagt Lew, »es kommt zurück.«

»Sonst noch was?«

Einen Moment sieht er mich überrascht an, taucht dann in seinen Tee ab. Viel weiter bringt uns die Unterhaltung heute nicht.

Gegen Mitternacht ist es hier so still wie auf dem Mond. Ich habe die Kartoffeln für morgen geschält, die Wäsche aufgehängt, die Tiere in den Stall getrieben, Lew ins Bett gebracht. In meinem Sessel am Rand der Veranda komme ich wieder zu Atem. Hier warte ich auf deinen Zug. Erzähl mal, Lokführer, was hättest du um ein Haar erwischt? Wahrscheinlich fährst du immer dieselbe Strecke und magst keine Überraschungen, aber was machst du, wenn dir ein Hirschrudel vor die Räder läuft und du nicht mehr bremsen kannst? Diese Chance besteht, hier erst recht, selbst außerhalb der Brunftzeit. Auch diese Tiere haben keine Angst mehr vor uns, das kann ich dir versichern. Ständig höre ich meinen Atem, manchmal auch den zaghaften Ruf einer kleinen Eule, aber der gilt nicht mir. Der Zug schon, der ist nur für mich. Und du, Lokführer, bist als Einziger wach in deinem Führerstand und arbeitest. Du hast mir versprochen, dass jede Nacht ein Zug kommt. Vielleicht hältst du ja diesmal an. Moment, nichts denken jetzt, nicht zu laut atmen, Tee trinken, die Augen schließen, lauschen. Da bist du, da schwillt die stählerne Flutwelle an. Jede Nacht hoffe ich auf möglichst viele Waggons. Ich brauche sie zum Schlafen, sie beruhigen mich wie früher meine Großmutter. Nichts ist so tröstlich wie der Gedanke, dass in der Nähe noch jemand wach ist, angekleidet. Im Dienst. Nacht für Nacht, für die Dauer einer wechselnden Anzahl Waggons, teilen du und ich diese verlassenen Kilometer unseres Landes. Du bist immer pünktlich, Lokführer, trotz deiner Einsamkeit, die vielleicht sogar größer ist als meine. Rhythmisch hämmern deine Eisenbahnwagen, Waggon für Waggon für Waggon für Waggon für Waggon. Hörst du sie auch, in deinem Führerstand? *Eine Million, Million, Million, Mil-lion, Mil-lion.* Du folgst dem Rhythmus des Lieds in meinem Kopf. Ich lasse die Augen geschlossen, mein Herz versucht, mit dem Dröhnen Schritt zu halten, vielleicht kommt ja mal ein Pfiff von dir, aber nein, schade, du bist schon wieder weg. Der Rhythmus löst sich in einem viel langsamer schwindenden Rauschen auf, bis der Wind auch das mitnimmt. Das war es für heute. *Es war nur eine kurze Begegnung, in der Nacht trug der Zug sie davon, doch nie sollte sie das wahnsinnige Lied der Rosen vergessen* … Wahnsinnig, ja, das könnte ich glatt werden.

2

Wir sind Zoologen. Oder vielmehr Lew ist Professor, ich habe mein Studium nie abgeschlossen. Ich wollte, sehr ambitioniert, meine Diplomarbeit über die Evolution der Echoortung schreiben; die Fähigkeit der Mikrofledermäuse, sich zu orientieren, indem sie Signale aussenden und deren Echo empfangen. Ich konzentrierte mich auf die Icaronycteris, eine ausgestorbene Art von Mikrofledermäusen. Die wichtigsten Fossilien mussten erst noch gefunden werden, und DNA-Untersuchungen machten wir damals nicht. Der Schlüssel zu unserer Evolution lag in der Gattung der Handflügler, doch ich wagte nicht, ihn ins Schloss zu stecken. Dafür wagte ich seltsamerweise etwas anderes: mich fortzupflanzen. Meine Güte, ich wollte so gern ein Kind in die Welt setzen. Ich war noch keine zwanzig und wäre ihm überallhin gefolgt, diesem Mann, der schon eine Tochter in meinem Alter hatte.

Lew war mein Lehrer, so hatte es drei Jahre vorher angefangen. Er unterrichtete Biologie an der Schule Nr. 45, einer Oberstufe mit Internat, wo Naturwissenschafts-Asse für die Leningrader Uni herangezüchtet wurden. Die meisten Lehrer kombinierten das Unterrichten mit dem Schreiben ihrer Doktorarbeit und waren höchstens zehn Jahre älter als wir, doch der große Lew Walerjewitsch war schon sechsunddreißig und der Pelz seines Bart- und Haupthaars mit grauen Strähnen durchzogen. Das Wollhaarmammut, so nannten wir ihn. Es passte gut zu seinem Nachnamen, *Bolotow*, wörtlich »aus dem

Sumpf«, wo er augenscheinlich seit den sechziger Jahren konserviert worden war. Mit seinen komischen Wolljacken und der gestrickten Krawatte. Wir Schülerinnen der Fachrichtung Chemie und Biologie wussten nicht, was wir davon halten sollten, schließlich war es der gute Geschmack, der uns von den Mathematikern unterschied. Wir hörten Kassetten der verbotenen Band Akwarium und übernahmen, im Rahmen der Möglichkeiten unserer Schuluniform, das androgyne Gehabe des Bandleaders Boris Grebenschtschikow, der wie David Bowie schon Anfang der Achtziger seine Wolljacke gegen einen Anzug getauscht hatte. Im letzten Schuljahr, als wir uns allmählich aus den Fängen der Internatshexen befreiten, zogen wir unsere Augen mit Kajal nach. So, mit diesen schwarz umrahmten Traueraugen, lugte ich durch meinen herausgewachsenen Pony auf Lew Bolotow, der mit derselben Leidenschaft über die Paarung des Kamtschatka-Murmeltiers (unmittelbar nach dem Winterschlaf) referierte wie über die Wunder der Limnologie. Die erotische Färbung dieses Wortes fiel mir nicht auf, noch hungerte ich nach nichts anderem als dem Wissen, in das sich dieser Mann gehüllt hatte.

Das sollte sich in den Sommerferien nach dem Schulabschluss ändern. Ich war für eine Expedition zum Naturreservat von Baschkortostan ausgelost worden, wo Lew eine Biologische Station für Jugendliche errichtet hatte. Es hieß, im Tausch gegen kartographische Feldarbeit könnten wir Tiere in freier Wildbahn beobachten, die wir bisher nur aus den Vitrinen des Zoologischen Instituts kannten, wo längst in Vergessenheit geratene Taxidermisten sie, oftmals noch vor der Revolution, in theatralischen Szenen fixiert hatten. (Am wundersamsten wirkte ein blonder Labrador in Seitenlage, über dem sechs blasse Geier an Nylonschnüren schwebten. Was hatte dieses gutmütige Tier 1923 im Kaukasus zu suchen?) Otter, Waldschnepfe, Rothirsch, zählte Lew vielversprechend auf. Springmaus! Braunbär! Luchs! Vielleicht bekämen wir sogar einen Uhu zu Gesicht. Streifen-Backenhörnchen, die ganz bestimmt. Er würde sich Mühe geben. Meine Eltern holten mich vom Internat ab und bekamen ein paar Tage Zeit, mich aufzupäppeln. Was ist nur aus dir geworden, jammerte meine Mutter, während sie versuchte, ein Sommerkleid in meinen Rucksack zu stecken, ein Junge, ein Kerl ohne Bart, sieh nur, wie du rumläufst, nie im Leben werden daraus noch die Beine einer Frau. Doch mein Vater, ein Mineraloge, verbiss sich ganz andere Tränen. Der wäre am liebsten mitgekommen, um die Schwefelablagerungen in den Höhlen von Schulgan-Tasch zu untersuchen.

Heute kommt es mir vor, als hätte ich die Pubertät ohne großes Bewusstsein meiner Sexualität hinter mich gebracht, mein Blick war selten auf mich gerichtet, immer nur auf die Pflanzen und Tiere, mit deren Fortpflanzung ich mich ohne jeden Hintergedanken befasste. Wahrscheinlich traf das auf uns alle zu, denn im Unterricht rief dieses Thema nie Gekicher hervor, nicht einmal großes Staunen, und selbst wenn wir uns einen Schlafsaal mit den Jungen geteilt hätten, wir wären trotzdem brav eingeschlafen. Wir, vom Schulinternat Nr. 45, bewahrten uns unsere Biologie für die Zeit nach dem Abschluss. In meinen zwei Jahren dort habe ich mich nicht verliebt, nicht in einen Popstar und erst recht nicht in unsere Klassenkameraden männlichen Geschlechts, die namenlos und stimmlos in meiner Erinnerung versanken, bis ich sie in irgendeiner Fachzeitschrift wiedersah, um einen Bart und einen Titel reicher, aber ungemindert trübsinnig. Nicht mal das Abschlusszeugnis und die Fahrkarte Leningrad–Moskau–Ufa änderte etwas an ihrer Dauerbelämmertheit, die mir an jenem Sommerabend im Jahr 1982 vor dem Moskauer Bahnhof entgegenschlug. Jedenfalls bis Lydia Erschowa über den Platz stiefelte. *Sie* würde ich nie vergessen. Selbst wenn wir keine Freundschaft fürs Leben geschlossen hätten, so eng, dass sie mich deswegen hasste, würde ich nie vergessen, wie sie damals aussah. Wippender Lockenkopf. Den Rucksack über einer Schulter, die kräftigen Stampfer alpinistisch eingeschnürt. Ich würde mich immer daran erinnern, wie ihr dunkler Alt den Verkehrslärm übertönte: »Was? Das Mammut ist noch nicht da? So ein Penner.« Das hob die Laune. Als Lew auf den Vorplatz geschossen kam, bemerkten wir dann übrigens unsere Täuschung. Wir waren drinnen verabredet gewesen, nicht draußen, und wenn wir den Zug noch kriegen wollten, mussten wir uns sputen, hopp, hopp, zu Gleis 3, Wagen 24, der Laborant und vier Koffer mit Material wären schon im Zug, haltet die Fahrkarten bereit, weiter gehts, ihr seid doch keine kleinen Kinder.

Braungebrannt und in Sommerkleidung sah er ganz anders aus als an der Schule. Zu jener Zeit trug niemand ungebleichte Leinenhosen oder Strickjacken aus Hanf, nicht mal Boris Grebenschtschikow. Damals wusste ich nicht, dass seine Frau für sein Outfit verantwortlich war, sonst wäre vielleicht alles anders gelaufen. Doch unterdessen war ich ihm so nahe, dass ich die blonden Härchen auf seinen gebräunten Armen sehen konnte, und beschloss, dass er große Ähnlichkeit hatte mit Gojko Mitić – dem jugoslawischen Schauspieler, der in unseren Sowjetwestern alle Indianerrollen übernahm. Ab diesem

Moment war es für jede Rettung zu spät. Aus meinen selbsterfundenen Märchen erwachte ich erst fünfundzwanzig Jahre danach. Man sagt, so lange brauche man, um sich von einer Sekte zu lösen, doch ich war diejenige, die Lew in dieses Traumbild von ihm gezwungen hatte, nicht umgekehrt. Ihm konnte man keine Vorwürfe machen.

Im Zug nach Moskau folgte ich Lydia bis Mitternacht alle halbe Stunde zum Rauchen in den rüttelnden und zischenden Übergang zwischen den Eisenbahnwagen, doch Lew kam kein einziges Mal zu uns. Ich sah ihn erst am nächsten Morgen wieder, als wir mit der doppelten Menge Gepäck hinter ihm her zum Kasaner Bahnhof wankten, zu verschlafen zum Reden. Der Schaffner des Zugs nach Ufa brachte Lydia und mich, die einzigen jungen Frauen in seinem Waggon, in ein Zweierabteil mit Vorhängen, Teppich und sogar einem Waschbecken. Das würde uns in den kommenden dreißig Stunden zum Pinkeln dienen, beschlossen wir, dann könnten wir im Abteil liegen bleiben und Radio hören und wären verschont vom Gestank und vom schlitzäugigen Gaffen im Gang. Doch kurz hinter Rjasan waren die Zigaretten alle, und Lydia sagte, sie werde sich ein paar Papirossy vom Mammut schnorren. In ihren Augen war das der erste Test der Expedition: Auf welchem Fuß würden wir, keine Schülerinnen mehr, aber auch noch keine Studentinnen, mit Lew Bolotow durch Baschkortostan ziehen?

»Du wirst schon sehen«, sagte sie, »eine Papirossa, und die Luft ist rein.«

Doch zu unserer Enttäuschung trafen wir im Abteil nur den Laboranten an, der zur Sicherheit in seinem Buch vertieft blieb. Auch die Jungen hatten keine Ahnung, wo sich das Mammut herumtrieb. Als er sich beim nächsten Halt noch immer nicht hatte blicken lassen, wurde der Laborant allmählich unruhig. Doch ich hielt Lew Bolotow nicht für einen Menschen, der Dinge verpasst oder vergisst, er wirkte eher wie ein Tier, das auf die Tageslänge, die Temperatur und seinen Hunger reagiert. Dass er anschließend auf einem Bahnhof in Mordowien in der Dämmerung barfuß und in aller Seelenruhe an unserem Fenster vorbeispazierte, obwohl der Zug schon zur Abfahrt gepfiffen hatte, erhöhte sein Ansehen. In jener Nacht ließ ich mich, zwischen den frisch gestärkten Laken im oberen Bett, von den Zugrädern in meine erste Verliebtheit schaukeln. In ihrem Rhythmus lernte ich, ganze achthundert Kilometer lang, die Liebe als ein mechanisches Verfahren kennen, das sich, wenn es erst einmal in Gang gesetzt ist, nur schwer aufhalten lässt, das schiebt, zieht, knirscht, rostet und sich wiederholt.

Die Wochen in Baschkortostan waren deshalb einzigartig, weil alles immer wieder neu war. Neu und nie auf ein Neues. Das wurde uns klar, als wir am nächsten Abend im Bus am kalten Ufer der Kaga entlangfuhren. Ohne Worte hielten wir uns in den Haarnadelkurven fest. In Ermangelung einer Herde rannte ein kleines Pferd ein Stück neben uns her. Die Farbe seines Fahnenschwanzes changierte in der Luft. Die untergehende Sonne jagte einen roten Nebel über die Felsen und die unbestimmbaren Vögel darin. Das Land der Schamanen, sagten zwei Frauen, die mitten auf der Strecke durchs weite Nichts eingestiegen waren. Ob wir uns das hinter die Ohren schreiben würden? Auf den ersten Blick sahen sie genauso aus wie alle Sowjetfrauen in ihrem Alter, doch als es dunkel wurde, bedeckten sie sich den Kopf und fingen plötzlich an, ein Lied in einer Sprache zu singen, die sich weit von der unseren entfernt hatte.

Oder umgekehrt. Wer weiß, wer als Erster das Wort ergriffen hat in diesem unserem Land? Dem riesigen Land, das fast ein ganzes Jahrhundert zu vier Buchstaben abgekürzt wurde, darunter dreimal demselben, CCCP? Das Alphabet, ja, das hatten wir mit den Baschkiren, Udmurten, Burjaten und allen anderen Märchenvölkern gemeinsam, doch ihre Zungen veranstalteten ganz unterschiedliche Dinge damit.

Kungir Buga, a-u, se-u, sangen die Frauen, bis die Nacht hereinbrach und wir aussteigen mussten. Alle bemerkten, dass die Luft eine andere war. Wir hatten kein Meer überquert, befanden uns noch auf demselben Grundgebiet, doch der Himmel war uns fremd, da standen eine Menge Sterne, die wir nicht kannten. Ich habe nie verstanden, warum manche Leute sternenklare Nächte so toll finden. Freuen sie sich etwa, dass wir alle zusammen hier unten sind und nicht dort oben? Der letzte Mensch auf dem Mond, ein Amerikaner, hatte zur Erde geblickt und sich gesagt: Alles schön und gut, aber das da unten ist echt, und das hier nicht. Die Realität spielt sich auf der Erde ab und nicht hier, jedenfalls nicht meine. So hatte er das ausgedrückt und so fühlte es sich auch für mich an, als ich im Naturreservat aus dem Bus stieg. Es mussten bloß ein, zwei Zeitzonen verstreichen, und schon taumelten wir herum wie Kosmonauten im Weltall, unser einziger Halt die Buchstaben unseres Sowjetreichs, die überall dieselben Worte formten, auf Denkmälern, in Geschäften und Hotels von Minsk bis Chabarowsk. Doch sobald die Straßen verschwunden und die Bauten außer Sicht waren, ergriff die Luft das Wort, und die klang überall anders. A-u, se-u.

Zu unserem Erstaunen kannte der Laborant, dieser trockene Bücherwurm, das Lied auswendig. Später, nachdem wir uns in den Baracken eingerichtet hatten, erzählte Viktor Grigorjewitsch, Kungir Buga sei der Name eines Stiers, er wäre rotbraun und hätte laut Überlieferung seine Hirtin, die von ihren Eltern vermählt worden war, wieder nach Hause zurückgebracht. A-u, se-u, traumlose Nächte auf einem Pfad ohne Wasser mit einer Herde von neun Kälbern. Ein real existierender Weg war nach dieser Sage benannt worden, ein Weg, der von Nord nach Süd über die Berge führte und dazu diente, Truppen zu verlegen. Ich hörte nur mit halbem Ohr zu. Selbst wenn der gute Mann gesungen hätte, er war nicht der Oberaffe und würde es nie werden. Außerdem wollten wir alle schlafen. Nicht in den Stockbetten, die uns ans Internat erinnerten, sondern in einem solchen Zelt, wie Lew es an jenem Abend für sich im Wald aufgeschlagen hatte. Kommt noch, sagte der Oberaffe, kommt noch. Und so war das. Alles kam noch. Mehr, als wir zu hoffen wagten, und mehr, als er versprochen hatte.

Dank der prinzipienlosen Lydia, die den Laboranten davon überzeugte, dass man das Zeichnen von Karten niemals Frauen überlassen darf, konnte ich mich die meiste Zeit meiner Lieblingsbeschäftigung widmen: Tiere aufspüren. Ich lief Luchsexkrementen hinterher und landete bei Hirschen, die mich sahen und trotzdem weitergrasten, als ich mich keine vier Meter von ihnen entfernt hinhockte. Ich beschrieb in meinem Tagebuch den Flug eines Würgefalken, fand am Bachufer den Bau eines Bisamrüsslers und sah ein Stück weiter im Fluss seine Schnauze aus dem Wasser lugen. Wie eine Hauskatze schleppte ich Lew meine schönsten Trophäen an, doch er blieb unbeeindruckt. Ja, ja, diese Viecher gäbe es hier. Ob ich nicht den Kot mitgenommen hätte? Am nächsten Tag, nachdem ich die Abdrücke von Wolfspfoten gefunden hatte, fragte er, ob es nicht die vom Schäferhund des Aufsehers gewesen sein könnten. Nein, sagte ich, die Pfoten seien oval gewesen, länglich. Ich ließ nicht locker, brachte ihm Haufen, Haarbüschel und Gewölle. Und er gab uns Essen. Eingefettete goldene Karpfen am Spieß. Aal mit einem Durchmesser von zehn Zentimetern. Eine Ente, der er eigenhändig den Hals umdrehte, die er rupfte, ausnahm, aufklappte und auf dem Rost mit Knoblauch und Frühlingszwiebeln grillte.

Die Stille, die sich am Ufer der Kaga auf uns herabgesenkt hatte, blieb bei uns, schweigend aßen wir, schauten und lauschten und stellten uns inzwischen alle möglichen Fragen. Zuerst einmal die nach dem Sinn dieser Expedition. Die kartographische Feldarbeit der Jungen und Lydias Zeichnungen der Pflanzenarten am Wegrand beeindruckten Lew noch weniger als meine Tierbestimmungen. Endlich dämmerte mir, dass nicht wir uns einen Einblick in die Natur verschaffen sollten, sondern umgekehrt – wir wurden beobachtet, vor allem nach Sonnenuntergang. Alle vorgebeugten Bäume und die in ihnen verborgenen Tiere zerrissen sich das Maul über uns. Schließlich nahm Lew Bolotow uns auf eine Wanderung mit, die diese Vermutung bestätigte. Es war fünf Uhr morgens, als er mich als Erste weckte. Er atmete mir auf die Wange. Er roch nach dem Regen auf seiner Jacke. Verschlafen klammerte ich mich an ihn.

»Steh auf, es geht los. Zieh dich an und roll deine Decke zusammen.«

Ich glaube, mein junger Körper hat mich verraten. Er muss gespürt haben, wie mein Herz unter der Decke klopfte, gesehen haben, wie die Pupillen meiner schläfrigen Augen sich weiteten, denn er löste sich mit einem kleinen Lächeln von mir, dem kleinen Lächeln, das ich noch oft sehen sollte, weil er immer so guckt, wenn er Recht behält. Als das Licht anging, sah ich ein Stück weiter im Saal die Jungen in ihren zerwühlten Betten. Abstoßend fand ich sie, diese dünnen Gestalten in ihren labbrigen Unterhosen. Lydia sagte, sie würden im Schlaf laut furzen, die Mädchen nie. Weiter ging ihre Erkundung des anderen Geschlechts nicht. Lew rüttelte an den Stockbetten und sagte, es gehe los. Wir durften nichts mitnehmen außer unserer Decke. Wir gingen nach Osten, der Helligkeit entgegen. Genau wie wir hatte der Laborant seine zusammengerollte Decke unterm Arm, Lew jedoch nicht einmal die. Der nahm manchmal die Hände aus den Taschen, um einen Stein aufzuheben und wieder wegzuwerfen. Nach einer Stunde wurde es wärmer, und er begann auf den Laboranten einzureden, woraufhin wir alle anfingen durcheinanderzuquasseln, hektisch, aber über nichts Bestimmtes, als hätte uns die Sonne eine neue Sprache zum Ausprobieren gegeben. Vielleicht hatten wir Angst. Unterwegs trafen wir nicht einen Menschen. Immer weiter hinunter ging es, bis keine Steine mehr auf dem Weg lagen und wir unsere Schritte nicht mehr hören konnten. Eine Stunde später standen wir auf einer Lichtung. Lew zog einen Feuerstein aus der Tasche und klopfte ihn gegen einen anderen Stein, den er vor Ort gefunden hatte.

»Da sind wir«, sagte er, »und hier bleiben wir bis morgen früh. Lasst uns zwei Gruppen bilden, jede baut eine Hütte, die groß genug ist, um zu viert darin zu schlafen. Wer die schönste Hütte baut, gewinnt die hier.«

Er zog eine Wodkaflasche aus der Innentasche. Große Aufregung, aber ich bedauerte, nichts anderes mitgenommen zu haben als die dünne Decke. Bis zum Sonnenuntergang hatten wir noch vierzehn Stunden Zeit, um für ein Unterkommen und Nahrung zu sorgen. Alles, was wir bräuchten, sagte Lew, liege in Reichweite, diese Zweige, zum Beispiel, die sich perfekt biegen ließen, und das Gras, das über einen Meter hoch war. Es gebe einen Bach mit viel Fisch, gutem Lehm, Moos und Blättern. Denkt in Ruhe nach, sagte er, und vergesst nicht, dass wir eine Hütte für *eine* Nacht bauen, nicht fürs Leben. Er teilte uns in zwei Gruppen ein, ich durfte bei ihm bleiben, Lydia landete in der Gruppe des Laboranten. Der lächelte sein Team entschuldigend an.

Viktor Grigorjewitsch war dreißig, ein Alter auf halber Strecke zwischen seinem Körper, der sich seit der Kindheit offenbar kaum verändert hatte, und seinem vorzeitig kahl und faltig gewordenen Kopf. An der Schule führte er die Experimente für die Lehrer durch. Die brauchten nur die Tafel hochzuschieben, wenn sie ihren Unterricht veranschaulichen wollten, und da stand ihr Gehilfe im Labor. Sein Bart bewegte sich die ganze Zeit, augenscheinlich erzählte er alles Mögliche, doch hinter dem dicken Sicherheitsglas war davon nichts zu hören. Er schüttete Flüssigkeiten in den Messkolben, entfernte sich, um etwas zu holen, die ganze Chose explodierte, und der Chemielehrer knallte irritiert die Tafel wieder runter, während Viktor Grigorjewitsch in seiner Sprachlosigkeit zurückblieb. Lew konnte Männer wie ihn an sich abgleiten lassen wie nassen Schnee, doch später verschafften sie sich oft mehr Anerkennung als er, weil sie sich in ihren blassen Jahren voll und ganz auf die Wissenschaft und nichts als die Wissenschaft konzentriert hatten. Angeborenes Charisma ist selten. Den meisten schenkt es nicht der liebe Gott, sondern sie holen es sich von anderen Sterblichen, indem sie ihnen schmeicheln. Wie Katzen, die Kopfstüber geben, bekommen manche Menschen, was sie wollen, ohne ausdrücklich darum zu bitten. Ich war an diesem Tag bereits zweimal Lews erste Wahl gewesen, ich konnte mein Glück kaum fassen. Da war mir noch nicht klar, dass auch einem dominanten Grauwolf irgendwann die Hinterläufe einknicken, wenn ihm die Angst auf den Fersen ist.

Ob wir noch Fragen hätten?

»Was ist, wenn heute Nacht Bären kommen?«

Sollen sie nur. Dann würden wir zumindest was erleben.

Natürlich hatten wir nichts dazu zu sagen, wie die Hütte aussehen sollte. Die Jungen wurden losgeschickt, um Gras zu sammeln und zu bündeln, und währenddessen brachte Lew mir bei, dünne Triebe zu einem kegelförmigen Rahmen zu biegen. Ich versuchte, mir die Nacht in der Hütte vorzustellen, mit ihm, mir, und zwei im Schlaf laut furzenden Jungen. An jenem Nachmittag spürte ich, wie die Fische im Bach meine Fußknöchel streiften, und fand es nur gerecht, dass wir die Drecksbiester in die Falle lockten. Ich wäre vor Hunger in die Bäume geklettert und hätte Nester ausgeraubt. Und ich war nicht die Einzige. Wer noch Mitleid mit Tieren hatte, dem verging es an jenem Nachmittag. Mit Sentimentalität kam man in der unberührten, harten und in jeder Hinsicht überlegenen Natur in Baschkortostan nicht weiter. Nach und nach hatte ich große Zweifel daran, dass wir schwache, nackte Zweibeiner wirklich den Höhepunkt der Evolution darstellten, wie man es uns weismachen wollte. Mit diesem Fortschrittsdenken hatte das Elend doch erst angefangen. Denn wieso sollte man betrauern, dass die Weltmeere leergefischt, die Wälder gerodet und die Tiere ausgerottet werden, wenn man das Beste noch vor sich hat? Ich dachte oft, dass es zwar keinen Schöpfer gibt, es aber besser wäre, wenn schnellstmöglich einer auftaucht, und diese Idee erfüllte meine junge sozialistische Seele mit derselben Scham wie meine Gedanken an Lew. In Baschkortostan halste ich mir alles auf, was Väterchen Lenin verboten hatte: Gott, Sex und die damit einhergehenden Rätsel.

Für Lew gab es keine größere Sünde als Eile. So wie Ärzte in der Ausbildung lernen, sich nicht vor dem Blut in ihren Adern zu fürchten, lernten wir, uns Zeit zu nehmen, die Natur zu beobachten, statt sie wie eine Denkaufgabe lösen zu wollen. Im Lauf der Jahre nahm Lew achtzig Schüler mit auf Expedition, dreißig wurden Biologen, fünf darunter Professoren. Und die Natur tobt heute noch genauso tückisch wie damals. Aber zurück zur Hütte, wer hatte die schönste Hütte gebaut? Unsere sah bildschön aus. Ein großes, grasiges Wesen mit einem aufgerissenen Mund als Tür. Die der zweiten Gruppe war größer und stattlicher, aus dickeren Ästen und mit einem Dach aus Tannenzweigen. Viktor hatte geschummelt und eine Axt eingesteckt. Nach dem Abendessen waren alle anderen müde genug zum Schlafen, und ich blieb als Letzte mit Lew am Feuer zurück. Bären kamen in jener Nacht keine, dafür Fledermäuse. Wasserfledermäuse, glaube ich. Ich konnte sie mit bloßem Ohr knistern und kakeln hören.

»Hörst du es nicht?«

Lew hörte es nicht. Endlich etwas, worin ich ihn ausstach. Ich glühte vor Stolz, trotzdem wurde mir mit jeder Minute kälter. Ich konnte mir nicht vorstellen, meine Knochen auf die dünnen Farnblätter zu betten. Und er war das Weichste, was gerade zur Verfügung stand. Verschwunden die Ähnlichkeit mit dem Mammut aus dem Zoologischen Institut. Der Mann, der flink um das Feuer heruⅿsprang, um es in Gang zu halten, war alles andere als ausgestorben. Ich beschloss, mir keinen Kopf mehr darüber zu machen, was die anderen Expeditionsteilnhmer von ihm hielten, oder Viktor Grigorjewitsch, die Studenten in Leningrad, seine Frau, seine Tochter, wer auch immer. Nur meine Gedanken über ihn zählten, und das sollte vorerst so bleiben. Aber wo sind sie heute? Wo ist der Blick, mit dem ich mich in ihn verliebt habe? Inzwischen ist so viel passiert. Auf die verliebte Nadja folgte die schwangere Nadja, auf sie wurde Nadja, die Mutter, geklebt, darüber wieder eine andere – die mit allen Wassern gewaschene Nadja – und darüber wiederum Nadja, die zweifache Mutter, und so weiter. Sie je wieder voneinander zu lösen, um die ursprüngliche Frau und den ursprünglichen Mann herauszuschälen, kann man vergessen. Alles klebt zu fest zusammen, wie bei Tapeten; dann zerreißt man das Muster und hält nur noch Schnipsel in den Händen.

»Nadja!«

Ein neuer Morgen, dasselbe Geschrei. Ich habe ihn in seinem täglichen Bad zurückgelassen, dort sitzt er natürlich und dreht wie wild am Hahn. Ich wusste vorher schon, dass nichts mehr rauskommt.

»Jetzt sind wir echt am Ende«, sagt er, als ich ins Badezimmer komme. »Sie haben uns definitiv vergessen.«

»Das wird schon wieder. So reicht es doch jetzt? Du bist doch sauber genug.«

Zwischen seinen Schultern ruckt sein Kopf wie der eines Reihers.

»Hast du heute Nacht nichts gehört?«

Jeden Morgen dieselbe Frage. Wie lange noch?

»Nein. Es war totenstill, sogar diese seltsame Eule hat den Schnabel gehalten. Lass doch gut sein.«

Als ich mich über ihn beuge, um den Wasserhahn zuzudrehen, bekomme ich einen Schreck. Er hat keinen Geruch mehr. Verdammt, ich kann den Rost im abfließenden Wasser riechen, das Propan vom Durchlauferhitzer, aber nicht ihn. Ich trete einen Schritt zurück, schnuppere an meiner Hand, alles in Ordnung. Ich frage mich, ob er seinen Geruch verloren hat oder ob ich ihn einfach nicht mehr erkenne.

3

Um diese Tageszeit hat alles gefressen oder es wurde gefressen. Die Luft ist kühl und voller Feuchtigkeit, die Tannen räkeln sich im Nebel. Auf der Wiese legt sich ein Hase in den Schnee. Er sieht mich, hat aber keine Angst, weil die Menschen hier in der Minderheit sind. Es gibt eine spannende Studie über Angst und Fortpflanzung bei Beutetieren. Darin wird die These aufgestellt, dass sie die Angst brauchen, um zu rammeln. Es seien ihre gelangweilten Artgenossen in Gefangenschaft, die ihren frisch geworfenen Jungen die Kehle durchbissen. Rammeln auch Menschen aus Selbsterhaltungstrieb? Im Krieg haben sie sich hier jedenfalls vermehrt wie die Karnickel.

Aber viel später, in einem Dorf hier in der Nähe, hat ein Mann seine Familie mit der Axt ermordet. Lokalnachrichten, vor Jahren, was weiß ich, wann das war. Im Fernsehen wurde ein Foto von ihm und seinem Sohn gezeigt, darauf lächelten sie noch. Sie kamen gerade vom Angeln. Der Sohn hielt einen großen Zander hoch, sein Vater stand hinter ihm, die Hände auf seine Schultern gelegt. Er holte den Jungen am letzten Nachmittag seines Lebens von der Schule ab. Der Junge, der glaubte, er müsse allein nach Hause radeln, freute sich, seinen Vater zu sehen. Der hatte am selben Vormittag eine Viertelstunde lang auf seine Mutter eingehackt. Gib mir das Fahrrad, Junge, wir stellen es hinten auf die Pritsche. Wie wars in der Schule? Sie nahmen den Waldweg, der zu dieser Jahreszeit rundum weich war, vom Nadelteppich auf dem Boden bis zu den flauschigen Baumkronen im Himmel. Ich kenne auch die Kreuzung, ein Stück weiter als die Stelle auf dem Foto, wo der Vater hinter seinem Sohn gestanden haben muss, als er die Axt auf seinen Kopf sausen ließ. Danach fuhr er allein nach Hause, duschte und rief bei der Polizei an. Ein anständiger Mann, sagten die Nachbarn, er hätte gut für die Familie gesorgt, und für seinen Gemüsegarten. Den hatte er bis zum letzten Tag in Schuss gehalten. Er geizte die Tomaten aus, band die Bohnen hoch, und in den gewölbten Blumenbeeten war kein Fitzelchen Unkraut. Wahrscheinlich langweilte er sich nicht genug. Angst kannte er aber auch nicht. Nur Männer bringen es fertig, eine wohlgeratene, ausgewachsene Familie umzubringen. Frauen sehen zu oder ermorden ihre Babys wie die Mäusemütter, bevor die ihr erstes Wort rausbringen.

»Sollte Dimka heute nicht kommen?«

Da steht er, im Morgenmantel, mit seinen breiten, nackten Füßen im Schnee. Ich habe ihn nicht aus der Wanne steigen hören. Mein geruchloser Mann ist also auch geräuschlos geworden. Gut möglich, dass es ein wechselseitiger Prozess ist, wie wir einander aus dem Weg gehen: Er macht weniger Krach, ich höre nicht mehr so gut, meine Sehkraft lässt nach, sein Gesicht wird immer blasser und verschwommener. Vielleicht soll es ja so aussehen, wenn man zusammen alt wird, kein großes Drama, keine Krankheit und kein Tod, man nimmt sich nur nach und nach gegenseitig weniger wahr.

»Stimmt. Hoffentlich hat er an die Zigaretten gedacht.«

Natürlich, einen Sohn gibt es auch noch. Dimka kommt meistens freitags, mit dem Einkauf. Manchmal fährt er am selben Tag wieder nach Welikije Luki zurück, aber wenn er zu müde ist oder zu viel getrunken hat, übernachtet er hier unterm Spitzdach. In klaren Nächten bleibt er dann wach und baut sein Teleskop auf, um mit den Sternen zu trinken. Für Himmelskörper habe ich kein Gedächtnis, doch er kannte sie schon, als er noch klein war und ich vollauf seine Mutter. Das letzte Mal als er hier war, wollte er mir unbedingt ein Wunder zeigen. Er winkte mich zu sich in den Garten und hielt sein Telefon in die Nacht. Wenn er es auf einen Stern richtete, sah man den Namen und die genauen Koordinaten auf dem Display. Das war keine Kunst. Ich freue mich nicht mehr auf Dimkas Besuche. Ein Störsender ist er, der in unsere Frequenz einbricht und alles verzerrt zurücklässt. Früher haben wir mit der größten Selbstverständlichkeit zusammengepasst, heute verbringt er mehr Zeit in seinem Auto als in seiner Plattenbauwohnung, macht – soweit ich das beurteilen kann – jeden Monat mit etwas anderem Geschäfte, liebt eigentlich niemanden, saugt aber begierig in sich auf, was er »die Aktualität« nennt. Und davon haben wir natürlich keine Ahnung. Wir hocken ja hier nur rum in unserem lachhaften Laden.

»Vielleicht kann er uns sagen, was es mit dem Wasser auf sich hat«, sagt Lew, »am Durchlauferhitzer liegt es nämlich nicht, den habe ich letztens noch überprüft.«

»Quatsch, beim letzten Versuch, was zu reparieren, hast du dir einen Schlag geholt, weißt du noch? Und dich dann für den Rest des Tages wie eine Raupe in dein Bett verkrochen!«

Elektrizität fließt hier reichlich, im Gegensatz zu Wasser. Alles steht unter Strom. Manchmal hört man im Haus nichts anderes, aber auch außerhalb führt die Elektrizität in den leeren Straßen und verlassenen Häusern ein Eigenleben, vor allem in der einzigen Platte im Dorf, wo sie sich über Tonleitern von Stockwerk zu Stockwerk schwingt. In den selbstgebauten Datschen aus Holz hausen noch gewöhnliche Poltergeister.

»Dimka kann uns sagen, was mit dem Himmel los ist«, sagt Lew. »Was es mit den Großen Geräuschen auf sich hat.«

Am liebsten würde ich ihn kräftig durchschütteln, wie er da so steht. Ohne die Kälte zu spüren, und mich spürt er genauso wenig: Alles muss vor seinen Sorgen weichen.

»Bestimmt ist es nicht nur uns aufgefallen, Nadja. Sicher weiß man, was da los ist. Und falls nicht, wird es verschwiegen, und dann wissen wir auch, was es in diesem Land geschlagen hat.«

Wenn man Lew von hinten sieht, sein breites Kreuz im Morgenmantel, ist ihm sein Alter nicht anzusehen, aber von vorn merkt man, dass sein Übergewicht verschwunden ist. Und das ist nicht etwa Weisheit oder Gelassenheit gewichen, wie man es dir versprochen hat, als du jung warst. Leider! Als er sich in Bewegung setzt, tut er das zögerlich, wie einer, der nicht mehr weiterweiß. Eine Antwort soll ich ihm geben, aber ich schweige, so haben wir nicht gewettet. Er hatte versprochen, mir die Welt zu erklären. Er sollte mir helfen, nicht umgekehrt.

»Es war eine Sinnestäuschung«, sage ich.

Da bleibt ihm die Spucke weg. Wir bilden es uns bloß ein! Und warum auch nicht? Früher oder später lässt sich die Einsamkeit ganz von allein was einfallen, wie ein aufmerksamer Gast, der eine Flasche Wein mitbringt, um den Abend rumzukriegen. Lew setzt sich, schnuppert, schnippt eine Zigarette aus einer zerknautschten Schachtel. Solche Gesten beherrscht er immer noch unwiderstehlich gut: sich eine Zigarette in den Mund zu schnippen, unsere schwächelnden vaterländischen Streichhölzer anzuzünden, ohne zu stocken. Und jedes Mal dieses willkürliche Zwinkern beim ersten Zug. Danach bringt er den Filter zu meinem Mund, lässt mich an der Zigarette ziehen und dabei seine Finger küssen. Ich dachte, sein Elan würde sich für den Rest unseres Lebens auf mich übertragen. So, wie man sich die Kraft eines Pferdes leiht, wenn man mit ihm über die Wiesen galoppiert. Als Studentin bog ich mir seinen widerspenstigen Arm zurecht, um an ihm durch Leningrad zu stolzieren. Ich dachte, die Leute starren uns an, weil wir ein so ungleiches Paar sind, so anders, ich dachte, bestimmt malen sie sich aus, wie wir Liebe machen. Aber wahrscheinlich war ich die Einzige, die sich darüber Gedanken machte, und sie fanden höchstens, dass er zu alt war für mich und ich zu hübsch für ihn, denn tatsächlich wurde ich damals immer hübscher. Inzwischen hatte ich mich, überzeugt von meinem besonderen Gespür für Fledermäuse, an die Untersuchung der Icaronycteris gemacht. Leider merkte ich bald, dass ich ein ganz normales Gehör hatte; die Wasserfledermäuse in Baschkortostan waren in der Balz gewesen, da gaben sie Laute niedriger Frequenz von sich, die außer mir auch andere Menschen hören konnten.

Sieh da, die Heimtücke der Fledermaus! Jedes Mal wenn wir uns einbilden, sie durchschaut zu haben, tut sich ein neues Rätsel auf. Angefangen bei ihrer Flugkunst. Bereits Leonardo da Vinci hatte erkannt, dass ihre Flügel viel komplexer aufgebaut waren als die der Vögel. Doch wie brachten sie es fertig, im Stockdunkeln Hindernissen auszuweichen und ihre bevorzugte Beute zu erwischen? Jahrhundertelange Folter war die Antwort auf diese Frage. Bei der Suche nach ihrem geheimnisvollen Sinnesorgan wurden die Versuchstiere blind oder taub gemacht, wir schmierten ihnen den Schnabel zu und beschwerten ihre Flügel. Und solange die Fledermaus nicht durchschaut wurde, erklärte man sie der Einfachheit halber für teuflisch. Hätten wir es doch nur dabei bewenden lassen, denn als das Rätsel gelöst war, brach der Neid sich Bahn. Kein anderes Tier wird vom Menschen so beneidet wie die Fledermaus. Was sie kann, will er auch können. Auf ihren Kopf ist ein Preis ausgesetzt, denn ihre Echoortung ist ausgefeilter als jedes Sonar. Frequenz und Tempo werden an die jeweilige Beute und den zu überwindenden Abstand angepasst. Und eine Fledermausmutter erkennt das Signal ihres Kindes unter Tausenden. Das kann ich auch, dachte ich, als ich ein Kind bekam. Eines Nachts lag ich als Einzige wach auf der Entbindungsstation im Krankenhaus von Welikije Luki, alle anderen Mütter schliefen. Und zwei Säle weiter war Vera das einzige Baby, das nicht schrie. Da war ich mir sicher. Gemeinsam lauschten wir dem Wind, der an den alten Fenstern rüttelte, und lachten laut. Im Lauf des Tages kamen die Schwestern mit einem Wagen voller fest gewickelter Säuglinge vorbei, die sie an ihre Mütter verteilten, als wären sie Leckereien. Die Frau im Bett nebenan wickelte ihr Baby sofort aus, um sich zu vergewissern, dass nichts fehlte. Doch ich vertraute darauf, dass Vera perfekt war, sie war die Schönste von allen. Das hatte ich sofort erkannt. Und Lew auch, aus mindestens zehn Metern Entfernung. Zusammen mit einer Reihe anderer Väter stand er zwei Stockwerke weiter unten auf dem Rasen, sie pfiffen auf den Fingern, bis wir mit unseren Päckchen ans Fenster kamen. Ich glaube, in russischen Krankenhäusern wird den Vätern auch heute noch der Zugang zur Entbindungsstation verwehrt, und sie dürfen Mutter und Kind erst eine Woche nach der Geburt in die Arme schließen. Als wir hinunterblickten, fanden wir das durchaus berechtigt. Sie waren alle betrunken, auch Lew. Er war der Älteste und als

Einziger unrasiert. Eigentlich wollte ich ihn gar nicht sehen. Ich drückte mein kleines Bündel wieder an mich, schnupperte an ihm und kehrte zum Bett zurück. Als ich in jener Nacht endlich schlief, träumte ich, ich würde mit Vera an der Brust aus dem Fenster springen. Wir flogen fort von der Klinik, aus der Stadt. Wir schlängelten uns zwischen den Gebäuden hindurch, streiften dicht über Felder und Tannenwipfel. Ich erinnere mich an ihr blondes Lächeln, ihren warmen, straff gewickelten kleinen Körper unter meinem Flügel. Und ich erinnere mich deutlich an den wilden Duft der Blumen und Bäume. Seither habe ich in meinen Träumen nie wieder etwas gerochen.

Lew legt seinen Arm um mich.

»Natürlich bringt Dimka neue Zigaretten.«

Da ist auch noch ein Sohn, richtig. Manchmal kommt er nur zweimal im Monat, aber selbst wenn er gar nicht mehr käme, im Keller habe ich genügend Reis, Rauchwurst, Pökelfisch und Salzgurken. Ich habe sogar noch einige Ketten aufgefädelter Trockenpilze von vorletztem Herbst und Räucherknoblauch, ein gelungenes Experiment. Ich habe Apfelmus eingeweckt, Blaubeeren eingemacht, und ein Pfund Schmalz im Glas ist auch noch da. Meine Vorräte hätten den Besuch eines Trupps ausgehungerter Soldaten verdient, solchen, die melancholisch summen wie in unseren alten Kriegsfilmen und sich am Ofen wärmen, während der Teig geht. Ach, Mütterchen, was für ein köstlicher Duft, der Tod Ihres Mannes soll gerächt werden, versprochen! Und dann der Abspann.

»Ist Mischa Baschkow eigentlich schon tot?«, fragt Lew plötzlich.

»Wer?«

»Professor Baschkow. Minsk, dynamische Geologie.«

»Keine Ahnung.«

»Er hat hier mal mit seiner Frau übernachtet. Dascha. Das weißt du nicht mehr, oder?«

Na bitte, hat die Hexe auch mal was vergessen, was für ein Triumph.

»Wenn er noch lebt, ist Baschkow mindestens achtzig Jahre alt. Es könnte sein Fachgebiet sein, diese Erscheinung ... dieser Umstand.«

»Was, das Wasser?«

»Die Luft, Weib! Den Lärm meine ich!«

Er muss sich kurz zusammenreißen, dann glätten sich seine Züge wieder.

»Wir sind nicht die Einzigen, die die Großen Geräusche gehört haben, weißt du. Die Wissenschaft hat sich längst damit beschäftigt.«

»Du wiederholst dich.«

Er lässt nicht locker. »Dieser Umstand ist sicher schon lang und breit dokumentiert. Da müssen wir die Geodynamik befragen, glaube ich. Und das, liebe Nadja, ist Michael Baschkows Gebiet. Ich bin gespannt, wirklich, ich kann die Erklärung gar nicht erwarten.«

Zufrieden schaut er zu dem Weg, über den sein Sohn kommen wird, mit Zigaretten, Essen und Erklärungen.

»Nadja und ich haben vor nichts und niemandem Angst«, hatte Lew zu denen gesagt, die wir zurückließen, denen, die dachten: Was will das junge Ding in diesem Kaff? Meine Mutter sagte, in Russland gebe es genügend Orte, wo die Zeit stehengeblieben sei, man solle sich von ihnen fernhalten, um nicht irrezugehen. In ihren Albträumen geriet ich unter Wortlose und Zahnlose, die sich um eine Kartoffel prügelten. Lydia war natürlich von Anfang an dagegen. Dass ich mich vom ersten Mann in meinem Leben hatte schwängern lassen, war das eine, aber dass ich mein Studium und die mit Tricks und Kniffen ergatterte Bude im Zentrum von Leningrad für ein Leben in Russlands Abgründen aufgab, machte sie wütend. Sie habe sich auf jemanden eingelassen, der sein Leben vergeude, und ihre Zeit in eine Freundschaft gesteckt, die ihr nie mehr etwas bringen würde. So sagte sie das, in aller Deutlichkeit. Inzwischen vermachte ich ihr die Ergebnisse meiner Forschung, die ich sowieso nie mehr beenden würde, doch in unserer sicher zwanzig Jahre währenden, schwierigen Freundschaft blieb sie im Recht und ich im Verzug.

Sie war nicht die Einzige, die etwas gegen unsere Pläne einzuwenden hatte. Sogar Schenja Klimow – mit seinen nackten Füßen und der heiseren Stimme der wilde Mann am Zoologischen Institut (es hieß, er schlafe selbst im Winter auf dem Dach seiner Chruschtschowka) – hatte Bedenken. Am Abend nach dem Umzug hörte ich ihn seinen besten Freund beschimpfen. Warum er in Gottes Namen nicht gewartet hätte, bis das Mädchen das Kind bekommen hatte? Das Mädchen, so nannte mich Klimow sein Leben lang, erst von oben herab, später schmeichlerisch. Und wieder sagte Lew: Nadja und ich haben vor nichts und niemandem Angst. Durch diese Behauptung blieb ich tatsächlich sein Mädchen, verliebt wie ein Mädchen. Wir schlossen eine Allianz gegen die Angst und konnten so allem Hässlichen trotzen, was unseren Weg kreuzte, und das war nicht wenig, angefangen bei den Dorfbewohnern, die wirklich nur wenige Zähne hatten, dafür aber reichlich Worte.

Sie redeten ununterbrochen – miteinander, mit sich selbst, mit dem großen bösen Schicksal, aber nur selten mit uns. Wenn ich in den Bus stieg, schwoll ihr Stimmengewirr zusammen mit dem Aufheulen des Motors an. Ich lernte, dass es keinen Sinn hatte, etwas zu erwidern, genauso wenig wie zurückzuschubsen, wenn sie sich in der Schlange vordrängelten. Ihre Worte glitten von mir weg, wie auch die Blicke der Verkäuferinnen in den leeren Läden. Trotz allem blieben wir die Städter, obwohl wir nur deshalb hergekommen waren, um uns dem »Leben, das eine Rolle spielte«, wie wir es spöttisch nannten, zu entziehen.

In diesen Jahren begann das Leben immer nachdrücklicher, eine Rolle zu spielen. Die Zeiten des Gemunkels waren vorbei, Träume waren dazu da, gelebt zu werden, und wer sich mit etwas anderem abgab als der Aktualität, war ein Feigling. Um seine Arbeit am Zoologischen Institut abzuschließen, musste Lew in den ersten zwei Jahren noch jede Woche in das Leben zurückkehren, das eine Rolle spielte. Wenn wir dann am Wochenende auf unserem Abendspaziergang an den Häusern vorbeikamen, sahen wir die Dörfler durch die Gardinen vor ihren Fernsehern sitzen, wo immer öfter Menschen gezeigt wurden, die ihrer Meinung nach waren wie wir: Stadtbewohner mit langen Haaren, modischer Kleidung und Widerrede. Im Kreml war jetzt ein lächelnder Mann an der Macht. Er trug gern Hut, weil er einen Flecken auf dem Kopf hatte, und liebte seine Frau, die sich zu kleiden wusste, abgöttisch. Das ärgerte die Dorfbewohner. Auch seine Mundart ärgerte sie, die einen weichen, aber anderen Klang hatte. In dieser Mundart erzählte er einer zahmen Menge, er wolle den Kampf gegen die Trunksucht aufnehmen, Alkohol würde Mangelware werden, weil er der Bevölkerung nicht guttue. Die Dörfler, mit ihren Kesseln für den Selbstgebrannten, dachten sich ihren Teil.

Schnee verrät sofort, wo ausgetretene Pfade sind und weshalb man sie meiden sollte. Je mehr Leute vor dir über einen Weg gegangen sind, desto schmutziger und glatter wird er. Ich brauchte nicht mehr unbedingt ins Dorf. Den Hühnern drehte ich eigenhändig den Hals um, Kohl baute ich selbst an. Alles Freundliche, das wir brauchten, gab es bei uns in der Straße, angefangen bei Scherpjakow, der uns sein Auto lieh, als ich für die Geburt ins Krankenhaus musste und der Lada nicht anspringen wollte. Und bei uns kannte ich jeden Abdruck im Schnee, jede Spur, jedes Vogel- und Katzenpfötchen, also auch Veras kleine Schritte. Weil ich sie drei Monate lang straff gewickelt hatte, waren ihre Füße und Beine schön gerade, wie bei vielen russischen Mädchen. Ich zögerte den Zeitpunkt hinaus, an dem ich sie in den Kindergarten bringen würde, doch dann kam das Exekutivkomitee und nahm sie mit. Für fünf lange Tage in der Woche, einschließlich der Mahlzeiten, die ihr zu allem Überfluss schmeckten. Breichen. Süppchen. Ein Löffelchen Mus. Läufchen, eine kleine Aufgabe, Tanzschrittchen, ein bisschen Üben, Schläfchen, Hackbällchen, Gedichtchen. Und beladen mit all diesen Verniedlichungsformen bekam ich sie abends zurück, um sie hier ins Bett zu legen.

Lew nimmt mich in den Arm, wie immer, wenn ich an unser Mädchen denke.

»Da wächst noch was«, sagt er und zeigt auf das umzäunte Stück Land, das unseren Gemüsegarten darstellen soll. Tatsächlich lugt da etwas aus dem Schnee, aber ich werde es mir nicht genauer ansehen. Unser Gemüsegarten macht, was er will. Zuerst einmal ist es zu kalt für die Jahreszeit. Die letzten

Winter waren zu mild, die Sommer zu nass, die Frühlingsmonate so eisig, dass wir am Ende fast keine Äpfel ernten konnten. Die Tomaten bekamen die Blütenendfäule, die Erdbeeren verschimmelten, bevor wir sie pflücken konnten. Ich glaube, dass es nie mehr echte Jahreszeiten geben wird, dass niemand mehr wissen wird, wann man zurückschneiden oder aussäen muss.

»Ich glaube, die Jahreszeiten sind verschwunden.«

»Nein, es gibt sie noch«, sagt Lew entschieden. »Sie sind nur in Vergessenheit geraten, das ist was anderes. Sie sind in Vergessenheit geraten, weil die Natur zu viel mit anderen Dingen zu tun hat.«

4

Bis Dimka endlich ankommt, ist es dunkel. In unser Deckennest gewickelt, lauschen wir dem anschwellenden Motorengeräusch. Die Veranda ist das einzige Bett, das Lew und ich noch teilen. Jetzt fällt Scheinwerferlicht auf die sterbende Fichte auf der anderen Seite des Wegs, auf den leise knisternden Strommast, auf den steilen Giebel von Scherpjakows Haus. In diesem Schattentheater lässt Dimka das Auto zum Stehen kommen, doch der Motor bleibt an und die Musik dröhnt weiter, während er seine Sachen zusammensucht. Da ist er also, mit Einkäufen und Erklärungen, kurz, mit der Wirklichkeit. Er spielt sich ganz schön auf, unser Sohn. Schon eine Weile ist alles an ihm schwarz, seine Kleidung, seine Tattoos, seine Schuhe, die er genauso gern putzt wie sein Auto, die Sonnenbrille, mit der er sogar abends seine Augen verdeckt, damit man nicht sieht, dass sie blau sind und kulleräugig wie bei einem Kind. Er gibt uns einen Kuss, sein Parfüm zerschneidet die Luft.

»Wie lange seid ihr schon hier draußen? Ihr holt euch noch den Tod, bei der Kälte.«

Leise fluchend geht er in die Küche vor. Knallt das Licht an, stellt die Einkäufe auf den Tisch. Wenn Dimka da ist, könnte man meinen, das Haus gehöre ihm. Solche Leute gibt es, eiskalt machen sie sich im Leben der anderen breit, hoffen, dass die sagen: Na, was hältst du davon? Nimm ruhig, wirst schon sehen, was du davon hast. Dimka hat das Zeug, steinreich zu werden, glaube ich.

»Die Arschlöcher haben die Straße gesperrt.«

»Welche Straße?«, fragt Lew, als ob es ihn noch betreffen würde. Er fährt schon seit Jahren nicht mehr Auto.

»Die nach der Ausfahrt natürlich, da ist ein Loch, wo Wasser raussprudelt, und sie haben ein Band drum rum gespannt und das wars. Seht zu, wie ihr damit fertig werdet, Leute!«

»Na bitte!«, ruft Lew triumphierend. »Die Wasserleitung ist kaputt, habe ich es doch gesagt!«

Dimka holt ein Brathähnchen aus einem Plastikbeutel, schnippt mit den Fingern, als wollte er das Vieh dressieren. Die älteste unserer Katzen hat es längst mitbekommen, sie steht schon in der Tür, mit offenem Maul. Es kommt kein Ton raus. Bulka hat durch einen Blitzschlag am Fluss seine Stimme verloren. Er kam immer mit auf Aalfang, das konnte er besonders gut, lotete das Wasser aus und tauchte dann in einem weiten Bogen in den Fluss ab wie ein Fuchs in den Schnee. Seine Beute, die manchmal größer war als er selbst, lieferte er langsam und umsichtig bei uns ab. Vor zehn Jahren, wenn es nicht länger oder kürzer her ist, sahen wir, wie er vom Blitz getroffen wurde, als er versuchte, ans Ufer zu klimmen. Wir sahen einen Feuerkranz um seine Ohren und hörten danach seinen letzten Schrei. Jetzt fängt er keine Fische mehr. Das ist die Geschichte unseres Katers Bulka.

»Hol Gläser, Mama. Es gibt Neuigkeiten.«

Ich will keine Neuigkeiten. Ich will ihm über den Kopf streichen, doch er wendet sich ab, öffnet den Reißverschluss seiner Lammfelljacke. Er hat sich noch so eine schwarze Kritzelei stechen lassen, in glagolitischer Schrift, aber die Buchstaben brauchen nicht weiter zu ihm durchzudringen als die paar Millimeter an seinem Hals, an dieser Stelle wird er den Spruch nie selbst lesen können. Dimitri Lwowitsch Bolotows Untertitelung ist für andere gedacht, für den Gegenverkehr in seinem Leben. Völlig erledigt sei er, wiederholt er die ganze Zeit, während sein Vater ihn über die Wasserleitung ausfragt. Gerührt packe ich die Einkäufe aus. Ich stelle mir vor, wie er die Tomaten ausgesucht hat, ungeduldig auf die Vitrine getrommelt und auf den Aufschnitt seiner Wahl gezeigt hat. Mit diesem schleppenden Sprechen ist es meistens nach einer Stunde vorbei.

Er war ein reinliches Kind, ein ordentlicher und bedächtiger kleiner Junge. Weil das Exekutivkomitee ihn gleich nach seiner Geburt auf dem Schirm hatte, kam er nie in den Genuss eines solchen Wolfsbabyjahrs wie seine Schwester. Die Sowjetunion steuerte auf ihr Ende zu, doch die Verszeilen über Lenin und die Partei marschierten weiter in die Köpfe der kleinen Kinder. Am Wochenende versuchten wir sie durch unseren eigenen Blödsinn zu ersetzen. Wir spielten auf den bestehenden Text an und dachten uns andere Wendungen aus. In unserer Fassung hießen Lenins Anhänger die *Leniwtsy*, Faulpelze, aus der Gattung der Ameisenbären, und hingen am liebsten kopfüber am Baum. Für die Partei! Doch Wladimir Iljitschs Anziehungskraft auf unsere Kinder blieb ungemindert, egal, welche Form er durch unsere Sabotage in ihrer Fantasie angenommen hatte. Eines Tages fanden wir Dimka, die Arme um einen Ast der dicken Eiche hinterm Haus geschlungen, wie er ängstlich ein Lied über Lenin sang, der für immer jung bleiben sollte. Dass Lenin große Ähnlichkeit mit einem Braunkehl-Faultier hatte, erkannten wir erst Jahre später, als wir eines im Zoologischen Institut sahen, das mindestens so gekonnt präpariert war wie der große Führer in seinem Mausoleum.

»Du siehst schlecht aus, Papa.«

»Stimmt«, sagt Lew mit vollem Mund.

»Vitaminmangel. Ihr fangt euch hier noch Skorbut ein. Nie was von Vaterlandsliebe gehört, oder?«

»Was hat das Vaterland mit unserer Gesundheit zu tun?«

»Alles. Unsere Sterberate ist höher als unsere Geburtenrate. Das Mindeste, was ein guter Russe tun kann, ist, am Leben zu bleiben.«

Je später es wird, umso größer wird meine Hoffnung, dass die Neuigkeit, mit der uns Dimka auf die Nerven gehen will, im Wodka ersäuft. Er schenkt sich öfter nach als seinem Vater, der krampfhaft versucht, die Augen offen zu halten. Die schwenken in ihren wässrigen Höhlen ungehorsam von links nach rechts, während Dimka redet. Über die Russen, die nie eine Niederlage erlitten haben, über die Amerikaner, die nie auf dem Mond waren, über die Gefahr, die vom Feminismus ausgeht, und über mit Hormonen vollgespritzte Importwurst, die vor allem junge russische Männer essen, ab der Armee, sodass es bergab geht mit der Qualität ihres Samens und die russische Geburtenrate sinkt; in Dimkas Tirade ist alles Absicht und nichts Zufall, er gestikuliert immer wilder, je weniger Lew reagiert. Eben hat er die Faust geballt, jetzt greift er sich an den Hals, gleich wird er sich mit der flachen Hand auf die Brust schlagen.

»Ist euch schon aufgefallen, dass es seit dem Terrorismus keine Ufos mehr über Russland gibt? Achtet mal drauf! Die Anzahl der Sichtungen hat drastisch abgenommen. Früher war in der Zeitung ständig die Rede davon, jede Woche konnte man eine ganze Sendung damit füllen. Und jetzt? Nirgends eine fliegende Untertasse in Sicht! Hier nicht, im Westen nicht, kein Ufo mehr weit und breit!«

»Und das liegt am Terrorismus?«

»Kannst du laut sagen! Seit Tschetschenien keine mehr in Sicht! Twin Towers, Irak, Beslan, U-Bahn-Attentate … Keine Spur von einem Kornkreis!«

»Vielleicht gibt es sie nur in Friedenszeiten. Von Ufos über Stalingrad oder Kursk habe ich nie was gehört.«

»Da waren schon zu viele Deutsche in der Luft.«

»Borodino? Die Schlacht bei Kulikowo?«

»Zu lange her, da gabs noch keine Ufos, damals war es das Werk Gottes oder des Teufels, klare Sache, abgehakt.«

»Interessant«, sage ich und stelle die Flasche außer Reichweite. »Vielleicht sehen die Menschen ja Ufos, wenn ihnen keine echte Gefahr droht, fürchten sich vor dem Unerklärlichen, weil es nichts Erklärliches zu fürchten gibt.«

Plötzlich sitzt Lew da wie wiederauferstanden. Er denkt an den Himmel, das Werk Gottes und des Teufels, die wolkenverhangene Luft, die da draußen schläft und jeden Moment in lautes Schnarchen ausbrechen kann. Er beugt sich zu seinem Sohn vor, nimmt dessen Hände in seine.

»Ich will mich mit dir austauschen«, sagt er, »es geht um Leben und Tod.«

Dimka nickt, er ist ganz Ohr.

»Kurz gesagt, wir werden in letzter Zeit von seltsamen Geräuschen geplagt.«

Dimka isst wieder weiter. Seltsame Geräusche, so, so. Damit hat doch jeder gelegentlich Probleme.

»Das muss aufgeklärt werden«, fährt Lew fort. »Wir können nicht hierbleiben und von nichts eine Ahnung haben.«

»Hab ichs doch gesagt! Die Ufos.«

»Ich habe nachgedacht. Wir könnten Schenja Klimow anrufen …«

»Der ist tot«, sage ich, »merk dir das doch mal.«
Verstört schlägt Lew auf den Tisch.
»Mischa Baschkow, meine ich, du lästige Hexe!«
»Kenne ich den?«, fragt Dimka und angelt nach der Flasche.
»Nein, das ist ein alter Kumpel von mir, ich glaube, du warst noch zu klein, als er mal hier übernachtet hat. Er ist Professor der dynamischen Geologie, in Minsk.«
»Belarus.«
»Diese Geräusche, sagen wir mal, dieses meteorologische Phänomen liegt in seinem Fachgebiet.«
Fachgebiet! Gedanken austauschen! Hier spricht der alte Lew, der sich vor seinem Sohn am Riemen reißt, und ich darf mich morgen wieder mit dem Spinner abgeben. Jedes Mal ist das so. Im Beisein anderer tut er vernünftig, legt einen Gedächtnis-Sprint hin, von dem er sich noch tagelang erholen muss.
»Professor Baschkow, wie gesagt. Vielleicht auch schon tot. Wir könnten ja mal anrufen.«
Zu meiner Überraschung zieht er mit einem Handgriff das alte Telefonregister aus der Küchenschublade. Ich wusste nicht mal, dass wir das noch haben. Es gab Zeiten, da funktionierte unser Festnetz und wir wurden oft angerufen, und für eine Weile hatten wir sogar einen Anschluss, der uns ins Internet rein- und wieder rauskatapultierte, rein, raus, rein, raus. Die Hölle. Gebannt lauschten wir dem Fiepen und Knacken, bis der Bildschirm sich mit Bildern und Wörtern füllte, die uns kaltließen. Jetzt blättert Lew die Namen durch, als würden wir noch eine Rolle spielen. Ein paar sind durchgestrichen, aber er hat sie alle selbst notiert, zu der Zeit, als wir diese Leute noch zu Gesicht bekamen. Würde er sie erkennen? Da, das »Б« von

Baschkow. Ich erinnere mich wirklich nicht an diesen Mann, genauso wenig wie an seine Frau.

»Kannst du anrufen?«, fragt er Dimka. »Ich will, dass du das übernimmst.«

Das tut Dimka. Er tippt die Nummer in sein Handy ein und hält es mit fragendem Ausdruck ans Ohr.

»Es klingelt«, flüstert er. »Ah! Guten Abend! Ich suche Herrn Professor. Baschkow! Was sagen Sie? Baschkow!«

Sein Vater entreißt ihm das Handy und brüllt sofort los.

»Hallo! Baschkow! Hallo! Er schläft schon? Er ist also noch nicht tot? Bolotow am Apparat! Können Sie ihm ausrichten, dass … Was? Nein, Baschkow! Basch-kow!«

Er wirft einen Blick auf das Ding in seiner Hand, kapiert rein gar nichts, lauscht erneut.

»Ich höre nichts. Schweigen.«

»Aus der Leitung geflogen«, stellt Dimka fest. »Ist immer so in diesem Kaff.«

Wir trinken noch eine Runde, stoßen auf den noch nicht toten Baschkow an. Danach betrachten wir schweigend die Hühnerkarkasse auf dem Küchentisch. In einer Stunde kommt dein Zug, Lokführer. Ich muss zusehen, dass ich diese Männer loswerde. Ich stehe auf und schiebe Lew die Arme unter die Achseln, Dimka stellt sich daneben, ich weiß nicht, was er jetzt noch für uns tun könnte. Als ich Lew auf die Beine hieve, kippt sein Kopf nach links, während sein Blick auf den Boden zu seiner Rechten gerichtet bleibt. Der panische Ausdruck eines Neugeborenen.

»Ich schaffe es allein«, sagt er, als wir schon halb durch den Flur sind, stürzt sich aber gleich danach wieder in Dimkas Arme, die immer noch weniger muskulös sind als seine. Dimka flucht, Lew furzt, der Boden knarrt, unvorstellbar, was wir für einen Lärm machen. Im linken Fenster lacht sich der Mond kaputt. Ich bin mir sicher, dass er vor nicht mal zwei Wochen auch voll war.

»Schlaft ihr nie mehr zusammen?«, fragt Dimka, als unsere Aufgabe vollbracht ist. Wir schauen auf den sinnlosen Haufen Männlichkeit auf dem Bett, da drinnen schnarcht es schon, die Träume taumeln in sein Hirn, nein, dem brauche ich nichts hinzuzufügen, das schläft fürstlich und allein.

»Komm mit, dann zeige ich dir ein Wunder«, sagt Dimka ein weiteres Glas später, als wir im Garten rauchen. Das Wetter ist unfreundlich geworden, das gefrorene Gras knackt unter meinen Pantoffeln, wir haben den Kragen hochgeschlagen und blasen Rauch in die Luft wie kleine Kanonenöfchen.

»Hörst du was?«

Nichts, fällt mir auf, es ist außergewöhnlich still für diese nächtliche Stunde.

»Pass mal auf.«

Er zückt sein Handy, wischt mit rasender Geschwindigkeit darüber, das Display leuchtet auf wie eine Feuerqualle. Dann zaubert er das Geräusch eines Waldkäuzchens hervor. Das hohe Tschilpen eines Weibchens, unverkennbar. Er hält das Gerät in die Luft, das Telefonkäuzchen tschilpt nochmals.

»Pscht!«

Keine halbe Minute später tönt die hoffnungsvolle Antwort aus dem Wald. Ein betrogenes Männchen.

»Steck das ein«, sage ich, doch Dimka starrt unbeirrt weiter aufs Display und lässt mit dem Zeigefinger Dutzende Vogelfotos vorbeiziehen.

»Damit kann man den ganzen Wald verrückt machen, Mama. Sollen wir den mal ausprobieren? Ein Adler. Dann bist du mit einem Schlag alle Mäuse los.«

»Nein, steck das ein. Dieses Teufelszeug.«

»Was hast du auf einmal mit dem Teufel zu schaffen?«

Er lässt das Handy fallen, ächzt wie ein alter Mann, torkelt zurück zur Veranda.

»Für die gibt es übrigens auch eine App, Fledermäuse …«

Ich helfe ihm zurück ins Haus, zur Bodentreppe, doch er rührt sich nicht vom Fleck, und im Flur fängt er dann an, mit schwerer Zunge zu flüstern.

»Bevor ich es vergesse … Weißt du, wer sich bei mir gemeldet hat?«

»Nein«, sage ich und schiebe die Luke mit dem Stock auf.

»Rate mal.«

»Keine Lust.«

»Es ist eine Ausländerin.«

Ich weiß sofort, von wem er spricht. Und will nichts über sie hören. Ich schiebe meinen Sohn die Treppe hoch. Doch er lässt nicht locker, dreht sich auf halber Höhe um und platzt raus mit der Neuigkeit.

»Die Holländerin!«

»Das Bett ist schon gemacht, ich habe dir zwei Extradecken draufgelegt. Wenn das nicht reicht, musst du dir Bamscha holen. Sie liegt immer gerne an deinem Fußende.«

»Unglaublich, oder? Nach all den Jahren! Sie hat ein Kind bekommen. Zumindest sah es auf den Fotos so aus. Sag schon, wie heißt sie noch gleich? So ein verrückter holländischer Name.«

»Der Ofen meiner Großmutter, das ist die einzige Holländerin, die ich kenne.«

So von unten betrachtet ist sein Gesicht blass und aufgedunsen. Es ist wirklich merkwürdig. Wir haben uns echt Mühe gegeben, und das ist also aus ihm geworden. Ich frage mich heute noch, wo er die kurzen Beine und das breite Becken herhat, die er in Schlabberhosen aus Trainingsstoff steckt. Deshalb nennen wir ihn heute noch »Dimka«, nicht Dima und erst recht nicht »Dimitri«. Ein großes, pummeliges, vollgekleckertes Kind. Für immer. Sogar die Stufen, die jetzt unter unseren Füßen knarren, sind mir vertrauter als er. Sollen Eltern auch für ihr erwachsenes Kind Zärtlichkeit empfinden? Außer Krokodilen wird kein anderes Tier so langsam erwachsen wie wir. Die Mütter knacken die Eierschale mit den Zähnen und tragen ihre Babys mit Ehrfurcht gebietender Selbstbeherrschung im Maul herum.

»Wenn du noch ins Bad willst«, sage ich, »geh nur, ich muss sowieso noch raus, nach den Tieren schauen.«

Mein Herz klopft, als wäre ich einen Marathon gelaufen, und mir ist übel. Was ist das nur in mir drin? Ich habe in meinem Leben genügend Dinge gesehen, von denen einem schlecht werden kann, das ist nichts Besonderes; sagen wir mal, in diesem Land kommt man nicht drum rum. Als der Nachbar von oben schon halb verwest aus der Platte getragen wurde, fühlte es sich nicht so an, obwohl ich noch klein war. Oder liegt es an meinem Alter, dass ich beim Gedanken an diese Frau einen Brechreiz bekomme?

»Mamaaa!«

Dimkas Stimme, eine Oktave tiefer als früher, aber noch genauso autoritär. Damals hätte ich gesagt: Komm her, wenn du was von mir willst. Heute haue ich ab.

Manche fürchten sich vor der Dunkelheit, weil sie Schatten zeichnet, die sie noch nie gesehen haben, und Geräusche macht, die sie nie wieder hören werden. Ich fürchte mich nicht vor diesen Bäumen, ich kenne sie gut. Ein paar stehen hier schon, seit ich hier wohne, und sie sind kein Stück größer geworden. Was wissen wir schon von diesen Wesen? Unter ihren Füßen wimmelt tausendmal mehr Leben als darüber. Ihr einzelgängerischer Gleichmut ist bloßer Schein, hinter ihrer Rinde werden wilde Pläne geschmiedet. Manche Bäume gönnen den anderen das Weiße im Auge nicht, sind von Neid zerfressen. Früher durfte Lew ruhig ein paar Wochen auf Expedition gehen. Ich schlief ein, ohne die Tür zuzuschließen, und wenn ich nicht schlafen konnte, spazierte ich hier stundenlang allein herum. Ich versuchte, Tiere zu sehen, bevor sie mich hörten, und selbst wenn ich mich verirrte, die Bäume waren mir vertraut. Ich wusste noch zu wenig, um zu wissen, was ich lieber nicht wissen sollte. Meine Augen gewöhnten sich schneller an die Dunkelheit als heute, und meine damalige Hündin fand mich am Geruch wieder, während ich sie am Geräusch erkannte. Ich trug Wörter in ihr herumkreisendes Hecheln und Schnüffeln, am Anfang noch Sätze, ja, ganze Betrachtungen, aber später wiederholte ich nur ein und dasselbe Wort, um zu hören, wie es sich an einem Ort machte, wo lange nicht mehr gesprochen worden war.

Meine jetzige Hündin dreht keine Kreise um mich, sie geht weit vor mir her, weiß schon, wo ich hinmöchte. Sie wollte unbedingt mit, obwohl sie sich an Dimkas Fußende hätte legen können. In einer Winternacht wie dieser ist alles verkehrt herum. Der Mensch folgt dem Hund. Der Himmel ist pechschwarz, während die Erde vor lauter Weiße leuchtet. Der Pfad hinter diesem Weidenbaum führt zu der Lichtung, wo wir unser Labor hatten. Von Weitem ist nicht zu sehen, wie verfallen es ist. Ich war ewig nicht mehr drinnen und werde auch jetzt nicht reingehen: Ich werde mich auf die Stufen setzen, den Rücken an die Tür gelehnt. Schätzungsweise eine Viertelstunde, höchstens. Wenn der Zug vorbei ist, kann ich schlafen, und morgen, nach dem Aufwachen, will ich nichts mehr über die Holländerin hören. Bevor sie hergekommen ist, war hier alles noch ein Traum, in dem wir es prima ausgehalten haben, Lew und ich.

Wenn die Zeit reif ist, Lokführer, werde ich dir von ihr erzählen. Von der Frau, die leichtfüßig in unser Leben trat, es aber mit einem hinkenden Nachspiel wieder verließ. An den Vibrationen unter meinen Fußsohlen merke ich, dass du nicht mehr weit weg bist. Jedes Mal wenn ich dich näher kommen höre, hoffe ich, dass … Ich klammere mich an dein Versprechen, verschiebe die Enttäuschung auf die Zeit nach den Waggons. Wie findest du es hier eigentlich? Gefällt dir dieser Wald oder findest du ihn stinklangweilig, weil du dich nach einem Ziel sehnst, wo dich nicht nur ein Mensch erwartet, sondern eine ganze Menge? Ein großer Bahnhof, Getümmel am Gleis? Aus meinem Mund mag es seltsam klingen, aber ich glaube nicht ans Einsiedlertum. Jeder will eine Rolle spielen, am liebsten für andere, für mehrere Menschen oder einen besonders wichtigen. Und das ist Lew nicht mehr. Der Arzt sagt, er sei nicht dement, sondern leide an Amnesie, nicht das Alter räume ihm den Kopf leer, sondern die Angst. Als ob das nicht dasselbe wäre. Vielleicht bin ich ja das Problem. Vielleicht müsste ich Angst haben, aber das geht nicht. Das Fehlen von Angst, habe ich gelesen, rührt von einem Parasiten im Kopf her. Wenn man

Mäusen Toxoplasma spritzt, laufen sie Katzen so lange seelenruhig vor der Nase rum, bis sie gefressen werden. Wo ich mir den wohl eingefangen habe? Bestimmt in Baschkortostan. Vielleicht sollten wir dorthin zurückgehen. Dem großen Stier Kungir Buga folgen, a-u, se-u, durch den Ural in die Stille. Wieder eine Hütte aus Gras bauen, damit unsere Gedanken dorthin zurückkehren, wo sie hingehören. Hätte ich meine Träume nicht besser im Land der Schamanen zurückgelassen? Dann hätte ich sie in Momenten der Einsamkeit auspacken können, um mich reinzusetzen und davonzufahren, jetzt zum Beispiel.

In dem Zug, der unsere Klasse nach Leningrad zurückbrachte, war der Ausblick ein ganz anderer als auf dem Hinweg, und das lag nicht nur am Unterschied zwischen Tag und Nacht. Meine Erlebnisse standen wie ein unpraktisches Gepäckstück zwischen mir und Lydia. In den Blicken, die sie von mir abwandte, las ich Ärger, den ich erst viel später begreifen sollte. Klar, Lew hatte schon viele andere Mädchen in seine Arme gelockt. An Expeditionen herrschte kein Mangel. Und es war natürlich ein Erlebnis, unter dem Sternenhimmel neben einem knisternden Feuer zum ersten Mal Liebe zu machen, während ein Stück weiter ein vom weiblichen Rudel abgewiesener Junghirsch einsam seinen Weg verfolgte. Ich meine ja nur! Wie viele Studentinnen hatten ihre Arme bereits um seinen breiten Nacken gelegt, seine Brust bestaunt, die sich über ihnen wölbte, während ein Stück weiter der Steppenfuchs versuchte, das abgenagte Menschenmahl aus der Asche zu holen? Ich habe nie danach gefragt, damals nicht und später auch nicht.

»Steppenfüchse sind monogam«, sagte er, als wir den Fuchs

entdeckten, ein mageres Biest im Sommerfell, das sich aber in Sicherheit wiegte, weil uns schwelende Kohlen trennten. Er schlang und schluckte, schoss davon, kehrte aber in den rötlichen Lichtschein zurück, um uns zu beobachten.

»Die Paare bleiben ihr Leben lang zusammen.«

In diesem Moment eine schöne Eingebung, aber vom Weibchen fehlte jede Spur. Wir hatten es hier mit Reineke dem Witwer zu tun. Daneben erinnere ich mich an den Geruch von geschnittenem Gras, den Geschmack von Salz in seinen Augenbrauen, seine schwindelerregende Zunge in meinem Mund, den Angstschrei eines Hasen. Ein einziger. Es gab dort so viele Geräusche, die nur einmal erklangen und danach nie wieder. So viele Dinge, die sich einmal blicken ließen und danach nie mehr. Was geschah dort mit mir? Ich wollte ein Kind von ihm, auf der Stelle und noch lange und glücklich. Ich wollte etwas Endgültiges von diesem Mann. Das ist nichts für dich, Lokführer. Du rast einfach weiter.

5

Natürlich habe ich von Vera geträumt. Es war ja klar, dass nach meinem Sohn auch meine Tochter zu Besuch kommen würde, und sie war schön. Makellos. Sie muss etwa dreizehn gewesen sein, glaube ich, und so braungebrannt, wie sie damals eben war. Breites Lächeln, strahlend weiße Zähne. Doch plötzlich ergriff sie als Erwachsene das Wort, und ich musste ihr den Mund verbieten. Zuerst freundlich. Doch dann veränderte sie sich, wurde immer blasser und älter und sprach in einer Fremdsprache. Ich drohte in das Jahr zurückgeholt zu werden, an das ich mich lieber nicht erinnere, und deshalb hob ich die Stimme. Ich will es nicht hören, schrie ich, denn einen Vorteil hat unser kleines Leben, wir können die Aktualität außen vor lassen. Dann spritzte ihr das Blut aus den Augen und ich wachte auf, eine Stunde vor dem Raben.

Jetzt stehe ich in der Küche und rolle Hackbällchen für den Teig, der gerade geht. Zwei Kater beobachten mich von der Fensterbank aus. Sie wissen, dass man immer zu viel Füllung übrig hat, egal wie viele Pelmeni man macht. Die Hackbällchen sind immer zu groß für die aus dem Teig gestanzten Kreise. Das Ausrollen, Walzen, Ausstechen und Andrücken geht schneller Hand in Hand mit zwei oder drei Frauen. Nicht, dass ich damit Erfahrung hätte – meine Mutter war zu eingespannt für solche Art von Handarbeit, und sie machte sich Sorgen, weil ich, ihre Tochter, die Pelmeni nicht fix und fertig kaufte – doch ich kannte den Ursprung dieses Gerichts, eine Geschichte, an die ich immer wieder dachte, wenn ich den Teig um die Füllung andrückte: In der Eiseskälte von Sibirien hängten die Frauen als Vorrat ganze Bündel von Pelmeni vor die Hütte, damit ihre Männer, wenn sie auf die Jagd gingen, nur noch Wasser dafür aufsetzen mussten, und fertig war ihre Mahlzeit. Aber natürlich brachten sie auch Fleisch zurück, ganze Rentiere und Bären, und daraus mussten die Frauen dann wieder kleine Hackbällchen rollen, also hatten auch sie sicher zu viel Füllung. Pelmeni zuzubereiten geht einem leicht von der Hand, ans Ergebnis darf man aber nicht denken. Binnen fünf Minuten werden an die dreißig Stück verputzt, zusammen mit einer ordentlichen Portion Sahne.

Zum Glück schlafen Lew und Dimka noch. Ich kann das Haus in aller Ruhe wieder in Besitz nehmen. Wir haben wieder Wasser, also lasse ich die Wanne schon mal volllaufen, füttere die Tiere und lege durch die gusseiserne Luke in der Wand zwei Scheite aufs Feuer. Da drinnen schwelt es immer, im Winter wie im Sommer, wenn wir kein Feuer brauchen und uns nicht drum kümmern. Dann murmelt es weiter, aus eigener Kraft und in seiner eigenen Sprache. Drei Zimmer in diesem Haus sind um dieses Feuer angeordnet, sodass jedes ein Drittel der Wärme abbekommt. Im Anfang war der Ofen. Ein guter Ofen Trost, den brauchte ich hier oft genug. Früher gab es nur in unserer Datscha einen Ofen, den nannte meine Oma »die Holländerin«, nach den Öfen in Delfter Blau im Schloss Peterhof. Wann immer sie konnte, verwendete meine Großmutter exotische, vorrevolutionäre Wörter für die Dinge in ihrer »Anturasch«. Das Holzschränkchen aus Obstkisten nannte sie zum Beispiel den »Truimo«, und sie sprach von einem »Funt« statt einem halben Kilo, doch an nichts hing sie so sehr wie an der

Holländerin. Die war kleiner als die zaristischen, aber genauso rundbrüstig wie Oma, und bei beiden fragte man sich, woher diese Üppigkeit rührte. Auch diese Feuerstelle war ein Selbstheizer, Oma dagegen zehrte hauptsächlich von bulgarischen Zigaretten. Babulja. Als Kind bezeichnete dieses Wort für mich sowohl meine Großmutter als auch den Ofen, oder beide zusammen. Das warme und verständnisvolle Herzstück unserer Datscha. Nicht mehr lange, und ich bin so alt wie sie.

Aus dem Schlafzimmer dringt leises Jammern. Manchmal weint Lew im Schlaf, manchmal scheint er lange, bedächtige Reden zu schwingen, doch wenn man näher kommt, hört man, dass es unzusammenhängende Silben sind, die nur eine entfernte Ähnlichkeit mit dem Russischen haben. Vielleicht hat sich ja ein linguistisches Fossil in seiner Hirnrinde eingenistet. Ich wecke ihn, und der Ernst rutscht ihm vom Gesicht. Er sieht mich mit einem genauso leeren Blick an wie gestern und die Tage davor, als wäre er erst sechs Jahre alt.

»Die Wanne ist schon voll.«

Sein Gesicht erhellt sich.

»Ich muss nur noch ein paar Kessel heißes Wasser reinschütten, wahrscheinlich ist es zwischenzeitlich ausgekühlt.«

Als ich ihm aufhelfe, bekommt er eine Erektion. Das passiert öfter, wir ignorieren es beide nachdrücklich. Noch bevor wir getrennt schliefen, hatte ich bereits genug von seinem Geschlecht, egal, in welchem Zustand. Nicht von meinem, mit meiner Lust war alles in Ordnung, es hatte wirklich nur mit seinem Geschlecht zu tun, unabhängig vom Mann. Ein prima Pimmel, aber auf Dauer so was wie ein Stammgast. Der schon wieder.

»Was soll ich mit dem Morgenmantel?«

»Dimka ist da«, sage ich. »Das weißt du noch, oder? Ich habe ihn gerade runterkommen hören, er ist in der Stube und versucht wieder mal, den Fernseher zu reparieren.«

»Das hat keinen Sinn«, ruft Lew seinem Sohn zu, »der tut es seit Jahren nicht mehr.«

»Seit du ihm einen Tritt verpasst hast, genau«, ruft Dimka zurück.

»Das liegt nicht an mir, das liegt an den Nachrichten. Das Bild ist vor lauter Elend erloschen, wie das Licht in Galileos Augen.«

Dimka kommt zur Tür, zieht die Trainingshose hoch. Dieselbe wie gestern, vielleicht hat er sie zum Schlafen anbehalten. Was für ein scheußliches Gefühl, so ein unattraktives Geschöpf in die Welt gesetzt zu haben. Ich weiche seinem forschenden Blick aus, doch als wir zu zweit am Küchentisch sitzen, fragt er trotzdem. Warum ich denn gestern abgehauen sei und wohin.

»Ich musste mich um die Tiere kümmern.«

»Hör zu, Mama. Sie hat mir gemailt. Nicht umgekehrt.«

»Keine Ahnung, von wem du sprichst. Oder von was.«

»Warum drückst du dich davor?«

»Stopp.«

»Ich habe keinen Kontakt zu ihr gesucht, falls du das denkst. Ich saß friedlich bei Tamonikow, habe an meinem Handy rumgespielt, und plötzlich war ihre Mail da. Ich wusste nicht mal, dass die Holländerin meine Mailadresse hat.«

»Hast du nicht gehört, was ich gesagt habe? Ich weiß nicht, wovon du sprichst!«

»Schrei nicht so«, ruft Lew aus dem Badezimmer. »Ich versuche mich hier zu waschen.«

Dimka schiebt den Stuhl zurück, schaut nachdenklich auf den Brei, den ich ihm aufgetan habe.

»Es geht nicht weg, nur weil du nichts dazu sagst, Mama.«

Aha, das Kind spielt jetzt also den Psychologen.

»Außerdem bist du nicht zu den Tieren gegangen, sondern geradewegs in den Wald. Zum Labor. Papa sagt, da treibst du dich öfter rum.«

»Quatsch. Es gibt kein Labor mehr.«

»Dann eben eine Biologische Station.«

»Die gibt es genauso wenig. Ein verfallener Schuppen ist es, höchstens. Da hat überhaupt niemand was zu suchen. Und warum hörst du eigentlich noch auf deinen Vater, du siehst doch, wie es um ihn bestellt ist?«

»Sieh einer an, er ist also das Problem«, murmelt Dimka kopfschüttelnd.

»Was hast du gesagt?«

»Nichts. Es gibt kein Problem, das sich nicht reparieren lässt.«

»Was, dein Vater?«

Er guckt mich an, als wäre ich verrückt geworden. Endlich lässt sich der Rabe hinter ihm auf der Fensterbank nieder. Er will Obst. Er ist so groß, dass er sich bücken muss, um den Apfel zu kriegen, den ich ihm durchs Fenster reiche. Früher hatte er ein Weibchen, es war viel kleiner als er. Raben bleiben eigentlich ihr Leben lang zusammen, sind aber oft grausam zu ihren Kindern. Von Scherpjakow, der es wiederum von seinem Onkel erfahren hatte, erfuhr ich, dass dieses Paar nach dem Krieg sein erstes Nest in der Fichte zwischen dem Acker und unserem Weg gebaut hatte und es jedes Jahr von Neuem tat, dass die

Küken aber nie überlebten, weil das Weibchen sie aus dem Nest warf, wenn das Männchen weg war. Das merkte das Männchen schließlich, und die Leute sahen, wie er ihr die Augen aushackte und sie aus dem Nest vertrieb. Doch die Küken, die er hatte beschützen wollen, folgten vergeblich ihrer Mutter und wandten sich am Ende gegen ihn. Danach herrschte im Dorf ein Vierteljahrhundert lang Rabenkrieg.

»Das Labor«, sagt Dimka. »Es gibt kein Problem, das sich nicht reparieren lässt. Wie viel Zeit ist seither vergangen? Keiner im weiten Umfeld weiß noch, was hier passiert ist. Als ob es nichts Wichtigeres gäbe! Ehrlich, das kümmert keinen. Wenn ihr das Labor wiederherrichtet, können wir eine Stange Geld verdienen. Es gibt genug Stadtkinder, die mit blassen Gesichtchen hinter schmutzigen Scheiben verkümmern und etwas über die Natur lernen wollen. Einmal mit dem Staubwedel drüber, schöne Expeditionen zusammenstellen, klein anfangen, mit ein paar Schulen aus der Gegend, und danach ausbauen. Wieder junge Bären herholen. Guck mich nicht so an, tu wenigstens so, als hättest du noch alle Tassen im Schrank! Wildtiere sind wieder total in, siehe Putin. Mal lässt er junge Tiger in der Region Amur frei, dann spielt er auf der Tschkalow-Insel mit Delphinen; der legt eine Menge Kilometer zurück für die Viecher, scheint eine Begabung dafür zu haben, vor allem den Delphinen hat er es angetan, selbst der am wenigsten umgängliche Oberdelphin hat ihm aus der Hand gefressen, ich meine ja nur … Wir könnten es doch probieren.«

Danach beugt er sich wieder über unser Telefon, er will es unbedingt in Gang bringen.

»Es müssen ja keine Bären sein«, brummelt er nach einer Weile. »Was Pflanzliches ist auch gut. Jedenfalls kann man sich eine goldene Nase damit verdienen, und es ist unsere vaterländische Pflicht, die Stadtjugend zu retten.«

Dass gerade Dimka sich was von unserem alten Labor verspricht! Lew hat ganzen Schulklassen beigebracht, wie man sich an Beute anpirscht, woran man Giftpilze erkennt, wie man sich im Freien ein Nachtlager baut. Aber seinem eigenen Sohn war es ein Gräuel, der verstand nicht, wieso jemand auf Tannennadeln schlafen wollte. Wenn wir im Sommer auf der Wiese unsere Butterbrote aßen, blieb Dimka in der Hocke sitzen und suchte den Boden nach Ungeziefer ab. Das Einzige, was sich in seinen Augen lohnte zu studieren, waren Himmelskörper, vermutlich, weil die Abstand hielten. Er blickt gern auf. Als Kind zu den Helden der Sowjetunion, als Jugendlicher zu den Heiligen im Himmel und jetzt also auch zum Präsidenten, diesem anderen frostigen Stern an unserem Firmament.

»Tamonikow sagte, er kann mir bis zum Sommer zwei Dutzend Pioniere beschaffen.«

»Pioniere! Und wie alt sollen die sein? In ihren Vierzigern?«

»Du hinkst hinterher. Die Pioniere feiern ihr Comeback.«

Einer Geschichte hinterherzuhinken, die sich wiederholt, was für ein Elend. Nicht mal die Original-Sowjetpioniere waren früher bei uns, und das nicht nur, weil sie zu jung waren. Als Lew diese Gegend für eine neue Biologische Station erkundete, wollte er sich von den Uniformen fernhalten. Damals sahen alle gleich aus. Die Bekleidungsgeschäfte waren leer, außer dem Warenhaus, wo man sich mit einem Wisch der Armee oder jeder anderen staatlichen Institution eine Uniform kaufen konnte. Und wenn man keinen Wisch hatte, war das auch kein Problem, sodass schließlich fast die halbe männliche Bevölkerung in Armeegrün herumlief – oder -schlurfte, je nach

Alter und Pflicht. Man könnte einwenden: Eine Uniform dient doch nur dazu, den Körper zu bedecken, aber das stimmt nicht, auch das Gesicht verschwindet. Weg ist die Mimik. Keiner achtete darauf, was in den zu engen Kappen, gestärkten Halstüchern und gepolsterten Schultern steckte, es war doch sowieso immer dasselbe. Das Gehorsame. Keiner sah das einzelne Kind, immer nur die ganze Klasse, die der Lehrerin in identischen Schnallenschuhen hinterherlief. Keiner sah die Metrodame mit den stark geschminkten Augen, es war immer dieselbe ständig umknickende Matrone in Marineblau, und sie schrie auch immer dasselbe. Und wir Laborassistenten in unserem weißen Kittel, der genauso schmuddelig war wie der des Bäckers, des Kochs, der Milchfrau oder jeder andere weiße Kittel in der Sowjetunion, wir stanken. Jeder stank in seiner Uniform, weil er meistens nur eine hatte. Von Leningrad bis Ufa stanken alle gleich und wandten die Nasen voneinander ab. Ein Land von gehorsamen Stinkern, das waren wir zur Zeit der Stagnation.

Lew sagt gern, wir seien der Glasnost voraus gewesen, immerhin hätten wir uns schon mal an der Grenze niedergelassen. Immer offen und manchmal ehrlich, wie es das Wort nun mal vorschreibt. Doch wenn wir uns wirklich für die Gesellschaft interessiert hätten, wären wir in Leningrad geblieben, wo der Hafen sich mit Schmuggelware füllte und hin und wieder eine finnische Punkband strandete, wo der Umsturz in gedrängt vollen kleinen Küchen besungen wurde und die Kunst des Handdrucks Überstunden machte. Lydia sagte, wir wären feige. Wir würden uns hinter einem romantischen Ideal verschanzen, wären aber in Wirklichkeit nur zu faul, die Zukunft mit anzuschubsen. Vielleicht hatte sie Recht. Der Wald hält sich ans Alte. Im Wald hat Geschichte wenig zu suchen, und Zukunft noch weniger. Mal findet man einen Knochen, mal eine Granate, aber nie kann man sagen: Hier, genau hier, ist dieses oder jenes geschehen. Man kann keine Gedenktafeln aufhängen, da gibt es keine Türen, hinter denen Pläne geschmiedet wurden. Wer weiß schon, welcher Baum zuerst da war? Wir waren Zoologen, wir spielten nicht Gitarre, was hätten wir groß ausrichten können? Wir bauten eine Biologische Station am Ufer des Malaja Smota und nannten sie *Laboratorium der Unabhängigkeit*. Sie sollte besser, natürlicher, wilder werden als die Biologische Station in Baschkortostan. Keine Baracken, in denen Kinder gedrillt wurden, auch kein amerikanisches Scoutcamp, sondern etwas Bäuerlich-Slawisches mit großen Holzöfen und möglichst wenig Strom. Um die Mikroskoplampen zu betreiben, mussten wir den Generator anwerfen, also konnten wir nie im Stillen durchspähen. In unserem Sommercamp ließen wir die Teilnehmer keine Karten zeichnen, stattdessen sollten sie in erster Linie lernen, in der Natur zu überleben, nicht nur hier, sondern auf der ganzen Welt, die in jenen Jahren nach und nach zu uns aufzurücken schien. Heute denke ich, Lydia stellte sich gern vor, sie hätte eine Entwicklung angeschubst. Aber bei den meisten Veränderungen muss man einfach warten, bis sie allmählich auf einen zugerollt kommen. Den Menschen, die nicht brav warten, sondern anfangen zu schubsen, sollte man von vornherein misstrauen. Selbst Wiktor Zoi wartete einfach. *Veränderung, wir warten auf Veränderung*, sang er, das schwarze Hemd halb offen, der Fuß im Takt stampfend, sein mürrischer Blick über die Köpfe Tausender junger Menschen hinweg in die Ferne gerichtet. Vier Jahre später verunglückte er, und wir weinten alle um ihn.

Wenn du nicht mehr weiterweißt, kannst du dich immer noch aufs Kochen verlegen. Dann ist bald wieder jeder deiner Meinung. Im Camp war ich die Köchin. Irgendwann ließ ich das Mikroskopieren sein und rührte und knetete nur noch. Es machte mir Spaß. Ich ließ mir nicht von Lydia den Kopf verdrehen, die uns trotz ihrer Skepsis alle sechs Monate neue Teilnehmer anschleppte und dann kopfschüttelnd und Kette rauchend zu mir in die Küche kam. Jedes Mal dieselbe Standpauke. Was in mich gefahren sei. Mit diesem alten Knacker. Ohne Abschluss. Und den zwei kleinen Würstchen, sieh dich doch nur an, du heilige Amme mit deiner Küchenschürze. Aber danach verputzte sie alles, was ich gekocht hatte, mit so herzhaftem Appetit, dass wir beide unseren Groll vergaßen. Und Vera liebte sie heiß und innig. Am Tisch wollte sie immer neben ihr sitzen und nie neben den Kindern vom Camp, auch nicht, als sie in deren Alter kam. Sie aß so viel wie Lydia und versuchte, genauso bellend und tief zu sprechen.

Da ist Lews Arm. Er hat sich nur ein Handtuch umgebunden, sein Oberkörper ist noch nass.

»Wie hast du die Wanne heute früh voll bekommen? Jetzt kommt kein Wasser mehr.«

»Hast du gehört, Dimka?«, sage ich. »Kein Wasser. Und du willst hier Leute herholen.«

»Darum kümmere ich mich morgen beim Bezirk«, sagt Dimka, »und sonst stellen wir am Bach eine Dusche mit Pumpe auf. Das finden Stadtkinder toll. Schau mal!«

Triumphierend hält er das Handy hoch.

»Neues Guthaben. Jetzt könnt ihr wieder telefonieren. Obwohl …«

Er steht auf, stiefelt in den Garten und hält das Gerät in die Luft, als sollten die Wolken in den Hörer sprechen.

»Nur ein Balken ... Für ein Sommercamp brauchen wir hier Empfang.«

Aber wir wollen überhaupt keinen Empfang haben, sage ich später, kurz bevor er wieder aufbricht. Wir wollen keine Leute, kein Sommercamp, kein gar nichts, wir wollen unsere Ruhe. Ruhe wovor?, sehe ich ihn denken. Dann fragt er aus heiterem Himmel: »Geht ihr eigentlich in die Kirche? Ich glaube, es würde Papa guttun. Er spricht die ganze Zeit vom Himmel.«

»Er spricht von der Luft«, sage ich. »Ganz normale Luft, ohne Gott.«

Er klimpert mit den Autoschlüsseln, steckt sich eine Zigarette in den Mund, zieht die Kapuze über den Kopf, schiebt die Sonnenbrille vor die Augen. Da ist kein Platz mehr für einen Kuss. Als er die Autotür öffnet, schlägt mir der fiese Geruch des Wunderbaums entgegen, der am Rückspiegel baumelt. Er lässt sich auf dem knirschenden Leder nieder, macht den Motor an, dreht das schreiende Radio etwas leiser. Komm mal her, bedeutet er mir, und sein altes, rührseliges Mütterchen kommt. Das Kind hat noch was zu sagen.

»Die Geräusche, von denen Papa spricht«, flüstert er, »diese Großen Geräusche ... Das sind keine guten Neuigkeiten, das ist dir doch hoffentlich klar?«

»Wie kommst du darauf?«

»Vielleicht solltet ihr euch mal mit dem Popen beraten. Das würde dir auch guttun. Ein bisschen Ruhe für deine Seele.«

Ich winke ihm nicht mal hinterher, als er rückwärts durch den Schneematsch zum Weg fährt. Der Pope! Unglaublich, wie sich dieser Junge gegen alle Werte sperrt, mit denen wir ihn großgezogen haben.

»Komm«, sagt Lew und hält die Decke auf der Bank hoch. Darunter ist es schön warm. Zusammen lauschen wir noch minutenlang dem Motorengeräusch. Da fährt mein Sohn, mit seinem Lärm und seinem Lufterfrischer, als Einziger über den Weg von unserem Dorf in den Rest des Landes.

»Wir dürfen nicht alles in die Brüche gehen lassen«, sagt Lew nach einer Weile. »Wir sollten uns das Labor mal ansehen. Ob man es wieder herrichten kann.«

Er blickt auf seine Hände, die ewig nichts mehr gezimmert haben, aber immer noch aussehen wie Werkzeug. Finger wie Meißel, die Nägel wie Fossilien mit der Haut verwachsen. Ich konnte sie nie sehen, auch nicht, als ich noch verliebt in ihn war. Was bringt es ihm, mich zu streicheln, dachte ich, wenn er nicht mal die Splitter in seinen Fingerkuppen spürt? Aber ich sehe ihn gern mit seinen Händen arbeiten. Sechs solcher Hände bauten im Sommer 1984 aus hundert Balken das Haus, in das dann das biologische Labor kam. Tiergehege hatten wir damals noch keine, die bauten wir erst viel später an. Es ging unglaublich schnell, und das war gut so, Lew konnte es nicht erwarten, allen unseren Wald zu zeigen. Es war ein Kraftakt für ihn gewesen, die Behörden von der Notwendigkeit einer Biologischen Station in dieser Gegend zu überzeugen. Die relative Nähe zur Stadt wäre doch vielleicht von Vorteil, und hier dürften bestimmt genauso viele Arten leben wie im Fernen Osten. Dieselben Bären, Hirsche, Hasen, Eulen und Störche, doch es waren die Achtziger, und die Natur war nicht in Mode. Obwohl das ganze Land ins Wanken geriet, hatte die Jugend kein Bedürfnis nach Überlebenstraining, ihre Faszination galt einem unerbittlichen, akkuraten Wesen, das aus dem Westen heranrückte und ununterbrochen Strom brauchte. Und davon gab es in Russland noch reichlich. Wir idealistischen Trottel hielten sie für eine Anwandlung, diese Bildschirme. Wir dachten, sie würden bald genug davon haben.

»Wann hast du es zuletzt gesehen?«, fragt Lew.

»Gestern. Aber nur von außen. Es kann nicht mehr repariert werden.«

»Wie kannst du dir so sicher sein?«

»Ein Baum wächst durchs Dach.«

»Aber du warst nicht drinnen.«

»Nein, aber ein Baum wächst durchs Dach. Meine Güte!«

»Ach.«

»Na gut, gehen wir eben schauen.«

Ich stehe auf, knöpfe mir die Jacke zu.

»Jetzt gleich?«

»Jetzt gleich! Dann ist das auch wieder geklärt.«

Ich hoffe, das Gebäude ist irreparabel zusammengestürzt. Ich wünsche mir da drinnen eine Verwüstung herbei, gegen die sich nichts ausrichten lässt. Lieber ein sauber abgenagtes Skelett als ein Sterbender in den letzten Zügen, der es aber noch eine Weile macht. Dimka soll unseren alten Traum in Ruhe lassen, wir haben nicht mehr genügend Puste, um ihm neues Leben einzuhauchen. Auf einem Bein stehend zieht Lew die Gummistiefel an, da kann ich nicht mithalten, jetzt geht er pfeifend um die Veranda und in den Wald, sein Lied wird leiser. Und seine Spuren im Schnee kleiner. Ich komme ihm kaum hinterher. Der soll sich was Neues in den Kopf setzen, hat der Arzt gesagt, dann braucht er nicht mehr an das Alte zu denken. Ein Hobby, ob er keine Hobbys hätte? Doch, sagte ich, die Luft und den Himmel, und der Arzt, der jünger war als ich, rief, so sollte es bei mehr Menschen sein, wir würden an den schönsten Seiten des Erdenlebens vorbeigehen, deshalb wären alle so unglücklich. Zum Abschied drückte er Lew die Hand, als wäre der ein Weiser aus dem Morgenland, mir warf er einen mitleidigen Blick zu.

Verflucht, warum kommt mir dieser Gedanke genau jetzt, beim Anblick der Stufen, wo ich gestern Nacht saß und auf den Zug gewartet habe. Was, wenn Lew nie hier auftaucht? Wenn er erst eine Weile zwischen den Bäumen umherspaziert, dann das Labor links liegen lässt und den Bach überquert, durch unseren Märchenwald geht, ohne etwas zu pflücken. Wenn er zur großen Straße kommt und zu den Schienen, wo man für ihn bremsen müsste, bis der ganze Zug stillsteht, er aber weitergehen würde, wie verwirrte Leute das, angetrieben von ihrer endlosen Wut, tun, bis zum schwarzen See, zwischen Bäumen und Granaten hindurch und bis über die Grenze. Ich glaube, ich würde ihn ziehen lassen und zu dir rennen, Lokführer. Uns verbindet ein Versprechen. Ich gehe davon aus, dass du keine Frau hast oder höchstens eine schlechte Ehe führst mit einer, die immer sauer ist, wenn du endlich nach Hause kommst. Ich würde mich gemütlich neben dich setzen, und zusammen würden wir auf die Tausende Kilometer ohne Gegenverkehr schauen, wir bräuchten nicht zu reden, nur endlos über die Bahnschwellen zu rattern.

Nervös rufe ich Bamscha zu mir, sie wedelt nicht mit dem Schwanz. Etwas liegt in der Luft, auch sie spürt das. Ein Stück weiter macht sich Lew mit dem Klauenhammer über die Ruine her. Er schlägt den Querbalken von der Eingangstür, tritt sie auf. Da dringt ein Geruch heraus wie aus der Hölle. Käfer fallen uns aus dem morschen Gebälk in den Nacken. Ich klappe den Kragen hoch, rieche aber trotzdem, was ich nie mehr riechen wollte. Holzfäule, Larvenkrümel. Noch etwas Unheilvolles. Jahrelang hat es hier nach Sägemehl gerochen, von den frischen Balken, die wir aus dem Laster geladen haben. Doch innerhalb eines Tages hat sich der Geruch verflüchtigt. Ein Tag nur, und alles war verdorben. Die Nase im Schal vergraben folge ich Lew nach drinnen. Auf den ersten Blick sieht es gar nicht so schlimm aus. Die Betten stehen noch auf dem Spitzboden, mit Matratzen und allem, aber das Labor ist zu einem Treibhaus geworden. Überall wächst etwas. Parasiten haben die Untersuchungstische mit Beschlag belegt, und Sonnenlicht fällt in das Loch, durch das die magere Kastanie zum Himmel strebt. Wurzeln krallen sich in den Efeuteppich auf dem Dielenboden, die Wände glänzen vor Schimmel. Mit einem Knall fliegt die Eingangstür zu, Laub, Staub, tote und lebende Insekten rieseln auf uns herunter und im Sonnenlicht wieder hinauf, um danach in einem hoffnungslosen Kreislauf erneut herunterzuwirbeln. In der Tür zu den Gehegen hängt ein schreiförmiges Hornissennest – zwei Augen, eine Nase und ein aufgerissener Mund aus morschem Holz –, dahinter weist nichts darauf hin, dass es hier einmal Tiere gab. Ich war die Letzte, die die Ställe ausgemistet hat, doch jetzt liegt nicht einmal mehr ein Haarbüschel da. Aber in den Medizinschränken stehen noch in Formaldehyd eingelegte Organismen, Küken, Fledermäuse, und im Schmetterlingshaus hängen noch Puppen, doch die werden niemals schlüpfen. Unbegreiflich, dass keiner das Kunststoffmodell einer Taube im Querschnitt geklaut hat. Das hatte uns Lydia mitgebracht, zusammen mit einem Dutzend anderer Modelle. Lew streicht über den Seziertisch, begutachtet den Ofen, tickt munter hier und da an eine Fensterscheibe. An der Wand fragt ein Plakat mit eingerollten Ecken in einer Fremdsprache etwas über den kleinen Fuchs auf dem Foto. Unter dem Plakat, auf dem Boden, liegt ein Häufchen toter kleiner Vögel. Die – auffällig unversehrten – Schnäbel stehen sperrangelweit offen, als würden sie immer noch versuchen, die dazugehörigen Skelette zu nähren. Die Mutter hatte draußen ein Nest gebaut, in einer Baumkrone, doch ihre Kleinen waren in dieses Schattenreich gefallen.

»Ich muss hier weg«, sage ich zu Lew. »Ich kriege keine Luft mehr.«

Keine Antwort. Er blättert sich Seite für Seite durch einen leeren Notizblock, den er vom Boden aufgehoben hat.

Als ich draußen stehe, legt sich der Wind. In der Stille höre ich mich noch atmen, aber Bamscha hat aufgehört zu hecheln, sie weiß, was da kommt.

Und es kommt auf der Stelle.

Ich wünschte, ich hätte noch Zeit, Lew zu rufen, ihn zu halten und zu beruhigen. Doch schon reißt der Himmel auf. So laut war es noch nie. Der erste Laut, träge und kolossal, zieht von Osten nach Westen durch den Luftraum. Als würde Gott mit Möbeln rücken. Darauf folgt Stille, ich weiß jetzt schon, dass sie nicht lange dauern wird. Etwas baut sich auf, schwillt an. Ein rostiges Jaulen rast diesmal über unsere Köpfe hinweg, eine Tonlage tiefer. Man bekommt keine Ohrenschmerzen davon, weil es keine bestimmte Richtung hat. Es ist einfach überall. Wenn es wieder vorbei ist, werden wir es nicht nachmachen können, nicht mit unserer Stimme und nicht pfeifend, wir werden es nicht einmal beschreiben können. Und glauben, wir hätten es uns nur eingebildet. In der nächsten kurzen Stille höre ich Lew so jammern wie heute Morgen im Schlaf. Die Tür fliegt auf und er stürzt heraus, mit offenem Mund, die Fäuste gegen die Augen gedrückt. Ach ja, diese Tür. Ich weiß noch, wie er sie damals eingehängt hat, an einem warmen, fruchtbaren Sommertag voll mit üppigem Leben. Diese Tür war die letzte Hand, die wir an unsere neue Existenz legten, mit einer herzlichen Umarmung war mein Mann mit der Zukunft fertig, und nichts, kein Geruch und kein Geräusch, hat darauf hingedeutet, dass dieser Ort genauso gut eine Stätte des Unheils werden könnte.

Es geht wieder los. Lew verbirgt den Kopf in den Armen, will sich hinhocken, verliert aber das Gleichgewicht. Der Himmel hat sich zugezogen, gibt weiter nichts preis; nichts fliegt, nichts dämmert, da sind nicht mal Wolken, die den Laut mitnehmen könnten. Er taucht irgendwo aus dieser eintönigen Fläche auf, und für uns gibt es kein Entkommen. Ein falscher Orgelton endet abrupt in voller Lautstärke, danach ist es wieder so still wie zuvor. Mein Herz dröhnt mir in der Brust. Der Hund steht wie versteinert da. Die Bäume wiegen sich sanft. Über ihren Wipfeln ist ein hellblauer Streifen zurückgeblieben: die Spur eines Gottes, der sich aus dem Staub gemacht hat.

6

Beim ersten Mal, als es geschah, hatten wir erfreut aufgehorcht. Jemand spielt Alphorn oder so, dachten wir. Endlich mal ein bisschen Leben in der Bude! Aber gleich darauf beruhigten wir uns wieder, dieses Geräusch war zu groß für menschliche Ohren. Es ging uns nichts an. Bestimmt war es die Begleiterscheinung von etwas Geheimem, das, wie so oft in diesem Land, über unseren Kopf hinweg stattfand. Sie wollen uns weghaben, sagte Lew, wir sollen hier nicht mehr wohnen. Mit solchem Lärm vertreibt man Ungeziefer. Vielleicht die Luftwaffe, sagte ich, die irgendwas mit Superschall macht. Lew nickte, Ultraschall, sagte er, genau, das wird es sein. Wir tranken große Schlucke Tee, lösten, wie Soldaten an der Front, das Unheil in Dampf auf. Seine Angst: alles in seiner Umgebung. Meine Angst: alles in seinem Innern.

Ich brauche nicht zu wissen, was das für ein Geräusch ist. Es ähnelt dem Pfeifton einer E-Lok, die auf verschneiten Schienen anfährt. Aber mit Magnetfeldern oder Anlaufstrom hat das nichts zu tun. So klingt es bei uns nun mal, melancholischer als in jedem anderen Land, weil wir Schienen haben, die endlos lang sind, und Winter, die nicht wanken und weichen, und noch so ein paar Dinge, die einen zum Jaulen und Rosten bringen. Vielleicht hatte die Zeit selbst es in Gang gesetzt, die nicht länger stehenbleiben wollte? Damit fing es vor neun oder zehn, vor wer weiß wie vielen Jahren an. Da wurden die Tage immer kürzer, und wir mussten alles hinschludern, um die alte Routine aufrechtzuerhalten. Es war uns ein Rätsel! Lew ritt darauf herum, dass es nichts mit uns zu tun hatte, nein, es läge nicht daran, dass wir jetzt alt und langsam waren und alles in unserer Umgebung als schneller empfanden. Zum Beweis joggte er noch eine Weile wie ein Besessener. Wir fühlten uns betrogen, damals ging es mit so vielen Dingen bergab, und nun wurden die Stunden also auch noch kürzer. Am Ende kümmerten wir uns nicht mehr darum. Wir Wissenschaftler schwiegen dazu und starrten in unseren Tee. Ich hoffte für Lew, dass er das Mysteriöse akzeptieren würde. An Eile gewöhnt man sich auf Dauer, an Angst nie. Angst ist wie Giersch, über der Erde kann man die Blätter ausreißen, aber in der dunklen Tiefe rankt das Wurzelwerk einfach weiter.

Er schläft noch, der Alte. Ich sitze allein am Küchentisch. Vor mir liegt das Handy, vollgeladen und funktionstüchtig, und wartet, dass ich Dimkas Nummer wähle und ihm erzähle, was gestern passiert ist. Aber wie soll ich es beschreiben? Das war nicht nur ein Gewitterschauer. Die Luft hatte geweint, aber es gab keinen Trost, tieftraurige Menschen wollen auch in Ruhe gelassen werden. Als der Laut angehoben hatte, wurde es dunkel und für den Rest des Tages nicht wieder hell. Lew blinzelte den ganzen Abend unaufhörlich, seine Schultern bebten. Wenn sein Mund so zuckt, hoffe ich immer, dass er gleich anfängt zu lachen. Man kann nie wissen, mit etwas Glück kommt mit dem Gedächtnisverlust auch die Einfalt. Mein Großvater mütterlicherseits, ein bitterer, wortkarger Mann, entpuppte sich durch seine Demenz als herzlich und redselig. Im Lauf seines tugendhaften Lebens hatte er es irgendwie fertiggebracht, eine Reihe von Witzen zusammenzutragen, die mit zunehmendem Alter immer schweinischer wurden; triumphierend flatterte die Fahne der Geilheit auf seinem schwindenden Gedächtnis.

Doch bisher ist Lew nur immer ernster geworden. Nervosität mag den Humor, aber richtige Angst wird durch ihn ins Maßlose gesteigert. *Nadja und ich haben vor nichts und niemandem Angst!* Das war immerhin an die dreißig Jahre unser Lebensmotto. Wir hatten keine Angst vor den betrunkenen Dörflern, die sich die Mühe machten, nachts zu uns zu kommen und uns die Kadaver, die sie von der Hauptstraße gekratzt hatten, vor die Haustür zu legen. Wir hatten keine Angst vor den Wölfen, die immer engere Kreise um unser Haus zogen. Ich hatte noch keine Angst vor Menschen, und erst recht nicht vor Monstern. Und ich hatte keine Angst vor Flachnasen-Ilja, dem Schrecken der Nachbarschaft. Ilja wohnte in einem Baumhaus am Fluss, zumindest wenn er für eine Weile auf freiem Fuß war. Er achtete auf seine Worte, weil er in meinem Beisein nicht den Straflagerjargon verwenden wollte, der ihm wie ein Geschwür an der Zunge festgewachsen war. In der Stadt, sagte er, reden die Leute schnell, aber es bleibt nichts hängen, hinter Stacheldraht reden sie langsam, und alles bleibt hängen, und hier will man lieber nicht wissen, was sie verzapfen, hier hört man am besten auf die Vögel und auf sein Herz. Manchmal sprudelte ein wahrer Wasserfall von Wörtern aus ihm heraus. Dann gab er ein paar Lebensweisheiten von sich und verjagte mich danach mit dem Stock, an dem er Fisch trocknete. Ich ging gern zu ihm zurück. Mit seiner zertrümmerten, knubbeligen Himmelfahrtsnase hatte er etwas Kindliches, und seine Augen wirkten durch die wettergegerbte Haut besonders blau. Einmal zeigte er mir seine Tätowierungen und erklärte, das Schiff stehe für ein Leben als Gastkünstler, ein Verbrecher, der außerhalb seines Reviers arbeitet. Er wusste von Lew, hielt ihn für einen Griesgram und konnte nicht verstehen, wie ich es mit ihm ertrug. Aber er machte keine Annäherungsversuche. Ihm ging es nur um ein gutes Gespräch, wie manche Streunerkatzen lieber Streicheleinheiten wollen als Futter. Jedes Mal wenn ich zum Fluss gehe, hoffe ich, dass er wieder dasteht, bis zum Marine-Unterhemd im Wasser. Vielleicht sitzt er ja jetzt eine richtige Strafe ab oder hat einen anderen Fluss gefunden, einen, wo er seine Ruhe hat.

Ohne Lew wäre die Einsamkeit hier besser auszuhalten, seltsame Geräusche hin oder her. Wenn ich wirklich frei wäre, wenn sich nichts und niemand an mich klammern würde, fände ich es nicht weiter schlimm, allein zu sein. Dann wären die Geräusche einfach nur ein Phänomen, das nichts mit mir zu tun hat, wie so viele andere Phänomene, als wir noch eine Art Tiere waren. Wie viel Angst hatte der Mensch in der Urzeit eigentlich? Schlich er furchtsam herum, hockte zitternd in seiner Hütte? Nein, der hörte sich das alles an und machte eine Gutenachtgeschichte daraus. Bevor er friedlich träumend in den Armen irgendeines Gottes schlief! Als ich noch studierte, konnte ich von kniffligen Denkaufgaben gar nicht genug bekommen. Es muss am Alter liegen, dass ich mich heute, ganz im Gegenteil, nach wortärmeren Gedanken sehne. In den Zehntausenden von Jahren, als höchstens mal ein Feuerstein zur Axt geschliffen wurde, hatten wir eine Begabung für die Stille. Heute kann unser Hirn nichts mehr damit anfangen und bringt ständig neue Dinge aufs Tapet. Geräusche, Wahnideen. Gefangene und Kosmonauten kennen das, sie messen den Lichtgestalten, die sie im endlosen Dunkel vor ihren Augen sehen, keine Bedeutung bei. Die alten Höhlenbewohner, die sich die Augen in der Schwärze ihrer Grotten ausschauten, zeichneten diese Luftspiegelungen einfach nach, und wir halten sie für Kunst. Aber was glaubten diese Menschen zu hören? Das hat keiner festgehalten.

Ich rufe Dimka nicht an, sonst nutzt er bloß die Gelegenheit, um uns für verrückt zu erklären und seine Pläne durchzusetzen. Lieber gehe ich raus, die Tiere streicheln. Das habe ich seit Tagen nicht mehr getan. In der Taxonomie meines Haushaltes sinken sie mit schöner Regelmäßigkeit auf das Niveau von Schmutzwäsche und anderen Pflichten ab. Hunger und Kot, mehr sind sie dann nicht. Hin und wieder muss ich mir in Erinnerung rufen, dass sie Augen haben zum Reinschauen. Jetzt, wo ich näher komme, ohne ihnen Beine zu machen, gucken sie erstaunt zurück. Zum Glück lassen sie sich noch von mir streicheln. Nicht die Hörner, aber hinter den kräftigen Ohren, von oben nach unten über die borstigen Haare ihrer Ziegennasen. Nicht über den Widerrist, aber über den feuchten Hals dicht unter der Mähne, und ich darf meine Wange an ihre warme Schnauze legen, dorthin, wo die Kaumuskulatur ist. Die Hündin lässt mich ihre weichen Lefzen wegziehen, obwohl ihr der Sinn des Ganzen entgeht, sie weiß nicht, wie niedlich ihre Vorderzähne sind, wie viel Spaß es macht, an ihrer beweglichen Nase herumzuspielen. Jetzt interessieren sich sogar die Hühner für meine Hände. Kein Tier, nicht mal der Affe mit seiner zerfurchten, länglichen Handfläche, kann so streicheln wie der stets erforschende Mensch.

»Guten Tag!«, erklingt es plötzlich.

Tiefschwarz, wie ein Loch in der weißen Landschaft, steht da Vater Igor oder, wie wir ihn nennen, der Angebliche Pope.

Wenn es sein muss, glaube ich an Gott, an den Angeblichen Popen bestimmt nicht. Mit fragender Miene legt er die Hand aufs Tor. Als ob ich ihn jetzt noch abweisen könnte. Er ist unser einziger Nachbar, aus einem verlassenen Dorf sieben Kilometer weiter, wo er eine Ruine von Kirche in seiner Obhut hat, die aber trotzdem jeden Sonntag gut gefüllt ist. Sagt er. Wie er auch sagt, die Bolschewiki hätten ihn zu einem Fußmarsch nach Sibirien gezwungen, wohlgemerkt Ende der siebziger Jahre und natürlich in Bastschuhen, und dass ihm Offenbarungen des heiligen Johannes des Haarigen zuteilgeworden wären. Ich streichele den Hund weiter, versuche Igors Blick zu ergründen. Der hat so seine Launen. Ob sein Besuch eine Freude oder eine Last wird, zeigt sich daran, wie er das Gartentor öffnet: Schiebt er es mit der Wampe auf oder versetzt er ihm unter seinem Talar einen Tritt, in dem er sich gern stinkend an unserem Küchentisch niederlässt. Aber diesmal macht er das Tor in aller Ruhe auf, von Hand. Daran, wo das Kreuz baumelt, erkenne ich, dass der Speck unter seinem Gewand schneller gewachsen ist als der Bart obendrauf.

»Der Frühling lässt nicht mehr lange auf sich warten«, sagt er, »Ende der Woche soll es wärmer werden.«

Ein Hoch auf das Wetter, es braucht keinen Geistlichen, jeder kann mitreden, weil keiner mehr weiß als die anderen.

»Dimka war gestern bei mir.«

»Ach.«

»Er macht sich Sorgen um seinen Vater.«

»Der schläft noch.«

»Das hatte ich, ehrlich gesagt, gehofft. Dann können wir das Gespräch ja vielleicht drinnen fortsetzen?«

Am Küchentisch, beim Löffeln der Suppe, die ich ihm vorsetzen musste, versinkt er in Gedanken. Wenn es stimmt, dass er den Weg zu uns zu Fuß zurücklegt, darf man das getrost ein Wunder nennen. Jedenfalls erwartet er, dass sein Flüssigkeitshaushalt so schnell wie möglich aufgefüllt wird, und zwar nicht bloß mit Leitungswasser, obwohl das ihm zufolge aus einem heilkräftigen Brunnen stammt. Heilkräftig und unerschöpflich, dafür würde er die Hand ins Feuer legen, und wenn es hier ganz versiegt, macht er sich persönlich auf die Suche nach der Quelle, selbst wenn er sich dafür eigens vor Sumpfgeistern niederwerfen muss, die garantiert einiges älter sind als das christianisierte Mütterchen Russland. So alt wie die Erde, denke ich, und mindestens so bösartig. In diesem Zustand findet der Angebliche Pope alles in unserer Umgebung heilkräftig und segenbringend. Und wenn er am späten Abend wieder zum Tor hinauswackelt, glauben Lew und ich immer kurz an Gott. Aber heute ist er nachdenklich. Sein Gesicht ist angespannt, von den gemütlichen Fettpolstern ist nichts mehr zu sehen. Es geht um Geld, wetten? Viele Leute schauen so verkniffen drein, wenn sie über Geld reden müssen.

»Kennst du das Gleichnis von den anvertrauten Talenten, Nadja?«

»Aber sicher.«

»Du und Lew, ihr habt eine Gabe. Die Gabe des Wissens, und dazu die, euer Wissen an andere weiterzugeben. Doch wie der Knecht in der Bibel lasst ihr euch von Misstrauen leiten und vergrabt eure Talente in der Erde. Das ist eine Schande! Ich lebe auch in der Wildnis, aber ich lasse die Menschen an den Früchten meiner Seele teilhaben. Ich verschanze mich nicht in Misstrauen und Unglauben, Nadja, man muss säen und ernten, na ja ...«

»Noch ein Gläschen?«

Er schrickt aus seinem Gemurmel auf. Es wäre nicht das erste Mal, dass der Angebliche Pope hier einnickt oder die Gitarre aus der Ecke holt und mit schwerer Zunge »Here Comes The Sun« spielt, doch diesmal lehnt er den Wodka dankend ab, diesmal geht es ihm gegen die Ehre. Ich genehmige mir noch einen. Mir doch egal, dass es nicht mal Mittag ist.

»Dimka hat mir von eurer Biologischen Station erzählt«, sagt er. »Von den Sommercamps. Ich habe mich damals ein bisschen zurückgehalten, da war ich noch nicht so lange hier, aber wenn etwas unserer schönen Gegend wieder aus der Sackgasse helfen kann, dann das. Alle könnten davon profitieren.«

»Alle?«

»Na ja, wir könnten zusammenarbeiten. Wir würden uns an dieselbe Kundschaft wenden, Stadtkinder, die nicht mehr an die Luft kommen, die nur noch auf ihre Computer glotzen. Ihre Seelen, Nadja, wenn du wüsstest, wie viele Kinderseelen dieses teuflische Internet abstumpft!«

»Sie wissen, was hier passiert ist?«

Er winkt ab, greift nach seiner Suppenschüssel und trinkt sie aus. Der Siegelring ist Tinnef, sehe ich jetzt. Unecht. Er hat nie dazugehört, nicht zu uns ungläubigen Habenichtsen, aber auch nicht zu unserem Patriarchen mit seiner Schweizer Armbanduhr für dreißigtausend Dollar. Ach, unser armer unechter Angeblicher Pope. Es ist nicht meine Aufgabe, den Plastikschwindel aufzudecken oder ihm das Blechkreuz von der Brust zu reißen, die Befriedigung über eine solche Enttarnung würde rasch von Unbehagen abgelöst werden. Und wer könnte besser als ein Angeblicher Pope in diesem vergessenen Landstrich predigen, mit seinen niemals kartografierten Sümpfen und Geisterdörfern, die in den Registern zu einer Einwohnerzahl von null verdammt sind? Natürlich weiß er, was hier passiert ist. Das hat sich bis nach Welikije Luki rumgesprochen, vielleicht sogar in gewissen Kreisen von Sankt Petersburg oder Moskau, denn hier ist etwas Besonderes geschehen. Der Pope stellt sich dumm oder traut sich nicht, sich zu äußern. Und ich will nicht davon anfangen, aus Aberglauben: Über vergangenes Unglück soll man nicht sprechen, sonst überkommt es einen noch einmal. Ich halte die Flasche hoch. Wirklich nicht? Ein kleines Schlückchen? Kommen Sie! Tatsächlich gibt er nach. Zehn Minuten später habe ich wieder den alten Hippie vor mir, der eines Tages gemerkt hat, dass eine Soutane besser über seine Wampe passt als eine Jeans.

»Nadja«, sagt er und schluckt mühsam, »was passiert ist, ist passiert. Keiner wollte es und trotzdem ist es passiert, so ist das nun mal, Gottes Wege sind unergründlich, aber er tut nichts ohne Grund. Sagen wir also, es war Gottes Wille. Sagen wir, es war ein Unfall. Aber jetzt ist gut, je länger ihr euer Talent vergraben lasst, desto größer wird die Sünde. Man darf sich nicht die Butter vom Brot nehmen lassen, schon gar nicht vom Westen, der uns Russen mit Haut und Haar verschlingen will …«

In diesem Moment kommt Lew in die Küche. Er sieht Igor, sieht den Wodka, sieht mich, ich muss lachen, er natürlich nicht.

»Was zum Teufel ist hier los?«

»Wir trinken.«

Der Angebliche Pope bedeutet Lew, sich zu uns zu setzen, und der gehorcht ihm sogar. Verschlafen wie er ist, ist er bald auf derselben Wellenlänge wie wir, er taucht in seine Suppe ab, und als Igor ihn fragt, wie es ihm geht, antwortet er ohne Umschweife: »Schlecht, Väterchen. Ich bin froh, dass Sie da sind, ich muss Ihnen was erzählen.«

Ach du lieber Gott im Himmel, Lew will dem Popen von den Geräuschen oben in der Luft erzählen, doch er findet nicht die richtigen Worte. Ich trete ihn unterm Tisch gegen das Schienbein.

»Sie haben es gestern nicht gehört?«, fragt er unbeirrt. »Um welche Zeit war das, Nadja?«

Ich zucke die Achseln.

»Haben Sie nichts gehört? Es kam von oben.«

»Nein«, sagt der Angebliche Pope, »was soll ich gehört haben?«

»Hüüüüh«, brüllt Lew, »Huuuu-aaaah … Die ganze Luft war voll davon. Wie konnten Sie das nur überhören, es war gigantisch, ohrenbetäubend! Um die Mittagszeit rum, oder, Nadja?«

»Um die Mittagszeit rum war ich beim Totenmahl von Konstantin Nikititsch«, sagt der Angebliche Pope, »einer Seele, der ich schon viel früher Ruhe gegönnt hätte. Und es war kein Flugzeug?«

»Ganz sicher nicht!«

»Eine Antonow?«

»Nur wenn man versucht, ein Flugzeug im Hangar zu starten, würde es solchen Lärm machen, und selbst dann …«

»Ein Düsenjäger, der die Schallmauer durchbricht?«

»Dann hört man einen Knall, Väterchen. Die Summe aller Schwingungen, denen er davonfliegt.«

»Ich fürchte, davon verstehe ich nichts, Lew Walerjewitsch.«

»Das hier war ein träges Geräusch, träge hat es den ganzen

Luftraum erfüllt, hüüüüh, haaaa-uuuuh, ein tragisches, aber auch schrecklich lautes Geräusch, trompetende Wolken von links nach rechts über den Himmel ...«

»Wolkentrompeten?«

»So was in der Richtung, oder, Nadja? Es klang doch wie ein verstimmtes Musikinstrument, oder sogar wie ein ganzes verstimmtes Orchester?«

Ich weiß es wirklich nicht mehr. Ich kann mich nicht erinnern. Eine Halluzination war es, das Geräusch, ja, davon bin ich mehr und mehr überzeugt. Deshalb haben wir es auch erst gehört, als Dimka wieder weg war. Lews arbeitsloses Hirn hat was ausgetüftelt und ich bin ihm in seinem Wahnsinn gefolgt, wie ich ihm mein Leben lang in allem gefolgt bin.

»Wie trompetende Wolken ...«, wiederholt der Angebliche Pope. »Sie meinen doch nicht ...«

Er bekreuzigt sich, murmelt etwas in sich hinein.

»Und er wird senden seine Engel mit hellen Posaunen, und sie werden sammeln seine Auserwählten von den vier Winden, von einem Ende des Himmels zu dem anderen.«

Lew beugt sich vor.

»Sie zitieren aus der Bibel«, stellt er fest.

Der Angebliche Pope nickt bedächtig.

»Steht das wortwörtlich so da? *Mit hellen Posaunen*?«

»Buchstäblich. Was Sie gerade beschrieben haben, Lew Walerjewitsch, steht in der Bibel. Und nicht nur ein Mal, sondern mehrmals. Bei den Aposteln und bei den Propheten.«

»Ich lese dieses Buch nicht, wie Sie wissen. Auf welcher Seite steht es? Ich recherchiere das, ich lasse es recherchieren!«

Ihm schwirrt der Kopf, er kommt ins Plappern, und der Angebliche Pope ergreift die Gelegenheit beim Schopf.

»Matthäus hat davon geschrieben«, sagt er, »und Markus, in der Rede über die Endzeit. Und in der Offenbarung des Johannes natürlich. Denn in diesen Tagen werden solche Trübsale sein, wie sie nie gewesen sind bisher, vom Anfang der Kreatur, die Gott geschaffen hat, und wie auch nicht werden wird. Und die Sterne werden vom Himmel fallen … *Himmel und Erde werden vergehen*, sagte der Herr, *aber meine Worte werden nicht vergehen*. Damit ist die Endzeit gemeint.«

Lew schiebt mir sein Glas zu. »Und wie wird dieses Große Geräusch also beschrieben?«

»Als Posaune des Herrn. Es ist die Stimme Gottes. Auch die Juden schreiben, dass die Wiederauferstehung der Toten mit Trompetenschall angekündigt wird. Die Kräfte der Himmel werden sich bewegen. Das sind keine guten Neuigkeiten.«

»Vielleicht doch«, versuche ich es. »Wenn ich Sie richtig verstanden habe, wird die Posaune erst geblasen, *nachdem* alle Trübsale über uns herabgekommen sind, oder? Aber wir sind noch da!«

Da schreit Lew, viel zu laut: »Und was ist die Erklärung?«

Der Angebliche Pope hat es nicht leicht. Er schaut von Lew zu mir, dann auf seine Hände.

»Hm, vielleicht doch das, was damals hier passiert ist …«

»Unsinn!«, rufe ich. »Uns gibt es noch, und den Himmel und die Erde auch, Väterchen. Halleluja! Sehen Sie, jetzt kommt sogar die Sonne durch!«

»In diesem Zustand dürfen Sie mich nicht nach dem genauen Wortlaut fragen«, sagt der Angebliche Pope gereizt, »aber ich habe Sie gewarnt, und ich bitte Sie dringend, besser aufzupassen, beim nächsten Mal, wenn Sie das Geräusch hören. Die Sterne werden vom Himmel fallen, die Kinder werden sich gegen die Eltern erheben und die Väter ihre Söhne dem Tod überantworten ...«

Was für eine Unverschämtheit, uns nach zwei Tellern Suppe hier eine solche Angst einzujagen. Ich will aufstehen, weg von seinen Worten. Zurück zum Fell und zu den Schnuppernasen unserer Tiere, die nichts von einer eventuellen Endzeit faseln, aber auch nicht über den Beginn der Zeiten, sie leben im Kreis, und das sollten wir auch tun. Zuerst einmal an diesem Tisch. Ich lasse die Flasche noch einmal kreisen. Ja, das tue ich, und dann will ich wieder zu den Tieren.

Zwei Stunden später verschwindet der Angebliche Pope, wie er gekommen ist, und Lew schläft über der Bibel seiner Großmutter ein. Gott hab sie selig. Und ihn auch, aber nur kurz. Ich bin betrunken, muss über alles kichern. Über meinen irren Blick im Spiegel, die verrutschte Strumpfhose zwischen meinen Beinen und das Knirschen meiner Gummistiefel draußen im Schneematsch. Sogar über den Schneematsch, man stelle sich das mal vor! Ich sollte öfter zur Flasche greifen. Das Gute ist, dass du plötzlich über dich selber lachen kannst, weil du ein anderer bist. In deinem benebelten Kopf auf deinem seltsamen, ungelenken Körper bleibt immer ein Eckchen frei für das nüchterne Ich, und das sieht aus der Ferne zu und lacht über dich. Es sei denn, Trinken wird zur Gewohnheit. Bei Säufern lacht das Ich nicht mehr, habe ich gehört, es flucht. Die Tiere verstehen nicht, was daran witzig sein soll. Voller Ernst stehen sie mit ihrem scheinbar vernünftigen, pedantischen Tiersinn hinter den Gitterstäben. Kein bisschen einladend! Selbst Bamscha fällt aus ihrer Rolle als Menschenfreund, denn die Tiere tun alle natürlich nur so als ob, der eine besser als der andere.

Jetzt ignoriert sie mich, meine Hündin ist so unduldsam wie der Wind, der raue, nasse russische Dreckswind, der immer weiter und weiter braust. Ja, ewig unterwegs, dieser Wind! Warum, in Gottes Namen, wohin denn, wenn die Endzeit in Sicht ist?

7

Unser rostbraunes Badewasser schmeichelt meinem blassen Bauch, durch den ich zu viel Alkohol gespült habe. Da ist es, das Alter, die dumme Kuh, die dir das Fest verdirbt, obwohl deine Seele noch tanzt, da ist sie, hallo, kein bisschen erfreut, Bekanntschaft zu machen. Ach, fühle ich mich elend. Mir ist speiübel und alles dreht sich, mein Magen zieht sich zusammen vor Säure. Und ich will doch hoffen, dass meine Beine nur so dick aussehen, weil ich wie ein Wrack auf Grund liege. Als die Wanne noch nicht so rau und rostig war, haben andere Frauenkörper darin gelegen. Jünger als meiner. Ich habe sie alle gesehen. Ich will sie dir eine nach der anderen vorstellen, Lokführer.

Vera, meine kleine, reine Badende, saß hier schon, als das Wasser noch klar war und die Emaille so weiß wie sie. Anfangs dümpelte sie pummelig wie ein Ball in der Wanne, später faltete sie sich über ihren langen Beinen zusammen, um sich die Zehennägel zu lackieren. Sie sang laut und falsch im Badezimmer, ging tropfnass in die Küche, um sich was zu trinken zu holen, und wenn sie dort unseren sich haarenden Hund traf, umarmte sie ihn einfach. Weil sie sich nicht den Kopf zerbrach über solche Dinge, taten wir es auch nicht. Niemand ekelt sich vor einem hübschen, fröhlichen Menschen, selbst dann nicht, wenn er nach Pferdemist riecht und immer schwarze Ränder unter den Nägeln hat. Auf sie reagierten die Tiere anders. Mich begrüßten sie wie Leibeigene ihren Herrn, loteten steifbeinig meine Laune aus, ehe sie gehorchten oder eben nicht. Bei ihr wedelte, schnurrte und schnaubte alles, nicht nur in unserem lachhaften Laden, sondern auch außerhalb.

Lew und ich wussten von Anfang an, dass Vera ihren Charme nicht von uns hatte, sondern von der Umgebung, in der sie geboren war. Immer wieder sahen wir Tiere oder Pflanzen, über die wir sagten: Ach, daher hat Vera das also. Das Lachlustige von unserem versöhnlichen alten Hund Rodin. Das Lebensfrohe von der Birke, die jedes Jahr mit einem Schlag grünes Laub aus ihrem alten Mantel hervorzauberte. Die wirren haselnussbraunen Strähnen vom Ufer des Loknowo-Sees, wo sie auf genauso rätselhafte Weise wieder verschwanden, wie sie aufgetaucht waren.

Die Sommercamps brachten viele Jungen hierher, die nur wenig älter waren als sie. Bei Veras Anblick leuchteten ihre Augen auf, doch gleich danach schauten sie wieder zu uns. Sie merkten, dass die Tochter des Professors zu viel war von allem, wonach sie sich sehnten. Zu wild, zu eigen und zu ehrlich, um sich in Ruhe in sie zu verlieben. Trotzdem hätte ich allen einen Kuss von ihr gegönnt, denn sie mussten noch zur Armee, wo ihre zarten Jungenseelen restlos kaputtgemacht würden. Nur einer erweckte ihr Interesse. Juri. Ein stiller, weißblonder Junge, eins neunzig groß, der ein bisschen aussah wie ein blonder Plow, wenn er neben ihr herging mit seinen kräftigen O-Beinen. Fußballerbeine, verbesserte Vera uns, Juri hatte es in die Nachwuchsmannschaft von Dynamo Moskau geschafft. Er war keine Leuchte. Ich habe nie gefragt, was sie trieben, wenn sie in der Nacht verschwanden. Veras Sexualität war plötzlich da gewesen, als hätte sie sich mit einem Regenschauer über sie ergossen, und da hatten meine Worte nichts zu suchen.

So offen und geradeheraus Vera war, so spröde und hinterfotzig war Ksenia, Lews ältere Tochter aus erster Ehe. Sie war nur ein Jahr jünger als ich, schlug aber ihre knochigen Stelzen übereinander, wenn ich ins Bad kam. Unser Haus widerte sie an. Genauso wie ihr Vater, der ihre Mutter gegen eine Göre getauscht hatte. So nannte sie mich. Mit so einer Göre könnte es ja »gar nichts anderes sein als primitive Lust«.

Wie konnte sie es wagen? Von Anfang an waren die Rollen vertauscht gewesen und sie spielte die weise, böse Stiefmutter. Sie nahm die trockene Wäsche von der Leine und weichte sie wieder ein. Sie holte Vera aus der Wiege und sagte Lew, ich hätte sie eine Stunde schreien lassen. Von ihrer Mutter sprach sie wie von einer Heiligen, die, seit ihr Mann sie verlassen hatte, die ganze Zeit nur auf ihrem Balkon im dreizehnten Stock stand und erst abends ein paar Sätze aus der Bibel über die Lippen brachte, oder Offenbarungen des Gurus Maria Devi Christos. Manchmal tat Ksenia mir leid, doch trösten konnte ich sie nicht, weil sie nachtragend war und einen Sauberkeitsfimmel hatte. Sie wollte weg, von uns, von ihrer Mutter und ihrem Land, und schaffte es am Ende auch. Als Kosmetikvertreterin gelangte sie auf dem Umweg über den finnischen Großhandel nach Deutschland. Es ist ein Jammer, aber ich konnte bei ihr nicht die Spur von Sinnlichkeit entdecken. Neuerdings ist sie zum Islam konvertiert. Und wir sollen davon beeindruckt sein.

Dann lag da noch die immer rundlicher werdende Lydia, die eine Hand auf dem Wannenrand hielt ein Buch, die andere legte sie sich auf die Brust, damit ihre Zigarette trocken blieb. Hätte ich solche Titten wie Bojen gehabt, ich hätte sie ständig zur Schau gestellt, aber Lydia nicht, sie stützte sich nur auf ihnen ab. Bei Streitgesprächen verschränkte sie die Arme über der Brust und wirkte noch imposanter. Die Männer in ihrem Leben waren kumpelhafte Kerle, klapperdürre Wissenschaftler, die schon anfingen sie zu befummeln, während wir noch alle zusammen am Lagerfeuer saßen. Einmal fragte ich sie, ob sie eigentlich auf Frauen stehe, sie leugnete es nicht, regte sich aber über meinen Ton auf. Wie auch immer, nie hätte ich gedacht, dass die kluge, unabhängige Lydia Erschowa auf das gönnerhafte Theater dieses holländischen Püppchens reinfallen würde.

Von allen Badenden hier brauchte die Holländerin das Bad am allerwenigsten, meine Güte, die war von sich aus sauber. Nichts konnte ihr etwas anhaben, weder das rostige Wasser noch unser fettiges Essen, die Zeit, das Leben, alles perlte an ihr ab. Funkelnagelneu sah sie aus, dabei war sie so alt wie ich. Frauen magern meiner Meinung nach durch ihre Prinzipien ab, während Männer durch ihre Rechthaberei dick werden. Seht euch doch nur die großen Staatsmänner an, meistens gehen sie umso mehr in die Breite, je länger und komfortabler sie ihr Amt bekleiden, während die Frauen mit Prinzipien einen Knacks bekommen, vertrocknen und sich auflösen wie Gespenster. Die Glaubenssätze der Holländerin hatten hauptsächlich mit körperlicher Gesundheit zu tun, etwas, worüber wir uns noch nie Gedanken gemacht hatten. Sie mochte nichts, was einen tierischen Ursprung hatte, und im Gegenzug hatte ihr Körper wohl beschlossen, keinerlei tierische Züge an den Tag zu legen. Was ich zur Kenntnis nahm, als sie in der Wanne saß und ich mich über sie beugen musste, um den Durchlauferhitzer wieder anzuzünden. Ihr Körper war unbehaart. Und so schlank sie war, auch das Muskelgewebe unter ihrer Haut gab sich sparsam. Nichts spannte sich an, alles war von abstoßender Gleichmütigkeit. Vielleicht lag es an ihrer Ernährung. Sie aß nicht, sie stocherte im Essen, übersah gönnerhaft, was sie mit ihren vornehmen Fingerchen zu ihrem geschürzten Mündchen geführt hatte, kein sehr appetitlicher Anblick. Hätte ich ihr eine runtergehauen, wäre sie womöglich sogar erfreut gewesen, denn wie Ksenia hatte sie beschlossen, dass sie zur Gattung der Abgeklärten gehörte. Manche Frauen legen sich ein mysteriöses Leiden als Schönheitsideal zu, andere wählen eine bestimmte Kost, und dann gibt es noch die, denen ein Fummel genügt, um ihren oberflächlichen Geist zu kaschieren; jedenfalls sind das alles Frauen, die kontinuierlich daran arbeiten, etwas zu kaschieren. Und es klappt, Lokführer, die Männer fallen drauf rein, ahnen Tiefgründigkeit hinter dem weiblichen Verkümmern. Es würde mich nicht wundern, wenn viele der heilig- und seliggesprochenen Frauen sterbenslangweilig und eitel waren, zu faul zum Arbeiten und zu kleinlich zum Lieben. Und immer werden diese frommen Köpfchen die Aufmerksamkeit von wirklich tapferen, klugen Überfliegern wie Lydia weglenken. Genau darauf legen sie es an. Lydia hätte dieses Weib niemals mitbringen dürfen. Aber genug von ihr. Die holländische Märtyrerin hat ihren verdienten Lohn bekommen. Bestimmt hängen die Leute ihr an den Lippen, mit ihren Geschichten über das grausame Russland.

Entscheide dich, Lokführer. Vier badende Frauen. Bei mir ist mittlerweile Fett auf den Rippen, bei den anderen kann ich es nicht beurteilen. Schau mal, wie ich die Wanne ausfülle wie eine Makrele in Öl, das Wasser geht mir nicht mal bis zum Nabel. Und wie sieht es bei dir aus? Auch dicker geworden, oder? Und im Kopf? Tickst du noch richtig? Hast du noch alle Zähne, sind sie braun verfärbt vom Rauchen? Ach, auf deinen einsamen Kilometern sieht sowieso keiner, wie du dir die Lunge mit Kohlenmonoxid vollsaugst, und bei deiner Rückkehr nach Hause küsst dich bestimmt niemand auf deine Pafferwangen. Los, Lokführer, mach mal voran, ich muss hier raus, das Wasser ist kalt geworden.

In der Zwischenzeit wacht das Haus über Lews Schlaf. Seine Tür steht offen, er stöhnt und fiept sich einen Weg durch seine Träume. Da steht ein neuer Mond, ein bisschen kleiner als der vorige. Der kalte blaue Himmelskörper bewegt sich in diesem Zimmer jede Nacht von einem Fenster zum anderen. In manchen Nächten sieht es aus, als würden seltsame Buckel auf ihm wachsen wie vorweltliche Sträucher. Ich zwänge meine nassen Füße in die Pantoffeln, weiß genau, auf welche Dielen ich treten darf, damit es keinen Krach macht. Es riecht nach Azeton. Lithium. An sich kein unangenehmer Geruch, ein bisschen wie überreifes Obst, aber man darf nicht dran denken, dass er von der alten Batteriefabrik kommt, drei Kilometer weiter. Die Schließung, fast schon zwanzig Jahre her, war ein Drama für das Dorf. Fünftausend Leute landeten auf der Straße, doch wir hatten kein Mitleid mit ihnen. Es waren Dörfler, die genauso giftig waren wie ihre Erzeugnisse, schon als sie noch Arbeit hatten. Sie waren nicht wegen der Natur hier, sondern wegen der Fabrik, und als die geschlossen wurde, zogen sie nicht sofort weg, sondern guckten erst mal, wo noch was zu holen war. Plötzlich streiften Menschen durch die Wälder, ganze Familien, die wir noch nie gesehen hatten, nicht an sonntäglichen Sonntagen und auch nicht in den Sommerferien. Die Kinder sammelten Pilze, die Erwachsenen stellten Fallen auf. Alles wurde eingesackt; selbst die kleinsten Röhrlinge, die wir immer stehen ließen, damit sie weiterwuchsen, wurden aus der Erde gedreht und in der Stadt vertickt. In ihren Fallen landeten auch nichtessbare Tiere mit zu armseligem Fell, als dass es etwas abgeworfen hätte. Wir hörten ihre Todesnot. Vor dieser Zeit hatten wir jedes nächtliche Geräusch gekannt, unsere Kinder schliefen zum Ruf eines Waldkauzes ein und zur Antwort des Weibchens, sie wachten nicht einmal auf, wenn ein paar Wildschweine hinterm Haus kämpften. Doch durch die Wilderer hörten wir jetzt auch die stillen Tiere, die Eichhörnchen und Wiesel. Kreischend vor Panik. Eines Nachts kam hier ein Kaninchen zur Tür rein, wir waren noch nicht ins Bett gegangen. Die Ohren flach angelegt, die Augen weit aufgesperrt schoss es durch den Flur auf uns zu. Es suchte eindeutig nach einem sicheren Ort und fand ihn zwischen den Katzen auf der Fensterbank, wo dann Blut unter ihm heraussickerte. Bei näherer Betrachtung merkten wir, dass es sich den Schwanz abgerissen hatte. Als die Wunde verheilt war, bekam das Kaninchen einen durchtriebenen Blick, sein Fell wurde gefleckt wie das eines Leoparden und es fraß mit den Katzen. Es fraß Fisch, es fraß Fleisch.

Die Plünderung dauerte ewig. Als Erste zogen die fort, die noch ein wenig Gespür für die Umgebung hatten, die Unmenschen blieben, bis nichts mehr zu holen war. Sie verschonten weder die Natur noch uns. Egal, wie isoliert du lebst, früher oder später treibt die Armut die Leute in deine Richtung. Erst klauten sie uns die Eier, dann die Hühner, dann die liegengebliebene Kacke. Einmal ertappte Lew eine alte Frau auf frischer Tat, als sie Plows langen Schweif abschnitt. Klar, es ging um Geld, das nie das war, was es zu sein schien und von dem man in den Neunzigern immer mehr brauchte. Erst Hunderte, dann Tausende Rubel wurden plötzlich zu Millionen.

Weil wir weitgehend autark lebten, dauerte es eine Weile, bis die Misere zu uns durchdrang. Das Ausmaß der Krise begriffen wir erst, als wir die Nullen auf den Wasser- und Stromrechnungen zählten. Das Elend hatte einen Tiefpunkt erreicht. Die Menschen wurden krank vor Armut, sie tranken, was ihnen in die Hände fiel, bis alles schwarz wurde, von ihren entzündeten Zehen bis zum Licht in ihren Augen. Von innen sahen wir sie in unserem Garten die Tulpen abschneiden und sagten nichts, weil sie schon keine ansprechbaren Menschen mehr waren. Als der Hof ausgeräubert war, kam das Labor im Wald an die Reihe. Sie nahmen alles auseinander, steckten den billigsten Plunder ein, eine Waage, Pipetten, Objektträger, Teile unseres Traums, die in diesem neuen Land längst keinen Wert mehr hatten. Das Mikroskop und die dazugehörige Lampe, die wir selbst noch nicht verkauft hatten – was wollten sie damit? Nur das Bettzeug ließen sie zurück und die schönsten konservierten Säugetiere und Insekten, aber erst, nachdem sie die Gefäße zertrümmert hatten. Sie kippten das Formaldehyd aus den Gläsern mit ungeborenen Tieren hinunter wie einen Zaubertrank. Vielleicht hofften sie, damit ihr einziges, armseliges Hab und Gut, ihr Leib und Leben, zu erhalten?

Danach räumten wir die Trümmer auf. Wir nahmen die bleichen kleinen Körper aus den Scherben und legten sie auf die Werkbank. Wir konnten sie nicht mehr bewahren und die Natur konnte sie nicht mehr zersetzen. Lew sagte, es sei trotzdem noch unser Laboratorium der Unabhängigkeit, weil sie nur die Dinge genommen hätten, aber nicht die Idee. Oder vielmehr, ohne sie würde die Idee sogar noch stärker werden, weil wir jetzt unser autarkes Leben mit mehr Überzeugung weiterführen konnten, einen Neuanfang machen und noch unabhängiger werden. Doch auch er sah, dass sich alles verändert hatte. Wir, die Kinder, die Natur – endgültig. Seit der Plünderung machten die Jahreszeiten, was sie wollten, und alles, was verschwand, ließ nur seinen eigenen Laut zurück. Selbst nachdem wir die Fangeisen und Schlingen Stück für Stück entfernt hatten, hörten wir nachts noch das seltsame Kreischen. Vielleicht kündigten die Tiere ja die Großen Geräusche am Himmel an?

Prima, der Abwasch steht in der Spüle. Das habe ich im Suff also tatsächlich hingekriegt. Ich hätte was essen sollen zum Alkohol, mein Vater sagte immer: Deck einen Tisch für die Schnäpse, die du in deinen Magen einlädst, sonst prügeln sie dort aufeinander ein. Aber der Angebliche Pope hat nichts übrig gelassen. Als ich mir einen Kringel aus der Brottrommel nehme, zuckt etwas hinter der Scheibe. Ich kann es nicht richtig erkennen, es sieht aus wie eine riesige, richtungslose Motte oder vielleicht eine aus ihrem Winterschlaf aufgeschreckte Rauhautfledermaus? Wenn die Handflügler in den Schutz unserer Veranda zurückkehren, sind wir vielleicht noch nicht ganz verloren. Eine Zeitlang haben wir wirklich gut zusammengelebt, Lew, ich und die Natur. Doch ich glaube, sie lässt uns jetzt dafür büßen, was andere Menschen, andere deplatzierte Primaten angestellt haben. Die Dörfler, die in die Stadt gezogen sind und ihre unnütze Beute längst vergessen haben. Vielleicht verläuft ihr Leben jetzt erwartungsgemäß? Aber hier wissen wir nicht mehr, wann der Frühling aufhört und der Sommer anfängt. Manchmal beginnt der Winter, und dann wird es doch wieder Herbst und einen Tag später wieder tiefster Winter. Und manchmal, wenn die Nacht hereinbricht, stellt sich das als bloße Anwandlung des Tages heraus, und die Helligkeit kehrt in aller Gemütsruhe zurück und bleibt da, Stunden länger als vorgesehen. Man könnte ganz verrückt davon werden. Wie jedes andere Tier wollen auch die Menschen auf das Leben zählen können, auf eine Sonne, die untergeht und nicht über Nacht wieder aufgeht. Es ist unangenehm, wenn Vögel plötzlich beschließen, anders zu singen, oder wenn Wasser sich allmählich verfärbt. Und es ist ärgerlich, wenn in einer Gegend, die man glaubte wie seine Westentasche zu kennen, neue Dinge auftauchen und dann sang- und klanglos wieder verschwinden.

Vor ein paar Jahren habe ich mit Plow mal einen Brunnen im Wald gefunden, aus Bruchsteinen, die in dieser Gegend gar nicht vorkommen. Ich konnte ihn nie wiederfinden. Es war an einem heißen Sommertag, ich dachte, das Pferd will was trinken, aber dem war das Ganze unheimlich, es weigerte sich. Ich stieg ab, ging zu dem Brunnen und musste mich weit über den Rand beugen, um mein Spiegelbild in der Tiefe zu sehen. Ich bekam Höhenangst von dem kleinen Gesichtchen auf der Wasseroberfläche da unten. Die Wände waren kalt und feucht, als hätte gerade noch jemand was hochgeholt. Das hast du geträumt, sagte Lew, als wir am nächsten Tag vergeblich nach dem Brunnen suchten, du hast wieder Wodka getrunken und bist im Vollrausch aufs Pferd gestiegen. Aber Plow hatte es auch gesehen.

Eine Million, Million rote Rosen ...

Kommt die Melodie wirklich aus der Stube oder ist sie nur in meinem Kopf? Viele Stunden sind vergangen und ich bin immer noch nicht nüchtern.

Unter dem Fenster steht der Künstler und traut sich kaum zu atmen ... La, la, la ...

Der Liedtext wird von einem märchenartigen Singsang begleitet, so was kann auch nur in Russland ein Hit werden. Vielleicht verbringe ich ja den Rest meiner Tage halb betrunken an dieser vergessenen Adresse, klammere mich an die Zierleiste hier an der Wand ... Ha! Das muss sich doch mal einer ausgedacht haben, dass es praktisch wäre, in unseren Häusern Verzierungen auf Tasthöhe anzubringen. Datschas sind dazu da, blind und betrunken darin herumzuspuken, wenn es sein muss jahrhundertelang. Da sind wir, endlich, da sind wir in Lews quadratischem Schlafzimmer. Ich hockte mich neben ihn auf den Boden. Das Schnaufen geht weiter. Am Anfang, als wir gerade erst hier eingezogen waren, lag ich oft wach neben ihm. Ich starrte auf sein Schlafgesicht und bekam immer mehr Angst. Er lag genauso da wie jetzt, sein Gesicht eine Maske auf dem Kissen. Da war kein Gedanke mehr, kein Gefühl, nicht mal mehr ein Lächeln für mich. Aus seinem dürren Bart strömte ein Traum, in dem ich nicht vorkam. Er hat sich nie gefragt, womit er mich verdient hat. Warum er den Rest seines Lebens eine Frau haben durfte, die schöner und gescheiter war als seine älteste Tochter. Er zeigte ihr dies und das. Brachte ihr Dinge bei. Richtete am Rand eines Sumpfes ein Plätzchen für sie ein. Das wars. So hätte ich es auch mit Vera machen sollen. Mit ihr losziehen, um was zu sehen, ihr was beizubringen, und danach hätte ich ihr ein Plätzchen zwischen den haselnussbraunen Strähnen am Loknowo einrichten sollen, damit niemand sie sich holen konnte. Da ist Lews Hand. Er streichelt mir das pudrig-rostige Badewasser vom Arm, und in dem Licht, das vom Flur hereinfällt, sehe ich mein Spiegelbild in seinen Augen. Ein winziges, ängstliches Gesichtchen, das ich kaum erkenne.

8

Jemand ist zu uns gekommen und wieder weggegangen. Die Frühlingssonne versucht, die Fußspuren zu schmelzen, aber unsere sind es nicht, wir waren heute noch nicht draußen. Im Näherkommen erkenne ich, dass sie von Männerschuhen stammen. Ich sehe mich um, mein Blick wird nur vom Ziegenbock ein Stück weiter erwidert. Er gibt seinen Senf dazu.

»Blublablublahaha!«

Aus dem Haus kommt unterdrücktes Brummeln. Abknallen, das Scheusal. Die Sohlen haben ein derbes Profil, auf halber Strecke zum Weg löst es sich in einer Reifenspur auf, die eine Schleife macht. Und ich habe nichts gehört. Warst du das, Lokführer? Bist du gestern am späten Abend aus dem Zug gestiegen und endlich zu mir gekommen, wie du es versprochen hast, und ich habe im Suff deinen Besuch verschlafen? Vielleicht bin ich ja gar nicht mehr in der Lage, Fremde zu empfangen. So ist das bei Menschen, die nur auf den Richtigen warten. Das erklärt, weshalb vor einer Weile in der Region Krasnojarsk ein Mann angetroffen wurde, der auf keinen Geringeren als Stalin wartete. All die Jahre hatte er sich auf dem Dachboden vor Stalin verborgen gehalten. Auch er war ein letzter Einwohner, wie wir, doch er war völlig ahnungslos; das Städtchen, in dem er lebte, gab es nur, weil er zusammen mit Tausenden Mitgefangenen eine Zugstrecke dorthin gebaut hatte, Schiene für Schiene aus dem Nichts und ins Nichts, und als die stillgelegt wurde, verschwand das Städtchen wieder. Als man die Gefangenen abholte, wollte dieser Herr nicht mit, er wollte in der von ihm ins Leben gerufenen Stadt bleiben. Er versteckte sich und hielt durch, das geht in diesem Land, hier kann man genügend Angst haben, um sich sechzig Jahre lang in einer ausgestorbenen Stadt zu verstecken.

Ich drehe mich um, sehe unseren Briefkasten im Schnee liegen. Er ist vom Pfahl gefallen und es ist Post darin. Sehr seltsam. Warum kommt ein Postbote in ein Dorf mit null Einwohnern? Wir haben uns garantiert nicht vermehrt, null mal null bleibt null. Die Ausödung, das sind wir. Tut uns leid, Mütterchen Russland, wir haben zwei Kinder in die Welt gesetzt und ganzen Schulklassen beigebracht, wie man überlebt, wir haben unser Bestes gegeben, aber trotzdem hat sich die Spur totgelaufen. Vorsichtig hebe ich den Briefkasten auf. Das arme Ding hat sich zu Boden gestürzt, damit kein Brief aus der Außenwelt zu uns dringt. Dass jemand uns einen Brief schickt, mag ja noch angehen, aber wer hat den Briefträger geschickt? Wer hat beschlossen, uns wieder einzubeziehen? Der obere Umschlag ist handschriftlich adressiert, den stecke ich rasch ein, um ihn mir genauer anzusehen. Die beiden anderen sind vom Stromversorger Rosnet. Ein dreifaches Hoch auf die Elektrifizierung des Vaterlandes! Steinchen gehen verloren, Brotkrümel werden aufgepickt, doch seit Lenin ein Hochspannungsnetz übers Land ausgeworfen hat, braucht keiner mehr vom Weg abzukommen.

»Nadjaaa!«

Er wartet, die Hände auf dem Tisch, rechts und links vom leeren Teller. Die Katzen hinter ihm schauen zum Topf. Alles und jeder will fressen, doch ich lege nur die Post des Stromanbieters auf den Tisch.

»Wir haben zwei Rechnungen bekommen.«

Lew nimmt die Umschläge in die Hand, schnuppert daran. Ich weiß, worauf er aus ist, auf den guten alten Geruch der russischen Bürokratie, doch im Gegensatz zu unseren Pässen, Studentenausweisen und Arbeitsbüchern, die heute noch nach dem Natriumsilikat des *Sowjezkij kanzeljarskij klej* riechen, dem voller Optimismus hektoliterweise angerührten Kanzleileim, der Jahrhunderte sozialistischer Herrschaft aufrechterhalten sollte, haben diese Briefe keinerlei Geruch.

»PAO MRSK«, liest er laut. »Aus dem Briefkasten? Wer ist das?«

»Strom. Wir machen noch mit, Lew.«

Hilflos sieht er mich an. »Was wollen die von uns?«

»Geld, was denn sonst?«

Als ich die Briefe öffne, fallen mir fast die Augen aus dem Kopf.

»Eine Menge. 301 006 Rubel. Und 178 642 Rubel.«

Es sagt ihm nichts. Sein Blick heftet sich an unsere flauschigen, mit Schmutz und Spinnweben umsponnenen Stromkabel, die sich nach und nach von der Decke lösen.

»Dachte ich es mir doch, dass ich heute Nacht was gehört habe«, sagt er versonnen. »Ein seltsames Geräusch, ziemlich beängstigend, als ob etwas mit hoher Geschwindigkeit über unser Haus fliegt. Nicht laut, sondern still und leise, nicht mechanisch, aber auch nicht organisch, es war, wie soll ich sagen?, etwas, dem das Leben noch bevorsteht, genau! Etwas, was noch nicht zu unserer Welt gehört, aber wahnsinnig gern dazugehören möchte …«

301 006 und 178 642. Beträge, die nicht zum Abrunden neigen, sie sind klobig und knallhart, eine Summe, die vielleicht

sogar höher ist als der Wert unseres Hauses. Ich stürze in den Flur, höre sie rattern. Die Zahlen. Ich reiße die Tür des Kellerschranks auf, schiebe die Konserven vor dem Zähler aus Bakelit beiseite. Die Ziffern rasen so schnell, dass sie gar nicht mehr lesbar sind. Vielleicht hängt das ganze Dorf an diesem Zähler, knattern alle Spukbauten auf unsere Kosten. Ich wimmere wie ein Hund.

»Was ist?«, fragt Lew.

»Der Zähler ist durchgedreht.«

»Mach ihn aus. Klemm das Ding ab. Strom haben wir mehr als genug.«

»Bist du verrückt geworden?«

Lew kaut an einem Brotkanten. »Wasser ist wichtig«, sagt er. »Strom nicht. Kühlen können wir draußen, wir brauchen keinen Kühlschrank, und für alles andere zapfen wir Scherpjakow an. Den stört das nicht.«

»Scherpjakow ist seit zehn Jahren weg. Oder tot, genau wie Schenja Klimow. Meine Güte! Ist es so schwer, sich das zu merken? Menschen leben nun mal nicht ewig, erst recht nicht hier in der Gegend.«

Großes Staunen. Wenn er mich so ansieht, wird mir bewusst, dass er meinen Blick sonst meistens meidet, als würde ich ihm auf der falschen Seite der Straße entgegenkommen. Als hätte er Angst, sonst gar nicht mehr zu wissen, wo es langgeht. Die gute Neuigkeit ist, für ihn jedenfalls, dass es auf der Welt noch Wunder gibt. Und bei seinem Gedächtnisschwund werden es immer mehr werden, was für sagenhafte Aussichten! Ich will ihm erklären, dass Scherpjakow weg ist, wie so vieles andere, was uns das Leben versüßt hat, doch da ist sein Blick wieder, er ringt um Worte.

»Das meinte ich doch gar nicht ...«, stammelt er, »ich meine, dass wir dann doch wohl bei ihm Strom abzapfen können? Ach, Nadja ...«

»Was ist?«

»Schon gut«, sagt er. »Ich hatte heute Nacht einen schrecklichen Traum, weißt du ... Die waren hinter den Kindern her.«

»Wer sind ›die‹?«

Genau die falsche Frage, wenn jemand von der Rolle ist.

»Die, die noch nicht zu unserer Welt gehören, aber gerne dazugehören wollen. Das habe ich doch gesagt? Zuerst haben sie den Sauerstoff aus der Luft genommen. Wir konnten nicht mehr atmen! Danach war das Licht an der Reihe. Wir sind rumgetappt wie Blinde, tastend. Du auch, Nadja, du hattest noch größere Angst als ich. Und dann ...«

Wir hören es beide. Ein Echo aus der Luft, die Frequenz ist so niedrig, dass Menschen gar nicht in der Lage sein sollten, sie zu hören. Danach vibriert es unter meinen Fußsohlen. Bulka flieht nach draußen, schlittert um die Kurve. Wir halten die Luft an, aber das wars.

»Und dann?«, frage ich leichthin, um ihn wieder zur Besinnung zu bringen, doch er sitzt nur da, schnauft. Er hat mit beiden Händen nach der Tischdecke gegriffen, lässt sie nicht mehr los.

»Dein Traum«, hake ich nach, »ich hatte noch größere Angst als du, hast du gesagt. Und dann? Erzähl!«

Doch an diesem Tag sagte er nichts mehr.

Das Unheimliche in der Welt war nie geheimnisvoll. Vor Tausenden von Jahren lebte der Mensch mit einer Fülle von Mysterien, die er ungeklärt beiseiteschieben konnte. Manchmal nahmen sie die Gestalt eines Wunders an. Hoch lebe die Zeit der Rätsel! Über echte Gefahren lässt sich dagegen nichts sagen. Da haben wir kein Mitspracherecht. Echte Gefahren sind Alleinherrscherinnen, intolerant und absolut, wenn sie drohen, schweigen wir. Mit Spitznamen und Codewörtern versuchen wir sie zu zerlegen, um sie dann doch, wider besseres Wissen, zu Rätseln zu verschlüsseln. Die älteste Drohung nennen wir nicht einsilbig beim Namen, wie die meisten Völker; auf Russisch wird sie umständlich mit »der Honigkenner« umschrieben. Eine Märchengestalt, die lieber an einer Wabe knabbert als an einem Kinderbein. Selbst die Bären in der Milchstraße nennen wir so, obwohl es da gar keinen Honig gibt. Gagarin hat im Kosmos nie Honig gegessen. Ich mag Bären. Sie haben die glücklichste Zeit meines Lebens bevölkert.

Warum sollte man sich vor großen Geräuschen fürchten? Seid froh, dass die Natur uns noch Rätsel aufgibt. Es ist ein furchtbar ermüdender Gedanke, dass alles in unserer Macht liegt. Jetzt, wo der Mensch alle Karten seines Daseins aufgedeckt hat, kann er ein wenig Romantik gebrauchen. Eine Räuberpistole, auch gut. Um sich nicht aneinander sattzusehen, muss man sich regelmäßig Räuberpistolen erzählen, jeder Hundertjährige weiß das. Diese Bäume zum Beispiel, die jetzt an mir vorüberziehen – ich sitze dicht über dem Boden auf einem Schlitten –, sehen jedes Mal anders aus. Heute sind sie übellaunig, knacken teilweise gefährlich, einer hat gerade einen Ast abgeworfen, der mich fies hätte treffen können. Ich bin allein hier, nur ein Pferdehintern vor mir, der beim Kacken seinen Besitzer ruft: Plow, Plow, Plowplow. Keine interessante Unterhaltung, trotzdem fühle ich mich wohl. Ich habe keine Angst. Welche Gefahr mir hier droht, habe ich längst erkannt: Es sind die Menschen und ihr Hunger. Immer wird man vor den Menschen fliehen müssen. Vor siebzig Jahren sind sie in unseren Wäldern auch schon voreinander geflohen. Krochen auf allen vieren herum, während es in ihren Köpfen spukte. Da waren vor dem Krieg feste Überzeugungen reingezwängt worden. Darüber, was wem gehörte, wer wo sein sollte und wer nicht. Immer dieselben Gedanken, doch mit dem Tod vor Augen bleibt nur einer übrig: *Ich will hierbleiben.* Unter dem Himmel, der mir noch fern ist, die Füße fest auf dem Boden zwischen diesen Bäumen, den Waldriesen meiner Kindheit. Nicht nur wir, auch die Feinde sind zwischen solchen Bäumen aufgewachsen: Rotfichten und Kiefern. Doch die meisten Männer standen nicht mehr auf. Sie blieben auf dem weichen Gras im Moor liegen, wurden von der Natur verschlungen, die die Kugeln ausspuckte wie Melonenkerne. Hin und wieder finde ich noch eine.

Los, du verwöhnter Gaul, mach mal ein bisschen voran. Übertreib nicht so mit deinem schleppenden Gang, so schwer bin ich nicht, und dieser Schnee macht auch nicht viel her. 1942 ist hier ein Foto von einem Deutschen entstanden, der im Schneesturm versucht hat, zwei Pferde wieder auf die Beine zu bringen. Das linke hat aufgegeben, das rechte lagert halb auf den Vorderbeinen, der Mann hinter ihm, eingemummt wie eine Puppe, hält die Zügel schlaff in der Hand. Sein Mund steht offen, vielleicht keucht er, vielleicht feuert er die Pferde an. Die verzweifelte Szene wirkt eher gemalt als fotografiert, durch den dichten Schnee sind die scharfen Umrisse verschwommen. Was hättest du gemacht, Plow? Hättest dich bestimmt nicht von der Stelle gerührt. Mein vollstes Verständnis, in meiner Familie gab es auch einen Deserteur, meinen Großvater väterlicherseits. Als es hart auf hart ging, versteckte er sich an der Front. An der Desna war das, bei der Zweiten Schlacht von Smolensk. Mein Vater sagte, er wäre in einer hohlen Eiche eingeschlafen, einer strauchigen, bauchigen Zaubereiche. Ich glaubte ihm, es war eine blitzempfindliche Gegend, da gibt es viele hohle Eichen. Opa war bei der Artillerie todmüde geworden und wachte erst im Herbst wieder auf, nach dem Sieg über die Deutschen. Nicht die Kanonen eines T-34 weckten ihn, sondern der Gesang von Soldaten. Das leuchtet ein. Im Westen unseres Reichs ist es totenstill, da lässt niemand je ein Wort fallen, geschweige denn ein Lied, das merkt man also. Und wenn der Rest des Landes glaubt, hier in der Nähe hätte ein armer, kleiner Jugendlicher ein Maschinengewehr außer Betrieb gesetzt, indem er sich dagegenstemmte, warum nicht diese Geschichte? Wie auch immer, Matrossow ging als Held zu Lenin in den Himmel und Opa als Deserteur nach Sibirien, doch mein Vater sagte, er wäre noch tiefer in die Eiche hinabgestiegen und dort wäre ihm erst ein Hund begegnet, mit Augen so groß wie Teetassen, danach einer mit Augen so groß wie Mühlräder und schließlich einer mit Augen so groß und breit wie der Glockenturm von Pokrow, alle drei hätten ihm bergeweise Geld gebracht und sogar eine Prinzessin auf ihrem Rücken, damit er sich nach ihr sehne, und ich nickte ja, logisch, dass Opa nie mehr zurückgekommen ist. Wir mussten übrigens auch eine Zeitlang weg. Das kommt von den Räuberpistolen deines Vaters, sagte meine Mutter, die darf man nicht herumposaunen und erst recht nicht aufschreiben, dann wird es gefährlich. Doch da war es schon zu spät. Die Probleme begannen, als ich mit meiner großen Kinderklappe in der Klasse von Opas Abenteuern im Baum erzählte. Da kamen plötzlich

Fremde zu uns, die nicht an Märchen glaubten, sie kamen immer öfter und wurden immer unfreundlicher. Mein Vater durfte nicht mehr unterrichten, wir mussten unsere Einzimmerwohnung in Leningrad aufgeben und für sechs Jahre in den elenden Ort Kommunar, wo meine Mutter Arbeit in der Kartonfabrik zugewiesen bekam. Zum Glück hatten sie unsere Datscha auf dem Stück Land vergessen, das Opa einmal gehörte. Der starb irgendwann, irgendwo in weiter Ferne.

Du glaubst, es besser zu wissen, Plow, aber hier ist der Pfad ein bisschen abschüssig und der Schlitten kann dir zwischen den Seilen durch gegen die Hufe rutschen. Ich glaube, heute ist der letzte Tag, an dem wir das noch machen können, es hat angefangen zu regnen und wir fahren eher durch Matsch als über Schnee. Hier irgendwo müssen die Überbleibsel der Hütte von Flachnasen-Ilja sein. Die haben die Leute eines Tages abgefackelt, aber vielleicht gibt es trotzdem noch eine Spur von ihm und seinem kleinen Leben, zum Beispiel das Kissen, das er sich demonstrativ unter den Kopf schob, wenn er fand, ich solle jetzt mal die Biege machen, oder der Emailletopf, in dem er immer rührte, wenn ihm ein Name nicht einfiel. Er wunderte sich nicht, wie die Dörfler mit dem Wald umsprangen. Sie hätten im Fabrikrudel ihren angestammten Platz verloren, sagte Ilja. Der Mensch sei dem Menschen ein Wolf, aber ein anständiger. Im Knast kämpften sie auch wie die Wölfe, will heißen: ohne Zähne, aber nach Ritualen. Untereinander würden Wölfe meistens nur so tun, als ob. Als Biologin müsste ich doch wissen, wie wichtig Rituale für sie seien? So wie für die Eintagsfliege in ihren gehetzten letzten Stunden, die Landschildkröte, die ihr halbes Leben in Trauer war, und die Flüsse und ihre Zeremonien, die Bäume, die ihre Routine durchliefen. Keines dieser Wesen hatte sich je gesagt: Weg mit der Tradition, ich glaube nicht mehr daran! Im Leben dreht sich alles um Wiederholung, schief ging es erst mit den Geschöpfen, die aus Langeweile ihre Rituale abschafften. Die Leute, die unbedingt originell sein wollten und kreativ, würden im Knast schnell untergehen, sagte Ilja. Und draußen griffen sie entweder zur Flasche oder zum Psychiater, je nach Budget.

»Budget«, sage ich laut. Ein gutes Wort. *Bju-dsch-et*. Das Wort dreht eine Runde unter den Birken und legt sich ans Flussufer. Es dauert immer einen Moment, bevor es Anklang findet. Plow reagiert schon mal, verpasst dem Querholz einen Tritt. Wahrscheinlich ist mein Wortschatz geschrumpft, seit ich mit Lew zusammenlebe. Meine Worte verloren in unseren Gesprächen ihren Zweck, manchmal griff er sich eins raus, um meine Gedanken zu widerlegen, meistens ignorierte er sie. Es fiel ihm nicht mal auf, dass ich immer öfter den Mund hielt, er betrachtete mein Schweigen als Zustimmung. Doch insgeheim entwickelte ich ein Ohr für seine Monologe. Ein großes, freundliches Tierohr wie das von Plow, das nur das Nötigste aufschnappt und den Rest zu Rauschen verhaspelt. Irgendwann habe ich dann meine Wörter ins Freie mitgenommen. Um sie in der Höhe auszuprobieren, an den Bäumen: *Bju-dsch-et!* In der Tiefe, an den Hühnern: Bju-dsch-et! Ich kann mir keine Sprache vorstellen, die bei Tieren so gut ankommt wie die unsere. Welche andere beflügelt ihre Fantasie mit solchem Summen und Zischen und Rascheln? Ich weiß schon, warum Lew unseren Ziegenbock abknallen will. Der gibt Widerrede.

Am Ende war Ilja der Einzige, der mich ausreden ließ. Zuzuhören hatte er bestimmt im Knast gelernt. Ich wollte nie glauben, dass er ein echter Verbrecher war, obwohl seine Haut die entsprechenden Narben und Tätowierungen trug. Für mich war er einfach ein trickreicher Troll, der sich nahm, was er brauchte. Viel ist es nicht, sagte er, schau, mehr habe ich nicht, eine gute Angel, die ich in der Erde vergrabe, wenn ich wegmuss, dieses Messer, Schuhe, ein paar Küchengeräte und eine Wollmatratze. Er fehlt mir richtig. Ilja war mein Freund, nicht der von Lew, den er ein paar Mal beim Entfernen der Fallen getroffen hatte. Da hatte er uns darauf aufmerksam gemacht, dass sie ein Muster bildeten. Sie lagen nicht einfach an einer beliebigen Stelle, sagte er, sondern waren gleichmäßig verteilt, wie man auf einem Acker aussät.

»Diese Leute werden zurückkommen, um die Ernte einzufahren, es ist ihr Land und nicht unseres. Sie waren zuerst da, ob sie wollen oder nicht.«

»Umgekehrt«, sagte Lew. »Das Land wollte sie nicht.«

»Aber uns schon? Solange keine Neuen herkommen, sind wir immer noch die Fremden. Im Knast müssen die Jungen auch geduldig auf die nächste Fuhre warten, bevor sie zu den Älteren gehören.«

Doch die Jahre vergingen und wir blieben allein. Wir waren als Letzte gekommen und würden als Letzte gehen. Oder nie mehr, wie es jetzt aussah. Ilja zog noch ein Mal los, doch er kehrte niedergeschlagen zurück. Da draußen wäre es nicht mehr wie früher. Ein alter Kumpel nach dem anderen krepiere, und der Knast fülle sich inzwischen mit Ungeziefer, das sich weigere, ordentliches Russisch zu sprechen. Sie sangen falsch, fand er. Ihre Lieder aus der Hitparade und ihre Tätowierungen aus diesen neumodischen Tattooläden in der Stadt: falsch. Aber ihre Patronen waren echt, und wenn Ilja nicht wie der

Blitz viertausend grüne Scheinchen nach Moskau brachte, würden sie sich die Knete selber holen. Ilja sagte, er stehle nie für sich selbst, immer nur für andere, die ihn überleben sollten. Einmal sagte ich ihm, man brauche doch sicher eine Menge Spannkraft, um so von dem einen zu dem anderen Leben zu wechseln. Er hatte nur höhnisch gelacht.

»Spannkraft? Unser ganzes verdammtes Volk ist spannkräftig, Nadja. So spannkräftig wie eine Feder, die in einer Bank eingedrückt bleibt, weil da ein dämliches Monster draufhockt und den Arsch nicht hochkriegt.«

Damals saßen wir etwa an derselben Stelle, neben dem umgefallenen Baum am Fluss, und fischten. Er legte mir ans Herz, dem Lockruf des Geldes nicht zu erliegen. Es war das letzte Mal, dass ich ihn sprach.

»Dieses Dreckgeld«, sagte er, »steckt seine Nase überall rein. Aber alle sind diesem Spiel verfallen, mit seinen hübschen Scheinen und Münzen. Wusstest du, dass das Geld in deinem Portmonee nicht dir gehört, sondern der Bank? Du darfst es nicht zerreißen.«

»Ich habe kein Portmonee«, sagte ich.

»Weiter so«, sagte er, und genau dann biss ein Fisch an. Er nahm die Angel aus der Halterung, rutschte durch den Schlick zum Ufer und folgte der Schnur dorthin, wo der Schwimmer untergetaucht war. Da stemmte sich etwas wild gegen die Strömung, doch Ilja war schnell und zielsicher, zog das Monster am Unterkiefer aus dem Wasser.

Eine halbe Stunde später briet der Wels mit einem Bund Wildzwiebeln im Bauch über dem Feuer. Mach dir um uns keine Sorgen, sagte ich, als ich mich im Stockdunklen verabschiedete und auf gut Glück seine vom Feuer erhitzte raue Hand drückte, wir sind der König und die Königin des Laboratoriums der Unabhängigkeit!

Hätte ich gewusst, dass ich ihn nie wiedersehe, hätte ich auf keinen Fall so etwas Lächerliches gesagt. Ich frage mich heute noch jeden Tag, wo er abgeblieben ist, ob ihm etwas zugestoßen ist oder ob er einfach keine Lust mehr hat, in diesen Wald zurückzukehren. Vielleicht wusste er, dass auch wir dem Lockruf des Geldes erlegen waren. Die Quälgeister, die ihre Nase überall reinsteckten, waren tatsächlich kurze Zeit später in unseren Haushalt marschiert. Abgegriffene amerikanische Präsidenten und frisch gedruckte Rubel, darauf Peter der Große und ein Heer von Nullen. Fremde, die den Ton angaben, es sich aber nie gemütlich machten.

Wenn wir keine Kinder gehabt hätten, wären wir natürlich auch ohne ausgekommen. Hätten uns noch einmal auf die andere Seite gedreht, wie jedes Tier ohne Junge, hätten ab und zu einen Griff aus unserem Bau getan, um unsere eigenen Bedürfnisse zu befriedigen. Doch Dimka forderte Geld und Vera noch mehr. Das hätte ich wirklich nie gedacht: Als Kind wollte sie immer Landstreicher werden! Sie hatte das Märchenbild eines Mannes vor Augen, mit einem Laib Käse, einem Stück Brot und einer Flasche Wein in seinem Brotbeutel. Ein Mann, wirklich, so wie ich in ihrem Alter achtete sie bei der Wahl ihrer Rollenbilder nicht aufs Geschlecht. Doch schließlich kam Vera nicht weit mit dem Brotbeutel, es musste Geld rein, mehr und mehr abgegriffene kleine Grüne und frisch gedruckte Nullen. Was hätte ich tun sollen? Sie war nicht aufzuhalten, ein Blick in ihr liebes Gesicht und jeder hätte gesagt: Zieh nur in die Welt mit deinen verträumten Augen, aber nimm dich in

Acht, bevor du sie öffnest, dass man dir nicht dein Innerstes nach außen kehrt ... Was hätte ich sagen sollen? Schon als kleines Kind war sie einen Hang voller Disteln hinuntergekullert, weil er von Weitem so weich und flauschig aussah. Hätte ich sie etwa nach Baschkortostan schicken sollen und ihre Träume als Mitgift bei einem viel älteren, gescheiterten Mann abliefern? Sie packte ihren Brotbeutel und machte sich auf den Weg, doch die weite Welt zog sich bald enger um sie zusammen und in ihre Träume schlich sich Angst. Aber was hätte ich tun sollen, was? Sie hierbehalten, in der Ruhe und Abgeschiedenheit, ohne einen Cent in der Tasche?

Ilja hatte Recht. Man braucht nur ein einziges Mal nach Geld zu schnappen, schon wird man am Unterkiefer rausgezogen und schnappt im Lärm nach Luft.

Der Wald macht Platz fürs Sonnenlicht. Räumungsarbeiten, bei denen viel kaputtgeht. Mal platscht etwas, mal bricht was, alles muss weg, alles muss weg. So fängt der russische Frühling an: tropfend und funkelnd und nach vergessenen Pilzen riechend. Man hätte sie vor dem Schnee sammeln sollen, jetzt kommen sie schwarz und aufgequollen wie Ertrunkene an die Oberfläche. Ich ziehe den Umschlag aus meinem nassen Mantel. Ein Dickerchen. Wahrscheinlich auch Fotos und nicht nur ein Brief. Die Briefmarken zeigen eine Landschaft, die unserer sehr ähnelt. FLUSSAUE IM UNTEREN ODERTAL steht über einem Baum in der Abendsonne. Es ist, wieder mal, ein Brief von Ksenia. Wieder mal. Und wie immer ist er nur an ihren Vater adressiert. Mich gibt es für sie nicht. Ich reiße den Umschlag auf und starre auf die Wörter. Seit sie ausgewandert ist, hat sich ihre Schrift auffällig verändert, die Buchstaben stehen unverbunden und holprig auf dem Papier. Bestimmt mit Absicht. Damit wir wissen, dass sie nur noch für uns zur Schrift in ihrer Muttersprache zurückkehrt. Eine große Ehre! *Ein neues Haus mit fünf Zimmern und einem großen Rasen*, schreibt sie, *genug Platz für alle*. Lew soll sie besuchen kommen, ein irrwitziger Gedanke. Sieh an: *Esma ist das schönste Mädchen in ihrer Klasse*. Im letzten Brief war sie noch die Klügste! Sie ist stolz auf ihr einziges Kind, hat es spät bekommen. Als ich die Seiten wende, wackelt Plow mit den Ohren, eine andere Antwort wird es auf ihren Brief nicht geben, denn es steht keine Frage an uns darin, kein Wort über ihren Vater oder ihre Heimat, sie schreibt von einem Mehmet, Mehmet hier und Mehmet da, er posiert vor der Kamera mit seiner Tochter in den Armen, als hätte er sie gerade aus dem Meer gefischt. Was sollen diese grellen Schnappschüsse in unserem zaghaften russischen Frühling, das knallblaue Wasser, die roten Badehosen, die Sonnenbrillen in den braungebrannten Visagen, was hat diese sommerliche Gewalt in meinen Händen zu suchen, wer sind die wildfremden Leute an diesem vollbeladenen Tisch, die mich mit ihren Blitzaugen angrinsen? Du, Ksenia, mit deinem Sultan aus Mönchengladbach, was willst du noch von uns? Auf dem letzten Foto ist sie selbst zu sehen, mit Kopftuch. Bei der Eheschließung hat sie seinen Glauben angenommen, als wäre er ein Topfset, aber in diesem frommen Rahmen ist sie noch genauso eitel wie früher. Es gab Zeiten, als Ksenia sich das Haar weißblond färbte, und andere, als sie zum orthodoxen Osterfest einen folkloristischen Kranz trug. Aber egal, was sie mit ihrem Kopf anstellte, es ging immer nur ums Äußere. Auch sie hatte uns in dem Jahr, an das ich mich lieber nicht erinnere, endgültig verlassen, doch sie schickte immer noch Briefe. Ein

Satz nach dem anderen begann mit ›ich‹ und später mit ›wir‹, manchmal streute sie eine Verszeile von Puschkin ein, damit wir nicht dachten, sie wär völlig verrückt geworden. Inzwischen erspare ich Lew ihre Geschichten. Wie so viele Auswanderer hat sie zwei Versionen, für jede Seite der Grenze eine, hier ausgeschmückt, dort abgeschwächt, aber immer mit ihr im strahlenden Mittelpunkt. Das Leben ist besser geworden, Kameraden, das Leben ist fröhlicher hier in Mönchengladbach! Darauf falle ich nicht rein. Bei allem, was sie schreibt, springen einem als Erstes Ziffern in die Augen, und ihre bilden Summen in Euro.

Was für eine grausame Fügung des Schicksals, dass genau die Menschen, die mir gestohlen bleiben können, Kontakt suchen. Erst die Holländerin auf dem Umweg über Dimka, und jetzt Ksenia, die plötzlich ihren Vater vermisst. Plow schnuppert an einem Papierfetzen, der an seinen Hufen vorbeigewirbelt ist. Die Fotos sind schwerer zu zerreißen. Die Frühlingsbrise kann den Schnipseln nichts anhaben, sie bleiben liegen, wo ich sie hingeworfen habe. Wie die meisten giftigen Früchte sind sie zu grell für ihre Umgebung. Ein Tier könnte daran ersticken. Weißt du das, Lokführer, warum die lieben Menschen immer aussteigen und die lästigen sitzen bleiben?

Als ich vom Schlitten steige, um die Schnipsel einzusammeln, knackt es laut. Plow hebt abrupt den Kopf, schaut Richtung Fluss. Dann erst merke ich es. Aus den Sträuchern tritt in weniger als zehn Meter Entfernung ein Riesentier. Sie hat uns längst erkannt. Ich sie jetzt auch. Als das Geschirr klirrt, schaut sie kurz zum Pferd, fängt mit der Schnauze rechts und links ein paar Gerüche aus der Luft, sieht mich dann wieder an. Sie ist abgemagert. Ihr Pelz ist immer noch blass, sie hat denselben dunklen Streifen auf dem Kopf. Dieses Jahr ist kein Junges bei ihr. Ich entspanne die Hände, senke den Kopf.

»Hallo, Honigkenner. Gut geschlafen?«

Sie will sich fast schon auf die Hinterbeine stellen, dabei hat sie uns doch längst gerochen, das Huftier als Erstes, und weiß, dass sie nichts von uns zu befürchten hat. Vielleicht will sie sichergehen, dass der Hund, dieses andere Tier, das sich mit Menschen einlässt, sich nicht hinterm Schlitten versteckt hat. Der Zweifel bei diesem Koloss. Ob es sich lohnt? Ich müsste ihr Fleisch lange und geduldig schmoren, um es von den Knochen zu lösen, sie könnte meines mit einem Hieb ihrer Tatze abstreifen, die sie jetzt wieder behutsam auf den Boden zurücksetzt. Fisch schmeckt besser, weiß sie aus Erfahrung. Inzwischen nimmt der Wald seine Räumungsarbeiten wieder auf, knack, platsch. Wir Säugetiere reagieren nicht. Das hier ist jetzt wichtiger. Etwas muss geklärt, aus der Luft genommen werden. Die Bärin guckt weiter, mit Augen, die kaum größer sind als meine. Stellt etwas fest. Dann wendet sie wie ein Lastwagen in einer engen Gasse, zwei Schritte zurück, einen schräg nach vorn, und schreitet davon, ohne sich noch einmal umzudrehen.

9

Ich fülle gerade die Pastete mit Fisch, Lew zerlegt am Küchentisch das Radio, wir beide haben alle Hände voll zu tun mit einem geruhsamen Lebensabend, da fliegt uns plötzlich ein irrwitziges Geräusch um die Ohren. Herrgott noch mal! Als ob ein mexikanisches Orchester durchs Haus marschiert. Lew erstarrt.

Ich spüle mir die Hände ab und sage: »Ich glaube, es ist das Telefon.« Das Trommeln und Trompeten hört genau dann auf, als ich das Ding im Kartoffelkorb im Flur wiederfinde. Dimka, lese ich auf dem Display. Wieder klingelt es.

»Hallo?«

Die Stimme meines Sohnes wird von dem Rauschen in der Leitung zerhäckselt. Das Problem liegt bei uns. Seine Worte bahnen sich ihren Weg durch den Äther, aber einmal unten angekommen, schießt jedes Signal an uns vorbei.

»Hörst du mich?«, fragt er schließlich.

»Nein, ich verstehe kein Wort.«

»Esther.«

Laut und deutlich. Meine Hand am Hörer erschlafft.

»Die Holländerin«, höre ich ihn sagen, und: »Sie kommt her.«

Ich lege auf, vergrabe das Gerät tief unter den Kartoffeln. Sie haben immer noch keine Triebe, fühlen sich schön fest an. Sibirische Aljona sind es, mit roter Schale, eine solide, zuverlässige Sorte, die macht sich hier besser als die aus dem Westen.

»Was war das?«, fragt Lew, als ich in die Küche zurückkomme.

»Das Telefon.«

»Und?«

»Verwählt.«

In sein Gesicht steht noch Staunen geschrieben, doch seine Finger machen sich wieder an die Tüftelei auf der Tischplatte. Auf mich wartet der runde Bauch der Pastete, der weiter gefüllt, zusammengeklappt, mit Eigelb beschmiert und eine Stunde im nicht allzu heißen Ofen gebacken werden will, bis die Kruste goldbraun ist. Das Ganze soll ein Krokodil darstellen: ein ziemlich fieser Scherz, ein Tier im anderen zu verpacken. Der Kopf sieht schon ganz gut aus, den Panzer könnte ich noch mit der Innenseite eines Teelöffels bearbeiten. Stattdessen greife ich zum Kochmesser und schneide einmal quer durch den weichen Teig. Die Füllung quillt raus. Eine Paste aus weichem Weißfisch, zerhackten hartgekochten Eiern, Dill und einer kleinen Zwiebel. Noch ein Schnitt, der Länge nach. Es sieht schlimm aus. Ich lege die Hände auf die Brocken und knete sie, bis sich die kalte Pampe zwischen meinen Fingern durchdrückt. Ein Stück fällt auf den Boden.

»Was machst du da!«

»Es ist danebengegangen. Es ist nicht so geworden, wie ich wollte.«

»Was redest du da, Weib!«

Er kommt zu mir, steckt sich ein bisschen Füllung in den Mund. Den rohen Teig spuckt er in die Hand. Noch ein Bissen, wieder spuckt er aus, es bringt nichts, die Teigklumpen sind in der ganzen Füllung verteilt. Ich drehe mich um, damit er mich nicht lachen sieht. Warum ist Herumstümpern mit

Essen immer so lustig? Allein schon ein Apfel, der dümmlich über den Boden kullert. Wir müssen lachen, weil etwas nicht stimmt, weil es nicht so läuft, wie es sollte. Wir haben schon gelacht, als wir noch auf allen vieren liefen.

»Bleib da«, ruft Lew, als ich in meine Galoschen schlüpfe und die Jacke zuknöpfe, »soll das hier so liegen bleiben? Bist du verrückt geworden?«

»Lass mich in Ruhe. Ich brauche jetzt eine Zigarette.«

Vor dem Haus fällt mir dann auf, wie schmal der Weg geworden ist. Er wird zu selten benutzt, deshalb wächst er vom Rand her zu, die Baumwurzeln drücken den Asphalt hoch und Gras setzt sich in den Löchern fest. So sehen unsere Straßen aus. Wäre in diesem riesigen Land alles eben und schnurgerade, wir würden unterwegs einschlafen. Es darf nicht zu einfach sein im Leben, das macht unzufrieden, sagte schon meine Großmutter. »Im Westen haben sie es so gut, dass sie gar nicht mehr wissen, wohin mit ihrer Zeit.« Trotzdem sehnte ausgerechnet sie den Zerfall der Sowjetunion herbei. Sie glaubte, unsere Städte würden so werden wie Paris und wir wie die Pariserinnen. Kramte mit ihren achtzig Jahren ihr Französisch raus wie ein ungetragenes Brautkleid und wartete. Aber nein. Alles blieb beim Alten. Es rostete bloß ein bisschen weiter.

Der Weg führt auf eine Wiese, die mal ein Acker war. In der Ferne sehe ich die Dorfplatte und dahinter den Fabrikschornstein. Diesmal will ich nicht kehrtmachen und zurückgehen, ich setze meinen Weg über die hartgewordenen Saathügel fort. Nach einer halben Stunde komme ich zu dem kleinen Platz. Hier weht immer Wind und alles Mögliche bewegt sich, obwohl keine Menschen mehr da sind: Fenster, Läden, Zäune, die Schaukeln auf dem Spielplatz, die offene Tür eines Wolgas ohne Räder, als versuchten all diese Dinge, die Menschen anzulocken, für die sie gebaut worden sind. Kommt nur, kommt! In einem Film würde ich spätestens nach fünf Minuten eine beruhigende Stimme hören, aber hier ist Flattern das einzige Geräusch von Leben. Es klingt nicht friedlich. Überall herrscht nur Chaos. Unseren Wald haben die Plünderer ausgeräubert, aber hier haben sie ihren Krempel zurückgelassen, Kram, aus dem sich mit etwas Erfindungsgabe und vor allem Hoffnung etwas machen ließe. Im Pfannkuchenhaus stehen sogar noch Gläser auf der Theke, giftgrün angelaufen von dem Moos, das auch über die Stühle wuchert. Im Schatten erkenne ich auf einem abgeblätterten Wandgemälde das Bärenjunge Mischa, das Maskottchen der Olympiade von 1980. Ich gehe zur Krankenstation weiter, einem kleinen Gebäude nach stalinistischer Vorlage. Hier gurrt es ohrenbetäubend, der Gehweg ist voller Taubenscheiße. Jemand hat sich die Mühe gemacht, einen Zettel mit dem Beschluss Nr. 45 irgendwas an die Tür zu kleben, doch die Nachricht ist vollgekackt. Als ich auf Zehenspitzen durch die kaputte Fensterscheibe luge, sehe ich, dass die Matratzen mit dem fröhlichen Blümchenmuster noch immer auf den Betten liegen. Im Raum nebenan steht ein intakter OP-Tisch, aber die Archivschränke sind umgeworfen und der Boden ist übersät mit schwarzen Röntgenbildern. Die flappen leise im Wind, sind aber zu schwer, um wegzufliegen. Ich erkenne ein leises Klirren, bei meinem letzten Besuch war es auch zu hören, es sind die Haken des Förderbands beim Sägewerk um die Ecke. Ein Bussard erhebt sich von dem Laternenpfahl, der ihm offensichtlich lieber ist als die hohen Bäume im Wald. Trotz allem können die Tiere dem Durcheinander hier noch was abgewinnen, dem harten, unverdaulichen Betonzeug, das unsere Gattung zu ihrem Selbsterhalt auf die Erde gepfeffert hat. Seht, hier wurde er gefüttert, dort unterhalten, und ein Stück weiter hat man versucht, ihn wieder zusammenzuflicken. Dieses Dorf hatte alles, was der Mensch braucht.

Der Meinung war sie auch, die Holländerin. Ich sehe sie noch hier rumlaufen mit ihrer Digitalkamera. Sie machte Schwarzweißfotos von unserer sogenannten rauen Realität. Wundervoll, sagte sie immerzu, der Wahnsinn! Sie dachte, ich würde es nicht begreifen. Würde nicht verstehen, dass sie auch uns in Schwarzweiß bannte. Esther hieß sie. Ein Name, der keine Verkleinerung duldet. Russische Namen lassen sich alle verniedlichen, selbst ein Rostislaw, dessen Bart nahtlos in die Augenbrauen übergeht, aber sie blieb unnahbar, immer nur Esther. Du meine Güte, von allen, die uns verlassen haben, kommt ausgerechnet sie zurück. Alle haben uns vergessen, nur sie hat sich alles gemerkt. Früher wusste ich nicht, was ein Eindringling ist. Ich wurde zwanzig Jahre nach dem Krieg in einem großen wehrhaften Land geboren, und das Gefühl, böswillige Menschen könnten mir nahekommen, war mir mein halbes Leben fremd. Hin und wieder sahen aufdringliche Leute unseren Garten als öffentliches Gelände an und schlugen ihre Zelte dort auf. Sie waren immer betrunken, machten manchmal etwas kaputt oder ließen sogar etwas mitgehen, und später begannen natürlich die Plünderungen. Das waren Diebe. Doch ein Eindringling nimmt nicht nur etwas mit, sondern lässt auch etwas zurück.

Esther ließ, zuerst einmal, Sachen fürs Camp zurück. Arbeitskleidung, Poster, Kulis, Kalender. Kleinkram zum Verschenken. Ausländisches Geld. Einen Laptop, einen Drucker und das Modem, das uns mit der großen, bösen Außenwelt in

Verbindung bringen sollte. Einen echten Jeep, mit riesigen Rädern und einer lachhaft glänzenden Karosserie. Und, nicht zu vergessen, geschäftige Tage voller Eile. Sie ist schuld, dass die Zeit anfing zu rennen. Dass die Dinge, an denen wir hingen, ersetzt wurden durch Fremdes, das zu schnell vorbei war, um es kennenzulernen. Ach, ist das zu viel der Ehre für sie? Alles Zufall? Ich sehe schon, wie sie wieder hier rumgehen wird. Sie wird sich die Finger danach lecken, weil es nach all den Jahren noch schlimmer geworden ist. Das verlassene Karussell da hinten wird sie bestimmt fotografieren wollen, vielleicht liegt ja noch ein vergessenes Kinderschühchen in der Nähe, das macht sich immer gut auf solchen Aufnahmen. Für sie, eine Frau von Welt, wird unser Dorf ein Ort sein, der aus der Welt gefallen ist. Dass es die Sowjetunion seit fast fünfundzwanzig Jahren nicht mehr gibt, tut der Sache keinen Abbruch. Hier bewundern die Besucher aus dem Westen Leninstatuen, wie sie in anderen Ländern Kathedralen bewundern. Es geht um den Nervenkitzel, die Melancholie eines gescheiterten Glaubens. Das hat Wiedererkennungswert, da darf man sich nichts vormachen, zu Hause haben sie längst nichts mehr, an das sie sich klammern könnten. Keine Leninbüste hier im Dorf? Schade, aber seht mal dort, die verlassene Fabrik am Horizont, der Wahnsinn! Und, tada!, ein halb abgelöstes Agitprop-Plakat fürs tägliche Brot, wie symbolisch. Am liebsten würde sie Vera davor posieren lassen. Sie würde zu ihrem stärksten Objektiv greifen und jede einzelne Pore ihres armen Gesichtchens vergrößern, Schwarz auf Weiß. Auf Schwarz.

Als ich über die Wiese nach Hause renne, wird es Sommer. Die Vögel singen in voller Lautstärke, die Sonne scheint absurd grell, das Gras wird mit jedem Sprung grüner. Vielleicht ist ja alles zugewuchert, bis Esther kommt, und sie kann uns nicht mehr finden. Seht, hier und da sind schon Schnecken. Ich hebe eine an ihrem Häuschen hoch, sie fährt ihre Augenstiele ein und macht sich klein, bis ich sie an ihrem Bestimmungsort absetze. Da guckt sie schon wieder raus. Was hält sie wohl davon? War das Gottes Hand oder nimmt sie ihre plötzliche Beschleunigung auf die eigene Kappe?

Lew sitzt zufrieden rauchend auf der Veranda. Neben ihm auf dem Tisch liegt ein aufgeschlagenes Buch, ein ausschweifendes Werk über Vogelfedern, von Bogdanow, einem Zoologen aus dem neunzehnten Jahrhundert. Ich setze mich in den Schaukelstuhl ihm gegenüber.

Atemlos sage ich: »Gestern habe ich einen Bären gesehen.«

Amüsiert bläst er Rauch aus. »Von Weitem?«

»Nein, aus zehn, fünfzehn Meter Entfernung. Sie kam am Fluss aus dem Gebüsch. Plow ist brav stehen geblieben, aber es war ihm unheimlich, das habe ich durch die Zügel gespürt.«

»Hatte sie Junge?«

»Ich glaube nicht. Lass mich mal ziehen.«

Lew starrt eine Weile lächelnd vor sich hin. Bären, denkt er natürlich, pff. Wir schauten immer ein bisschen auf die Kollegen herab, die sich mit Bären und Wölfen befassten; naheliegende russische Märchentiere, über die schon viel geschrieben worden war. Klotzen-statt-kleckern-Zoologie. In der Studiengruppe Bären waren fast nur Jäger, Männer, die mit den Armen voller Räuberpistolen aus dem Wald wiederkamen, während Wölfe eher von Frauen erforscht wurden, der Typ, der dich gleich nach deinem Sternzeichen fragt. Doch alle behaupteten, sie hätten eine besondere Gabe, eine exklusive, übersinnliche Beziehung zu dem Wildtier, die keiner auch nur ansatzweise begreifen könne. Das überraschte mich, denn sie waren fast alle hypernervös. Jeder Hund wäre vor ihnen davongelaufen. Die Männer waren Saufkumpanen, die Frauen Heulsusen, und beide Parteien zankten sich lieber über ihre jeweilige Autorität, als im Namen der Wissenschaft zusammenzuarbeiten.

»Kannst du dich noch an Sascha Maschorow erinnern?«

Lew nickt. »Ein miserabler Forscher. Ohne seinen romantischen Tod hätte er niemals so viel Aufmerksamkeit bekommen.«

»Romantisch? Na ja ... Den meisten wäre ein frisch bezogenes Sterbebett mit Enkeln am Fußende lieber.«

»Für sich selbst vielleicht, aber zu Maschorow, diesem Schönling, passt ein Heldentod, obwohl das Heldenhafte seiner Taten mir ja nie einleuchten wollte. Der Kamtschatka-Bär ist nicht mal bedroht. Als ob der auf unseren Sascha angewiesen gewesen wäre! Beinahe der harmloseste Bär von allen, gleich nach dem Koala. Ein Kuscheltier.«

»Aber er ist doch vergiftet worden?«

»Ja, ja. Tod durch Vergiftung, glaubst du dran? Eine viel zu raffinierte Methode für das Jägervolk. Die pusten dir eher eine Kugel durch den Kopf, reißen dir die Armbanduhr vom Leib und lassen dich auf einer Eisscholle zurück. Warum sagst du übrigens ›sie‹?«

»Was?«

»Der Bär. Bist du sicher, dass es ein Weibchen war?«

»Ja. Ich habe sie erkannt.«

Sascha Maschorow war kein unangenehmer Mann. Ich bin geneigt, wurde dazu erzogen, Lew nach dem Mund zu reden und seinen Groll gegen bestimmte Leute zu teilen, aber nichts davon, Sascha war kein typischer Bärenmann. Er war kein Jäger, aber auch kein Wissenschaftler. Er konnte gut erzählen und schön zeichnen. Aber das allein genügt nicht, um Lews Verachtung für ihn zu erklären, die hängt also vermutlich mit seinem Aussehen zusammen, das die Fantasie der Studentinnen anregte, auch meine. Maschorow zog immer allein los und kam mit Geschichten zurück, die man ihm gern abnahm, solange sie von ihm kamen, aus erster Hand. Sobald man sie weitererzählte, klangen sie zu schön, um wahr zu sein. Er war hochgewachsen und hatte ein erstaunlich hübsches Gesicht – angehobene Mundwinkel und ein Grübchen im Kinn, volles, weich fallendes, mit silbernen Strähnen durchzogenes Haar und strahlend blaue Augen; kurz, der Mann sah aus wie ein Balletttänzer, und wir konnten uns kaum vorstellen, wie er mit seinem anmutigen Gang dem Fürsten von Kamtschatka trotzte. Er schien seit Urzeiten im Archiv zu arbeiten, doch keiner wusste, wie alt er eigentlich war und ob der Umgang mit Büchern ihn so gut konserviert hatte oder seine Expeditionen im Polarwind. Wie sich sein Tod zugetragen hat, ist ebenfalls mysteriös. Alle Versionen, die ich gehört habe, enthalten Teile seiner eigenen Märchen. Den Wolf, der ihn eines Morgens wachgeleckt hatte. Den amerikanischen Jäger, der nicht wusste, dass er sich auf russischem Grundgebiet befand. Den Busch mit bitteren goldenen Äpfelchen. Man sagt, er wäre von der KP vergiftet worden, weil er im Permafrost auf dem Kronozki-Krater ein Massengrab entdeckt hatte. Auch ich kenne die Geschichte über die Körper aus Pappe, die in Fetzen zerfielen, als er sie berührte. Einigen hatte man ihre Pelzmäntel ausgezogen, dennoch konnte er sie leicht als Korjaken identifizieren. Ein Mädchen, hatte er erzählt, lag gut einen halben Meter unter dem Eis, sah ihm aber trotzdem in die Augen. Perlen hatten sich aus ihrem Kopfschmuck gelöst, lagen ihr wie Tränen auf den Wangenknochen, und ihr Mund war so rot, als hätte sie noch kurz vor dem Tod Lippenstift aufgetragen. Für sie sei unser schöner Maschorow noch einmal auf den Kronozki gestiegen, hieß es, und als er sie wiederfand, hätte sie leise gelächelt.

Vielleicht, so lautete eine andere Version, hatte ihn der Höhenwahn gepackt, und er war an der Seite der Eisprinzessin erfroren und von Wölfen als Proviant ins Tal geschleift worden. Wie auch immer, am Fuß des Vulkans fand man seine Elle wieder und seine Hand, die Armbanduhr noch am Gelenk. Solche Geschichten hört man öfter. Wenn Opfer von Wolfsangriffen gefunden werden, steht in der Zeitung immer etwas über ihre Besitztümer, als hätten die noch versucht, den Körperteil zu retten, an dem sie hafteten. *Ein Unterschenkel, noch mit Strumpf und Schuh.* Derjenige hatte sich am Morgen noch die Mühe gemacht, die Schnürsenkel zuzubinden, schade, das hätte er sich auch sparen können. *Ein Handgelenk, darum noch die Armbanduhr.* Tiere verputzen uns mit Haut und Haar, aber mit der Zeit haben sie nichts am Hut.

»Das war ein seltsames Geräusch, vorhin«, unterbricht Lew meinen Gedankengang.

»Das Telefon. Ich habe es ausgemacht.«

»Wieso?«

»Wer ruft uns schon an? Nur Dimka, und was der sagt, kann man nicht verstehen. Es liegt an uns, Lew, selbst die Satelliten haben uns im Stich gelassen.«

»Was wollte Dimka?«

»Nichts, habe ich doch gesagt.«

Er glaubt mir nicht. Wir sehen uns an und denken beide dasselbe – dass es uns lieber wäre, wenn wir uns glaubten. Ein argwöhnischer Mensch kennt seine Schwäche, er vertraut nicht mal dem eigenen Argwohn. Ich stoße mich ab, versetze den Schaukelstuhl in Bewegung, es knarrt lautstark. Ob er noch weiß, wer sie ist? Vielleicht würde ich ihm wieder etwas in den Kopf setzen, das gut daran getan hat, daraus zu verschwinden. Lew blickt triumphierend, spuck es aus, denkt er. Versuch ja nicht, einen erfahrenen Lügner zu belügen, der hat dich schon eingeholt, bevor du dich an den Anstieg gemacht hast. Es gibt kein Zurück.

»Esther«, sage ich.

Seine Augen leuchten auf. Sie ist noch da, als wäre es gestern gewesen.

»Die Holländerin«, sagt er. »Kommt sie wieder her?«

Ich nicke zaghaft. Was für ein Lächeln, was für ein Scheißgrinsen sich auf seine Visage legt.

»Mit dem Jeep?«

Wer weiß, vielleicht war sie für ihn nichts anderes als der Luxus, den sie anschleppte. Den Jeep, das Zeug, die Spielsachen. Vielleicht hofft er, dass Esther unsere Rechnungen bezahlt. Dass der holländische Engel kurz angeflogen kommt, um am tiefsten Punkt unseres Daseins zu landen, warum auch nicht? Ich stoße mich wieder ab, lausche dem Knarren. Nein. Soll der Zähler doch weiter rattern, der ganze lachhafte Laden untergehen, ich samt Schaukelstuhl durch unsere morschen Träume krachen, lieber so ein bildhafter Alterstod, als dass sie den Laden wieder in Schuss bringt.

»Ich kann mich gut erinnern, wie sie damit ankamen«, sagt Lew. »Esther und Lydotschka im Jeep …«

»Lydia ist immer gefahren.«

»Der Wagen sah aus wie frisch vom Band. An die dreihundert PS, ›Sarge Green‹ hieß die Farbe, weißt du noch? Sarge Green. Schon mit dem weißen Logo an der Seite, alles vom Feinsten. Und Esther in ihrem knöchellangen, wattierten Mantel und mit ihrer Mütze wie eine Weihnachtsfrau, und das war sie ja auch, das Herzchen, sie hat uns Geschenke gebracht … Kannst du dich noch an die Medikamentenbox erinnern? Bis oben hin voll mit einem Vermögen an Arzneimitteln. Es hörte gar nicht mehr auf! Das viele Bettzeug für die Besucher, weißt du noch? Wo ist das eigentlich geblieben? Ich hätte nichts dagegen, jetzt so ein Kissen auszuprobieren.«

Ich dachte, wir – nicht umsonst ehemalige Sowjetbürger – hätten ein gesundes Misstrauen gegenüber allem entwickelt, was reibungslos funktioniert. Dinge und Menschen, die nie kaputtgehen, brav immer weiterlaufen und trotzdem ihren Glanz bewahren, sind die gefährlichsten Elemente in einer Diktatur. Aber über das Mangelhafte ist das letzte Wort noch nicht gesprochen. Mängel sind eine Herausforderung an die Improvisationskunst, in der Sowjetunion an sich ein unerwünschtes Talent, doch die Dinge, die wir von höherer Stelle zugesteckt bekamen, schrien danach, denn sie waren oft unfertig oder mussten ausgebessert werden. Und das beherrschten wir alle gut. Jeder russische Mann wusste, wie man mit Eisendraht eine durchgebrannte Sicherung repariert, ein Schulmikroskop in einen Bohrer verwandelt, eine Kettensäge in einen Motorschlitten. Und neue Kopfkissen brauchten wir keine, wir kratzten uns morgens die Milben aus dem Haar und der Tag konnte beginnen. So waren wir. Das zeichnete uns aus.

Misstrauisch schaukle ich weiter, Lew versucht nicht einmal, sein Lächeln zu unterdrücken. Ihr Name hat seinen Grips aufpoliert. Ob Lügner schneller dement werden als ehrliche Menschen, weil sie mit zwei Lebensgeschichten jonglieren müssen? Doppelagenten werden nicht alt. Vom Fremdgehen kriegt man es mit dem Herzen. Das erste Mal, als ich Lew erwischte, war ich schockiert über die Armseligkeit der ganzen Chose. Er war damals an die sechzig und sie Anfang zwanzig, eine Studentin aus unserem Camp natürlich. Ich wusste, dass es öfter vorkam, konnte mir aber kein Bild davon machen. Und dann so was Lachhaftes! Ohne dieses Mädchen an seiner Seite wäre mir nie aufgefallen, dass er ein Bäuchlein bekommen hatte. Dass seine graubehaarte Brust faltig geworden war. Sie erschraken beide, das Mädchen schnappte sich die Bettdecke und verzog sich in eine Ecke. Diese Geste, das mit der Decke, machte mich wütend. Sie ließ uns alt aussehen. Lew auf dem Bett, schlaff, grau und mitleiderregend, und ich in der Tür, als wäre ich eine Mutter, die ihre Kinder bestrafen will. Um diese Rollen hatten wir nicht gebeten. Früher, als er noch jung war und bedeutend oder jedenfalls vorhatte, bedeutend zu werden, war Lew mir treu, sagte er zumindest, aber vielleicht wollte er mich auch nur beruhigen. Seine Ausrutscher wären dem Alter geschuldet, sagte er, sie hätten nichts mit mir zu tun. Solange ich mir seine Seitensprünge nicht ansehen musste, konnte ich damit leben. Es war nämlich kein schöner Anblick. Seht, wie er sich in seinen Erinnerungen suhlt, wo all seine Liebchen jung und süß geblieben sind! Ja, zieh ruhig noch mal an deiner Zigarette, alter Trottel, bist doch schon beim Filter.

Die Katze springt mir auf den Schoß, bedauert es sofort. Der Mensch ist das einzige Tier, das sich gern wiegen lässt. Hat bestimmt was mit unserem Kopf zu tun, der zu schwer ist, um ihn anständig aufrecht zu halten, zeitlebens sehnen wir uns nach unserem vorgeburtlichen Gedümpel zurück. Bulka setzt zum Sprung an, haut mit absurd großen Sätzen in den Garten ab. Mittagspause unter den Bäumen. Nur ein Fink reißt den Schnabel zu einem monotonen Lied auf. Lew starrt vor sich hin, ich versuche, ihn nicht anzusehen. Ich würde jeder jungen Frau davon abraten, sich mit einem viel älteren Mann einzulassen. Der ist eine leichte Beute, um ihn zu kriegen, braucht man nicht intelligent zu sein, nicht mal hübsch oder sexy. Jung zu sein genügt. In diesem Alter wusste ich das nicht, war mir meiner Macht nicht bewusst. Ich war nicht sonderlich attraktiv, doch wenn ich das wollte, schenkten mir die älteren Männer Aufmerksamkeit, selbst Maschorow. Und ich glaubte, Lew würde immer so groß, behaart und gut konserviert bleiben wie das Mammut am Zoologischen Institut. Ich wusste nicht, dass Männer nicht langsam altern, sondern von einem Tag auf den nächsten, dann legen sie sich plötzlich einen Trippelgang zu, kriegen Lust auf Süßes und zwicken dich in den Arm statt in den Hintern. Ab diesem Moment darfst du für ihren Körper sorgen, aber von ihrem Geist, der herrischer wird denn je, solltest du dich fernhalten. Begehrenswert bist du dann nicht mehr, aber noch stark genug, ihn hochzuhieven. Und er macht dich mit seinen Worten kaputt.

»Wie ein Schneehase sah sie aus, Esther«, sagt er und zertritt die Kippe unter dem Pantoffel. »Schlank und weiß, mit großen Augen und einem charmanten Überbiss. Und Vera war ganz vernarrt in sie. Weißt du noch? Esther hatte ihr erzählt, sie wäre auch schön. Sie sollte Fotomodell werden, sagte sie, oder Schauspielerin. Sie hat sie oft fotografiert, weißt du das noch? Vera, *you are so beautiful*, sagte sie ständig. Weißt du das noch?«

Er greift nach meinem Arm, doch ich stehe auf. In der Küche nehme ich den Wodka aus dem Kühlschrank. Schenke mir lautlos ein. Das wird ein wütender Trunk, hundert Gramm in drei Schlucken. Er tut, als würde er nichts mitkriegen, mein Mann, aber insgeheim ist er das größte Arschloch.

Weiter gehts, in einer Stunde ist es dunkel. Früher war die Brache zwischen den Dörfern das Land der Märchentiere. Sie hielten sich von den Menschen fern und die Menschen sich von ihnen. Nirgends hatten Gespenster es so gut wie in der Sowjetunion. Für die offizielle Lehre waren sie weniger bedrohlich als Heilige, um Gräber kümmerte sich die atheistische Zweckmäßigkeit aber nicht, also quellen unsere Städte heute über vor Friedhöfen. Kurz nach dem Krieg muss es himmlisch gewesen sein für Dämonen. Nicht nur die bekannten blinden Alten auf ihrem Kerbstock flogen hier vorbei, auch der Rest des folkloristischen Sortiments. Von Scheune zu Scheune zogen die Feuergeister über die versengte Erde. Die Rusalken tauschten ihre Flüsse gegen die Stadt, weil es dort am meisten tote Kinderseelen gab. Raubvögel wurden gesichtet, mit Federn so rot wie heiße Lava, doch die vom Krieg erschöpften Menschen ließen sie gewähren. Erst viel später, in der Stagnation, kehrte wieder Ruhe ein und wir Wissenschaftler vertauschten die Rollen. Die Sumpfexperten und Speläologen forderten die Weite für sich ein, und jetzt sind wir also hier und sie dort.

Aber irgendetwas stimmt trotzdem nicht. In letzter Zeit habe ich das Gefühl, dass sich etwas verschoben hat. Vielleicht sind sie zurück. Vielleicht waren sie nie weg. Oder ich bin eine von ihnen; das wäre doch mal was! Sagenhaft wäre das, wenn ich altes Weib im Werden lernen würde, mir die Dinge gefügig zu machen. Mit ausgestreckten Armen gehe ich tiefer in den Wald. Ich dachte immer, es liegt an der Tageszeit, dass meine Hände so merkwürdig aussehen. Meine Finger wie harte kleine Baumwurzeln. Doch es gibt keine bestimmte Tageszeit mehr, die Tage machen, was sie wollen. Also muss es an dieser Stelle liegen. Ein Stück weiter, wo der Pfad links abbiegt, kommt der Punkt der Verwirrung. Dort ist etwas, was mich daran hindert, meine Gedanken festzuhalten, alles, was ich aufschnappe, löst sich sofort wieder in Luft auf. Alles in der Umgebung ist stärker als ich. Rechts und links von mir färben sich die Disteln violett und gelb, die Farben des Wahnsinns. Dieses Gefühl – dass meine Gedanken vollkommen flüchtig sind, dass sie in meinen Kopf hinein- und wieder hinausflüchten, wie Eichhörnchen in einem hohlen Baumstamm – hat in Baschkortostan begonnen.

Als wir nach Leningrad zurückkamen, war meine Faszination fürs Lernen verschwunden, und es kostete mich große Anstrengung, die Wörter zu mir durchdringen zu lassen. Es liegt daran, dass ich verliebt bin, dachte ich, dabei war es die Wildnis, die mir meine Konzentration gestohlen hatte. Nichts Neues, sagte Maschorow, das passiert den Besten. Berühmte Naturforscher hätten solche Fälle geistiger Umnachtung beschrieben. Sie hätten den Hör- und Geruchssinn von Tieren entwickelt, plötzlich keine Brille mehr gebraucht, und gleichzeitig hätte ihre Denkfähigkeit sie, langsam, aber sicher, im Stich gelassen. Ein Acker von überschaubarer Größe lädt zum Fernblick ein, in endlosen Landschaften stellt sich jedoch heraus, dass nur wenige Gedanken der Mühe wert sind, festgehalten zu werden. »Eines Tages sind sie dann an dir vorübergezogen«, sagte Maschorow, »bevor du sie überhaupt bemerkt hast, wie die Fürze deiner Schlittenhunde.« Was wäre aus mir geworden, wenn ich mich für ihn entschieden hätte? Und er sich für mich? Würde er dann noch leben oder wäre er trotzdem zu seiner Eisprinzessin zurückgekehrt? Auch im Leben hätten sie nicht viele Worte gewechselt, diese Leute haben den kleinsten Wortschatz der Welt. Sagen jedenfalls die Geschwätzigen, Wissenschaftler, die ihre Sprache als tschuktschische identifiziert haben. Wir Russen machen uns über die Tschuktschen lustig. Sie sähen alle gleich aus und wären dumm. Als ob jemand keine Gedanken hat, nur weil er sie nicht in Worte fasst.

Maschorow selbst wurde auch immer schweigsamer. Am Ende habe ich mich für den Geschwätzigen entschieden. Für einen Mann, der endlos vor sich hin sprotzte, wie ein Traktor im Leerlauf. Alles, was wir erlebten, wurde mit einer Randbemerkung versehen. Jeder Ort, den wir entdeckten, jedes Phänomen, jeder Weitblick, jedes noch so kleine Tier, das uns in die Hände fiel, bedurfte einer Erklärung. Wenn er etwas nicht kannte, machte er sich eine Notiz und deutete es im Nachgang. Vielleicht habe ich es den Großen Geräuschen zu verdanken, dass er jetzt öfter den Mund hält. Aber egal, welche Fragen er sich stellt, ich hoffe, er findet nie eine Antwort, denn ich sehne mich, wie die meisten Menschen, nach einem stillen Lebensabend voller Rätsel. Zusammen unter einer Decke auf der Veranda zu sitzen, in endloser geistiger Umnachtung, und auf den Tod zu warten.

Aber da ist ja noch der Sohn, leider. Und der musste sie

unbedingt wieder aus der Versenkung holen. Ein Schneehase, hatte Lew gesagt, weißt du das noch? Weißt du das noch? Verdammt noch mal, ja, leider weiß ich es noch. Sie muss wieder weg, zuerst ihr Name, dann die Erinnerungen an sie, Wort für Wort muss ich sie ihm aus dem grauen Schädel ziehen. Auf dass die Verwirrung zuschlägt, wenn er ihren Namen hört. Auf dass ihm schwarz vor Augen wird, wenn er versucht, sie sich vorzustellen. Auf dass ihm die Sprache wegbleibt, wenn er an das Jahr denkt, an das ich mich lieber nicht erinnere.

Da bin ich.

An der Stelle, wo der Pfad links abbiegt, wo hoch oben über meinem Kopf die Bäume Platz machen für den Himmel. Doch diesmal ist da keine Verwirrung. Haarscharf sehe ich die Maserung der Borken, die Knospen in den Kronen, ich höre die Bäume austreiben, zähle die jungen Blätter. Zwischen ihnen sieht mir der Himmel direkt ins Gesicht. Er wartet bloß auf meinen Befehl. Ich schaue unverwandt zurück. Na los.

Es kommt nicht nur von oben, spüre ich jetzt. Ein durch und durch trauriges Geräusch wringt sich aus der Erde, sucht nach einer reinen Tonhöhe. Findet sie, behält sie bei. Ein zweiter Ton mischt sich darunter, dröhnt immer lauter. Stille. Die Bäume wogen, ich sehe alles, einen Vogel, der an einer Beere pickt, Käfer, die in einem morschen Baumstumpf wuseln: Nichts macht sich etwas aus diesem Lärm, aber einen Kilometer weiter steht Lew am Fenster. Er hat vergessen, das Licht anzuschalten und weint zum Steinerweichen. Wenn ich zurückkomme, werde ich ihm sagen, ich hätte nichts gehört. Ich werde seine Hand von der kalten Scheibe nehmen. Ihn in die Küche führen, ihm einen einschenken und Pfannkuchen für ihn backen. Wenn er isst, werde ich den Namen des Arztes fallen lassen, und er wird nicken. Du hast Recht, wird er sagen, so kann es nicht weitergehen, mit meinem Kopf stimmt was nicht.

Die Stille dauert viel zu lange, ich will mehr von diesem Lärm. Ich breite die Arme erneut aus, dirigiere den Himmel. Ein Streichton umspült mich von allen Seiten, schwer und schwarz wie der Ozean.

10

Tick, Tack, Tack.

Ich schrecke hoch. Es ist mitten in der Nacht, trotzdem sitzt der Rabe schon vorm Fenster. Als ich das Licht anmache, kommt ihm ein Wort in den Sinn.

»Sauerei.«

Na gut. Schwindlig von meinem Traum versuche ich hochzukommen. Seit Jahren plagt mich derselbe Albtraum, eine merkwürdige Geschichte, die sich durch kein Ereignis in meinem Leben aus dem Tritt bringen lässt, und so schaurig, dass sie mich jedes Mal tagsüber noch lange verfolgt. Der Traum geht so.

Jemand klopft an, ich mache auf und in der Tür steht ein Hundsköpfiger. Er ist gut zwei Meter groß, trägt einen grauen Dreiteiler. Er knöpft den Kragen auf, geht an mir vorbei in die Küche. Dort hängt er sein Jackett über einen Stuhl und greift zum Kochmesser, schneidet sich die Kehle durch. Das Blut spritzt wie zähflüssiger Wein auf seine Hände und mir auf die nackten Füße. Ich kann mich nicht rühren, während er den abgetrennten Kopf an eine Installation auf dem Tisch anschließt, die das Blut in die Adern zurückpumpt. Als wir uns bei der Tür die Hand geben, sind auf seinem Hals bereits zwei kleinere Köpfe nachgewachsen. Sie verstehen sich gut, grinsen sich an. Doch ich muss zum Küchentisch zurück, wo der alte Kopf vor sich hin hechelt. Mit hängender Zunge, halb geschlossenen Augen. Jedes Mal wenn ich merke, dass ich in diesen Albtraum gerate, nehme ich mir vor, den Kopf von seinem Leiden zu erlösen. Doch ich träume nie lange genug.

Für diesen kynokephalischen Albtraum ist ein Film verantwortlich, *Experiment, um einen Organismus zum Leben zu erwecken*, eine Pflichtveranstaltung für die Studienanfänger an unserem Institut. In Wirklichkeit hatten die Schwarzweißbilder nicht viel mit Zoologie zu tun. Gezeigt wurde, wie der Awtoschektor, Professor Brjuchonenkos Herz-Lungen-Maschine von 1926, einen abgetrennten Hundekopf einige Stunden am Leben erhält, das heißt: Der Kopf reagierte auf Licht, Geräusche und Berührungen, indem er mit den Augen zwinkerte oder die Ohren aufstellte. Derselbe weiche, pelzige Schlittenhundekopf hängt in meinem Albtraum an der Herz-Lungen-Maschine. Nur der liebste Körperteil des Tiers, der, der uns seit Jahrtausenden zum Streicheln verführt, schläft in meinem Schlaf. Mit gekräuselter Schnauze, wackelnden Ohren und zuckenden Lidern, aber ohne Pfoten, obwohl die bei träumenden Hunden doch so gern mitrennen. Reflexe, sagte Lew und versuchte unbeholfen, mich zu trösten, wenn ich mich wieder mal im Bett aufsetzte. Es wären nur Reflexe, wie meine Tränen, diese unnützen Zuckungen einer romantischen Seele. Ich solle bedenken, dass Professor Brjuchonenko trotz Stalins Schreckensherrschaft oder eben deshalb bahnbrechende wissenschaftliche Erkenntnisse für die Medizin gewonnen hatte.

Ich streiche über das Laken hinter mir. Es ist kühl und glatt, offenbar habe ich den Albtraum reglos hinter mich gebracht. Der Rabe rührt sich. Im Dunkeln zeichnet sich der glänzende Spiegel ab, die Vitrine und der glänzend lackierte Flur, es knarrt, tickt und tropft. Wahrscheinlich der Wasserhahn in der Küche, der nicht richtig zugedreht ist. Ich stehe zu schnell auf, wanke in meinen Pantoffeln, bis sich mein Sehsinn wieder beruhigt und ich die Schwelle erkenne, den Flur, dann die offene Tür zu seinem Zimmer und den Mond im rechten Fenster. Das Bett ist leer.

»Lew?«

Er ist einfach aus dem Bett geschlüpft, ohne erst die Decke zurückzuschlagen. Im Badezimmer ist er auch nicht. In der Küche brennt das Licht über der Spüle. Ich drehe den Wasserhahn zu und beuge mich zur vereisten Scheibe vor. Niemand. Ich gehe zurück in den Flur, bleibe unter der Dachbodenluke stehen und spitze die Ohren.

»Lew?«

Er ist weg.

»Komm mal zu mir«, sage ich in der Waschküche zur Hündin. Ungläubig bleibt sie in ihrem Korb liegen. Ich will ihr einen Kuss auf die Nase geben, doch sie wendet scheu den Kopf ab, versteht überhaupt nicht, was ich will.

»Das war mein Ernst. Du darfst mit.«

Sie folgt mir auf die Veranda, lässt sich neben mich auf die Bank heben. Ich lege die Decke über uns.

»Er ist weg.«

Hechelnd schaut sie ins Nichts der Nacht. Tiere glauben noch an ein Jenseits, das sieht man. Wissen sie etwas, was wir nicht wissen? Das ist die eigentliche Frage des Biologen. Früher oder später bekommt er es mit der Angst, dass sein Forschungsobjekt mehr über ihn weiß als er über das Forschungsobjekt. Deshalb sucht er nach der Mechanik dahinter wie ein Kind, das sein Lieblingsspielzeug zerlegt, und am Ende hat er einen Haufen Schrauben übrig. Das wars also, die Schöpfung. Vorbei mit dem Mysterium. Und jetzt? Wegwerfen? Wieder zusammenbauen? Oder nach einem neuen Gott suchen?

Wenn es stimmt, dass der Menschenmann für das Hundeweibchen Gott ist, müsste Bamscha jetzt beunruhigt sein. Doch das ist sie nicht, sie schaut weiter leicht belustigt vor sich hin.

»Lew?«

Die Hundepfote krallt sich in meinen Oberschenkel, sie kommt nicht auf die Idee, dass es mir Felloser wehtun könnte. Schon sieben Jahre ist sie in unseren Händen, und die ganze Zeit habe ich mich nicht groß drum bemüht, sie kennenzulernen, trotzdem flößt mir ihr Wanst mehr Vertrauen ein als der von Lew. Jeder Reisende weiß, dass die Welt voll ist von nicht zu verstehenden Menschen und verständigen Tieren. Tiere werden nur selten verrückt, sogar der Rabe an meinem Fenster ist, obwohl er eine Menge Pech hatte, nie verrückt geworden. Tollwut hat nichts mit Wahnsinn zu tun, es ist nur die Krankheit, die das Tier wütend macht.

»Was siehst du da, Bamscha?«

Sie blickt rasch von der Seite zu mir herüber, aber die sterbenslangweilige Dunkelheit ist interessanter. Oder sie tut so als ob. Meine Großmutter glaubte, dass die Tiere es, wegen ihrer mangelnden Fantasie, auf unsere Träume abgesehen hätten. Der Streunerkatze, die nachts in ihre Datscha schlich und sich auf ihr Kopfkissen legte, ging es nicht um Gemütlichkeit! Fledermäuse waren die schlimmsten Traumdiebe, das wusste sie aus dem Krieg, von ihrer Arbeit als Krankenschwester. Regelmäßig kamen sie in die Militärspitäler geflogen, auf der Jagd nach kleinen Resten Bewusstsein. Die Teufel attackierten die Ohren und Lippen der Sterbenden, nahmen ihnen noch das letzte bisschen Hoffnung. Und ihre Erinnerungen, sagte meine Oma. Wenn die Fledermäuse wieder weg waren, konnten sich die Soldaten an nichts mehr erinnern. Deshalb hätte sie immer einen Hut parat gehabt, um die Biester zu fangen.

»Glaubst du das, Bamscha? Bei Omas Lazarett darfst du aber nicht an das übliche Geschrei denken, es war ein magisches Theater, wo Babulja vor atemlosem Publikum einen hohen Hut in die Luft warf. Dir ist sicher klar, wie schrecklich sie es fand, dass ich genau diese Tiere erforschen wollte. Übrigens ist es eine Fabel, dass man Fledermäuse mit einem Hut fangen kann, weil sie den mit einem Beutetier verwechseln. Ihr Orientierungssinn ist viel raffinierter. Aber das heißt noch lange nicht, dass der Rest Quatsch ist, Bamscha. Man muss nicht jeder Räuberpistole das Genick brechen. Es hat im Großen Vaterländischen Krieg so viele völlig unbegreifliche Dinge gegeben, die sich nicht wiederholen lassen.«

Der Hund glaubt mir aufs Wort, das sehe ich.

Wie spät es wohl ist? Die Dunkelheit macht keine Anstalten sich zu verziehen. Lew hat die Zigaretten auf dem Tisch liegenlassen, vielleicht ist er nicht weiter gekommen als bis zum Labor. Sofort sehe ich wieder das Bild des Schlittenhundekopfs an der Herz-Lungen-Maschine vor mir. Was zeigt man uns angehenden Biologen diese Gräueltat? Der Hund wurde allein für diese Aufnahmen geopfert, das eigentliche Experiment war bereits fünfzehn Jahre vorher erfolgreich abgeschlossen worden. Ich erinnere mich noch gut an die Filmvorführung im Institut. Wie wir da saßen, einige im Schneidersitz auf dem Boden, mit langen Haaren, tschechoslowakischen Turnschuhen, doch ohne die Mündigkeit, auf die ein solches Aussehen schließen ließ. Vor uns stand ein Mann aus alten Zeiten, wir fragten uns, ob er nur Wissenschaftler war oder noch eine andere Funktion hatte. Er war groß, löste sich jedoch mit seinem blassen Gesicht und dem grauen Dreiteiler im Licht des Projektors auf. Wir zuckten zusammen, als ein Hammer sich ins Bild schob, er lachte. Das nahmen wir ihm nicht übel. Menschen, die der Krieg zu Sadisten gemacht hatte, leisteten oft Großes für die Wissenschaft. Ich erinnere mich an Lydias besorgte Hand auf meinem Rücken. Ob ich in Ohnmacht gefallen wäre? Ich sagte, ich hätte mich einfach nur mit aller Macht weggeträumt.

Ich zünde mir eine Zigarette an, halte das Feuerzeug gedrückt, bis ich mir fast die Finger verbrenne. Eine Flamme ist auch Gesellschaft, aber der Hund ist schon von der Bank gesprungen. Nur der Fellose findet Feuer beruhigend. Da hinten schnaubt Plow, vielleicht hat Lew in seiner Verwirrung die Tiere gefüttert? Ich schlüpfe in die Galoschen. Unter meinen Schritten bricht der Nachtfrost über dem Matsch; hier war noch niemand. Beim Stall kommen die Tiere in Bewegung. Als ich die Laterne über der Tür anzünde, dreht sich das Pferd um und legt mir seinen tonnenschweren Kopf auf die Schulter. Ich rieche seine vertraute, alte Pferdepersönlichkeit. Gute Menschen lieben diesen Geruch. Dieser angeborene Wohlgeruch, der Pferden anhaftet, stammt weder von dem Futter, das man ihnen gibt, noch von dem Sattel, den man ihnen auflegt, sondern von Tausenden Jahreszeiten auf Tausenden Kilometern Steppe. Falls Lew nicht mehr zurückkommt, stinke ich bestimmt bald furchtbar, so ist das bei Menschen, die von ihrer Herde im Stich gelassen werden. Ich schiebe Plow beiseite und gebe ihm frisches Wasser, fische mit der Mistgabel ein paar Pferdeäpfel aus dem Stroh, teile das Heu zwischen ihm und den Ziegen auf. Still beobachten sie mich, und ich tue das alles mit äußerster Aufmerksamkeit, als wäre es das erste Mal. Der Hund folgt mir in die Küche, wo wir Kleie in den Eimer schaufeln und mit warmem Wasser zu Brei vermischen. Den bekommen alle, auch die Hühner. Umrühren, in Stücke geschnittene dicke Möhren dazugeben. Boden fegen, Heu abklopfen. Dann höre ich den Tieren beim Schmatzen zu. Die fressen, als wüssten sie mehr als ich.

»Was wird aus uns, wenn Lew nicht mehr zurückkommt?«

Bamscha ist schon fertig, das Futter scheint ihr nicht so gut zu schmecken wie zu ihrer gewohnten Zeit. Eigentlich sollte ich wieder ins Bett und weiterschlafen, aber dort treibt sich immer noch der Albtraum herum.

»Lew?«

Zurück im Haus klingt meine Stimme verzweifelt, war nicht so gedacht. Eines Tages brummele ich dann nur noch vor mich hin, gebe allen Kontra, bei denen ich es mir im Lauf meines Lebens verkniffen habe, das machen einsame Menschen so. Lag das Klappregister vorhin schon auf dem Küchentisch? Ich stecke die Hand tief in den Kartoffelkorb, nehme erleichtert das Telefon heraus. Dreizehn verpasste Anrufe, alle von Dimka. Trotzdem verliere ich nicht die Hoffnung, dass plötzlich ein anderer Name auf dem Display erscheint.

LYDIA

VERA

Ich stelle mir vor, dass ich sie zurückrufe und ihre Stimmen höre; Lydias lauten Alt auf der einen Seite, Veras hohes Wispern auf der anderen. Ich tippe Lydias Nummer. Erst Stille, dann

Rauschen. Das Netzwerk wurde gefunden, ich hoffe noch auf ein Freizeichen, aber da ist er wieder. Der Roboter, der jedes Mal dazwischenfunkt.

»Der Teilnehmer ist vorübergehend nicht erreichbar. Versuchen Sie es zu einem späteren Zeitpunkt erneut.«

Immer dieselbe Ansage. Sie erinnert mich an das Lied von Wyssozki, in dem er die Telefonistin anfleht, ihn mit seinem Schatz im Ausland zu verbinden. Warum kann ich meine Geliebte nur auf Marken sprechen, fragt er sich, zugeteilt auf Kredit? Hier war natürlich die Rede von Marina Vlady, die Pariser Schauspielerin, mit der Wyssozki mitten im Kalten Krieg ein stürmisches Verhältnis hatte. Nachdem er das soundsovielte Mal stockbesoffen war, hatte sie ihm einen Zettel hingelegt: »Such nicht nach mir«, und war nach Italien abgereist.

Hören Sie, Fräulein!
Nummer zweiundsiebzig!
Ich kann nicht warten und meine Uhr ist stehengeblieben
Zum Teufel mit den Leitungen, morgen fliege ich los!
Ah, da meldet sich schon jemand … Hallo, hallo, ich bins!

Für mich ist das Telefon eine Ikone,
das Telefonbuch ein Triptychon,
das Fräulein vom Amt eine Madonna,
Distanzen überwindet sie im Nu.

Wyssozki kannte den Namen der Telefonistin: Ljudmila Orlowa. Angeblich rief sie für ihn sämtliche Hotels in Rom an, bis sie schließlich in dem Friseursalon landete, wo Marina Vlady sich die Haare schneiden ließ. »Du bist betrunken«, sagte die

Schauspielerin zum Sänger, »ich höre es.« »Stimmt nicht«, mischte sich Ljudmila ein, »er ist nüchtern, aber er sucht Sie seit Wochen und ist einfach nur froh, Sie gefunden zu haben!« Sowjetunion hin oder her, ein Mensch mit Herz half Wyssozki, dem Eisernen Vorhang zu trotzen, während ich heute, in der sogenannten Freiheit, seit zehn Jahren von einem Roboter hingehalten werde. Mit einer Schachtel Pralinen brauche ich dem nicht zu kommen, eiskalt wiederholt er jedes Mal, ich solle es später erneut versuchen. Der Teilnehmer sei vorübergehend nicht erreichbar. Für einen Computer ist eine Ewigkeit auch nur vorübergehend.

»Sollen wir?«

Der Hund stimmt zu, indem er schon mal zur Tür läuft. Zusammen holen wir das Pferd aus dem Stall. Ich lege ihm nur das Zaumzeug an, wenn ich mich draufsetzen würde, bekäme ich im Dunkeln tiefhängende Zweige um die Ohren. Beide Tiere laufen hintereinander her, sie akzeptieren sich, weil sie zu mir gehören, aber mehr auch nicht. Im Wald riecht jeder unterschiedliche Dinge. Plow senkt alle zehn Schritte die Nase zu Boden, um später den Weg zurück zu finden. Er riecht die Buchenrinde, auf die er ganz versessen ist, und frühes Schattengras. Bamscha geht im Zickzackkurs von Köteln zu Urinspuren und den Bauen der Winterschläfer. Und für meine Nase ist es noch zu früh, um groß was zu riechen. Im Wald ist die Zeit des Zweifels angebrochen. Alles fragt sich, ob es ins Freie kommen soll oder sich doch noch mal auf die andere Seite drehen. In einem Monat werden wieder Kleine Abendsegler zwischen den Pfeilern unserer Veranda nach Motten jagen. Ich habe nur selten mit lebenden Fledermäusen gearbeitet. Am Institut knöpfte ich mir lieber Fossilien vor, spröde Skelette, die sich in den letzten sechzig Millionen Jahren kaum verändert haben. Anfänge hatten mich immer interessiert. Lydia nie. Sie wollte wissen, wie etwas funktioniert, wozu es in Zukunft gut sein könnte. Als ich ihr meine abgebrochene Forschung vermachte, warf sie nur einen flüchtigen Blick darauf. Sie werde sich gut darum kümmern, sagte sie, ließ die Paläontologie aber links liegen. Stattdessen zog sie mit Detektoren und Empfängern in die Wälder. Ich weiß nicht, was sie da gefunden hat, veröffentlicht hat sie nie was. Lew vermutete, das Verteidigungsministerium habe sie angesprochen, das genau wie sein amerikanisches Pendant die Fledermausforschung scharf im Blick behielt.

Das letzte Mal sprach ich das Thema in dem Jahr an, an das ich mich lieber nicht erinnere. Lew hatte eine Studie über eine DNA-Untersuchung mitgebracht, die nachwies, dass Pferde enger mit Fledermäusen verwandt sind als mit Kühen. Wenn ich mir das Tier ansehe, das jetzt gemächlich neben mir am Zügel stapft, kann ich es kaum glauben. Aber genetisches Material lügt nicht; das sagte ich auch Lydia. Sie saß auf der Schaukel, ich im Gras, und die Fledermäuse jagten in der Dämmerung um die Wette.

»Ich verstehe es nicht«, sagte ich. »Das Pferd ist vor rund dreißig Millionen Jahren entstanden und die Fledermaus vor knapp sechzig. Wo sind die fossilen Zwischenformen?«

Lydia seufzte. Die wieder mit ihren Bodenfunden, dachte sie bestimmt. Vielen Biologen war die Paläontologie ein Dorn im Auge, weil jedes noch so kleine unbekannte Fossil dazu führt, dass sie ihre vertraute Rekonstruktion über den Haufen werfen müssen.

»Eine ziemliche Distanz«, sagte ich, »morphologisch und genetisch, aber auch zeitlich. Irgendwann im Lauf dieser dreißig Millionen Jahre ist also ein kleines Pferd rumgeflattert, eine Art Pegasus mit Echoortung ...«

»Ach, hör doch auf.«

»Nur ein ganz kleines ...«

Mit den Händen deutete ich die Größe des Geschöpfs an, doch sie konnte nicht darüber lachen.

»Darwin würde vor einem Rätsel stehen«, fuhr ich fort. »Wo bleibt da die Logik? Innerhalb von dreißig Millionen Jahren hat sich die Fledermaus zum Pferd weiterentwickelt, aber aus irgendeinem Grund lässt sich diese Entwicklung nicht durch die Paläontologie belegen. Wo ist die Zwischenform?«

»Sie haben einen gemeinsamen Vorfahren.«

»Und wo soll dieser Vorfahre sein? Warum haben wir ihn nicht gefunden?«

»Mach dich auf die Suche, sag ich da nur.« Genervt bremste sie die Schaukel ab.

»Ich finde es einfach schwer, an diese aufsteigende Linie zu glauben. Darwin hat mit bloßem Auge gesehen, dass die Kuh und das Pferd einen gemeinsamen Vorfahren haben, aber jetzt stellt sich raus, dass sie wenig teilen, die Fledermaus dagegen ... Abrakadabra!«

Sie sah mich schief an. »Heißt das, du zweifelst an der Evolutionstheorie?«

»Ist das verboten? Dazu gibt es doch die Theorien, um sie anzuzweifeln. Die Evolution hat nichts mit Vollkommenheit zu tun, eher mit Improvisation und mit Patzern. Man könnte den phylogenetischen Baum neu schreiben, man könnte Absicht hinter den Dingen vermuten, die wir sehen, aber ich glaube eher an eine Reihe von Unglücken mit einem Bruchpiloten am Steuer ...«

»Stopp. Hier musst du aufhören.«

Sie sah mich beinahe angewidert an. Ich war nicht gläubig, nicht, dass ich wüsste. Aber Lydias Empörung stachelte mich auf: »Die Gläubigen halten uns für einen Irrtum, die Atheisten halten Gott für den Irrtum, na und? Die Natur steht da und sieht sich das alles an. Jüngere DNA-Untersuchungen beweisen, dass hinter der Entstehung der Arten mehr Humor steckt, als Darwin gedacht hat, und erst recht mehr, als die Bibel Gott zuschreibt. Ich sehe da einen unfähigen Grübler vor mir, der oben am Firmament an den Nägeln kaut, ›ein Pferd, ein Pferd, mein Königreich für ein Pferd, irgendwas Kuhartiges zum Draufsitzen, hm, nein, im Nachhinein war Wiederkäuen doch nicht so eine gute Idee, viel zu kompliziert … Ob sie es wohl merken, wenn ich auf ein altes Erfolgsmodell zurückgreife?‹ *Et voilà*, man nehme die Fledermaus, unseren Alleskönner …«

Lydia sprang von der Schaukel, wollte ins Haus. Zu Lew und Esther, ihren Geistesverwandten, die Geschichten auch nicht so gern mochten. Sie sehnte sich nach einer gehörigen Portion Eintracht am Küchentisch, überlegte es sich dann aber anders. Offenbar war ich noch nicht ganz verloren. Sie kam zu mir zurück, setzte ihre Lesebrille auf, beugte sich vor und hob mich mit der Pinzette hoch. Hab ich dich! Sie ließ mich kurz zappeln, legte mich in eine Schachtel und klebte ein Etikett mit der taxonomischen Bezeichnung darauf. Erstaunlich, dachte ich, wie präzise die Poren ihrer Nasenflügel gefüllt sind, wie Backförmchen auf dem Blech. Und wie merkwürdig, dass ihre riesigen Augen grau aussehen, dabei dachte ich immer, sie wären braun.

»Erzähl mal«, flüsterte sie, »wie machst du das? Dein Wissen auslöschen, dein Hirn ausschalten? Das wollen wir schließlich alle, wieder an Märchen glauben. Sag mal, dein Einsiedler da ... Ilja, so heißt er doch? Hat der dir das alles eingeblasen? Du findest ihn ja toll, aber in Wirklichkeit ist er nichts als ein ordinärer Schurke. Auf der Welt wimmelt es zurzeit von falschen Propheten, die schwierige selbsterfundene Wörter verwenden wie ›Aura‹ und ›außersinnlich‹, aber mit der modernen Wissenschaft können sie nicht mithalten ... Willst du wieder zurück zu den Fehlschlägen?«

Und dann tat sie etwas Seltsames. Sie setzte die Lesebrille ab und küsste mich mit leicht geöffneten Lippen nachdrücklich auf den Mund.

Lange hatte ich geglaubt, Lydia würde mich um Lew beneiden. Doch er interessierte sie nur als Wissenschaftler, ein Interesse, das nachließ, je weniger er veröffentlichte. Vielleicht gab sie mir die Schuld daran. Sie sagte, wir hätten mehr für die Natur tun können, wenn wir in der Stadt geblieben wären, in echten Laboren, unter echten Wissenschaftlern. Das stimmt, aber wir waren in der Spätphase der Stagnation umgezogen, als die Langeweile kein Ende zu nehmen schien. Erst fünf Jahre später, als alles zusammenbrach, sah es kurz danach aus, als würde sich eine Landschaft voller Meinungen entfalten, die man pflücken und beschnuppern konnte, doch bald danach färbte die Armut alles wieder schwarzweiß. Die alten heiligen Kühe wurden durch neue ersetzt, und diejenigen, die vor 1999 keinen Zweifel gekannt hatten, kannten auch jetzt keinen.

»Zweifeln ist gut, nur Scharlatane haben feste Überzeugungen«, rutschte es Lew versehentlich einmal im Unterricht heraus. Doch wir waren noch zu jung, um laut zu zweifeln, und die Zeit war noch nicht reif. Darwin war unser Heiliger, genau wie Lenin, ein großer Fan von Darwin. Dennoch konnte man nirgends so gut seinen Gedanken nachhängen wie Anfang der achtziger Jahre in der Sowjetunion. Das Leben war vorhersehbar, also zweifelte man sich ein Stück weg, Hauptsache, man rief nicht laut »Heureka«. Manches war verbotenes Terrain, doch wenn man weiter ging, in die mikroskopische Tiefe, über die vierte Dimension hinaus oder zurück in der Zeit, löste sich der Stacheldraht von selbst auf. Ich konzentrierte mich auf Fossilien aus wortlosen Zeiten oder jedenfalls aus der Zeit, als man nicht unbedingt alles mit Worten festhalten musste. Ich suchte ihre Geschichten, Hunderte von Sätzen, die alle begannen mit: »Es war einmal.« Doch dann machte sich die Aktualität mit großem Geschrei bemerkbar, wie ein Obdachloser, der aus seinem Rausch erwacht.

»Lew?«

Keine Antwort. Inzwischen sind wir beim Labor, ich glaube nicht, dass er hier ist. Bamscha geht schwanzwedelnd voraus, springt die Stufen zur Tür hoch und wieder runter, sie hat nichts gerochen. Endlich wird es hell, in den Bäumen zwitschert es schon ein bisschen. Wir gehen weiter, zur kleinen Wiese hinter den alten Tiergehegen. Die Stelle, die wir freigeschlagen hatten, ist vom Wald unberührt geblieben. Nur die Dreieinheit von Silberbirken ist weitergewachsen, ihre Zweige wogen über den Rand. Ich lasse die Zügel locker, damit Plow grasen kann. Man sagt, es wäre schrecklich, was hier passiert ist. Damals war ich die Einzige, die sich nicht davon um den Schlaf bringen ließ. Wenn du willst, Lokführer, erzähle ich dir alles. Lew ist weg, keine Ahnung, wo er sich rumtreibt, komm also ruhig vorbei. Es lohnt sich wirklich, mir zuzuhören. Es ist ein typisch russisches Märchen mit einer Hexe, einer Prinzessin, wilden Tieren, allem, was das Herz begehrt. Hier hat es angefangen, in diesem Garten der Lüste, mit drei Evas und einem Adam, und mit Bären, großen und kleinen. Es fing vielversprechend an, endete jedoch, wie so viele russische Schöpfungsgeschichten, in einem Fiasko. Ich will dir alles erzählen, Lokführer. Über das Paradies und das Jahr, an das ich mich lieber nicht erinnere. Wirst du dich dann an dein Versprechen halten? Du hast gesagt, der nächste Zug kommt immer. Weißt du noch? Du hast gesagt, du bringst sie mir zurück.

11

Lydia wollte keine Kinder. Deshalb werde ich nie vergessen, wie sie den beiden Bärenwelpen das Fläschchen gab. An einem warmen Frühlingstag kam sie fröhlich hupend mit ihnen hier an. Sie hatte sie einfach ins Auto geladen. Scherpjakow, der gerade sein Schnitzwerk strich, hatte sie willkommen geheißen und beugte sich schon über die Sprösslinge, als Vera und ich dem lärmenden Autoradio entgegengingen.

»Das sind ja kleine Rüpel!«

Der eine lümmelte auf der Rückbank, zeigte seine Fußsohlen wie ein Teddybär, der andere versuchte, über den Beifahrersitz nach vorn zu klettern. Aus dem offenen Fenster dröhnte passenderweise Trofims Fernfahrer-Lied. Sie waren gut zehn Stunden unterwegs gewesen.

»Ich musste ständig anhalten, um Kacke wegzumachen«, sagte Lydia und warf ein tropfnasses Handtuch aus dem Auto. Dann, achtlos: »Sie haben noch keine Namen. Wir haben die freie Wahl.«

Es waren beides Männchen, keine elf Wochen alt und schon verwaist. Jemand hatte sie im Zoo abgegeben, aber dort konnte man nichts mit ihnen anfangen. Darauf hatte Lydia gesagt, sie kenne ein Zuhause für sie, ohne sich erst mit uns abzusprechen. Wahrscheinlich dachte sie dabei vor allem an Vera, die tatsächlich jubelte wie ein kleines Kind.

»Gut festhalten«, sagte Lydia und gab ihr den braveren der beiden.

»Ganz schön schwer«, sagte Vera.

Ich nahm den anderen unter den Achseln und versuchte, ihn eng an mich zu halten, aber das ließ er sich nicht gefallen. Er stieß sich mit den Hinterbeinen ab und kreischte furchtbar.

»Und jetzt?«, fragte ich.

Später schenkten wir uns Tee ein, und während die kleinen Bären im abgeschlossenen Flur unaufhörlich polterten und plärrten, wiederholte ich die Frage.

»Jetzt geben wir ihnen Milch«, sagte Lydia. »Zurzeit müssen sie acht Mal täglich gefüttert werden. In zwei Wochen kann man zu sechs Mal übergehen, dann zu fünf, und so weiter, und dazu dann ein bisschen Obst und Fisch.«

Sie holte zwei Milchfläschchen aus der Tasche, um es uns vorzuführen, und nahm einen kleinen Bären nach dem anderen auf den Schoß. Sobald sie den Nuckel im Maul hatten, entspannten sich ihre widerstrebenden kleinen Körper und sie gaben zufriedene Laute von sich. Sie waren nicht größer als sechs Monate alte Babys, hatten aber bereits spitze Eckzähnchen in ihren Sabberschnauzen, und als Lydia ihnen das Fläschchen wegnehmen wollte, krallten sie sich an ihrer Hand fest. Wenn sie geboren werden, sind Bärenjunge knapp dreißig Zentimeter groß, und obwohl die Geburt in die raue Zeit mitten im Winterschlaf fällt, ist sie ein Klacks. Diese zwei waren spät dran gewesen. Wahrscheinlich war ihre Mutter bei der Winterjagd umgekommen, der hasenherzigsten, die unser Land zu bieten hat. Viel muss man nicht können, um eine im Schlaf säugende Bärin umzulegen. Meistens verrät der Hund seinem Herrchen, wo der Bau ist, und der stochert dann so lange mit einem Stock darin herum, bis die erschöpfte Mutterbärin rauskommt, und dann Peng. So kamen die Jäger an ihre Trophäe, doch unter der

Erde blieben die Jungen ohne Nahrung zurück. Die Kräftigeren unter ihnen machten sich selbstständig auf die Suche. Wahrscheinlich waren diese beiden Süßen so zu den Menschen gekommen, es sei denn, selbige Jäger hätten sie aus dem Bau geholt. Und jetzt, einige Wochen später, waren sie immer noch hilflos. Sie hatten runde Bäuchlein mit rauem Pelz und einen Scheitel wie eine Steppnaht, als kämen sie frisch aus der Fabrik. Ihre weit auseinanderstehenden Augen rollten nach rechts und links und in alle Richtungen, manchmal auch in die entgegengesetzte. Was für einem Muttertier sie ausgeliefert waren, wussten sie genauso wenig wie ich, aber ich hatte Lydia noch nie so entspannt gesehen.

Wir sahen uns die Szene wortlos an, selbst Scherpjakow, die Quasselstrippe. In unserem Bau, der Küche, die Hände um den Tee gelegt, lauschten wir dem Schmatzen und Keckern der kleinen Bären, und wären um ein Haar alle in Winterschlaf gefallen. Was wir nicht wussten, war, dass die Jungen dank unserer Fürsorge nie mehr in der Wildnis würden leben können … Das sollte uns Lew am nächsten Tag erklären, als er mit Dimka von einem Symposium aus Smolensk zurückkam. Sie seien schon zu sehr an uns gewöhnt, und außerdem hatten wir in unserer Menschensprache mit ihnen gesprochen. Selbst wenn wir sie nicht gestreichelt hätten, unseren Geruch hatten sie längst gewittert und würden ihn in Zukunft mit Milch in Verbindung bringen. Wir hatten ihnen sogar Musik vorgespielt. Falls man sie je wieder aussetzte, würden sie sich allen Menschen, einschließlich Jägern, vertrauensvoll nähern. Und in ein paar Monaten wären sie zu groß, um im Haus gehalten zu werden, aber auf dem Hof würden sie eine Gefahr für die anderen Tiere darstellen. Was tun?

Vorläufig fragten wir uns das nicht, wir gaben ihnen Namen. Scherpjakow hatte eine alte Hundehütte, die als Nachtquartier dienen konnte. Wir stellten sie in die Waschküche, sorgten mit Decken und Heu für ein kuscheliges, warmes Lager, hängten eine Milchschale auf und legten uns schlafen, in der Annahme, Fedja und Stjopa würden das auch tun. Doch mitten in der Nacht richteten sie eine Verwüstung an, die in keinem Verhältnis zu ihrer Größe stand. Sie waren erfolgreich an ein paar Regalbretter mit Vorräten gelangt und hatten alles zerschlagen. Erschöpft von ihrer Erkundungstour saßen sie nun in einer Pampe aus Heu, Seife, Öl, Mehl, Reis, eingelegten Tomaten, Glasscherben und ihrer eigenen Kacke in der Waschküche. Die Vorhänge, an denen sie sich hochgezogen hatten, lagen samt Schienen auf dem Boden. In der Hundehütte fand ich, worauf sie aus gewesen waren: eine Tüte Pfefferkuchen. Die hatten sie restlos verputzt. Es ist immer schmeichelhaft, wenn wildlebende Tiere zu schätzen wissen, was wir zubereitet haben. Fast alle, sogar Eidechsen, ziehen unsere raffinierten Süßigkeiten ihrem natürlichen Speiseplan vor. Und unsere Betten erst, ah, dieser ordentliche wattierte Bau! Gebt einem Nilpferd eine Matratze, es lässt sich darauf nieder. Als Kind hatte ich ein Wildkaninchen, das manchmal bei mir im Bett schlief. Wenn ich nach einer Weile unter die Decke schaute, lag es da, in voller Länge, mit den Hinterpfoten zu mir, und dachte nicht daran, sich vom Fleck zu rühren. In solchen Momenten wird einem ganz anders vor Rührung.

Ich schnappte mir einen Besen und fegte den Dreck zusammen. Nach einer Weile kam Fedja, der Größere, auf mich zu. Er stellte sich auf die Hinterbeine und zeigte mir seine blutige Vorderpfote; er hatte sich am Glas geschnitten. Am Küchentisch beobachtete er ernst, was ich da machte. Reglos ließ er über sich ergehen, dass ich die Wunde desinfizierte, schnupperte kurz am Verband, zog ihn aber nicht ab.

»Und jetzt?«, fragte ich.

Endlich sah er hoch. Fünfzehn Sekunden, nicht länger, aber er sah mir in die Augen. Ich glaube, in diesem Moment wünschten wir uns beide, dass er so klein blieb, wie er war. Ihm schien bewusst zu sein, dass wir uns jetzt noch berühren konnten, sich aber nichts daran ändern ließ, dass Menschen und Bären einander meiden müssen mit großer Furcht.

»Mama? Was ist passiert!«

Da stand sie in der Küchentür, meine achtzehnjährige Dryade. Taillenlanges Haar, bodenlanges Nachthemd. Der kleine Bär mit seiner bandagierten Pfote tat ihr furchtbar leid, also rutschte ich auf der Bank zur Seite, damit sie ihn trösten konnte. Inzwischen war auch Stjopa aufgewacht, schrie in der Waschküche nach seinem Bruder.

»Sollen wir ihn lieber zurückbringen?«, flüsterte ich.

»Dann nagt er den Verband ab. Außerdem ist alles voller Gläser, die sie zerschlagen könnten. Wir dürfen sie jetzt nicht allein lassen.«

Ich zögerte, und sie lächelte sich Grübchen in die Wangen. Natürlich, du Baumnymphe, die Männer sind aus dem Haus, warum nicht? Und so schliefen wir in dieser Nacht im freundlichen Tiergestank auf einer Matratze vor dem Eingang der Hundehütte. Ein Durcheinander von Laken, Decken, Kissen, nebeneinanderliegenden Köpfen, zerzausten Haaren, einer Pfote hier und da, Schmatzer, Knurren. Bis uns Geräusche aufschreckten, ein Motor ging aus, Autotüren schlugen zu.

»Verflixt«, flüsterte Vera. »Es sollte doch eine Überraschung sein!«

Als Erstes kam ihr Bruder herein, der mit seiner frisch erworbenen Jungmännerstimme nichts lieber tat, als zu fluchen.

»Was ist denn hier los, verdammte Hacke? Sie schlafen aufm Boden.«

Dann entdeckte er Fedja, der, ohne uns zu wecken, aus der Hundehütte hinaus- und über uns hinweggeklettert war und jetzt in einer Ecke der Waschküche schlief, die Bandage noch ordentlich um die Pfote gewickelt.

»*Mischka*, Papa! Sie haben sich einen Mischka genommen!«

Noch so ein Name, der einen weiten Bogen um das wilde Tier macht. Verglichen mit den Gräueln, die die Russen durchstehen mussten, war die Gefahr mit Namen Honigkenner schnell verblasst. Michael, Mischa, Mischka. Sein Name wurde immer weiter verniedlicht, bis er auf einen Pralinenwickel passte. Im vaterlosen zwanzigsten Jahrhundert blieb er ihm erhalten, sein Kosename, der Favorit aller Mütter an der Wiege. Kennt ihr die Geschichte des tollpatschigen Tiers mit den krummen Vorderpfoten? So konnte er leicht in die Rolle aller im Krieg gefallenen gutmütigen Trottel schlüpfen. Am Ende wussten wir es nicht besser, als dass Bären auf Fahrrädern saßen und in Trompeten bliesen, und selbst den gefährlichsten von allen, den Eisbären, nannten wir »Mischka im Norden«, bekannt von den Vanillewaffeln. Mischka Krummpfote hatte seine Leckerei noch vor der Revolution bekommen. Der Direktor einer Süßwarenfabrik wickelte sein Konfekt in eine Waldszene des Malers Iwan Schischkin. *Morgen im Kiefernwald*. Die Lichtung, die Morgensonne, die Geschöpfe des Waldes stammten alle von Schischkin. Doch die vier Bärenjungen im Vordergrund hat Konstantin Sawizki gemalt. Ursprünglich waren zwei vereinbart, doch er konnte sich nicht bremsen. Am Ende wirkten sie ziemlich deplatziert. Als ob sie nicht recht wüssten, was sie mit den Bäumen sollten, als wären sie aus dem Zirkus geholt und in den Wald gestellt worden, damit der ein bisschen russischer aussah. Da, macht doch euer Bärending mit euren krummen Pfoten, wenn ihr noch wisst wie. Tretjakow, der Sammler, putzte Sawizkis Signatur von der Leinwand. Aber ohne die Bärenjungen wäre das Bild garantiert nicht so beliebt. Nach der Revolution änderte man weder Pralinenwickel noch Rezept, hieß es. Und wir Tölpel aßen das Konfekt immer noch und sehnten uns nach Wäldern ohne Krieg, wo die Bären für immer jung und tollpatschig blieben.

Lew rieb sich die Augen, als er in die Tür trat, und warf den kleinen Bären einen müden Blick zu.

»Lydia hat sie hergebracht«, sagte Vera schnell, »das da ist Fedja, und der heißt Stjopa.«

»Stjopa«, sagte Lew nur, »Onkel Stjopa Stepanow.«

Und dann ging es los mit seinen Klagen über die Fahrt, die, wie ich unser Land kannte, lang und holprig gewesen war. Während Vera und Lydia sich der Tiere annahmen, folgte ich ihm ins Bett. Legte seinen Arm um mich, suchte mit meinem Kopf nach der flachen Stelle zwischen Achsel und Brustkorb und lauschte seinem dröhnenden Murmeln. Er erzählte vom ethologischen Symposium. Er war enttäuscht, der Schwerpunkt war derselbe gewesen wie vor zwanzig Jahren, in Landbau und Fischerei angewandte Verhaltensforschung.

»Immerhin waren ein paar Studenten von Beljajews Schule da, immer nett.«

»Die von den zahmen Füchsen?«

»Den zahm *gezüchteten* Füchsen. Generationen hat das gedauert. Wusstest du, dass sie auch ein freundlicheres Aussehen bekommen haben, seit der Adrenalinspiegel in ihrem Blut niedriger ist? Sie haben lockige Schwänze und Schlappohren. Ja, ja, die Hormone ...«

Seine Hand auf meiner Pobacke dirigierte mein Bein über seines. Mit den kreischenden Bären im Flur bekam ich dieselben Hemmungen wie früher, als die Kinder noch klein waren und sich auf dem Dachboden schlafend stellten. Ich brach unseren Kuss ab und erzählte ihm von meinem nächtlichen Erlebnis mit Fedja. Lews unterdrücktes Gelächter brachte meinen Kopf zum Wackeln.

»Du und dein Anthropomorphismus ...«, sagte er und zwickte mich fies in den Schenkel, »wir sprechen hier von zwei *Ursus arctos*. Keine drei Monate alt, aber trotzdem. Und was macht unser aller Nadja? Gibt ihnen ernsthafte Namen, um sich mit ihnen verbunden zu fühlen! Selbst, wenn man ihnen etwas beibringen könnte, was ich bezweifle, ist es jetzt zu spät. Egal, wie liebevoll du dich um sie kümmerst, sie werden zu dem heranwachsen, was in ihren Genen angelegt ist: zu mürrischen Kolossen, die uns den Wald vollkacken.«

Ich nahm seine Hand zwischen meinen Beinen weg.

»Wir teilen unsere Gene mit dem Tierreich«, sagte ich, »warum also nicht auch unser Verhalten? Warum sollte Fedja nicht auf unser Mitgefühl reagieren?«

»Wenn wir etwas teilen, dann den Aggressionstrieb. Der ist genauso ausgeprägt wie der Fortpflanzungstrieb. Siehst du?«

Ich wollte nicht, aber er hatte mich schon zum Lachen gebracht. Ich legte seine Hände auf meine frierenden Brüste.

»Siehst du bei Plow etwa Aggression? Bei Rodin? Bulka? Allesamt umgängliche, einfühlsame Persönlichkeiten, unsere Tiere.«

»Na gut, das haben sie von dir.«

Und dann flüsterte er mir dieselben geilen anthropomorphischen Liebesbekundungen zu wie immer. Wäre ich ein Hund gewesen, hätte ich meinen Schwanz um ihn geschlungen wie eine Peitsche.

Die nächsten Monate waren wir die Sklaven der Tiere. Unsere Tage wurden von dringenden Fütterungen bestimmt und vom Verstärken der Bärenverschläge. Alles an Fedja und Stjopa wuchs: Fell, Nase, Blick, Griff, Gang, Stimme – in allem wurden diese Kleinkinder voller, kräftiger und kompakter, und wir waren stolz, ihnen dabei zu helfen, größer zu werden als wir. Lydia wollte keinen Moment ihrer Verwandlung verpassen, besuchte uns häufiger denn je. Und obwohl wir das Geld gut hätten gebrauchen können, waren wir froh, dass wir in diesem Jahr nur einmal von einer Sommercampgruppe belästigt wurden. Vera stellte zufrieden fest, dass Fedja und Stjopa sich wenig aus den Besuchern machten. Die Bären folgten ihr auf dem Fuß wie die Gänse Konrad Lorenz. Eines Abends, als sie vor dem Schlafengehen ihre Runde drehte und wir von der Veranda aus die tollpatschigen Bären hinter ihrer schlanken Gestalt über die Wiese tapsen sahen, gab Lew zu, dass er eigentlich schon daran glaubte, an eine gesellige Zukunft.

Den Rest des Sommers gaben wir uns dem überbordenden Chaos hin, das die Bären verbreiteten. Im Garten war was los. Sie verstanden sich nicht nur gut mit den anderen Tieren in Haus und Hof, auch allerlei Wild aus dem Wald interessierte sich für sie. Keiner glaubt mir, wenn ich sage, dass ich eines Tages im Arbeitszimmer zu zwei Fenstern hinausschaute und in beiden eine Tierszenerie entdeckte. Im linken sah ich die meisten, zu verrückt, um sie alle zu nennen. Da machte sich ein Marder davon, während unser Kater Bulka eine Maus am Wickel hatte, da saß ein Eichhörnchen im Drachenbaum und Plow graste darunter, alles Mögliche flatterte zwitschernd herum, und in der Mitte stand Vera mit den kleinen Bären: Einer hockte am Boden, der andere zog sich an ihr hoch. Hab ichs nicht gesagt, dass mir keiner glauben würde? Was ich durch das rechte Fenster sah, war logischer, Dimka und seine Freundin. Sie aß Erdbeeren, er bastelte an seinem Moped, mit dem er sie, Ira, wieder in ihr Dorf zurückbringen musste. Doch da war noch ein Rabe, der was zu melden hatte, und Rodin, der Hund, der am Hinterteil der Ziege schnupperte. Einen dritten Flügel, der das Idyll verdorben hätte, gab es nicht. Nichts ändern, dachte ich, lass alles so, wie es ist, lieber Gott, bitte. Es war gut so.

Ich bin mir nicht sicher, ob die Bären auch an unserer Geilheit schuld waren, aber Lew und ich schliefen ständig miteinander. Wir gingen ein Stück spazieren, bis wir allein waren, und wenn die Sonne hoch genug am Himmel stand, zogen wir uns aus und liebten uns innig. Bis zu jenem Oktobertag, als die Sonne fast auf der Erde lag, uns aber nicht wärmte, und wir von Stjopa ertappt wurden. Wir hörten ihn, noch bevor wir ihn schnurstracks auf uns zukommen sahen, und bedeckten uns, aus Angst, Vera käme ihm hinterher. Doch er war allein. Jetzt erst fiel uns auf, wie groß er geworden war, wie gespannt der Blick, mit dem er uns ins Visier nahm. Während ich mein Kleid zuknöpfte, dachte ich, dass der Bär dem Menschen mindestens zehntausend Jahre lang dazwischengefunkt hatte, bevor sich die Rollen verkehrten. Ein klitzekleiner Sommer hatte Stjopa genügt, um zu einem übellaunigen Teenie-Bär heranzuwachsen. Sein flinker Körper war fest entschlossen, in nächster Zeit noch ein paar hundert Kilo an Kraft zuzulegen. Wegen seiner Haltung – hoher Widerrist und angelegte Ohren – zweifelten wir, ob wir ihn rufen oder verjagen sollten.

Eine Woche später wurde Lydia beim Füttern angegriffen. Reiner Übermut, sagte sie noch. Fedja sei auf eine doppelte Portion Fisch aus gewesen, die sie gerade unter den Bären verteilte. Doch abends gab sie zu, dass nicht nur seine Schnelligkeit sie überrascht hatte; sie war auch über die Kraft erschrocken, mit der er ihr das Futter aus den Händen geschlagen hatte. Mit schmerzverzerrtem Gesicht krempelte sie den Ärmel hoch. Auf ihrem Unterarm waren drei breite Schrammen zu sehen, das Blut darin schon geronnen.

»Er hat es nicht so gemeint«, sagte sie.

»Sie müssen weg«, sagte Lew.

Wir seufzten alle drei gleichzeitig.

»Leider ist das Problem zusammen mit ihnen gewachsen«, sagte Lew. »Jetzt nimmt sie erst recht keiner mehr.«

Weil er wusste, dass meine Augen vor Mitleid tränten, wandte er den Blick zu Lydia, bis sie schließlich langsam nickte.

»Pjotr Karasow, sagt dir das was?«, fragte sie.

»Nie gehört.«

»Er hat in der Nähe von Rschew ein Asyl für Tiere, die nicht mehr in die Wildnis zurückkönnen. Misslungene Zähmungsversuche, ausrangierte Zirkustiere, so was in der Richtung.«

Sie pustete auf ihren Tee. »Ich könnte mal anrufen. So, wie

ich ihn kenne, wird es was kosten. Aber die Bären wären in guten Händen.«

Ich dachte an Vera, die im oberen Stockwerk schlief. Sie war mit der Schule fertig, wusste aber nicht, was sie studieren sollte. Vor ein paar Wochen hatte sie verkündet, sie wolle bei uns bleiben. Wegen der Bären. Mit Juri von Dynamo Moskau war schon eine Weile Schluss und ihre ganze Aufmerksamkeit und Liebe gehörte jetzt diesen Schlingeln. Lydia legte ihre Hand auf meine.

»Soll ich ihn anrufen? Einfach so, mal fragen, was es kosten würde? Die Leute da sind in Ordnung. Dann wären wir jedenfalls ein Stück weiter.«

Mach ruhig, bedeutete ich ihr. Es wurde ein langes und fröhliches Telefonat, sie musste ein paar Mal laut lachen. Ich hoffte, Vera würde es hören, damit Lydia ihr die Sache erklären musste und nicht ich. Doch die Einzigen, die aufwachten, waren Stjopa und Fedja. Als ich zum Küchenfenster hinausschaute, wurde mir bewusst, dass sie nicht mehr so oft kreischten. Sie polterten nur noch unglücklich in ihren wieder mal zu klein gewordenen Verschlägen.

12

Pjotr Karasow war so ein Russe, bei dem man sich nicht vorstellen konnte, dass es ihn vor den Neunzigern auch schon gegeben hatte. Joviale Kerle gab es in der Sowjetunion zuhauf, aber soweit ich mich erinnere, nicht von so unverschämtem Umfang. Eine Wampe schob man nicht vor sich her wie ein Akkordeon, die zog man ein, wie man sich auch den Lagerjargon verkniff, aus dem er sich gern bediente, obwohl er sicher nie gesessen hatte, so wie er aussah. Er hatte sich eines Tages dieses Image zugelegt, wie er auch eines Tages in einen Tarnanzug geschlüpft war. Auf Zuwachs, man konnte ja nie wissen.

»Da ist ja unser Taras Bulba«, murmelte Lydia bei der Ankunft. »Meine Güte, hat der sich gehen lassen.«

Karasows Land lag am Sischka-Fluss. Wir hatten uns Scherpjakows ISCH-Kleintransporter geliehen, in dem sich Fedja und Stjopa auffällig ruhig verhielten, als wären sie aufs Schlimmste gefasst. Lew durfte nicht mit, Lydia war der Meinung, bei Karasow würden zwei Frauen allein mehr erreichen. Stattdessen war er am Vortag mit Vera nach Sankt Petersburg aufgebrochen, um sie im Zoologischen Institut herumzuführen, in der Hoffnung, sie würde dort studieren wollen. Anschließend wollten sie schön essen gehen, und im Zug würde er ihr dann in Ruhe und voller Überzeugungskraft vom Umzug der jungen Bären erzählen. So der Plan. Nach dreistündiger Fahrt durch eine Landschaft, die sich so wenig veränderte, dass wir ständig von einem Déjà-vu zusammenzuckten, kamen wir zur Auffangstation. Sie war durch einen hohen Metallzaun vom Rest des Dorfes getrennt, obwohl dort kaum eine Menschenseele zu sehen war; bloß auf den Stufen vor dem riesigen Gefallenendenkmal hockten ein paar Alte. Kaum hatten wir das Fenster hinuntergekurbelt, rissen sie ihre zahnlosen Klappen auf und fragten, ob wir zu Karasow wollten. Der wartete vor dem Zaun auf uns, überließ es aber einer weiteren zahnlosen Alten, das Tor zu öffnen. Es war zwei Uhr nachmittags und er hatte, wie er zugab, schon getrunken.

»Dieses verdammte Licht, daran liegt es. Deshalb der Sprit und deshalb die Sonnenbrille.«

Er deutete auf das ebene, leere Gelände. Da gab es ein Haus aus jungem Holz mit einem Zinkdach, dahinter gemauerte Tiergehege mit großen Weiden als Auslauf. Das wars. Er hatte ein paar Bäume gepflanzt, aber die schienen nicht austreiben zu wollen.

»Nichts hat ein Ende hier«, sagte er mit dramatischer Geste, »der Fluss, das Flachland, die Straßen und die Stunden. Deshalb trinke ich, auf der Suche nach einem bisschen Schatten in diesem endlosen Land. Hat nicht jeder von uns ein bisschen Schatten zur rechten Zeit verdient? Da, Valeria, die hat es gut gemacht. Stockblind ist sie und hat in ihrem Leben trotzdem alles gesehen, was man gesehen haben muss.«

Die Alte blieb schweigend in unserer Mitte stehen, blinzelte mit Augen, die kein bisschen blind wirkten. Sie sah auf den großen Schlüsselbund in ihren Händen. Endlich fiel Karasow wieder ein, weshalb wir bei ihm waren.

»Na dann, zeigt mal her! Sind sie angekettet?«

»Nein, nicht nötig«, sagte Lydia und öffnete die Ladeklappen des ISCH. Es dauerte einen Moment, bevor Fedja und

Stjopa sich hinaustrauten, doch kaum standen sie auf der Erde, rannten sie los.

»Pass auf, lass sie nicht zu den Gehegen!«, rief Karasow, und schon war das Hutzelweiblein weg, wie der Blitz hinter den Bären her, klatschte in die Hände und rief *oi, oi, hopp*.

»Kriegt sie hin«, sagte Karasow und führte uns zum Haus. Im Eingang bekamen wir pelzgefütterte Pantoffeln. Alles roch, als wäre es gerade erst hochgezogen worden. Die Balken waren aus einer teuren Holzart und auf Hochglanz lackiert, jemand hatte erstklassige Tierpräparate daran aufgehängt, die als Jagdtrophäen durchgehen sollten. Das Wohnzimmer war riesig und dank Fußbodenheizung und Kamin auch warm, und in der Mitte stand ein mit Samt bezogener Taptschan aus Palisanderholz, wie man sie aus Zentralasien kennt; dort sollten wir Platz nehmen. Während ich es mir in den Kissen gemütlich machte, sah ich mich nach etwas Altem oder zumindest Gebrauchtem um, doch alles, vom Elchgeweih-Leuchter bis zur Wodkakaraffe mit Doppeladler, die uns in einem Kreis aus passenden Gläsern erwartete, wirkte wie frisch aus dem Souvenirladen. Karasow ließ sich rittlings zwischen Tisch und Lehne auf der Bank nieder und orderte bei einer jungen Frau einen Imbiss. Sie hätte seine Frau sein können oder seine Tochter, doch er stellte sie uns nicht vor, und sie sah uns nicht an, als sie uns bediente. Nachdem sie wieder weg war, nahm Karasow langsam die Sonnenbrille von der Nase. Seine Haut war verquollen, wie man es von Trinkern, aber auch von verheulten Kindern kennt.

»Wie war die Fahrt?«, fragte er, ohne auf die Antwort zu warten. »Ich bin gestern nach Moskau und wieder zurück, das muss man erst mal hinkriegen. Unterwegs dachte ich noch:

Jetzt muss ich mir einen hinter die Binde kippen, verdammte Hacke, entschuldigt die Wortwahl, aber am Steuer nüchtern zu bleiben, ist doch echt eine Viecherei. Ein Russe kann beim Fahren doch gar nicht nüchtern bleiben, der muss doch trinken, er ist in der Minderheit. Das ist der Haken bei uns, dass wir immer in der Minderheit sind und die Kilometer in der Mehrheit. Ein paar sind schön, andere schrecklich, ob Asphalt oder Wald, aber meistens blendend weißer Schnee und kaum mal jemand zu sehen. Es hört, verdammt noch mal, überhaupt nie auf! Wie hält man es aus, dieses grenzenlose Leben? So, wie es ist, sagen die einen. Das ist kein Zuckerschlecken! Keiner auf diesem Erdball muss mit so vielen Kilometern fertig werden wie wir, deshalb müssen wir die Kurven ein bisschen schneiden. Und deshalb trinken wir jetzt, Himmel, Arsch und Zwirn!«

Nachdem er getrunken hatte, lächelte er mir lieb zu. Das Liebe lag in seinem tragischen Blick, den ich von Vera kannte. Auch sie hatte solche leuchtend grünen Augen und war ständig den Tränen nah. Und wenn sie noch so fröhlich war, immer war da was, weshalb man sie trösten wollte, ein Impuls, den sie jedes Mal mit großem Gelächter abwehrte: »Alles gut, mir geht es bestens!« Manchmal glaube ich, ihre Augen haben insgeheim einen Blick voraus geworfen, ohne ihr zu verraten, was sie gesehen haben. Aus Angst vor unserer bärenlosen Heimkehr ließ ich mir noch mal nachschenken.

»Ach«, sagte Karasow, »nehmt mein Gerede nicht ernst. Solche Fahrten und der Schlafmangel machen mich immer melancholisch. Jetzt aber zum Geschäftlichen.«

Als er aufstand, um die Vorhänge zuzuziehen, kam gerade die Alte zum Gartentor, mit Fedja und Stjopa brav am Strick.

Nein, sie konnte unmöglich blind sein, denn sie sah uns direkt ins Gesicht und zeigte auf die Bären.

»Ist das deine Mutter?«, fragte Lydia.

»Bist du verrückt geworden? Valeria ist mir zugelaufen.«

Durch den Türspalt wechselte er ein paar unverständliche Worte mit ihr, ließ aber nur die Bären herein. Die sahen sich interessiert um, schienen zu rätseln, wo der Geruch nach Räucherlachs herkommen mochte.

»Valeria war schon da, bevor das Haus gebaut wurde«, erklärte Karasow, »und ist nicht weggegangen, als der Zaun kam. Na ja, und dann stellte sich raus, dass sie ein Händchen hat für Tiere, also haben wir ihr was zu essen gegeben. Sie sagt, sie sieht manchmal mit geschlossenen Augen und manchmal mit offenen, deshalb zwinkert sie so viel. Verdammt, das Feuer!«

Fedja, der erschrocken vom Kamin wegtrottete, hatte wahrscheinlich nur einen Funken auf die Nase bekommen, aber Karasow durchkämmte sein ganzes Fell. Er streichelte ihn unterm Kinn und kraulte ihn hinter den Ohren.

»Lass dich mal ansehen. Du bist ein ganz feiner Bär, oder?«

Jetzt kam auch Stjopa zu ihm, stupste aufmerksamkeitheischend die Nase gegen den Menschenbauch. Als er damit nichts erreichte, ließ er sich auf den Rücken fallen, um seinem Gastgeber seinen schönsten Besitz zu zeigen, den weißen Brustfleck.

»Na bitte, so machen Tiere das«, sagte Karasow triumphierend, »unterwerfen sich rechtzeitig dem Überlegenen, damit es ja nicht zur Eskalation kommt. Hier habt ihr nichts zu befürchten, seht ihr? Nur wir sadistischen Menschen lassen uns von nichts und niemandem ausbremsen.«

Instinktiv griff Lydia nach der verheilenden Wunde an ihrem Arm. Was haben wir nicht verstanden?, sah ich sie denken. Ich wunderte mich, dass sie auf dieses Theater reinfiel. Der dicke Bärenflüsterer spielte uns was vor, sein knarzender Tarnanzug verriet mir, dass er sich da draußen im Wald nicht die Hände schmutzig machte und sich ekelte bei der Vorstellung, Fedja könne auf seinen weißen Teppich pissen. Bevor Karasow wieder abschweifte, brachte ich unsere Frage aufs Tapet.

»Was kannst du für uns tun?«

Sofort verschloss sich sein Gesicht wie ein Grab. Geld.

»Es sind ganz feine Bären. Aber egal, was ich mit ihnen mache, es wird eine Stange Geld kosten. Am Ende läuft es entweder auf den Zirkus raus oder auf den Wald. Für das eine muss ich hoffen, dass ich einen Dompteur auftreiben kann. Für das andere muss ich sie auswildern und hoffen, dass sie nicht zurückkommen. Jedenfalls wird es kein billiger Spaß.«

»Wir haben gar nichts«, sagte Lydia, »das weißt du doch.«

»Ne komische Welt ist das«, sagte Karasow und stand schwerfällig auf, »wenn man bedenkt, dass man woanders zehn- oder zwanzigtausend Rubel vom Staat bekommt für einen toten Bären.«

Auf unser entsetztes Schweigen hin lachte er laut.

»Jetzt hört aber auf, sagt mir nicht, dass ihr das nicht wusstet. Hier in der Region Twer herrscht Jagdverbot und bei euch in Pskow auch, glaube ich. Aber in Krasnojarsk, auf Kamtschatka … Je weiter östlich, desto höher die Prämien. Und wenn man in die andere Richtung schaut, das Spielchen auf die westliche Tour spielt, kann man auch ein hübsches Sümmchen verdienen. Kommt mit, ich zeige euch was.«

Wir banden rasch die Bären an und folgten ihm in sein Büro. Auch hier war alles blitzsauber und neu, vom massiven

Mahagoni-Schreibtisch bis zum Briefbeschwerer aus Gießharz mit dem heiligen Georg und dem Drachen darin. An der Wand hing ein Rahmen mit einem Foto von ihm auf einem viel zu kleinen Pferd, auf der Jagd zusammen mit Freunden, bei ihnen ein Wolf oder wolfsähnlicher Hund; das Bild war nicht sehr scharf und schwarzweiß. Darauf war er noch schlanker als heute, trug keinen Igelschnitt, sondern Scheitel und lächelte reserviert in die Kamera. Es hatte ihn also gegeben, vor 1991, und er war in jeder Hinsicht maßvoller gewesen. Irgendwo in diesem robusten Kerl versteckte sich immer noch derselbe verschämte Sowjetbürger wie in jedem von uns, doch von dem wollte er nichts mehr wissen, denn der hätte das alles nicht akzeptiert. Ihn daran erinnert, dass auch er sich nach etwas gesehnt hatte, aber nicht hiernach, nicht nach diesem goldenen Plastikrahmen.

»Da isses«, sagte Karasow und knallte die Schreibtischschublade wieder zu. »Das kennt ihr doch bestimmt.«

Er faltete ein Plakat vom WWF auf.

»Ich habe versucht, eine Niederlassung in der Region Twer zu gründen, aber ihrer Meinung nach war die Geschäftsstelle in Moskau groß genug, um alle westlichen Bezirke abzudecken. Zwei Jahre lang habe ich ein bisschen was bekommen, aber dann hat der Typ den Geldhahn zugedreht. Tja, alles Bürokraten, von der Natur verstehen die nix. Aber zum Glück sind sie nicht die Einzigen, es gibt noch andere, die sich um unsere Wälder kümmern wollen.«

Mit einem verschwörerischen Lächeln zückte er einen Prospekt. Wir sahen Fotos von braungebrannten blonden jungen Männern mit einem Dauerlächeln im Gesicht, ob sie neben Delphinen oder neben kleinen schwarzen Kindern knieten oder asiatischen Teepflückerinnen den Arm um die Schultern legten. IVON, erklärte Karasow, sei ein niederländischer Verband, der Freiwillige zu ökologischen und humanitären Projekten in der ganzen Welt entsende, und in Russland würden sie noch nach Partnern suchen, die sich mit Bären oder Wölfen befassten. Seiner Meinung nach war unser Camp möglicherweise für ein solches Projekt geeignet. Er hatte alles, was er wusste, auf eine A4-Seite gekritzelt: Fünf bis zehn Freiwillige, höchstens für zwei Wochen, zu je siebenhundert bis tausend Dollar pro Mann, dazu eine jährliche Spende vom Verband.

»Und dann lasst ihr sie arbeiten, finden die super. Echt! Haufen wegmachen, Boden schrubben, Holz hacken. Ein bisschen Folklore muss sein: Schnee, Babybären, Babywölfe, Kalinka-Malinka, darauf stehen die ausm Westen, die ham nämlich keine Märchen mehr. Statt an Gott zu glauben, glauben sie an die Natur, und die finden sie nicht gefährlich oder hinderlich, so wie wir, sondern mitleiderregend. Sie trösten Bäume, trösten wilde Tiere. In Amerika rannte einer rum, der hat Grizzlys behandelt wie kleine Kinder. Alle haben ihn gewarnt, aber er fand, er hätte eine besondere Beziehung zu denen. Tja, gerade habe ich gelesen, dass es ihn erwischt hat: Happ, Schnapp, weg mit ihm. Bestimmt war er bis zum Schluss freundlich, nach dem Motto: ›Greift zu, bitte, lasst es euch schmecken, dazu ist es doch da!‹ So sieht es heute im Westen aus.«

Seine Tirade wurde von einer Salve klirrendem Glas unterbrochen. Die Bären, natürlich. Wir hatten sie zu lange allein im Wohnzimmer gelassen. Als wir angestürmt kamen, legten sie nur die Ohren an und leckten weiter die Reste vom Teppich. Kurze Zeit später saßen sie hinter Schloss und Riegel in ihrer neuen Unterkunft. Fürs Erste hätten sie das Reich für sich allein, erklärte Karasow. Die Luchse seien gerade von einem Luchsliebhaber abgeholt worden, und das Fuchsgehege habe einen eigenen Auslauf. Dahinter wogte der Wald in Wellen, wie das Meer. Wir lauschten ihm eine Weile, auch einem leisen Läuten, es musste von der Glocke kommen, die wir unterwegs gesehen hatten, hilflos in ihrem viel zu schmalen Kirchturm. Der Wodka machte meinem Magen zu schaffen, die Tränen meiner Nase.

»Ein Russe findet das hier armselig«, sagte Karasow. »Für uns bedeutet Wildnis Verzicht, die Abgeschiedenheit des heiligen Seraphim, sowas. Für die ausm Westen ist sie Luxus. Aber sie müssen davon überzeugt sein, dass sie der Natur unter die Arme greifen, das sind nämlich Idealisten.«

Er sprach das Wort langsam und scharf aus, als wäre es eine Beschimpfung.

»Und warum machst du es nicht selber?«, fragte Lydia.

»Bloß nicht«, sagte er wie aus der Pistole geschossen. »Diese ganzen Leute hier bei mir. Ich bin ein Tiermensch, Lydotschka.«

Unvermittelt legte er ihr den Arm um die Taille, eine Geste, die sie mit ihrem für Machismo vorbehaltenen Stirnrunzeln beantwortete. Es funktionierte, denn er ließ sie los und setzte die Verhandlungen fort.

»Außerdem hab ich keine Lizenz mehr. Und wenn wir zusammenarbeiten, kriege ich wieder eine. Ich liefere euch im Frühjahr junge Bären, hole sie im Herbst wieder ab. Dreißig Prozent für mich, siebzig für euch.«

»Und wo nimmst du sie her, die jungen Bären?«

Er machte eine abwehrende Geste. »Das lasst mal meine Sorge sein. Die Jagd auf Winterschläfer ist verboten, aber sie findet statt. Wenn man weiß, wo man suchen muss, krabbeln einem die Kleinen von selber aus dem Bau entgegen.«

Und wie wirst du sie wieder los?, wollte ich fragen, hielt mich aber zurück. Wenn er, wie er gesagt hatte, gut für Fedja und Stjopa sorgen würde, gab es keinen Grund für ihn, das nicht auch für andere verwaiste Bären zu tun. Außerdem wollte ich das Ganze erst mit Lew besprechen.

»Schlaft eine Nacht drüber«, sagte er. »Ich kümmere mich in der Zwischenzeit um diese zwei. Die Sache mit dem Geld kriegen wir schon hin.«

Als wir uns verabschiedeten, dämmerte es bereits. Die Alte blieb am Tor stehen, sie winkte nicht, doch im Rückspiegel sah ich ihre Augen flackern wie ein Nachtsichtgerät. Ich ruckelte mich auf dem Sitz zurecht und ergab mich der langen, dunklen Straße vor uns. Wir hatten beide zu viel getrunken, aber ich war mit Fahren dran.

»Ach, es geht doch sowieso nur geradeaus«, sagte Lydia. Nach einer Weile fügte sich ihr rhythmisches Schnarchen wie ein zusätzlicher Zylinder zum Dröhnen des Motors. Jetzt, in der Dunkelheit, kamen auf der M9 die Déjà-vus nur noch in Form von Gegenverkehr vorbei: Immer wieder derselbe KAMAZ, und in ihm immer wieder derselbe rauchende Mann, aus demselben Baujahr und im selben blassen Blau, das in der Sowjetunion Lastern und ihren Fahrern zugedacht gewesen war. Die Zeit kroch dahin. Ich musste an all die Dinge denken, die Karasow erzählt hatte. Über die Menschen aus dem Westen, die ihre Märchen verloren hatten, und über verwaiste Bären, die von selbst ins Freie krabbelten, um gerettet zu werden.

Ich vertraute mir immer weniger und zwickte fest in den Lenker, als wollte ich das Auto wach halten. Aus den Augenwinkeln sah ich die Füße der Waldriesen in unser Scheinwerferlicht kriechen. Hinter Sapadnaja Dwina überquerte ein kleiner Dino die Straße, der Lenker wand sich mir aus den Händen, und wir schossen zwischen zwei Fichten in den Straßengraben. »Nichts passiert«, sagte Lydia, nachdem sie eine Runde ums Auto gedreht hatte, »jetzt übernehme ich.« Ich döste vor mich hin, bis sie heruntergeschaltete, schlug dann die Augen wieder auf in der Hoffnung, wir wären bereits angekommen. Doch was ich sah, gab keinerlei Hinweis darauf.

Mitten auf dem Hohlweg, in den wir eingebogen waren, stand das Weiblein wieder. Kreidebleich und barfuß kam sie uns entgegen, ihr magerer Leib nur von einem dünnen dunkelroten Kleidchen bedeckt. Lydia war zurückgefahren! »In Gottes Namen«, schrie ich, »was machen wir hier?« Doch dann sah ich, dass der Schemen vor uns nicht Karasows blinde Greisin war, sondern meine Tochter. Aus Wut war sie schlagartig steinalt geworden. Von ihren krummen Schultern flog eine graue Seele auf, die mich noch lange vorwurfsvoll ansah.

»Lew?«

Die Hündin ist die Einzige, die aufsteht. Dein Problem, sagen ihre Augen. Ich antworte, wir müssten warten, auch ich, doch sie weigert sich, das zu akzeptieren. Ich glaube nicht, dass uns nur die Schlange aufgehetzt hat. Auch Hunde, Pferde, Schafe, ein paar Vögel und überhaupt alle jungen Tiere machten uns eines Tages weis, dass der Rest der Schöpfung von uns abhängen würde. Solche wie Bamscha sagten: Ihr müsst das regeln, und da ging es schief. Ihr solltet sie jetzt dasitzen sehen,

Eure bedürftige Hundheit. Ich öffne die Luke im Flur, ziehe die Treppe heraus und steige hinauf.

»Lew?«

Ich hatte schon vergessen, dass man aus diesem Dachfenster einen solchen Weitblick hat. Der Tag wird grau werden und unschuldig still, keine Spur von den Geräuschen am Himmel, die Lew verjagt haben. Aus dem Augenwinkel leuchten mir die weißlackierten Kinderzimmertüren entgegen. Sie sind identisch, aber der Knauf der linken liegt mir besser in der Hand. Das harte Holz schmiegt sich warm an meinen Daumenballen. Mir bleibt die Luft weg, trotzdem drehe ich den Knauf, bis die Tür aufschnappt.

Das Fenster ist kleiner als in meiner Erinnerung und die Aussicht gestochener und grüner als auf der Vorderseite des Hauses, wie zusammengedrückt. Jedes Mal ist die Einrichtung schlichter als erwartet. Die Schreibtischplatte ist abgenutzt, der Vorleger auf dem Boden fleckig. Auf dem Bücherbrett stehen ein paar Taschenausgaben, vergilbt von der Sonne, die immer noch gern hier reinscheint. Auf dem Bett liegt nur eine Decke, ich habe sie für mich hingelegt, weil eine grüne Wolldecke tröstlicher ist als eine abgezogene Matratze. Ich nehme *Der Meister und Margarita* vom Regal, schlage es auf und sehe klägliche Krümel auf den Wörtern liegen. Manche Leute sagen, ihre Lieben sprächen durch das, was sie zurücklassen. Doch ich höre hier nur mein grässliches Selbst. Weißt du schon, was du studieren willst? Du bist schon neunzehn! Was willst du werden? Wo willst du hin? Wir hatten sie mit unseren Fragen verjagt. Sie war Vera, das hätte jeder Idiot gesehen. Sie war gesund, jung und lebte im Dachboden eines Holzhauses im Westen Russlands. Sie liebte Bären und aß gern beim Lesen:

»Verzeih mir und vergiss mich so schnell wie möglich. Ich verlasse Dich für immer. Suche nicht nach mir, das wäre nutzlos. Ich bin eine Hexe geworden vor Kummer und Nöten, die über mich hereingebrochen sind. Ich muss weg. Leb wohl. Margarita.«

13

Die Kinder waren über unseren Köpfen untergebracht wie ein kleiner Vorrat Liebe auf dem Dachboden. Eigentlich wollten wir unser Schlafzimmer am anderen Ende der Treppe bauen, doch die beiden wuchsen so schnell zu unabhängigen, wachen Persönlichkeiten heran, dass wir lieber Abstand hielten. Wie war es den Kindern von Freunden ergangen, die auf einem Liegestuhl in einer Ecke desselben Zimmers schliefen wie ihre Eltern und nicht aufwachten, wenn wir zum Rauchen und Trinken und Singen vorbeikamen? Kamen die mit dem beklemmenden Leben besser zurecht?

Es war unmöglich, Vera bei etwas zu ertappen, die kannte keine Scham, aber bei Dimka bin ich einmal reingeplatzt, als er mit einem Mädchen auf dem Bett saß. Sofort schoss ich zurück in den Flur, doch weil ihm dieses liebe Körperliche später abhandenkam, habe ich das Bild noch vor Augen, er in voller Montur, ihre lilienweiße Nacktheit in seiner schützenden Umarmung. Bis heute schläft er regelmäßig in diesem schmalen Bett, unter denselben Visagen der Rockgruppe DDT. Hier passt ihm alles noch: die alte Decke, der elektrische Ölradiator, das Teleskop, der Plattenspieler, die Malsachen, die Plattensammlung. Er braucht nur die Dachtreppe hochzugehen, und schon kann er in diesem kleinen Stück zwanzigstes Jahrhundert schlafen. Vielleicht findet er dann auch zu der Zärtlichkeit zurück, die er in einer Baracke in Tambow abgelegt hat. Er war zwar verliebt in Ira, doch es hatte ihn mit Macht zum Militärdienst gezogen, der ihn für zwei Jahre von ihr trennen sollte. Und von uns. Er wollte einfach weg. Ihn interessierte nicht, was wir mit den verwaisten Bären vorhatten.

Unter all den Plattenhüllen erkenne ich sofort die von Alla Pugatschowa. Ein Geschenk, wir fanden sie nicht so toll. *Ach, ich habe ja solche Lust zu leben*, heißt das Album, aber mit ihrem Blumenkranz auf dem Kopf sieht sie gar nicht danach aus. Als ich die Platte herausnehme, sehe ich an den Kratzern, dass wir die Nadel immer wieder an derselben Stelle aufgesetzt haben, bei unserem Umzugslied, das für einen Hit eigentlich viel zu melancholisch ist. Auf das Keyboard folgt bald ein Streichorchester, und man sieht von selbst die Sonne im Schwarzen Meer untergehen. Ach, wir wollten so gern leben! Und mitklatschen! Und die Geschichte von der Million Rosen ist sogar wahr. Der georgische Maler Pirosmani war so verliebt in die französische Schauspielerin Margarita, dass er alle Blumen in Tiflis herbeischaffen ließ, um sie ihr zu Füßen zu werfen. Da gab sie ihm einen Kuss, zum ersten und zum letzten Mal, stieg in den Zug und kehrte nimmer wieder. Warum ist noch keiner auf die Idee gekommen, unser riesiges Land von Rosen überwuchern zu lassen? Wir wurden nur mit Nelken überschwemmt, Veteranenblumen. Immerzu drehte sich alles um diesen Krieg, und dabei hatten wir – ach! – solche Lust zu leben.

Fast zwanzig Jahre nach dem Umzug spielten wir das Lied erneut. Dieselben Freunde, die uns damals geholfen hatten, Klimow und Jewtjuschkin, waren wiedergekommen und bauten jetzt mit uns die Bärengehege auf. Als wir abends am Kachelofen saßen, spielte Lew die Platte ab. Doch wir sangen nicht mehr, wiegten uns nur noch, balancierend auf unseren Erinnerungen. Das war im Herbst 2003, Putin hatte versprochen, unseren Wohlstand zu verdoppeln, damit wir ihn im nächsten Jahr wählten. Jewtjuschkin wollte das ganz gewiss tun. Gibt es eine Alternative?, fragte er. Als niemand etwas sagte, schaute auch er wieder ins Feuer. Seine Augen, aus denen früher der Schalk geblitzt hatte, waren von faltigen Papageienlidern verhängt. Klimow sah nicht viel fröhlicher aus. Wovon waren die beiden so erschöpft? An der Uni waren sie längst nicht mehr. Von Jewtjuschkin wusste ich, dass er eine Frau und zwei Töchter hatte, die nichts mehr von ihm wissen wollten, aber als Geschäftsführer einer Honigladen-Kette litt er keinen Mangel an weiblicher Aufmerksamkeit. Schenja Klimow konnte man nicht mehr als wilden Mann bezeichnen, seit er seine Löwenmähne verloren hatte, doch als Kajaklehrer für reiche Russen war er noch oft in der Natur und verdiente sogar gutes Geld. Warum waren beide so freudlos?

»Das Leben ist besser geworden«, sagte Klimow, »aber sicher nicht fröhlicher.«

Unser Nachbar Scherpjakow war der Einzige in dem Grüppchen, der noch so aussah wie früher. Sein jugendliches Äußeres, erklärte er, sei dem Umstand zu verdanken, dass er Großstädte mied, »Bollwerke der Enttäuschung«, wie er sie nannte.

»Unser Mütterchen Russland führt sich auf wie eine Hofdame«, sagte er. »Kehrt am liebsten dem Rest der Welt den Rücken zu, schmollt erst mal an die hundert Jahre, und wenn sie sich dann endlich wieder umdreht, ist sie eingeschnappt, weil alle anderen in der Zwischenzeit auf und davon sind. Typisch Frau!«

Gefolgt von dröhnendem Gelächter. Es war eine Freude, ihn anzusehen, seine Augen, die nicht zerknittert waren vor Misstrauen, sondern munter zurückblickten. Wir ließen uns gern von ihm beruhigen. Bei jedem Rückschlag, und sei es nur ein krumm eingehämmerter Nagel, warteten wir auf Scherpjakows »Wird schon!«. Sein Zuspruch ging runter wie Schnaps. Er sollte Recht behalten, alles wurde schon. Hinterm Labor bauten wir einen Unterstand mit vier Gehegen, renovierten die ehemaligen Schüler-Unterkünfte so lange, bis sie uns gut genug waren für Freiwillige aus dem Westen. Jewtjuschkin achtete darauf, dass Ausführung und Inventar, von den Fliesen bis zum Bettzeug, dem entsprach, was er als *Eurostandart* ansah. Zusammen mit Klimow hatte er etwas Geld in eine Pump- und Filteranlage investiert, die Installation, mit der wir den Sanitärbereich an den Bach anschließen konnten. Wir mussten uns beeilen, die Kälte war uns auf den Fersen, doch je frischer die Sonne auf uns herabschien, desto ausgelassener wurden wir. Mit dem ersten malerischen Schnee überkam uns Nostalgie, als wären wir Püppchen in einer Schneekugel und die Besucher hätten unser kleines Leben schon aufgewirbelt. Karasow kam mit Pelzen »zu folkloristischen Zwecken« vorbei, und ich malte in diesem Sinne bunte Motive auf die Bettgestelle. Wir hofften, es würde den *Eurostandartschicki*, wie wir die zukünftigen Besucher getauft hatten, gefallen. Wir freuten uns auf ihre Reaktionen wie ein Erwachsener auf die Verzauberung eines Kindes, dem er aus seinem alten Märchenbuch vorliest.

Mil-li-on, Mil-li-on, Mil-li-on alych roz ...

Ich wiege mich jetzt glatt im Takt und schnippe mit den Fingern. Nein, wir waren keine Fans, das war Popmusik, ein seichter Ohrwurm, weiter nichts, aber es hatte was, es hatte was, es hatte was ... Weißt du, warum mir die Tränen über die Wangen laufen, Lokführer? Hat mich das kreisende Melodija-Logo in Sowjet-Trance versetzt? Bin auch ich abgenudelt und voller Kratzer? Da draußen bricht immer noch derselbe Nachmittag an wie damals, mit denselben Bäumen, die kaum gewachsen sind, und dem Labor, das von hier aus so gut wie intakt aussieht, doch die Hintergrundmusik klingt anders. Früher habe ich gelacht, jetzt muss ich weinen. Hat denn jemand das Dekor verschoben? Wahrscheinlich wollte ich mir um jeden Preis einreden, dass man solche Musik nicht mögen kann. Riss mich zusammen, wie mein guter Vater es mir beigebracht hatte.

Als Kind hielt mich oft ein dumpfer Brummton wach, der wie ein Monster unter meinem Bett lag. Meine Eltern hörten ihn nicht, sie sagten, das seien die Nachbarn unter uns. Doch als wir nach Kommunar umzogen, reiste der Brummton mit, obwohl wir dort keine Nachbarn mehr unter uns hatten. Nebenbei bemerkt auch keine über uns. Wir hatten eine Wohnung in einer Breschnewka auf einer windigen Ebene zugeteilt bekommen, darunter war der Keller und über uns der Betonboden einer leerstehenden Etage. Sechs Jahre lang, bis wir nach Leningrad zurückdurften, wohnten wir in dieser *Beletasch*, ein Wort, das meine Großmutter entzückt hätte, wären nicht an den meisten russischen Beletagen vergitterte Fenster angebracht gewesen, gegen die Einbrecher. Sinn der verbarrikadierten Aussicht war natürlich die Demütigung meines verstoßenen Vaters. Eines Nachts, als ich wegen des Brummens wieder nicht schlafen konnte, kam er mich trösten. Er hatte, wie so oft in jenen Jahren, ordentlich einen sitzen, ließ sich auf die Knie fallen und legte das Ohr an den Boden. Nein, ehrlich, er höre nichts!

»Was du noch hörst und wir längst nicht mehr«, sagte er

dann, »ist das Phon. Das Hintergrundrauschen des Lebens. Die ganze Geschichte steckt darin, vom schönsten Lied bis zum angsterfülltesten Schrei, aber fürchte dich nicht. Menschen, die sich vor Geräuschen fürchten, fürchten sich vor ihrer Fantasie. Sie verschließen ihr geistiges Auge und rufen, so laut sie können: Es ist nicht echt! Aber die Fantasie gibt es, Nadja, nicht nur im Kopf. Sie ist ein Naturphänomen wie alles andere und gleitet auf dem Phon dahin wie ein Zug auf den Schienen. Du hast noch eine lebhafte Fantasie, aber glaub mir, das geht vorbei. Wenn du älter wirst, hörst du das Phon nicht mehr, weil das Alltagsgedudel es übertönt. Die Erwachsenen klammern sich lieber an den Alltag, weil sie für nichts anderes mehr Zeit haben. In der Stadt, wo die meisten wohnen, ist das Leben durchgetaktet und so laut, dass es sie aufpeitscht, hopp, hopp, morgens aus dem Bett und abends wieder rein! Dann liegen sie da und verschnaufen von dem Lärm, da ist kein Platz mehr für andere Dinge. Und wenn du sie in den Wald bringst, fürchten sie sich, weil die Natur ihre Geräusche nicht ankündigt. Nadjenka, meine Liebe, deine Ohren stehen noch sperrangelweit offen, wie bei einem Affen im Urwald. Aber du darfst nicht jedes Rauschen reinlassen. Manchmal musst du deine Ohren schließen und deinen kleinen Schnabel halten, nichts hören, nichts sagen. Fürchte dich nicht. Geräusche sind nichts anderes als Wellen in der Luft; sie kommen und gehen, wie im Meer. Und was du herausfischst, gehört dir allein, aber du darfst es mit niemandem teilen, du musst deinen Fang für dich behalten! Sonst klopfen sie dir auf die Schulter und sagen: Machen Sie mal den Kescher auf, zeigen Sie her, was Sie da für Gedanken eingesammelt haben! So ist das in diesem großen bösen Land.«

Im Dunkeln wartete ich auf weitere Wörter, doch auf die Stille folgte nur noch Schnarchen. Fortan schlief ich gut.

PHON

Was war das? Nicht die Musik, die hat nämlich aufgehört, die Nadel springt zum nächsten Lied auf der Platte. Wieder dieser Ton ... Er kommt von unten. Als ich auf halber Treppe bin, verstummt er. In der Küche sehe ich, dass Dimka angerufen hat. Ich greife zum Klappregister, der Schieber steht noch beim »Б« von Baschkow: Vielleicht hat Lew ihn doch erwischt und ist jetzt unterwegs nach Minsk. Ich drücke auf den Knopf, das Klappregister präsentiert mir zwei vollgekritzelte Seiten. Vornamen, Nachnamen, Nummern, in meiner Schrift und der von Lew. Die nächste Seite, wo das »Б« übergeht in das »В« von Vera, steht voll mit den Streifzügen meiner Tochter. Die Herzchen in violettem Fineliner sind von ihr, die vielen Streichungen von mir. Wo sie sich nicht überall rumgetrieben hat: in der Uliza Teleschnaja, der Sanatornaja Alleja, in Kuptschino. Da, die Telefonnummer des Rock Clubs Money Honey, wo sie eine Zeitlang gearbeitet hat. Zwei Handynummern mit Fragezeichen dahinter, der Name dieses Rüpels und seiner Eltern ... Ah, jetzt klingelt es wieder, das Telefon.

»Gott sei Dank!«, bringe ich heiser heraus.

»Mama? Alles in Ordnung?«

Ich hole tief Luft und sage, ja, es geht.

»Ich versuche dich schon seit Tagen zu erreichen, Mama. Ich bin in Nischni Nowgorod, hörst du mich?«

»Dimka, weißt du, dass wir eine Stromrechnung über eine halbe Million bekommen haben?«

Warum erzähle ich ihm das denn?

»Das geht doch gar nicht«, sagt Dimka.

»Ehrlich. Eine über dreihunderttausend Rubel und eine über zweihunderttausend. Hier geschehen seltsame Dinge, aber du bist nicht da und dein Vater ist auch weg. Ich stehe wieder mal allein da.«

»Papa ist weg? Wohin?«

»Weiß ich doch nicht! Auf einmal war er futsch.«

Er bricht in einen Schwall von Flüchen aus.

»Ich habe ihn überall gesucht. Bei den Tieren, im Wald, im Labor. Was soll ich machen?«

Bestimmt glaubt er, ich weine um Lew, doch ich weine um alles. Um die Million Rosen, die halbe Million Rubel. Um die durchgestrichenen Nummern, um alle, die weg sind, und auch um mich, ja, ich weine vor allem um mich.

»Wie lange ist er schon weg?«

»Seit gestern Abend.«

»Ach, der ist einfach auf einer Expedition.«

»Das macht er seit Jahren nicht mehr, das weißt du genau.«

»Dann ruf die Polizei an.«

»Kommt nicht infrage! Die lasse ich hier nicht mehr rein. Komm du her und such ihn!«

Ich will überhaupt nicht, dass Dimka kommt, ich will nur weinen, warte aber auf die Erregung in seiner Stimme.

»Ich kann hier nicht weg«, sagt er. »Wenn er heute Abend nicht zurück ist, schicke ich jemand vorbei, um dir zu helfen. Wusstest du übrigens, dass Esther …«

Ich lege auf. Wie gesagt, ich will einfach nur weinen.

Plötzlich ist es Nacht. Ich bin unter der Decke auf der Veranda eingeschlafen, keiner hat angerufen, kein Tier hat mich wach geschrien.

»Lew?«

Was ist bloß mit meiner Stimme passiert? Vielleicht träume ich noch. Oder ich werde geträumt. Was hat Freud sich nur eingebildet, unsere Träume sagen überhaupt nichts über uns aus, sie haben ihr eigenes Leben. Während der Körper schläft, führt die Seele ein trautes Gespräch mit Artgenossen. Das weiß ich seit dem Sommerlager in Baschkortostan. Als wir nach der Nacht in den selbstgebauten Hütten zur Baracke zurückkamen, wollten wir nicht mehr rein und blieben zum Schlafen weiter im Freien. Es fand sich immer einer, der das Feuer in Gang hielt. Keiner von uns schlief durch, dafür gab es zu viele Geräusche, von echten Vögeln oder Fabeltieren, Stimmengewirr von Schlafenden und Wachenden oder Menschen, die nicht mal da waren. Tag und Nacht verschmolzen zu einem Ganzen, einem Netz, in dem wir unsere Träume teilten. Manchmal, wenn wir wieder einschliefen, hatten wir getauscht und mussten dem anderen dann erzählen, wie sein Traum ausgegangen war.

Wenn ich an das Sommerlager zurückdenke, fühlt es sich an, als hätte es tausendmal länger gedauert. Hat nicht jeder solche Erinnerungen? Diese wenigen Wochen im frühesten Erwachsenenalter, wenn pastellige Kinderzimmer gegen hallende Hörsäle und Exerzierhallen getauscht werden, haben die Gabe, in immer wilder ausgeschmückten Geschichten fortzuleben. Die Männer faseln unaufhörlich über ihre Zeit bei der Armee, egal, wie scheußlich sie war, die Frauen über ihre ersten Verehrer, die sie damals keines Blickes würdigten. Mein Echo kommt aus Baschkortostan. Ich habe nie mehr etwas Derartiges erlebt und nie mehr darüber gesprochen, weder mit Lydia noch mit Lew. Vielleicht schweigen wir darüber, weil es zu intim war; immerhin hatten wir zusammen geschlafen, bis in die tiefsten Tiefen unseres Bewusstseins. Unvorstellbar, dass die anderen das vergessen haben könnten. Selbst der Laborant und die promovierten Rüpel dürften sich nach den Nächten zurücksehnen, in denen wir vom eigenen Traum zu dem eines anderen schlafgewandelt waren.

Ich strecke mich auf der Bank aus, schaue direkt an der Überdachung vorbei in den Himmel. Die Schleierwolken sehen aus wie eine Bettdecke, in die ich mich einkuscheln könnte. Jetzt wäre es für mich keine große Sache, an Unterkühlung eines sanften Todes zu sterben.

»Lew?«

Er ist nicht zurückgekommen. Allmählich muss ich mir eingestehen, dass ich an seinem Weggang schuld bin, weil ich die Großen Geräusche gegen ihn eingesetzt habe. Warum machen sie ihm Angst und mir nicht? Gott weiß, wie die Dinge in seinem Kopf klingen. Es gibt viele Untersuchungen dazu, wie gut unterschiedliche Gattungen hören, doch da geht es immer nur um die Lautstärke. Wir wissen, dass Delphine unter Wasser eine Schallfrequenz bis zu hundertfünfzigtausend Hertz vom Unterkiefer zum Mittelohr weiterleiten, aber was dann? Fürchten sie sich vor dem, was sie hören, oder erfreuen sie sich daran? In Irkutsk lebt eine Frau, die, glaubt man der vaterländischen Presse, den Hörsinn eines Tiers hat. Sie hört, wie die Erdschichten unter ihren Füßen knirschen und wie der Regen sich in den Wolken bauscht, doch es sind keine angenehmen Geräusche, sagt sie, sie tun ihr weh und ihr wird schlecht davon.

Geräusche, die nicht für unsere Ohren bestimmt sind, gefallen uns offenbar auch nicht.

Ich zucke hoch. Was bin ich doch für ein Idiot! Natürlich ist Lew nicht zu Baschkow, wie hätte er denn hinkommen sollen, ohne Auto? Und warum hätte er dann das Telefon dagelassen? Nein, nicht die Geräusche haben ihn vertrieben, er ist abgeholt worden. Esther. Dimka hatte noch versucht, mich zu warnen: Sie kommt her, sagte er. Doch ich wollte nicht hören, und jetzt ist sie hier und hat Lew mitgenommen, das Weib hat geduldig auf seine Zeit gewartet! Ich presse mir die Hände an die Schläfen, stehe mühsam auf, mit dem Geschmack von Alkohol im Mund. Auf der Fensterbank steht die Flasche, halb voll Schadenfreude. Ich wanke zum Gartentor, beuge mich vor, damit meine Augen sich an die Dunkelheit gewöhnen. Auf die Schnelle kann ich keine Reifenspuren auf dem Weg erkennen, aber seis drum, Esther ist ein rettender Engel, die braucht kein Auto. Ich schreie in voller Lautstärke, obwohl ich weiß, dass die Landschaft alles verschluckt, was ich von mir gebe. Wo seid ihr alle? Warum kommst du nicht mehr vorbei, Lokführer?

»Blublablublahaha!«

Aha, da ist der Bock wieder, in nächtlicher Ferne. Führt er etwa bei den beiden mageren Ziegendamen an seiner Seite das Wort? Dann soll er sie bitte gleich decken, damit wir wieder Lämmer kriegen und Milch. Komm mit, Lokführer, den Rest der Geschichte erzähle ich dir drinnen. Die Hündin wartet schon auf uns, sie weiß, dass wir Menschen auch mit denen reden, die nicht da sind, am Telefon zum Beispiel oder mit einer halbleeren Flasche. Das tut ihrer Bewunderung für uns keinen Abbruch, im Gegenteil; sie lauscht unserem Brummeln mit dunkelbrauner Hunde-Ehrfurcht. Als das Teewasser kocht, schenke ich zwei Gläser voll. Eins für mich, eins für dich. Aber fühl dich nicht verpflichtet, Lokführer, sieh es als eine Art Wodka an, den man auf dem Friedhof für den Toten hinterlässt. Der kommt auch weg, und wenn sein Geist ihn sich nicht einverleibt, dann der Landstreicher, der im Wald darauf wartet. Das ist noch so ein russischer Zauber, über den man sich nicht den Kopf zerbrechen sollte.

Wo war ich stehengeblieben? Beim Jahr 2004. Ich werde erzählen, wie es anfing und wo es endete. Zuerst kamen die Bären. Vier Stück, ein bisschen jünger als Fedja und Stjopa vor ihnen, also hatten sie von sich aus noch wenig Geruch und von nichts eine Ahnung, sie purzelten ständig um. Sie waren hilflos und furchtbar mitleiderregend. Als Karasow sie im Labor losließ, wurde uns sofort klar, dass er wusste, wer die Mütter geschossen hatte. Vielleicht war er sogar bei der Jagd dabei gewesen. Das sahen wir an seiner Art, sich vom Gekreische am Boden abzuwenden, daran, wie er Lew gestikulierend nach draußen winkte, um über die Kohle zu reden. Es gab keine Zeit für Schuldgefühle, es war zu spät für Bedenken. Die ersten Freiwilligen hatten sich angemeldet, in zwei Wochen sollte jemand von IVON kommen und alles prüfen. Den Rückwärtsgang einzulegen war nicht mehr drin, sosehr die kleinen Bären das in ihren spiegelglatten Gehegen versuchten. Außerdem würden wir es diesmal alles anders angehen. In ihrem Beisein kein Wort sprechen, Handschuhe und Schutzoveralls mit Kapuzen tragen, damit sie sich nicht an unseren Geruch gewöhnten. Diese kleinen Bären bekämen keine Namen, denn im Herbst, wenn sie ihr Geld verdient hatten, würden sie zurück in die Natur ausgesetzt werden.

Und dann kam sie also. Esther Graafsma, ausgesprochen Chrahfsma, Stellvertreterin der Stiftung IVON, um unserem Projekt grünes Licht zu geben. Beim Klang ihres Namens, der uns in den Ohren kratzte wie eine Harke auf Asphalt, hatte jeder von uns seine eigene Vorstellung. Eine Kommissarin der Roten Armee, sagte Lew, wie die knurrige Nonna Mordjukowa im Film. Ein goldiges Frauchen mit einem Korb Tulpen über dem Arm, hoffte ich. Dimka meinte, sie käme vielleicht überhaupt nicht und die viele Mühe wäre umsonst gewesen. Vera freute sich am meisten von allen, weil sie endlich ihre Englischkenntnisse anwenden konnte. Wir warteten auf sie wie die Schulkinder auf Väterchen Frost, als der Jeep ankam. Dieses Prachtstück würde uns bald zur Verfügung stehen, wenn alles gut ging. Neben Lydia saß eine Frau, die mit ihrem wattierten blauen Mantel und der Mütze auf ihren blonden Locken eine gewisse Ähnlichkeit hatte mit dem Schneemädchen, das Väterchen Frost hilft, die Geschenke zu verteilen. Doch als sie ausstieg, sahen wir, dass sie viel größer war als Snegurotschka, vielleicht sogar größer als Väterchen Frost. Sie trug kein Make-up, nur eine zierliche goldene Brille auf der Nase. Mit einem Lächeln, das breiter und weißer war als Scherpjakows, gab sie mir als Erster die Hand. Das Blut stieg mir in die Wangen. Mit einem Mal roch ich mich selbst. Die Zwiebeln, die ich geschnitten hatte, mein Haar, das auf der fettigen Kopfhaut wuchs, den stinkenden Schweiß, der sich im verschlissenen Stoff festgesetzt hatte. Ich spürte meine raue Hand in ihrer, die kühl blieb – wahrscheinlich war sie auf Schwielen, Schweiß und undeutliches Gestammel gefasst gewesen –, meine Antwort auf ihre melodische Begrüßung klang monoton und slawisch. Sie war nicht einmal besonders schön. Nicht so wie Vera. Ungewöhnlich symmetrisch war sie, in jeder Hinsicht auf nahezu anstößige Weise ausgewogen. Wir waren alle beeindruckt von ihr, und sie tat, als wäre sie das auch von uns: Immer wieder machte sie dieselbe Picobello-Geste, als sie unser Haus sah, unseren Garten, das Labor und sogar das Dorf. Und sie fotografierte. Die Aussicht, den gedeckten Tisch, das Schnitzwerk der Veranda. Aber auch hässliche Dinge, die alten Pfannen an der Wand, unsere Wanne und die Badelatschen an Scherpjakows Füßen. Ständig winkte sie uns zu ihrer Kamera, um uns zu zeigen, was sie festgehalten hatte. Und dann sah ich mich dort stehen, in meiner Schürze an der Spüle. Oder Lew, auf dem Sofa vor dem Wandteppich – mit dem Streiflicht auf seinem Bart sah er viel älter aus, als er war. Dimka, in einer Kapuze voller Unmut. Und Vera, hundertmal Vera, die sie unter den Bäumen posieren ließ, auf der Wiese, am Fluss, auf dem Buckel am Wegende, auf einer schiefen Schaukel im Dorf, im Bus, vor den Fabrikschornsteinen, in Schwarzweiß mürrisch vor sich hin starrend. Während Esther an einem Rädchen drehte, sah ich die Farbe aus unserem Leben weichen wie aus dem Gesicht eines Sterbenden, doch sie fand es wundervoll. *Beautiful. Amazing.* Auch unser Essen fotografierte sie, obwohl sie nichts davon anrührte. Lächelnd zählte sie auf, was sie alles nicht aß – und das war so in etwa alles, was auf dem Tisch stand.

»Esther ist Veganerin«, erklärte Lydia, »das heißt, dass sie keine tierischen Produkte isst. Nicht einmal Honig.«

»Cool«, sagte Vera und schob sofort die Wurst weg, »richtig gut!«

»Aber die sind von unseren eigenen Hühnern«, sagte ich und hielt eine Schüssel mit gefüllten Eiern hoch. Plötzlich bekam ich Mitleid mit den Eiern und mit den Keulen, die ich so lange geschmort hatte, dass das Fleisch sich von selbst von den Knochen löste. »Wir werden auch gefressen, solange wir leben, und erst recht, wenn wir tot sind! Dann werden wir von Millionen kleinen Tieren gefressen!«

»Mein Gott, Mama!«, rief Vera.

»Das ist okay«, sagte Esther, »kein Problem, wirklich! Esst nur!«

Uns Eingeborenen verzieh Esther alles. Nur vor den Pelzen, die Karasow an die Wand gehängt hatte, ekelte sie sich sichtlich. Wir hatten gedacht, sie würde sich mit uns über Zoologie austauschen wollen oder zumindest die Bärenjungen beobachten. Doch die interessierten sie nicht. Sie sei keine Wissenschaftlerin, erklärte sie, sie komme vom Fernsehen und habe der Stiftung IVON anfangs nur »ihr Gesicht geliehen«. Die folkloristischen Elemente in den Unterkünften stießen auf Zuspruch, glaube ich, und den Sanitärbereich, die Tiergehege und den Ernährungsplan befand sie für gut. Aber sie hatte es eilig. Fünf Tage, länger konnte sie nicht bleiben, und in dieser Zeit wollte sie Russland sehen, oder jedenfalls das, was sie sich unter Russland vorstellte. Sie wollte nach Moskau, aber nicht zur Akademie der Wissenschaften, sondern zum Mausoleum mit Lenins Leichnam, »bevor es zu spät ist«. Ich musste an Karasows Worte denken, über die Leute aus dem Westen, die ihre Geschichte verloren hatten. Esther musste so schnell wie möglich eine Geschichte finden, um sie zu Hause nachzuerzählen, aber nicht das Märchen, das wir uns für sie ausgedacht hatten.

Eigentlich war sie nett. Ich glaube, ihre Freundlichkeit uns gegenüber war sogar aufrichtig. Wäre Esther doch nur ein Miststück gewesen, dann hätte Lydia nicht sagen müssen, ich wäre eifersüchtig. Als sie von einem Spaziergang zum Dorf wiederkamen, fiel mir auf, dass sowohl Lydia als auch Vera etwas von ihr übernommen hatten, etwas Frivoles, eine Geste zum Beispiel, die ich nicht von ihnen kannte. Vera konnte Esthers Fotoapparat schon bedienen und zeigte mir die Aufnahmen der Schule, wo sie ihre halbe Jugend verbracht hatte. »Schau«, sagte sie und vergrößerte das Bild von ihr vor dem Haupteingang, »da hängen immer noch dieselben bekloppten Plakate an der Wand. Die haben sie nicht mal ausgetauscht, die Loser.«

Am nächsten Tag, als sie zu viert im Jeep nach Moskau fuhren und Esther sich mit drei Küsschen von mir verabschiedete, wurde ich wieder ganz rot vor Scham. Ihre Haut schmeckte sanft. Ihre eisblauen Kulleraugen lasen meine Gedanken.

»Das wird schon«, sagte sie, »es wird fantastisch, ich verspreche es dir.«

Doch ich wusste, das war nur der erste Akt gewesen, und nicht die Eurostandartschicki, sondern wir, unsere Familie, Lydia und Scherpjakow, wären die Statisten in diesem unbehaglichen Schauspiel.

14

»Leute!«

So kündigt sich nur einer an, und immer zur Unzeit. Der Angebliche Pope. Unterm Dachfenster verborgen fällt mir ein, dass ich ihm keine warme Mahlzeit vorsetzen kann. Seit Lew weg ist, habe ich keinen Hunger mehr. So sterben viele: ohne Brennstoff, auf der einsamen Seite einer langen Straße. Zaghaft richte ich mich auf. Ein Leut, Singular. Zählt das auch?

»Aha!«

Er hat mich schon gesichtet, zupft sein schwarzes Gewand zurecht und stampft von der Veranda in die Küche. Ich hoffe, da liegt keine schmutzige Unterwäsche rum oder etwas anderes, was nur ein Leut, Singular, rumliegen lässt.

»Ich kann Ihnen leider nichts Warmes anbieten«, sage ich, als ich ihn am Tisch sitzend finde. »Aber wie wäre es mit einem Butterbrot? Ich habe Jubiläumswurst.«

Darauf hat er Lust, und ich habe Lust, sie ihm anzubieten. Doch als ich die Wurst aufs Brettchen lege, kommt er zu mir und nimmt mir das Messer aus der Hand.

»In Häusern ohne Männer sind die Messer stumpf«, sagt er und streicht mit dem Daumen über die Klinge. Ich rieche seinen Schweiß, der nicht von heute ist, nicht mal von dieser Woche.

»Wetzstein?«

Auf seinen Wangenknochen wachsen vereinzelte Barthaare, wie hinter ihren Artgenossen zurückgebliebene Ameisen.

»Hiermit kriegt man so eine Dauerwurst nicht durch.«

Und mit seinen Zähnen auch nicht, sehe ich. Natürlich wird er gar nichts schleifen, stattdessen säbelt er munter drauflos.

»Schläft Lew noch?«

»Lew ist seit zwei Nächten nicht mehr nach Hause gekommen. Hat Dimka Sie nicht angerufen?«

Beim Kauen macht er große Augen. Nein, er weiß von nichts.

»Es liegt an den Großen Geräuschen«, sage ich, »am Abend bevor er verschwunden ist, waren sie wieder da, lauter und heftiger denn je. Ich glaube, er ist vor ihnen abgehauen.«

Er gestikuliert, sein Mund ist noch mit der Wurst beschäftigt. Ich beschmiere das Brot so dick mit Butter, dass es schier zerbröselt. Aber es gefällt mir, hier neben ihm zu stehen. Menschen sind soziale Wesen, sagt man in so einem Fall. Obwohl er stinkt und ich vielleicht auch, ist es gut, dass wir zusammen hier stinken und fettige Wurst in den Fingern halten.

»Es ist die Hand Gottes«, sagt der Pope. »Ihr habt euch von Ihm abgewandt, habt geglaubt, alles zu verstehen. Aber jetzt legt Er wieder mit seiner Zauberei los und ihr kriegt es mit euren Gedanken nicht zu fassen. Klasse.«

»Möchten Sie auch einen Schluck trinken?«

Natürlich möchte er das. Wir setzen uns und schauen zum Fenster raus, wo der Wind wie ein Wilder an den Bäumen zerrt, zwischen ihnen kommt der Rabe auf uns zugetaumelt. Er fasst den Popen ins Visier, beide breiten gleichzeitig ihre schwarzen Flügel voreinander aus. Damit der Vogel ja nichts Vulgäres von sich gibt, lege ich ihm Weißbrot auf die Fensterbank, und der Hund, der sich unter den Küchentisch hat plumpsen lassen, bekommt die Wurstpelle. Wenn man Hunger hat, gibt es nichts Besseres als Weißbrot mit Jubiläumswurst. Wir trinken, ein Glas nach dem anderen und noch eins. Ob die Leute manchmal auf Gott anstoßen wie auf die Gesundheit eines guten Freundes? Diesen Halbfrommen, die Anfang der Neunziger Schlange standen, um sich taufen zu lassen, würde ich das zutrauen. Wie eilig sie es hatten. Manche hängten sich eine Ikone ins Auto oder ein Kreuz um den Hals, aber das hinderte sie nicht, einen eiskalt an Ostern zu Christi Geburt zu beglückwünschen. Die Leute hatten keine Ahnung, sie hatten einfach nur alle denselben Film gesehen. Den mit Christus gegen Lenin.

»Auf den Guten«, sage ich. Der Pope tippt ausdruckslos an sein Glas.

»Lew ist also abgehauen«, sagt er. »Aber das wird ihm nicht helfen, egal, wie weit er wegläuft. Er ist nämlich nicht gläubig.«

»Wieso?«

»Eine Welt ohne Gott kennt kein Ende. Die Ungläubigen stolpern von einem Schicksalsschlag zum nächsten, es ist die Hölle, das grenzenlose Universum der Wissenschaft.«

»Danke für die aufmunternden Worte.«

»Hast du für seine wohlbehaltene Heimkehr gebetet?«

»Ich bete nicht.«

»Natürlich nicht, du bist ja auch eine Hexe.«

Er legt die Hand auf den Mund, als hätte er mir ein Geheimnis verraten.

»Das sagen die Leute über dich, Nadja. Das wusstest du doch, oder?«

»Ich kenne keine Leute.«

Der Rabe klopft an die Scheibe, legt den ernsten Kopf schief.

Mehr Brot. Wenn es um Futter geht, sind Tiere gewillt, die verrücktesten Dinge zu tun, die wir uns ausdenken, obwohl sie eigentlich finden, dass es ihnen sowieso zusteht, fertig.

»Hier sind schon öfter Menschen verschwunden, Nadja.«

»Auch das gehört zum Leben«, sage ich und setze das Messer an die Wurst. »Das muss man ihnen zugestehen. Ich denke selber auch manchmal drüber nach.«

Er hat Recht, das Messer ist zu stumpf, um etwas auszurichten, wieso ist mir das nie aufgefallen? Was ist mir noch alles entgangen? Ich versuche, möglichst unauffällig an meiner Achsel zu schnuppern.

»Gehen wir eine rauchen«, sage ich zu dem Fremden in meiner Küche. Er nickt. Als wir auf der Veranda sitzen, fängt er wieder davon an. Von den Menschen, die aus meinem Leben verschwunden sind. Aber er weiß nichts davon, sagt er selbst, er war nicht dabei. Und so ist das. Wir schauen zu dem Gartentor, das Lew vor zwei Tagen hinter sich zugezogen hat, und zu dem Haus, das Scherpjakow unbewohnt zurückließ. Ich will die Jahre lieber nicht zählen, aber es könnte sein, dass seither an die zehn verstrichen sind oder so.

»Unglaublich, wie schnell die Jahre verflogen sind, und dabei waren es so elende Jahre.«

Ohne einen Funken Mitleid sieht der Pope mich an, zitiert aus der Bibel.

»Denn es wird alsbald eine große Trübsal sein, wie nicht gewesen ist von Anfang der Welt bisher und auch nicht werden wird. Und wo diese Tage nicht verkürzt würden, so würde kein Mensch selig; aber um der Auserwählten willen werden die Tage verkürzt.«

Er zieht ein letztes Mal großtuerisch an der Zigarette,

schnippt sie weg und macht Anstalten zu gehen. Dieser Pope wird immer unglaubwürdiger, aber genau darum hätte ich gern, dass er noch ein bisschen dableibt und mir was auf der Gitarre vorspielt.

»Matthäus, Nadja. Der hat es längst vorhergesagt. Die Endzeit ist gekommen, sei froh, dass es so schnell geht. So lässt sich das Feuer noch aushalten.«

»Bleiben Sie doch noch«, piepse ich, als das Gartentor zufällt, doch er hört mich nicht, mit einem Mal hat er es eilig. Ich schlüpfe in meine Regenstiefel, Mütze, Schal, schnappe mir aus irgendeinem Grund das Handy vom Tisch. Lege einen Schritt zu, jetzt will ich echt mal rausfinden, wo er herkommt. Wer ist hier eigentlich die Hexe? Das geht ja gar nicht, wie schnell der Dicke durch den Matsch voranstürmt. Ohne Abdrücke zu hinterlassen, so war das immer schon auf diesem Weg, die Menschen verschwinden hier spurlos. Als die kleine Waldnymphe uns nach unserem Besuch bei Karasow erwartete, schwebte sie auch vor Wut über dem Boden. So langsam sollte ich die Anzeichen erkennen, wenn einer verschwindet. Den Blick, den Geruch, den Tonfall der Menschen, die sich demnächst von mir trennen werden. In Sibirien heißt es, man erkennt einen Flüchtigen an seinen Händen, die kalt und glatt sind und einem aus den Fingern gleiten. Lew hatte in letzter Zeit seine Sätze nicht mehr zu Ende gebracht: Seine Worte waren ihm vorausgegangen. Aber was habe ich zu ihm gesagt? Und was zu Vera, Lydia, Scherpjakow, Ilja, was habe ich ihnen als Letztes mit auf den Weg gegeben? Sicher keine sanften Worte, sondern die hastigen Befehle einer Mutterfrau. Ich bin die Hexe, die alle verjagt hat.

»Väterchen!«

Meine Stimme wird vom Hohlweg verschluckt. Fürchte ich mich? Dreißig Jahre lang ist die Angst weggeblieben. Dieses Biest, das sich auf dich legt, dir aber gerade noch genug Luft zum Zittern lässt. Lew kommt nicht mehr zurück, ich werde allein bei den Tieren bleiben, und die werden kein Mitleid haben, sicher riechen sie meine Angst.

»Väterchen?«

Der Matsch bleibt mir unter den Schuhsohlen kleben, doch der Frühling lässt sich nicht beirren, die Finken zwitschern und Feldmäuse huschen zwischen den austreibenden Sträuchern, und schließlich höre ich das beruhigende Geräusch eines Viertaktmotors. Da ist also doch noch ein Mensch. Hinter den Holunderbüschen steht tatsächlich ein Auto auf der Wiese, weiß mit roter Schrift und einem Leuchtschild auf dem Dach. TAXI HOPP-STOPP, lese ich, als ich näher komme. Zu meiner Überraschung sitzt der Pope nicht auf der Rückbank, sondern er ist der Fahrer. Er hat sein Gewand ausgezogen, trägt jetzt eine mit Lammfell gefütterte Jeansjacke. Irritiert öffnet er das Fenster.

»Darf ich mit?«

»Wohin?«, fragt er in barschem Taxifahrerton.

»Weiß ich nicht. Ich will erst mal rein.«

Am Rückspiegel hängt derselbe Wunderbaum wie bei Dimka, dazu eine Ikone. Auch auf dem Handschuhfach sind Aufkleber von Ikonen, der heilige Seraphim und Alexander Newski. In ihren Goldrahmen blicken sie ernst auf das dritte Porträt, vom Fahrer in seiner Lizenz. Igor, Petuchow, geboren am 21.4.1967.

»Ich will beichten«, sage ich.

Er nickt und stellt das Taxameter an. Die roten Zahlen springen sofort auf fünfzig Rubel.

»Ich weiß nicht, wo ich anfangen soll.«

»Am besten bei den Menschen, die verschwunden sind«, sagt er.

Der Motor wärmt das Auto gut auf, ich lasse mich auf die Holzperlen der Massageauflage sinken.

»Sie sind in dem Jahr weggegangen, an das ich mich lieber nicht erinnere. Vielleicht wird es Zeit, darüber zu sprechen.«

Er bietet mir eine Zigarette aus einem Köcher mit einem weiteren Heiligen darauf an, inzwischen springt das Taxameter auf fünfundfünfzig Rubel. Gibt es einen Gott? Fantasieren wir ihn uns zusammen oder übersteigt er die Fantasie? Ich berichte ihm davon, was Lydia gesagt hat – dass man nicht zum Glauben zurückkann, nicht bei unserem heutigen Wissensstand.

»Seinerzeit war es nicht weiter schwer, Atheist zu werden«, sage ich. »Aber um den Prozess umzukehren, müssen eine Menge Tricks und Kniffe her.«

Er deutet auf die verregnete Windschutzscheibe.

»Die da genügen dir also nicht? Der Himmel, der Regen, die Wolken, sieh sie dir doch an! Letzten Endes gibt es nur wenige echte Atheisten, Nadja. Früher, in Leningrad, war das Atheismus-Museum in der Kasaner Kathedrale der Ort, wo man am meisten über den Glauben in Erfahrung bringen konnte. Jetzt haben sie es zum Museum für Religion umgemünzt, aber die Sammlung ist dieselbe. Einfach weil sie nichts Atheistisches zum Ausstellen hatten. Weil Atheisten nichts zu bieten haben, außer dem, wogegen sie sich wehren: die Geschichten und Träume anderer. Bakunin spuckte darauf. Dieses Kind reicher Eltern sah auf die Fantasie des Fußvolks herab. Doch als er starb, hatte er nichts, auf das er sich freuen konnte, außer seinem Fraß. Auf dem Totenbett lehnte er eine Bouillon ab und wollte stattdessen Brei haben. ›Buchweizenbrei, das ist ein guter Bissen.‹ Und das waren dann auch die letzten Worte von Michael Alexandrowitsch.«

Sechzig, sagt das Taxameter. Ich habe kein Geld bei mir, will aber noch eine Weile sitzen bleiben, in dem im Leerlauf drehenden Dasein des Angeblichen Popen. Wenn ich jetzt aussteige, fährt er über die Wiese davon, ohne Reifenabdrücke zu hinterlassen. Er soll mir noch eine Geschichte erzählen, für später, für den Fall, dass ich Angst bekomme. Aber minutenlang schwingt nur der Regen auf dem Dach seine Rede.

»Habt ihr Internet?«

Er verschluckt das Wort, sucht Halt bei seinem Bart wie ein Schauspieler, der den falschen Text aufsagt.

»Nicht mehr. Hatten wir aber.«

»Internet, das ist die Hölle.«

»Einige Leute haben sicher was davon in ihrem Leben.«

»Ein Computer ist nicht etwas, von dem man etwas hat, sondern etwas, das uns alles andere wegnimmt.«

»Wir haben unseren Laptop einfach abgeschafft und dann monatelang von dem Geld gelebt.«

»Und deshalb glaubst du, dass es dich nichts angeht? Das Internet überschattet uns alle. Du machst dir keine Vorstellung, was da draußen los ist. Alles ist plattgemacht worden, vollkommen platt!«

Er reibt sich kräftig die Augen, sieht mich mit dramatischem Blick an.

»Ich will dir eine Geschichte erzählen. Im Anfang fuhren wir übers Meer, ein grenzenloses Wasser voller Geheimnisse und Gefahren. Es war schön. Manchmal war es still, manchmal tosten die Wellen, aber wir hatten nichts dazu zu sagen. Überhaupt nichts. So fuhren wir weiter, ein Jahrhundert nach dem anderen, in aller Ruhe. Doch jetzt ist das Himmelsgewölbe eingestürzt. Wir haben hochgeschaut, und was stellt sich raus? Nix da, Meer. Ein stinknormales Schwimmbad ist es, mit Milliarden Badegästen, die ins Wasser pissen und sich die Lunge aus dem Leib schreien, aber es bringt nichts! Der viele Lärm bringt uns nicht weiter! Er prallt gegen eine Decke, von der wir früher dachten, es sei der Himmel …«

Plötzlich drischt er aufs Taxameter.

»Schluss jetzt! Diese Runde ging aufs Haus, Nadjenka. Aber ruf mich an, wenn Lew morgen noch nicht wieder da ist. Nimm es mir ruhig ab, dass du zum Glauben zurückkannst. Selbst wenn du denkst, dass du gar nie gläubig gewesen bist.«

Hastig steckt er mir eine Visitenkarte zu, ich muss aussteigen. Im Nebel auf der Wiese warte ich auf die Angst. Das Leuchtschild auf dem Taxidach verschwindet schnell, der Motor taucht noch ein paar Mal aus verschiedenen Richtungen auf, bis es wirklich still bleibt. Doch dann meldet sich, statt der Angst, ein kleines, kristallklares Geräusch. Es kommt aus meiner Tasche. Erstaunt nehme ich das Telefon heraus.

Willkommen in der Russischen Föderation
Gratis eingehende Anrufe über die Option
Null Grenzenlos.
(33 Rbl/Min.)

Bin ich also wieder da?

Die Russische Föderation, da wohne ich anscheinend, aber seit ich Angst habe, sieht alles anders aus. Das hier muss der

Weg zu unserem Haus sein, aber es sind wohl schnell noch ein paar Bäume gewachsen, und da hinten ragt der Schornstein der Batteriefabrik über die Baumkronen, der war doch früher von hier aus nicht zu sehen. Überhaupt kann es nicht sein, dass es jetzt schon dunkel wird. Eine Fledermaus fliegt haarscharf über meinen Kopf hinweg, sagt, ich solle mich da raushalten. Nicht laut natürlich, das tun sie nie. In der Zeit, in der ich im Taxi saß, ist der Matsch getrocknet, auch das kann nicht sein, aber so komme ich wenigstens gut voran. Nach einer Weile taucht zu meinem Schrecken der Schlot wieder auf, größer als vorhin. Ich habe den falschen Weg genommen! Zurück zur nebligen Wiese will ich nicht, also beschließe ich, am Fluss entlang nach Hause zu gehen.

Die nasse Kälte sagt mir, er kann nicht weit weg sein, trotzdem gehe ich seit einer Viertelstunde unter Bäumen. Allmählich frage ich mich, ob wir nicht doch ein ganzes Stück gefahren sind, Igor und ich. *Hopp-stopp*, wie ging das Lied gleich noch …

»Schau dir doch die Sterne an, schaue dir den Himmel an mit deinem nüchternen Blick, verdammt, schau dir doch dieses Meer an – du siehst es alles zum letzten Mal.«

In der Dunkelheit würde ich seine Stimme aus Tausenden erkennen, obwohl ich ihn nie habe singen hören, und die Goldzähne in seinem Grinsen spiegeln das letzte bisschen Licht. Trifft sich gut, gerade jetzt. Er sieht genauso aus wie früher, mein alter Gefährte aus dem Wald. Geschmeidig geht er in die Knie und gibt mir einen Handkuss. Das hat er sicher nicht im Gefängnis gelernt.

»Null Grenzenlos, war das nicht immer deine Lieblingsoption in diesem Land?«

»Das weißt du am allerbesten, Ilja. Ich dachte, du würdest nie mehr zurückkommen.«

»So viel Vertrauen wie ein Knastbruder!«

»Na ja, du wärst nicht der Erste, der aus meinem Leben verschwindet.«

Er zuckt die Achseln, wendet sich dem trüben Wasser zu. Dort schwimmt etwas, das ihm gehört. Darunter lebt alles Mögliche, blubbert Blasen an die schwarze Oberfläche, doch nichts beißt an. Totenstill kehrt Ilja mir den Rücken zu, kein Atemhauch bringt die Lumpen an seinem Körper in Bewegung, der Wind lässt die Flusen auf seinem Schädel in Ruhe. Er sieht aus, als wäre er aus Pappe, so dünn ist er.

»Verschwinden und verschwinden lassen, darin sind wir große Meister«, sagt er. »Die Russen kann man in Zauberkünstler und Publikum einteilen. Wenn sie sagen: Übersieh das, übersehen wir das. Wenn sie sagen: Vergesst die zwanzig Millionen Opfer, vergessen wir sie. ›Guck-Guck, wo ist er denn?‹ Weg war Opa Wasja.«

Mit seinem charmantesten Lächeln sieht er mich wieder an. Dass Knastbrüder oft Grübchen in den Wangen haben, liegt bestimmt daran, dass sie die ganze Zeit die Zähne zusammenbeißen.

»Hattest du keinen Opa Wasja, wurde er nicht in einem Stolypin-Waggon abtransportiert? Ganz bestimmt. Jeder hat einen Opa Wasja. Du hast ihn nie gekannt, hast der Geschichte, die sie für ihn erfunden haben, nur mit halbem Ohr gelauscht. So war das, solche Geschichten wurden schlampig erfunden und schlecht erzählt, wie man das so macht mit einer Lüge zu jedermanns Bestem. Halbe Wahrheiten und halbe Ohren, das haben wir drauf. Aber wer denkt sie sich aus? Und wer glaubt sie? Die Rollenverteilung steht nicht immer fest. Nimm dich in Acht, Nadja.«

Langsam lichtet sich der Nebel. Als die Sonne hinter den Wolken hervorkommt, ist es ein Rätsel, wie ich mich verirren konnte. Die Vögel singen, als hätten sie nie damit aufgehört. Ich erkenne die Umrisse des Birkentrios und sogar das Dach unseres Hauses. Am Ufer steht niemand außer mir.

15

Ja, auch ich hatte einen Opa Wasja. Vor dem Krieg war meine Großmutter unglücklich mit ihm verheiratet. Nach dem Krieg wurde er nach Norilsk geschickt und noch weiter. Das Einzige, was ich je von ihm gesehen habe, war seine Hand auf den Fotos, aus denen er weggeschnitten wurde, und seinen dunkelgrünen Mantel in der Garderobe der Datscha. Der wurde intensiv in unser Leben einbezogen. Nimm doch rasch Opas Mantel, gegen die Zugluft unter der Tür, zum Drunterlegen beim Kleidbügeln, für den Hund zum Werfen, leg dir Opas Mantel um, wenn du draußen Eier holst, leih doch diesem Jungen Opas Mantel, der passt ihm, der passt allen. Doch Opa Wasja erntete keine warmen Worte für seine Inkarnation. Seine Lebensgeschichte wucherte in alle Richtungen, wurde aber zurechtgestutzt wie ein hochstämmiger Apfelbaum. In den unterschiedlichen Fassungen wurde er von einem Ende des Landes zum anderen geschleudert, mal war sein Schicksal elend, dann wieder erquicklich, sein Strafmaß schrumpfte oder wuchs, je nach der eigenen Meinung, doch ein Gesicht bekam er nie. Es blieb bei dieser einen Hand, die sich mit immer größerer Verzweiflung an Omas Schulter klammerte.

Er war auf der falschen Seite der Front gelandet, darauf lief es im Grunde genommen hinaus. Als Kind konnte ich das gut verstehen, ich hatte täglich mit Bordsteinen und Stufen zu kämpfen, die angetippt oder übersprungen werden mussten. Danach, in den Jahren von Glasnost, entwickelte er sich langsam vom Verräter zum Pechvogel. Damals beschloss mein Vater, dass sein Vater ein Opfer der Repression war, doch die unbeugsame Babulja wollte, selbst schon mit einem Fuß im Grab, nichts davon wissen: Stellte sich dieser Schuft glatt posthum noch an! Kürzlich wurde ihm das Beklagenswerte wieder abgesprochen, als sein Urenkel im Internet las, das sei alles nur westliche Propaganda, diese Geschichte von sogenannten Opfern. Dimka sagte, Stalin hätte überhaupt keine unschuldigen russischen Kriegsgefangenen in den Gulag geschickt, Opa Wasja wäre also bestenfalls ein Feigling gewesen. Keiner von uns hat sich je in die Archive vergraben. Was hätte es denn für einen Unterschied gemacht, sagte mein Vater über den Vater, den er nie gekannt hatte, dann wäre er zwar vielleicht nicht zum Feind übergelaufen, aber ein Schürzenjäger wäre er trotzdem gewesen. Mein Vater hatte einen älteren Halbbruder, das Ergebnis einer Affäre, einen Trinker, der alle zehn Jahre aufkreuzte, mit immer konfuseren Geschichten und Bitten. Meine Großmutter heiratete nie wieder. Jetzt ist sie tot, genau wie mein Vater, der nicht so alt wurde wie sie. Ich habe die Fotos noch, aber mit Fotos kommt man nicht weiter, hörte ich mal einen von der Stiftung MEMORIAL im Radio sagen: In den Archiven lägen Hunderttausende sinnloser Fotos von Hunderttausenden Vermissten. Das bringt nichts. Spurensuche ist eine exakte Wissenschaft; man braucht Zahlen, Geburtsjahr, Häftlingsnummer, Blutgruppe, Koordinaten, Abteilung, Einheit, nicht den ordentlichen Scheitel und das Dreiviertellächeln, mit dem die Häftlinge ihrem Schicksal entgegengingen. Lew und ich fotografierten kaum. In der Kommode liegt ein Album, und jedes Mal wenn ich es aufschlage, sehen mich die Porträtierten mit einem seltsameren Blick an. Mich selbst erkenne ich auch nicht, jedenfalls nicht aus dem Leben, das wir führten. Die auf den Fotos Abgebildeten kenne ich nur von den Fotos. Von Aufnahmen, die nie dazu gedacht waren, länger zu dauern als diesen einen Moment. Warum nennt man das eine Verewigung? Eine Festlegung ist es genauso wenig, Fotos machen ihr eigenes Ding. Ich habe damit schlechte Erfahrungen.

An einem Frühlingstag im Jahr 2004 waren zwei Eurostandartschicki von der ersten Fuhre, ein schlaksiger Junge und ein etwas älteres Mädchen, in unserem Wald spazieren gegangen und hatten dort einen »unheimlichen Kerl« getroffen. Sie hatten ihn fotografiert.

»Zeigt mal, zeigt mal«, sagten die anderen, doch der schlaksige Junge und das Mädchen wollten ihre Geschichte auskosten, bauten in Ruhe die Spannung auf und erzählten alles haarklein. Ich konnte sie nicht verstehen, denn die Eurostandartschicki waren Holländer und blieben bei ihrer eigenen Sprache. Aus ihren Gesten schloss ich, dass ein betrunkener Dörfler sie zu Tode erschreckt hatte, doch als sie nach ihrem Fotoapparat griffen und die Aufnahme zeigten, bekam ich den größten Schreck von allen. Es war Ilja. Trotz des schlohweißen, ungewöhnlich langen und streng aus seinem ausgemergelten Gesicht gekämmten Haars erkannte ich ihn. Er schaute so wütend, dass ich das Gelächter der Besucher verstehen konnte. Aber am gruseligsten war, dass hinter seiner durchscheinenden Gestalt die Umrisse seines Hüttchens aufschimmerten, das die Dorfbewohner vor einigen Jahren abgefackelt hatten. Meines Wissens waren damals nur ein paar verkohlte Reste übrig geblieben.

»Wo habt ihr das her?«

Sie verstanden meine Frage nicht.

»We just took it.«

»Von wem habt ihr es genommen?«

Ehrlich gesagt, war es natürlich kein echtes Foto, sondern ein digitales Bild, von dem man vielleicht gar keinen Abzug hätte machen können, selbst wenn man das gewollt hätte. Scherpjakow war die Sache auch nicht geheuer, er zog am nächsten Tag mit einem Grüppchen in den Wald, um den Sonderling zu suchen. Ohne Erfolg. Und ein Jahr später war er selbst verschwunden. Die Eurostandartschicki fanden es natürlich sagenhaft. Bären, Gespenster, Kalinka-Malinka: Genau das, was man ihnen Karasows Meinung nach bieten sollte. Selbst wenn das Foto inzwischen gelöscht war, Iljas vorwurfsvoller Blick hat sich mir in die Netzhaut gebrannt. Er wäre nicht damit einverstanden gewesen, wie sich unser Leben innerhalb weniger Monate verändert hatte, dass wir jetzt Internet hatten und harte ausländische Währung kassierten.

Nach der ersten Fuhre im Frühjahr sagte Esther, unsere Bewertungen seien überschwänglich und zwei weitere Teilnehmer hätten sich fürs Sommercamp angemeldet. Wir freuten uns über ihre Begeisterung und über das Geld. Sie sprach vor allem mit Vera, per Skype. Manchmal redeten die beiden eine geschlagene Stunde, in einem Englisch, dem ich kaum folgen konnte. Vera ging ganz darin auf. Sie vergaß, das Licht einzuschalten in dem Raum, der jetzt Lews Schlafzimmer ist, und der Computerbildschirm leuchtete so grell, dass er den Mond draußen zurückhielt. Wenn wir abends am Küchentisch saßen, lockten die unheimlichen Sonargeräusche sie zu diesem Bildschirm, der sich nach dem Aufklappen sofort mit Esthers von der langsamen Verbindung verzerrtem Gesicht füllte. Ihre grafischen Züge und Veras gebeugte Haltung erweckten den Eindruck, da würde eine Ikone angebetet, ein gepixelter Verweis auf die Frau, die hier so flüchtig erschienen war, dass man getrost an ihrer Existenz zweifeln durfte. Wenn keine Verbindung zustande kam – was regelmäßig der Fall war –, fluchte Vera wie ein Fischweib. Keine Ahnung, von wem sie diese Ausdrücke hatte. Wie ihr Bruder wollte auch sie weg aus diesem Kaff, ganz egal, ob gerade der schönste Sommer ihres Lebens anbrach, nicht mit zwei, sondern mit vier kleinen Bären, der alten Katze, die unerwartet noch Junge bekommen hatte, Rabatten voller Brennender Liebe, die endlich blühte, und einem niederländischen Studenten mit lockigem Haar, der trübselig ein Auge auf sie geworfen hatte. Aber Vera widmete sich ganz Esther. Wenn ich im Hintergrund auftauchte, gönnte die zwar auch mir ein verschwommenes, aber leutseliges Winken, doch ihre Unterhaltung setzten die beiden erst fort, wenn ich wieder weg war. War Esther offline, betrachtete Vera sich selbst. Auf Fotos aus der Serie der Niederländerin oder auf Selbstporträts, die sie mit der Webcam machte. Einmal sah ich sie vor dem schwarzen Bildschirm sitzen. Sie saß da und starrte ihr Spiegelbild an wie Narziss am Teich. Doch sie schien nicht begeistert von dem, was sie sah. Sie war kein Narziss, sie war die ungreifbare Waldnymphe, die vor Wut ein Stück über dem Boden schweben konnte.

Sie hatte kein Interesse an den neuen Bärenjungen, genauso wenig wie an den Eurostandartschicki. Vielleicht hatte sie ja gehofft, sie wären genauso raffiniert wie ihr Idol, doch die Mädchen waren von der bodenständigen Sorte, liefen in Wanderschuhen durchs Haus, während die Jungen die gutmütige Minderheit vertraten. Exotische Eindringlinge waren sie, mit großen Gesten und eigentümlichen Namen oder gar Doppelnamen, die klangen, als kämen sie geradewegs aus der zoologischen Nomenklatur. Manche hatten vorsorglich ihr eigenes Essen mitgebracht. Sie waren hauptsächlich wegen der Bärenjungen hier und blieben am liebsten in ihrer Bude im Labor, wo wir sie bis tief in die Nacht lachen hörten; in unserem Beisein waren sie weniger ausgelassen. Wenn Lew versuchte, ihnen etwas zu erklären, sahen sie ihn ungläubig an, mit Augen so klar wie frisch geputzte Fensterscheiben. Ich hatte noch nie so selbstbewusste Menschen in ihrem Alter gesehen. Jedenfalls hielten sie es für völlig überflüssig, irgendeine Form von Schein zu wahren.

In der Zwischenzeit zog Vera sich mehr und mehr zurück. Hätte ich einschreiten sollen, als sie anfing, ihrem Schemen im Teich zu ähneln? In ihrem Alter hätte ihr Körper Form annehmen sollen, sich runden wie ein Glasklumpen in den Flammen, aber man muss essen, um dieses Feuer zu nähren. Und sie wollte Model werden. Auf der Webseite der Mannequinausbildung in Petersburg sah ich vor allem kantige Schönheiten, ganz anders als das mollige, flaumige Ideal meiner Jugend. In den achtziger Jahren toupierten wir uns die Haare wie blöd, und wenn wir Make-up in die Finger bekamen, trugen wir es auch auf, sodass manche Mädchen aussahen wie Clowns. Die waren mir hundertmal lieber als die hohläugigen, außerirdischen Geschöpfe bei Veras Mannequinausbildung. »Genau das will ich, Mama«, sagte sie.

»Lass sie doch«, sagte Lydia, die sich keine Gelegenheit entgehen ließ, sich gegen mich zu stellen. Was hatte ich falsch gemacht? Als Kind hatte ich sie nie ihrem Schicksal überlassen, ich war die Fledermausmutter, die sie an die Brust drückte und über den Wald flog, weißt du noch? Letztens las ich, dass es auch Fledermäuse gibt, die sich mit den Jungen einer anderen aus dem Staub machen. Adoptieren nennen die Zoologen das freundlicherweise, wobei bei Tieren öfter Zufall als Absicht im Spiel ist. Wenn Möwenküken zum falschen Nest flattern oder Robben sich um einen fremden Welpen kümmern, der im Gewusel seine Mutter aus den Augen verloren hat. Her mit dir. Es gibt auch Primaten, die alleinstehenden Weibchen freiwillig ein Junges abtreten, zum Schmusen. Doch bei den Fledermäusen muss man eher von frustrierten kinderlosen Dieben sprechen, wie auch bei den Kaiserpinguinen. Weiß und stattlich zieht die Kaiserin durch die Lande, schmiedet schnöde Pläne, zu hoch für unsere bäuerlichen Seelen.

Im August zog Vera in die Großstadt. Sie nahm nur einen kleinen Koffer mit, ich habe nicht geschaut, was drin war. Später schien mir nichts aus ihrem Zimmer zu fehlen. Offenbar war nichts es wert gewesen, mit in ihr erwachsenes Leben zu kommen. Sie fuhr mit Lew und Lydia mit, die von Sankt Petersburg aus nach Deutschland weiterreisen sollten, zu einem Symposium über die Reproduktion von Wildtieren in Gefangenschaft. Es ging hoch her. Beim Abschied fiel mir auf, dass alle drei, auch Vera, diesen Frisch-geputzte-Scheiben-Blick der Eurostandartschicki hatten. Sie würden was erleben. Im Rückblick war 2004 mindestens so tragisch wie das Jahr darauf. Im Herbst, als nicht nur Vera, sondern mehr oder weniger alle sich von mir abwandten, schlug mir die Einsamkeit mit der Faust ins Gesicht. Bis dahin hatte ich mich für einen umgänglichen Menschen gehalten. Jemanden, auf dessen Gesellschaft Wert gelegt wird. Ich hatte mir keine Gedanken darüber gemacht, dass eine Zeit kommen könnte – und bis zum heutigen Tag andauert –, in der keiner mich noch eines Blickes würdigt, nicht mal mein eigener Mann. Vielleicht hat es mit meinem Alter zu tun, dem Alter einer Frau.

Als alle weg waren, blieb ich mit den Tieren zurück. Mit den Bären, Plow, dem Pferd, dem alten Hund Rodin, den Katzen mit ihren Teenie-Kätzchen, den Ziegen, den Hühnern, den Tieren aus dem Wald, allen voran dem Raben. Mir fällt gerade auf, dass ich dem Raben nie einen Namen gegeben habe, obwohl er einen verdient hätte. Das nächste Mal wenn er kommt, werde ich ihn bitten, sich vorzustellen. Zoologisch betrachtet hat sich in den letzten zehn Jahren nicht viel geändert, außer dass Bamscha jetzt Rodins Stelle eingenommen hat und dass es keine kleinen Bären mehr gibt. Sie fehlen mir. Ich hatte sie immer gleich morgens als Erstes gefüttert, obwohl die Eurostandartschicki direkt neben dem Bärengehege schliefen und es für sie eine Kleinigkeit gewesen wäre. Ich verbrachte eine Menge früher Morgen im geruchslosen Overall, die Kapuze auf dem schläfrigen Kopf, die Milchflasche im Handschuh, während die Bären schreiend auf mir herumkrabbelten. Als sie jünger waren, zerrte ich sie an ihrem rauen Pelz auseinander, kurz darauf kostete es mich meine ganze Kraft, sie zu trennen. Bei dem Krawall, den sie machten, fiel es mir schwer, zu schweigen. Wenn ich nach der ersten Fütterung durch den knirschenden Schnee zum Haus zurückging, hatte ich das Gefühl, auch der junge Tag hätte die Sprache verloren. Die Stille sauste mir in den Ohren. Ich wusste, dass ich trotz allem an den Bären hing, obwohl sie keine Namen hatten. Ich erinnere mich an ihre kräftigen kleinen Körper, die ledrigen, nach gepufftem Mais riechenden Fußsohlen. Der Abschied kam, ein paar Tage nachdem Scherpjakow die Eurostandartschicki in den Zug gesetzt hatte. Karasow rief an, um zu fragen, ob er den

Anhänger mitbringen solle. Da brachten die Anonymen schon fünfundzwanzig Kilo auf die Waage und standen regelmäßig stabil auf den Hinterbeinen.

Am letzten Morgen mischte ich im Labor Fisch unter den Brei und schleppte die Tröge zu den Käfigen. Sie lagen brav auf dem Rücken und warteten auf mich. Ich öffnete das Gattertor und stellte mich in die Mitte, damit jeder Bär zu seiner eigenen Portion ging. Von oben sah ich auf ihre glänzenden Schultern hinab, um meine Beine spürte ich, wie sie das Futter verschlangen. Nachdem sie fertig waren, setzte ich die Kapuze ab und ergriff doch das Wort.

»Das wars«, sagte ich laut, »jetzt müsst ihr weg.«

Doch sie reagierten kaum. Ein angelegtes Ohr, ein Blick von der Seite, mehr nicht. Ich musste an das Ehepaar denken, das ein Wolfsjunges großgezogen hatte in der Annahme, es sei ein Hundewelpe. Sie schöpften Verdacht, weil das Tier ihrem Blick immer wieder auswich. Hatten unsere Urahnen Blickkontakt aufgenommen oder war unsere Vorgeschichte von edlen, autistischen Wilden bevölkert? Gerade als ich die Kapuze wieder aufsetzte, schallte Männergebrüll durch den Raum. Karasow, in einem völlig schrägen Mantel aus besticktem Lammfell. Aus irgendeinem Grund war sein Blick panisch, er schwitzte wie ein Irrer. Er sei schon eine ganze Weile da, sagte er, habe Haus und Hof durchkämmt, aber niemanden entdeckt. So, wie er roch, hatte er jedenfalls irgendwo etwas zu trinken gefunden.

»Wo sind alle?«

»Hier«, zischte ich, »hier bin ich doch.«

Da fiel ihm die Schweigepflicht wieder ein und er holte feierlich die Maulkörbe heraus. Ohne ein Wort mit mir zu wechseln, hob er die Bären einen nach dem anderen in den Anhänger. Zum Essen hatte er keine Zeit, er wollte sie schnellstmöglich loswerden.

Ich bin allein.

Die dritte Nacht ohne Lew. Noch schlimmer finde ich eigentlich, dass du dich verdünnisiert hast, Lokführer. Aber vielleicht bist du längst da, hast den Zug angehalten, sitzt hier neben mir auf der Veranda und hörst mir zu. Das kannst du gut, ich weiß, dass du das gut kannst. Du kommst mir nicht mit Bibelzitaten, hältst keine Predigten. Sehr vernünftig. Predigen und zuhören, das geht nicht zusammen, deshalb sind Moralapostel meistens dumm. Aber meine Güte, es ist hier schon verdammt still. So still war es noch nie, nicht mal in jenem Herbst, als mich alle zum ersten Mal verlassen haben. Die Stille saust mir in den Ohren. Überhaupt sind die Nächte im Frühling stiller als zu anderen Jahreszeiten. Alle sind mit Brüten beschäftigt, alle haben gefunden, wonach sie im Winter so verzweifelt geschrien haben. Wenn das bei uns Menschen doch auch so sein könnte, eine Jahreszeit, zu suchen, eine Jahreszeit, zu finden, eine Jahreszeit, gefunden zu haben, und eine Jahreszeit, wieder loszuwerden. Dann wüsste man zumindest, woran man ist. Ich gehe jetzt schlafen, habe den ganzen Tag mit abwesenden Männern verquatscht. Hörst du? Das Haus antwortet zumindest. Immer dasselbe unterdrückte Willkommen der Schwelle, gefolgt von einem warmen Seufzer des Ofens. Meine Großmutter sagte, man müsse in seinem Leben wohnen wie in einem Haus. Einige würden ihr Leben in einen Betrieb verwandeln, andere in ein Museum, aber die hätten nichts kapiert. Ein kleines Haus sei prima, besser noch eines, dessen

Mauern nicht an die der Nachbarn grenzen. Dann hätte man seine Ruhe. Was ist eigentlich aus Opas Mantel geworden? Den könnte ich jetzt gut gebrauchen.

Hier drinnen stimmt was nicht. Auch hier fehlt ein Geräusch. Ich knipse das Licht an und aus, aber es bleibt totenstill. Ich öffne die Klappe zum Stromzähler, schnappe nach Luft. Volltreffer. Eigentlich müsste ich in lautes Jubeln ausbrechen, denn der Zähler steht still, fünf Nullen hintereinander. Aber ich juble nicht, es macht mir Angst. Als ich mich wieder aufrichte, sehe ich, was ich schon den ganzen Abend hätte sehen sollen. In der äußersten Ecke des Küchenfensters, auf der anderen Seite des Weges leuchtet die Straßenlaterne neben Scherpjakows Haus. Das war seit zehn Jahren nicht mehr der Fall. Jetzt erinnere ich mich wieder, dass ich mich früher auf diesen Lichtschein gefreut habe, dass ich hier, von dieser Stelle aus, eine geschlagene Stunde auf die einsame Glühbirne am einsamen Weg schauen konnte. Mein Gott, wer hat sie angeschaltet? Und wo ist der Hund? Als ich die Hand tief in der Jackentasche vergrabe, stoße ich auf die Visitenkarte des Angeblichen Popen. Darauf ist das Bild eines Hasen in gestrecktem Flug zu sehen. *Taxi Hopp-Stopp ist rund um die Uhr erreichbar*, lese ich, *unser Aktionsradius ist endlos.*

16

Ich habe Dimka vergessen. Auch er ist in diesem Jahr weggegangen, zur Armee. Trotz aller Reformen dauerte sein Militärdienst immer noch fünfzehn Monate. Er durfte in die Region Tambow – wir waren heilfroh, sie hätten ihn genauso gut nach Tschetschenien schicken können, um dort auf eine Landmine zu treten – und sagte dann später, es wäre langweilig gewesen. Er zog als Kind fort, kam aber nicht als Erwachsener zurück. Viele Männer mutieren beim Militärdienst in ein Zwischenstadium, zu hartgesotten zum Spielen, zu verwirrt, um bis zehn zu zählen. In jedem anderen Land gäbe es psychologischen Beistand, wenn man in diesem Alter eine solche Lehre durchmachen müsste, aber hier schenkt man dir einfach noch mal nach. Ja, trinkfest sind alle, die den Militärdienst hinter sich haben. Aber selbst wenn ihre Schultern genauso schmal sind wie vorher, wurde ihre Nase gebrochen wie der Wille eines Fohlens. Anderen Männern gegenüber pochen diese Kerle dann darauf, dass sie in der Armee die beste Zeit ihres Lebens hatten, aber in den Armen einer Frau rücken sie damit heraus, dass sie Angst hatten und die ganze Zeit gefroren haben, furchtbar gefroren haben. Was ihre Sehnsucht war, bleibt ihnen selbst verborgen, denn die Geschichten, die sie auftischen, haben sie von anderen, die sie wiederum von anderen übernommen haben. Diese Mythologie ist die stärkste Waffe unserer Streitkräfte.

»Blublablublahaha!«

Ich dachte, ich hätte das Biest angebunden. Nach dem Füttern habe ich mich wieder ins Bett verkrochen. Ich gehe nicht mehr raus, bedient euch, macht alles kaputt, der Garten gehört euch, aber lasst mich hier liegen, im Staub. Am meisten hat sich, wie es aussieht, auf der Vitrine aus Holzfurnier angesammelt. Wir hätten das Ding in der Stadt lassen sollen, da sind Zeit und Personal zum Staubwischen vorhanden. Und diese Porzellanfigürchen da drin, aus wessen Leben stammen die eigentlich? Das hier, das ist mein Leben, unter diesem von meinem Schmutz labberig gewordenen Bettzeug. Lasst mich nur liegen, lasst mich an Dimka denken. Meinen Jungen.

Ich weiß bis heute nicht, was sie dort mit ihm angestellt haben. Als Erstes wurde ihm die Fantasie ausgetrieben. Wie seine Schwester hatte auch er eine lebhafte Fantasie, malte gern, was er in seiner Umgebung sah oder sehen wollte. Vor dem Militärdienst war er ein guter Schläfer und erzählte morgens beim Frühstück ausführlich seine Träume. Ein halbes Jahr später nahm ich bereits eine einschneidende Veränderung an ihm wahr. Sie hatten ihn zurechtgehobelt wie ein aus einem Baumstamm gesägten Brett, so saß er bei dem Festmahl, das ich zu Ehren seines Heimaturlaubs gekocht hatte. Er kaute auf seinem Essen herum, ohne was zu schmecken. Er reagierte nicht auf unsere Geschichten und sagte selbst kaum ein Wort. Blieb in der viel zu weiten Tarnkluft sitzen. Wer war dieser Krieger an unserem Tisch? Zieh das Ding doch aus, sagte Lydia, die sich extra für diese Gelegenheit zu unserer wiedervereinigten Familie gesellt hatte, Tambow liegt tausend Kilometer hinter dir. Aber er kaute einfach weiter mit seinem vom Vitaminmangel strammen Schnabel. Meine Kinder waren immer meine Jungen gewesen, doch jetzt war er das Schaf anderer Menschen geworden, und die hatten es zu oft geschoren. Vielleicht friert er einfach nur furchtbar, dachte ich noch, und es dauert eine Weile, bis er sich aufgewärmt hat. Aber es ist so geblieben.

Immerhin fängt er in letzter Zeit wieder an zu erzählen. Keine Träume, sondern Geschichten, von denen ich nicht weiß, ob sie selbst ersonnen sind oder ob das Fernsehen ihm das abnimmt. Die Sage von dem Frachtflugzeug voller holländischer Infiltranten zum Beispiel, das die Ukrainer aus der Luft geschossen haben. Weshalb, war unklar, aber darum gehe es nicht, sagte Dimka, es gehe darum, dass die Passagiere sich alle untereinander kannten und in der Heimat ein Geisterdorf zurückgelassen hatten, während es – und jetzt kommt es – von diesem Luft-Schiff selbst keine Spur gab. Klar, die Holländer waren immer schon sagenumwoben gewesen, fragt die Seeleute. Aber später hörte ich, dass sie auch Kinder dabeihatten und die Glocken zu Hause nur noch für entfernte Dörfer läuteten, weil in ihrem eigenen niemand mehr wohnte, der zur Kirche hätte gehen können. Eine traurige Geschichte, aber auch traurige Geschichten müssen erzählt werden. In allen Formen und Farben und Fassungen, die einem einfallen. In Turkmenistan, heißt es, lebt ein Volk, das jeden Toten fortleben lässt, indem es tausendundeine Fabel über ihn erzählt. Sie stechen sich gegenseitig aus mit ihren Lebensgeschichten, die eine wunderlicher als die andere, und die schönste, die, der alle atemlos gelauscht haben, geht in die Überlieferung ein und wird von einer Generation zur nächsten weitergegeben. Vielleicht dreht sich das Leben ja darum, welche Geschichte wir beschließen zu erzählen. Fantasielose Menschen haben nicht die Wahl, die erzählen keine Geschichten, die vertreten Meinungen. Und Meinungen sind lästig, sie ziehen einen Strich unter Ereignisse. Man beißt sich höchstens die Zähne daran aus, verdauen kann man sie nicht. Seit Russland eine Geschichte hat, verdrehen wir sie. Wir umschwärmen die Wahrheit, links herum, rechts herum, und picken ihr die Augen aus. Warum sollte man sich Sorgen um die Zukunft machen, sagen wir dann, in diesem Land wissen wir doch morgen nicht mal, was wir gestern für eine Vergangenheit hatten.

»Blublablu! Blablu!«

Na bitte, Tiere, die denken sich nichts aus. Trotzdem haben sie die Kraft der Geschichtsverfälschung am eigenen Leib erfahren. Fragt doch mal das Riesenkänguru und den Säbelzahntiger, weshalb sie nicht auf die Arche Noah durften. Klimawandel? Quatsch, damals war es doch auch die Schuld des Menschenaffen, der Menschenaffe war die Sintflut. Wo immer er seinen Plattfuß auf den Boden setzte, starben die Tiere aus. Von mir aus darf sich das Blatt wenden, ich glaube sogar, es ist schon so weit. Heute früh habe ich ein einziges armseliges Ei gesammelt, mehr gab es nicht. Die Hühner hockten im schimmeligen Stroh, nicht gewillt aufzustehen. Seit Lew weg ist, erschrecken sie nicht mehr vor mir; sie wissen, dass ich, das gescheiterte, gerupfte Tier, von allem und jedem im Stich gelassen wurde. Unser lachhafter Laden hat seit Jahren die Macht über das Hier und Heute.

Hier, heute höre ich, dass sich ein Auto dem Haus nähert. Wenn es wieder der Vielfraß ist, mache ich nicht auf. Jetzt, wo ich weiß, dass er nicht zu Fuß zurückmuss, ist es mit meinem Mitleid vorbei. Der Motor verstummt, ich halte die Luft an und bin froh, dass der Bock mich nicht verrät. Aber dann höre ich zwei Stimmen. Ehrlich, in meinem Garten murmeln zwei Männer miteinander.

»Hallo!«

Hallo, hallo ... Ich zögere noch.

»Bürgerin Bolotowa!«

Ich glaube nicht, dass ich je zuvor so genannt wurde. Inzwischen stehen sie auf der Veranda, schon donnert es kräftig an die Tür. Ob es was mit dem Strom zu tun hat? Haben sie gemerkt, dass der Zähler stehengeblieben ist? Gestern leuchtete zum ersten Mal seit zehn Jahren die Straßenlaterne wieder, war das ein Zeichen, dass sie sich jetzt ihr Geld holen? Ich bin so nervös, dass man mein Herz klopfen sieht.

»Polizei!«

Gehorsam lasse ich mich aus dem Bett gleiten, sehe besagte Bürgerin im Spiegel: eine blasse, gequälte, man darf ruhig sagen ziegenartige Frau. Dass sie, mit ein wenig Mühe, noch hübsch aussehen kann, weiß allein sie selbst.

»Ich komme!«

Bestimmt stinke ich. Für einen Moment bleibt es still, aber jetzt, was jetzt? Auf dem Weg ins Bad komme ich an der Haustür vorbei, dahinter atmen die Männer. Wasser und Seife ins Gesicht, einmal mit der Bürste durchs Haar, die Creme, die Dimka mir geschenkt hat, auf den Hals schmieren, Trägerkleid abklopfen, fertig. Bürgerin Bolotowa ist so weit.

Als ich die Tür öffne, drehen sich die Polizisten auf dem Absatz zu mir um. Ein Jüngerer und einer in meinem Alter, und wie es scheint, haben sie sich genau wie ich im letzten Augenblick frischgemacht. Ihr Wagen ist auf dem Weg geparkt, es ist ein blitzblanker weißer Kleinbus mit einem blauen Streifen und dem Wort »Polizei« darauf.

»Wenn ihr nicht sofort mein Grundstück verlasst, rufe ich die Miliz.«

»Die gibt es seit vier Jahren nicht mehr«, sagt der Ältere. »Das übernehmen wir jetzt.«

»Wir haben einen Anruf bekommen von …«, setzt der Jüngere an, muss aber niesen. Er unterdrückt den Nieser wie ein Kaninchen, das sich auf die Hinterbeine setzt, um sich das Näschen zu putzen. Auf seiner Schulter ist ein Emblem vom MVD, sehe ich jetzt. Also doch, immer noch.

»Und so seht ihr zurzeit also aus?«

Der ältere Beamte fasst sich an die Krawatte.

»Dürfen wir reinkommen? Es geht um Ihren Mann, der vermisst wird.«

Diesen Satz sagt er nicht zum ersten Mal auf, und eines Tages muss er beschlossen haben, das Wort »vermisst« scharf zu artikulieren. Statt »Bürger Bolotow« sagt er »Ihr Mann«, um die Dramatik der Lage zu unterstreichen. Er dehnt die Spannung, bis wir am Küchentisch sitzen, und erklärt dann: »Ihr Sohn hat uns angerufen. Er macht sich Sorgen um seinen Vater und hat uns gebeten, bei Ihnen vorbeizuschauen.«

»Sie können mir also nichts Neues sagen?«

»Leider nein«, sagt der Polizist. Er sieht sich geringschätzig um, zückt einen Notizblock. Weshalb diese Geringschätzung? Unsere Küche ist eine stinknormale abgenutzte Küche wie alle anderen auf dem platten Land, das einzig Ungewöhnliche ist, dass kein Essen auf dem Herd steht. Ich habe nun mal keinen Hunger, immer noch nicht.

»Sie wohnen ziemlich abgelegen«, sagt das Kaninchen. »Nicht so leicht zu finden. Sind Sie wirklich die Letzten hier im Dorf?«

Der Polizist drückt auf den Kugelschreiber und fragt, wie viele Tage mein Mann genau verschwunden sei.

»Drei Nächte.«

»Zieht er öfter mal los, ohne Bescheid zu sagen?«

»Früher schon. Aber seitdem es mit seiner Gesundheit bergab geht, kommt er nicht weiter als bis zum Garten hinterm Haus. Deshalb machen wir uns ja solche Sorgen.«

»Was fehlt ihm?«

Ich stehe auf, drehe die Flamme unterm Teekessel kleiner. Ich könnte mir jetzt alles Mögliche ausdenken. Ich könnte ihm die schlimmsten Krankheiten andichten, damit sie mir wirklich zuhören, statt sich so geringschätzig umzusehen. Welches Leiden wäre schlimm genug?

»Gedächtnisschwund. Er ist verwirrt, ängstlich. Die Geräusche vom Himmel haben alles noch schlimmer gemacht. Sie haben sie ja sicher auch gehört, auf der Wache.«

Verständnislos sehen sie mich an.

»Ich meine dieses Schallen, das uns in den letzten Monaten mehrmals überkommen hat. Diesen traurigen Ton in der Luft.«

Ich versuche ihn zu imitieren, aber das wird natürlich nichts.

»Als ob jemand zwei riesige Metallplatten aneinanderreibt«, sage ich und gieße den Tee auf. »Es dauert nie lange, ist aber sehr laut. Das können Sie doch nicht überhört haben?«

Stellen sie sich dumm? Dann hätte Lew Recht und die Großen Geräusche sollen nicht gehört werden. Der Polizist notiert sich einen kurzen Satz, das Kaninchen verzieht den Mund zu einem Lächeln. Was für eine schöne, glatte Haut es hat, sogar die um die Nase ist makellos. Waren die früher bei der Miliz auch so? Zu meiner Zeit, als wir noch flaumig und verlottert waren? Und die davor, die Beamten, die das Schicksal meines Großvaters festlegten, machten die das auch mit so schlanken Fingern und sauberen Fingernägeln? Ganz bestimmt, denn der

Krieg hatte die Bevölkerung in diejenigen unterteilt, die sich die Hände noch schmutzig machen mussten, und diejenigen, die es schon zu oft getan hatten. Dieser junge Mann kommt mir nett vor, beherrscht. Ich stelle mir vor, wie er beim Liebemachen aussieht. Spannen sich die Muskeln in seinem schmalen Nacken an, wird die Schlagader sichtbar, spürt man seine Rippen unter den Händen, wenn man sich an ihm festhält, werden seine Nadelköpfe von Nippeln noch härter, ist sein Hintern kräftig und behaart – das ist unwahrscheinlich –, und lässt er danach den Kopf hängen wie ein besiegter Athlet, sodass ihm das Haar ins Gesicht fällt? Das alles kann ich mir vorstellen, dagegen kaum, dass er sich für einen demenzkranken Zoologen und sein Weibchen ins Zeug legt. Wieso lächelt er so? Er soll nicht so tun, als könnte er meine Gedanken lesen.

»Wo haben Sie nach ihm gesucht?«

»Im Garten, auf der Wiese, im Wald, beim Fluss.«

»Haben Sie keine Angst, so ganz allein hier?«

Sähe ich so aus wie sie, würden sie mich ernst nehmen, aber ich bin eine ältere Frau mit ungewaschenem Haar, deshalb sitzen sie diese Unterhaltung hier ab, und gleich, wenn sie wieder wegfahren, geht das Gelächter los.

»In unserem Register steht bei dieser Anschrift der Vermerk ›unbewohnt‹«, sagt der Jüngere. »Aber dann meinte ein Kollege: Ach ja, da ist diese Frau vom Bärencamp, wo früher mal ...«

»Das ist jetzt nicht das Thema«, unterbricht ihn der andere.

Ich nehme den Deckel von der Kanne, der Tee muss noch ziehen, er bietet mir keinen Ausweg.

»Stimmt«, sage ich und puste, »das Bärencamp, das war vor Ihrer Zeit.«

Als wir später im Wald vorm Labor stehen, ich in Gummistiefeln und sie in ihren geputzten Schuhen, fällt mir auf, dass es schon schütteres Haar bekommt, das Kaninchen.

Zum Glück will sein Vorgesetzter ohne Begleitung reingehen. Bleiben Sie ruhig hier, sagt er, dann sehe ich mich rasch um. Und mit verzerrtem Gesicht wedelt er die Spinnweben aus dem Weg und verschwindet hinter der Tür. Ob sie glauben, dass ich Lew umgebracht habe? Der Grünschnabel denkt natürlich, eine Frau wie ich hätte im Leben nichts mehr zu verlieren. Ich frage ihn, wo er seinen Militärdienst abgeleistet hat. Bei den Grenztruppen in Abchasien, sagt er. Ich glaube ihm nicht, und er spürt das. Er steckt die Hände in die Taschen, zertritt eine Eichel unter dem Absatz und holt zum Gegenschlag aus.

»Hier soll eine Frau von einem Bären gefressen worden sein.«

Im Labor geht das Licht an, wir folgen den hallenden Schritten des Polizisten durch den leeren Raum.

»Stimmt das?«, hakt er nach.

»Was glauben Sie denn?«

»Ich habe mir sagen lassen, dass unsere Bären keine Menschen fressen.«

»Genau. Sie fressen keine Menschen. Sie graben Knollen aus, fressen Beeren, knacken Nüsse, fangen Insekten und Fisch, vielleicht ein Federvieh oder ein Haustier, wenn die ihnen über den Weg laufen und nicht allzu viel Widerstand leisten. Und wenn sie großen Hunger haben, stürzen sie sich auf ein Rind, aber Menschen, nein, die schmecken ihnen nicht. An denen lecken sie höchstens mal.«

Er ist einer von den Leuten, denen man zum Lachen erst eine Genehmigung geben muss.

»Zum Fressen gern haben sie uns also nicht«, fahre ich fort. »Am liebsten fischen sie, das ist ihr Sport. Bären fangen Lachs mit zielsicheren, eleganten und trotzdem kraftvollen Tatzenhieben. Bärenschultern sind fünfmal so breit wie Ihre.«

Er zuckt zurück, als ich versuche, Maß zu nehmen. »Und die Bären, die diese Bergarbeiter gefressen haben, was ist mit denen? Auf Kamtschatka, es war überall in den Nachrichten.«

»Eine Mischung aus Überbevölkerung und Überfischung, nehme ich an. Kamtschatka-Bären sind von vornherein ein Stück größer als unsere, die brauchen viel Fisch. Wenn es keinen gibt, dann holen sie sich eben einen Bergarbeiter.«

»Sie haben ihnen das Gehirn ausgesaugt und den Rest liegengelassen«, sagt er vorwurfsvoll, »anscheinend haben viele dieser Raubtiere es auf unser Gehirn abgesehen, die riechen schließlich, dass dort unsere Macht versteckt liegt.«

»Davor brauchen Sie sich hier nicht zu fürchten.«

Er sieht mich durchdringend an. »Aber eine Bärenmutter wird ihre Jungen doch sicher verteidigen, oder?«

»Verteidigung ist nicht dasselbe, wie jemanden mit Haut und Haar zu fressen.«

»Sie musste erschossen werden, habe ich gelesen.«

»Wie heißen Sie?«

Zögerlich nennt er einen Allerweltsnamen.

»Sie täten gut daran, nicht mehr solche Boulevardblätter zu lesen, Beamter Beljajew. Hier ist niemand gefressen und niemand erschossen worden. Ich habe sie letzte Woche noch gesehen. Ein vernünftiges Weibchen, wir kommen gut miteinander aus, sie und ich.«

Der Ältere kommt aus dem Labor, wedelt wieder mit den Armen.

»Und?«

»Nichts, was uns weiterbringen würde. Sagen Sie mal, diese Embryos in Formalin … Ihr Mann ist doch Zoologe, oder?«

»Stimmt. Wir sind Zoologen.«

»Letztens habe ich eine Sendung über einen berühmten deutschen Zoologen gesehen, sicher Ihr großes Vorbild, der hat hier als Kriegsgefangener gesessen. Ein Faschist.«

»Konrad Lorenz.«

»Genau, so hieß er. Wussten Sie, dass der ein richtiger Nazi war? Ein Hundertfünfzigprozentiger. Kommt öfter vor bei diesen großen Tierfreunden. Im Lager hat er als Arzt gearbeitet, in der Region Kirow, glaube ich. Scheints hat er da ein Mittel gegen Gürtelrose gefunden. So sieht mans mal wieder, hat er bei uns doch noch was Sinnvolles gemacht.«

Als ich den Balken wieder vor die Tür lege, sehe ich unseren heruntergekommenen Laden kurz mit ihren Augen. Unser Laboratorium der Unabhängigkeit, zum Schießen.

»Viel mehr kann ich nicht für Sie tun, meine Herren. Wenn Sie mich jetzt bitte entschuldigen, ich muss mich um die Tiere kümmern.«

Langsam gehen wir durch den Wald zurück zum Haus. Sie sehen nicht, dass sich dicht neben dem Pfad ein Eichhörnchen an einem Stamm hochzirkelt, sie reagieren nicht auf das Frühlingsgeratter des Spechts, ihre Gedanken sind nur bei mir, und es sind keine schönen Gedanken. Ja, wir waren Zoologen, aber was haben wir zurückgelassen? Konrad Lorenz schrieb im Straflager ein Werk über die Evolution des Denkens, auf Papierschnipseln, die er von Zementsäcken abgerissen hatte. Seiner Tochter zufolge kam er 1948 nur mit diesem Manuskript, dem

Bild einer Ente, einer Pfeife, einem Blechlöffel und zwei selbstdressierten Vögeln nach Hause. Danach setzte er sich an seinen Schreibtisch und schrieb das nächste Buch, sein bekanntestes: *Das sogenannte Böse.*

In dem Jahr, an das ich mich lieber nicht erinnere, musste ich oft an seine Auffassung denken, dass Aggression angeboren ist und nicht angelernt. Wenn ich den Bärenjungen ihr Fläschchen gab, sah ich aus nächster Nähe, dass sie, die plüschigen und bedürftigen Kleinen, in erster Linie bösartig waren, wie die meisten Raubtiere. Von Natur aus wütend und bösartig. Ich glaube, am Ende hätte es keinen großen Unterschied gemacht, mit ihnen zu reden. Dass sie sich darum scheren, ist so ein typischer Menschengedanke, wir glauben, dass andere Tiere nichts lieber wollen, als uns zu gleichen. Dabei sind wir doch diejenigen, die mit unstillbarem Hunger das Tierreich nachahmen. Wir beobachten und imitieren, auch die Aggression. Hartnäckig und mechanisch, bis jede Spur der ursprünglichen Triebfedern ausgelöscht ist, haben manche animalische Wut schon in eine für die grausame Wiederholung geeignete Reproduktion verwandelt. Und waren zu Sadisten geworden. Sadisten mit sauberen Klauen.

»Beamter Beljajew«, frage ich, als wir wieder beim Haus sind, »haben Sie Kinder?«

Ich höre ihn seufzen – was denn jetzt schon wieder –, doch er schüttelt gehorsam den Kopf. Keine Kinder.

»Dann muss ich Ihnen was erzählen. Die Bärin, von der Sie in Ihren Revolverblättern gelesen haben, war eigentlich ein ganz verständiges Tier. Vor langer Zeit, lange vor Ihrer also, haben wir ein Gespräch geführt, sie und ich. Es war ein Stück von hier entfernt, denn im Labor wimmelte es damals von

Menschen. Touristen kamen aus dem Ausland her, müssen Sie wissen, und Bären mögen kein Gedränge.«

»Ein Gespräch«, wiederholt der Polizist. Er kramt eine Zigarette heraus, gibt mir auch eine. Legen Sie los, bedeutet er mir und zündet sie an.

»Die Bärin zeigte sich also langsam, und sie war bildschön. Ich hatte keine Angst, überhaupt nicht, nie gehabt. Obwohl sie wahrscheinlich an die fünf Jahre alt war und bestimmt zweihundertfünfzig Kilo schwer. Eigentlich war es unvorstellbar, dass die Knirpse, denen wir das Fläschchen gaben, später zu so großartigen Geschöpfen heranwachsen sollten. Allein schon dieser Pelz, woher nehmen sie innerhalb von so kurzer Zeit dieses bildschöne Fell? Wie wächst so etwas? Und ich konnte ihr ansehen, dass sie säugte. ›Wo sind deine Jungen?‹, fragte ich. Darauf sie: ›Dasselbe könnte ich dich fragen.‹ Und sie hatte natürlich Recht. Ich sah mich suchend um, hatte aber nicht die Gelegenheit zu fragen, woher sie ihr Wissen nahm. ›Eine gute Mutter folgt ihren Jungen, wenn sie in Not sind‹, sagte sie streng, ›und wenn sie tausend Kilometer rennen muss, sie findet sie und packt sie beim Wickel und bringt einen Welpen nach dem anderen zurück zum Bau.‹ Und als ich nach diesem Gespräch nach Hause kam, Sie werden es kaum glauben, meine Herren, rief sie an.«

»Wer? Die Bärin?«

»Nein! Mein Welpe natürlich! Wochenlang hatte ich nichts von ihr gehört. Und genau nach diesem Gespräch im Wald hat sie angerufen und gesagt: ›Mama, ich kann nicht schlafen.‹ Zufall oder nicht? Zuerst verstand ich kein Wort, es war zwei Uhr nachmittags, die Sonne verbrannte die letzten Sonnenblumen im Gemüsegarten, so heiß war es, genau der richtige Tag für ein Mädchen, um in die Stadt zu gehen, sich mit Freunden am Finnischen Meerbusen braten zu lassen. ›Nein‹, sagte sie, ›du verstehst nicht, Mama. Ich habe seit drei Tagen nicht mehr geschlafen. Keine Minute. Ich leg mich hin, mein Kopf will einnicken, aber ich kann nicht, mein Körper tut mir so weh, dass er mich wach hält, der Dreckskörper. Bitte komm, ich kann nicht mehr.‹ Genau das hat sie gesagt, und genau das müssen Sie sich gut hinter die Ohren schreiben, bevor Sie dem Gerede glauben. Wenn ein Welpe nach seiner Mutter ruft, lässt die sich von nichts oder niemand aufhalten. Dann rennt sie tausend Kilometer auf bloßen Füßen durch den Wald, wenn es sein muss.«

»Und diese Bärenmutter war also auch ihren Welpen gefolgt?«

»Genau. Sie haben gut zugehört, Beamter Beljajew. Erst einem Welpen, dann dem anderen.«

Der Polizist zieht an seiner Zigarette. Wieder diese Verachtung, vielleicht sogar Hass. »Die sollten Sie aufschreiben, Ihre Ammenmärchen.«

»Blublahaha!«

Es ist schon dunkel. Ich habe getrunken, danach habe ich geschlafen. Ich träumte, dass ich mit Vera im Nebel um den See spazierte. Das tiefblaue Wasser floss im Kreis, die Luft über uns war gefroren und knackte manchmal gefährlich. Vera war groß und dünn, ich versuchte, mich bei ihr unterzuhaken, konnte aber nicht Schritt halten.

»Bleib doch da«, sagte ich.

»Nein, in der Stadt ist ein Fest und ich habe versprochen zu kommen.«

Ich wollte ihr so viele Fragen stellen, doch plötzlich kam kalter Wind auf und sie war verschwunden. Es war nur noch das Schnattern der Haubentaucher am Ufer zu hören.

Aufschreiben, meine Märchen? Die will keiner lesen, sie sind grausam. Vor mir die Flasche, die ich stehen lassen musste, die angebissene Gurke, der Teller mit Brotkrümeln, ja – ich verachte mich bis in die Tiefe meines verkümmerten Wesens. Aber Bamscha liegt mir schmatzend zu Füßen und die Katze kneift zufrieden die Augen zusammen. Vor einer Alkoholfahne ekeln sie sich, aber alles andere an einem betrunkenen Menschen mögen sie gern. Vielleicht hören sie uns ja denken, die Tiere; hören das Schnattern unserer Zweifel und Überlegungen und merken, dass die verstummen, wenn wir betrunken sind. Wissen, dass wir ein paar Gläschen brauchen, um uns zu dem Tier in uns hinabzubewegen. Dem Tier, das wir einmal sein sollten.

»Bluuaah! Bluh!«

»Was ist denn heute mit dir los?«

Schweigen. Ich schlüpfe in die Galoschen, öffne die Tür. Draußen riecht es warm. Die Straßenlaterne leuchtet wieder. »Tschück-tschück-schück-tück«, klingt es aus dem Wald, und »iiih-iüü«. Ich komme, ich komme. Die Tiere führen sich auf wie im Wartesaal eines Bahnhofs. In der Stalltür nickt Plow weiträumig, wie Pferde es tun. Ja, komm schon und sieh dir an, was passiert ist. Vor dem Ziegenstall wandert der Bock auf und ab, zur Abwechslung hat er die Zunge im Maul und knurrt nur ein bisschen. Das Mondlicht am Himmel genügt, um mir zu leuchten. Ich stoße einen hohen Seufzer aus. Neben der rauhaarigen Ziege steht ein frischgeborenes Junges, auf vier Pfoten im Stroh. Für einen Moment kommt es zum Gitter, versteckt sich aber sofort wieder an der Flanke seiner Mutter und trinkt, wedelt dabei rasch mit dem Schwänzchen. Es ist blütenweiß, ohne einen einzigen Fleck. Wie ist das möglich? Tränen brennen mir in den Augen. Seit Jahren ist hier nichts mehr geboren worden, nicht mal ein Küken schlüpft mehr aus dem Ei, und jetzt hat unser lachhafter, morscher, hoffnungsloser Laden also das makelloseste kleine Wesen hervorgebracht, das man sich nur denken kann. Mit einem Mal habe ich Hunger. Ich muss ins Haus, mir was zu essen machen.

17

Heute wachte ich auf wie ein Kind an seinem Geburtstag. Das Böckchen! Der Tag hatte schon fröhlich ohne mich angefangen, mit singenden Zaunkönigen und einer flauschigen Sonne am Boden, auf die ich die Füße stellen konnte. Natürlich sah ich, dass es Zeit war für ein neues Nachthemd und dass ich mir unbedingt mal die Haare schneiden musste, doch erst wollte ich den verstärkten Eimer finden, der uns früher zum Melken gedient hat. Als ich in den Ziegenstall kam, schien der Bock zu begreifen, was ich vorhatte. Er versuchte, sich zwischen mich und die Mutterziege zu drängen, doch dann lenkte ihn das Junge ab, das die Gelegenheit nutzte, um auszubüxen. Ich legte den Kopf an den warmen Ziegenbauch, nahm beide Euter in die Hand und molk. Die Ziege gab viel Milch. Ich hörte ihr sanftes Herzklopfen. Dort hinten sah ich das Neugeborene im Garten herumspringen, alle viere in der Luft. Sofort spürte ich wieder, wie es sich zwischen meinen Ohren zusammenzog. War das ein evolutionäres Überbleibsel aus der Zeit, als sie auch bei uns noch zucken konnten vor Rührung? Mein Blick begegnete dem des Bocks. Ein goldenes Schlangenauge. Als ich aufhörte zu melken, wurde der schwarze Schlitz in der Mitte immer breiter, wie eine Luke im Boden. Er musterte mich aufmerksam, überdachte die Information. So hatte ich früher die Tiere angesehen, die ich studierte.

In diesem Land waren wir es gewohnt, beobachtet zu werden. Solange wir in der Minderheit waren, lagen die Tiere auf der Lauer, doch als sie uns nicht mehr erwischen konnten, bekamen sie uns über. Auf die Tiere folgten die Zaren. Bei denen durfte man nicht mal versuchen zu entkommen, sonst gab es ein Brandmal an den Kopf, damit der Rest der Herde einen auch ausmachen und im Blick behalten konnte. Die Sowjets, Führer und Gehilfen, packten es noch gewissenhafter an. Nirgends auf der Welt wurde man so gründlich in Augenschein genommen wie bei uns. Kaum warst du geboren, hattest du deinen ersten Eintrag, in eckiger Schrägschrift auf einem starren Stück Pappe. In der Schule dachtest du, du musst aufpassen, aber sie passten noch besser auf dich auf. Wie verhielt sich das süße Kleine in der Mikrogruppe auf dem Schulhof? Ängstlich oder feige? Quälgeist oder Leithammel? Würde es zu den Dominanten gehören oder zu den Gefügigen? Und im Ferienlager, wie lief es da? Schaffte es seine Aufgaben oder war es ein kleiner Träumer? Alles wurde notiert und berechnet. War es geeignet für den Komsomol, konnte es bei den Grenztruppen dienen oder sollte es besser nutzlose Gräben irgendwo im Umland ausheben? Und danach? Studium? Bautrupp? Kam einer für die Großstadt infrage oder sollte er sicherheitshalber in die Peripherie verbannt werden, bis er genauso ein vertrottelter Säufer war wie seine Eltern?

Man brauchte ihnen nichts zu erzählen, sie wussten es längst. Und wenn sie es nicht wussten, schauten sie so lange, bis sie es sahen. Auch am Institut standen wir unter Beobachtung. Ich glaube immer noch, dass sie uns das Hundekopf-Experiment nur vorgeführt haben, um Maß zu nehmen, unser Format als angehende Zoologen zu ermessen. Die sinnlose

Wiederholung eines Experiments aus der Vorkriegszeit hatte nichts mit unserem Fachgebiet zu tun. Sie zeigten uns den Film, um aus unserer verweichlichten Bande die guten Wissenschaftler herauszupicken. Während wir uns das gepeinigte Tier ansahen, schauten sie in die andere Richtung, um im Licht des Projektors unseren Gesichtsausdruck zu studieren. Wandten wir uns ab, wurde jemand ohnmächtig?

Meine Wenigkeit.

Jedes Jahr erwischte es mindestens einen, hörte ich später von Lew. Und es waren nicht ausschließlich Frauen, die Mitleid bekamen mit dem Opfer auf der Behandlungsliege, dem Ort, wo ernsthafte Wissenschaftler die Tiere zu jener Zeit am liebsten sahen. Auf dem Resopal, unter den Lampen, weit entfernt von der unübersichtlichen Wildnis, aus der sie sie weggeholt hatten. Um jeden Anflug von Sympathie mit dem Objekt zu vermeiden, analysierten sie es wie eine Bodenprobe. Mit meiner Ohnmacht war ich durch ihren Test gefallen, aber ich wusste, dass in Wirklichkeit sie die Feiglinge waren. Die in der Zoologie so wichtige natürliche Verhaltenslehre wurde krampfhaft ausgespart und blieb hier fast so lange tabu wie die Religion, jene Macht, die im Rest der Welt Einwände vorbrachte gegen den Gedanken, dass Tiere in etwa dasselbe empfinden wie wir.

Die Letzte, die mich beobachtete, zumindest so, dass ich es merkte, war Esther. Für die Holländerin waren wir der Russe in der Wildnis. Eine Gattung, die ihr zum Glück nur aus sicherem Abstand ähnelte. Anfangs gefiel mir diese Rolle. Es hat was, sich als exotische Ware zu betrachten, vor allem, wenn man in ein Alter kommt, in dem man genug von sich hat. Ich trug also dick auf und legte mir das Image des russischen Mütterchens zu: der sorgende Typ, der ich im Grunde nie war. Eine andere Rolle war sowieso nicht für mich vorgesehen, weil mein Englisch zu schlecht war für die Art von Gesprächen, die sie mit Lew und Lydia führte. Genauso wenig konnte ich noch als das abenteuerlustige Mädchen durchgehen, das irgendwann einmal in diesem Märchen Einzug gehalten hatte. Das war jetzt meine Vera. Während die Holländerin zusah, sprach ich für die Rolle vor, die jede Russin auswendig kannte: die der breitarmigen slawischen Urmutter mit ihrem Topf Buchweizenbrei. Diesen Topf hat sie immer bei der Hand, zum Drin-Rumrühren, ob sie nun eine Mauer hochzieht, einen verwundeten Soldaten pflegt oder ihren Abschluss in Mikrobiologie macht. Ich wurde nicht zur Bäuerin erzogen und bin nie eine geworden. Lew und ich betrachteten uns als Wissenschaftler, die sich zufällig auf dem Land ein paar Tiere hielten. Oh, wie ich die feinen Damen verabscheue, die sich eines Tages eine Schürze umbinden und den Befehl »Esst« über eine Tafel voller ungeschickt zubereiteter volkstümlicher Speisen verhängen, die sie, weil sie auf Diät sind, nicht anrühren, ihren Gästen aber umso lieber aufdrängen.

»Esst, esst.«

Diese Rolle kennt keinen anderen Text. Meine Altersgenossinnen aus der Stadt redeten natürlich ihren Großmütterchen nach dem Mund – der Generation, die hartnäckig den Großen Mutterländischen Krieg weiterführte. Esst, esst, sonst sterbt ihr vor Hunger. Esst, dieser Trog Kartoffelsalat muss wegkommen. In einem Tempo, als müssten sie die Betonmischer an der Baikal-Amur-Magistrale füllen, wurde das, was sie tagsüber zusammengestampft hatten, in den Mund ihrer Gäste geschaufelt. Esst, esst, damit ihr euch noch auf dem Klo erinnert, was russische Gastlichkeit bedeutet, esst, verdammt, kein Abspann in Sicht, zum Nachtisch gibt es noch Apfel-Pirogge.

Meine Großmutter konnte nicht mal kochen. Auch das gibt es. Ich habe immer noch ihr Exemplar von *Kulinarija*, das gastronomische Nachschlagewerk, so schwer wie der Fünfjahresplan, das kurz nach dem Krieg in der ganzen Sowjetunion verteilt wurde. Beim Anblick der Streichungen wird klar, dass man nicht einmal an die Zutaten für die simpelsten Rezepte kam. Als Kind war ich fasziniert von den wunderlichen Illustrationen, einem Mittelding zwischen Foto und Zeichnung. Sie zeigten düstere Büfetts und abgenagte Karkassen, verzierte Krapfen und mit Mayonnaise besprizte Kaltspeisen, industrielle Fleischwölfe und Kühlschränke und viele Käse- und Wurstsorten, die nie in unseren Geschäften zu finden waren. Sie hatten etwas Unheilvolles, vor allem die Bilder, in denen die Inneneinrichtung öffentlicher Gaststätten definiert wurde, denn die Menschen, die in diesem stalinistischen Überfluss hätten schwelgen dürfen, fehlten. Nur im Kapitel »Fleisch« tauchte eine Männerhand auf, sie zeigte, aus welchem Teil des Rinds Beefsteak geschnitten wurde. Noch so was, was ich noch nie gegessen habe. Als wir hierherzogen, hatte der Dorfladen immer nur Nasen und Füße vom Schwein im Sortiment. Keiner fragte sich, wo der Rest der Tiere abgeblieben war. Manchmal beförderte ein KAMAZ Rinderkarkassen her, die noch steifer gefroren waren als die Straße, auf die sie geschüttet wurden. Statt sie anatomisch zu zerlegen und die Knochen herauszulösen, wurden sie, ganz einfach, kommunistisch in hundert gleiche Teile zersägt. Hatte man sich erfolgreich ein schönes Stück geangelt, warf die Verkäuferin dazu noch ein schlechtes auf die Waage, schließlich musste das Fleisch restlos aufgebraucht und die Verkaufsquote erreicht werden. Nie protestierte jemand, denn eine breitarmige slawische Urmutter weiß sich mit unzumutbarem Fleisch zu helfen. Gutes Fleisch, und sei es noch so zart, malträtiert die breitarmige slawische Urmutter mit dem Hammer, und den trockenen Knochen oder das zähe Stück Haut schrubbt, mahlt und schmort sie ewig, weil Fleisch leiden muss und sie mit. Heute klagt sie über die Halbfertigware, sie will sich schinden. Will sich an zugeworfenen Resten zerschinden.

Iss, iss. Ich spielte meine Rolle voller Hingabe. Doch Esther aß nicht. Mit welcher Energie sie sich gegen die russische Zwangsverköstigung wehrte. Sie lächelte den Gerichten zu, lobte ihren Anblick, rührte sie aber nicht an. Sie erklärte erneut, sie nehme nichts von tierischem Ursprung zu sich, aber die russische Wildnis brachte wenig Geduld auf für Glaubenssätze über Ernährung, seis drum, dann biss sie eben mit langen Zähnen in ein Stück Käse. Dass wir Fleisch aßen, fand sie übrigens vollkommen normal, nicht umsonst gehörten wir zu der von ihr studierten Gattung. Russische Fleischfresser.

Zu guter Letzt ging ich am Posieren kaputt. Ich hatte immer gedacht, wir würden uns in diesem Land gegenseitig durchschauen, wenn wir ein Theaterstück für die aus dem Westen aufführten. Keiner verriet einen, der sich im Suff zum Kasatschok hinknien wollte oder mit näselnder Stimme »Katjuscha« anstimmte, das übrigens überhaupt kein traditionelles sibirisches Lied ist, sondern kitschige Propaganda aus den Dreißigern. Ein Griesgram, wer solche Feste verdirbt. Ich dachte, Lew würde das Spielchen mit mir spielen und später, wenn die Beute eingefahren war, würden wir wieder mit Klimow und Jewtjuschkin ins Feuer schauen und unterdrückt lachen über die naiven Eurostandartschicki, zu denen ich auch Esther zählte. Aber nein. Als der Herbst kam, saß ich allein am Feuer. Soweit ich wusste, würde Lew zusammen mit Lydia das Symposium in Deutschland besuchen und anschließend Ksenia beim Einzug helfen, denn die war gerade dorthin gezogen. Doch als sie zurückkamen, zankten sie sich wie die Pioniere im Ferienlager, wer ihre Abenteuer erzählen durfte und wie detailliert, und mir wurde klar, dass nicht nur Lydia, sondern auch Lew zur IVON-Zentrale in Amsterdam weitergereist war. Und dass sie, weil die Hotels so teuer waren, bei Esther übernachtet hatten. Ich hätte mal sehen sollen, wie Esther wohnte, sagten sie. Wie steil die Treppe war, die zu ihrer Wohnung hochführte. Dass man sich bücken musste, um aus dem Fenster zu schauen, die Aussicht aber schön wäre, auf eine Gracht mit Hausbooten, in denen baumlange Holländer wohnten, die alles, Einkäufe, Kinder und Hausrat, mit dem Fahrrad transportierten. Dass die Amsterdamer hässliche Hunde mochten und gern im Gehen aßen, zu viele verschiedene Dinge, um sie alle aufzuzählen. Dass es ein einziges Gewusel war, aber trotzdem alle entspannt blieben, ach, ich hätte es sehen sollen. Aber das einzig Neue, was ich zu sehen bekam, war Lews Blick. Der war anders und sollte es auch bleiben.

»Ach, Nadja, Nadjenka, unser aller Mütterchen ...«

Untersuchend tastete er mich ab. Ich hatte die Schurze wieder umgebunden, weil ich den Herd saubermachen wollte. Er zögerte kurz, sie zu lösen, entschied sich dann dagegen, ließ sich auf einen Stuhl plumpsen. Die Schürze ging nicht mehr ab, sie war in meiner Haut eingewachsen wie die Kette im Hals eines Hofhunds.

Nimm diese Beine, Lokführer, sind das etwa Altweiberknochen? Vor zehn Jahren gleich gar nicht. Mein Haar, heute noch so voll wie zu meiner Schulzeit, machte keine Anstalten zu ergrauen. Meine Zähne waren gut, meine Brüste noch fest, aber besonders elegant war ich nie gewesen. Mein Vater fand, ich hätte den Rücken eines Wassili Alexejew. Trotzdem blieb ich durch den Altersunterschied zu meinem Mann bis zu meinem vierzigsten Lebensjahr ein Mädchen, und ohne Esther wäre ich das heute noch. Lydia sagte, Esther sei ausgesprochen schlank verglichen mit ihren Landsleuten, deshalb komme sie sicher gut an bei den niederländischen Männern. Sollte das eine Beruhigung für mich sein? Ich war sowieso davon ausgegangen, dass Esther es nicht nötig hatte, sich zu einem alten russischen Bart herabzulassen.

Im Spätsommer 2005 kam sie wieder. Lew holte sie in Scheremetjewo ab. Abends rief er an, der Flug hätte sich verspätet und sie würden erst am nächsten Tag aus der Hauptstadt aufbrechen. »Zwölf Stunden Fahrt an einem Tag, das ist nichts in meinem Alter«, fügte er hinzu. Davor hatte ich schon Vera angerufen, um zu fragen, ob sie nicht auch kommen wolle. Doch sie klagte ebenfalls über die Entfernung. Ich hatte gedacht, sie würde sich freuen, ihr Idol wiederzusehen, doch sie sagte, sie sei krank. Einen ganzen Tag mit Lydia im Auto zu sitzen, das schaffe sie nicht. Wieso wohnten wir plötzlich zu weit weg? Acht Stunden, zwölf Stunden im Auto, dazu waren wir früher nie zu müde. Solche Entfernungen legte man mit Bedacht zurück, versunken in Gedanken, über die man bei der Ankunft schwieg wie über die Nutten am Straßenrand.

»Wirklich nicht?«

»Ich habe keine Lust auf die vielen Leute.«

Draußen war es unerträglich heiß, doch Vera blies kalte

Schauder in meine Richtung. Sie sprach direkt in den Hörer, und trotzdem schwang da nichts mit, als befände sie sich irgendwo tief unter der Erde.

»Aber Esther und Lydia siehst du doch gerne?«

Stille, die Leitung war wie tot.

»Die Besucher bleiben nur noch eine Woche«, sagte ich, »danach ist alles wieder wie früher. Versprochen.«

Auch ich hatte die Schnauze voll von den Eurostandartschicki. Während die Bären in die Pubertät kamen, mussten wir die Verantwortung für sechs Freiwillige übernehmen, die gerade erst aus dieser Phase raus waren. Sie waren faul und rüpelhaft und fürchteten sich vor den Tieren, die sie versorgen sollten. Eines Abends schlugen sie Alarm, weil ein Bärenjunges angeblich ausgebrochen war und in der Laborküche eine Keksrolle verschlungen hatte, samt Verpackung. Natürlich war das gelogen, wir sahen auf den ersten Blick, welcher dieser Angeber das Tier ins Labor eingeladen hatte. Zur Sicherheit beschlossen wir, nicht die Bären abholen zu lassen, sondern den Besuchern bis zum Ende ihres Aufenthalts freizugeben; es waren nur noch ein paar Tage. Bei Esthers Ankunft hatte Scherpjakow sie gerade im Bus in die Stadt begleitet. Später hörte ich, sie hätten den ganzen Tag in einer Kneipe gesessen, Cocktails getrunken und Billard gespielt, weil man draußen vor Hitze umkam. Sie waren noch nicht zurück, als unser Jeep in den Weg einbog.

Ich erkannte sie nicht sofort. In den letzten Monaten hatte ich ihr Gesicht nur ab und zu gesehen, verzerrt von der schlechten Internetverbindung. Ich hatte vergessen, wie groß sie war. Als sie ausstieg, sah ich, dass sie Lew um einen halben Kopf überragte, doch der schien sich nichts daraus zu machen. Lächelnd verfolgte er ihre Bewegungen, während sie sich wie eine Seerose an seiner Hand entfaltete. Also doch, dachte ich, doch, doch. Sie ist sehr wohl entzückt von diesem russischen Bart. Und sie brauchte sich nicht zu ihm herabzulassen, denn an ihrer Seite sah er besser aus denn je. Unverrückbar männlich.

Sie trug ein wadenlanges Sommerkleid. Das irritierte mich. Das hauchzarte gebrochene Weiß, die Puffärmel, das Band, dessen Enden auf ihrem Hintern tanzten. Der Schnitt war aus der Zeit kurz nach dem Krieg. Ich hatte Fotos meiner Großmutter mütterlicherseits in Kleidern, die so fallen sollten, es aber nicht taten, weil sie nicht aus Seide waren und weil meiner Oma in diesen vier grauenhaften Jahren jede Anmut abhandengekommen war. Sie war noch keine Dreißig, konnte aber nicht mehr anders dastehen als in Habachtstellung. Diese Haltung übertrug sich auf meine Mutter. Vorgerecktes Kinn, starr an den Körper gepresste Arme, die Beine ein Stück auseinander, für einen festen Stand, keiner pustete einen so leicht um. Das Ergebnis bin ich mit meinem Gewichtheber-Rücken. Erst bei Vera ging es wieder in die richtige Richtung. Die vier Jahre, die sie auf festgestampftem sowjetischem Boden herumgelaufen war, genügten nicht, um darin zu wurzeln, sie ließ sich noch leicht in ein nettes Leben umtopfen. Und seht nur, was aus ihr geworden ist. Ihr würde dieses Kleid wirklich gut stehen, dachte ich, als ich das verliebte Paar auf der Veranda in die Arme schloss. Schön war Esther nämlich immer noch nicht. Ihre Eleganz war beinahe außerirdisch, stimmt, aber ihre Größe war obszön, als hätte sie sich immer weiter dem Licht entgegengestreckt, das ihr zuteilgeworden war.

»Ich freue mich ja so, wieder hier zu sein!«, rief sie und fiel mir erneut um den Hals. Sie roch gut. Ein edler, raffinierter, erst kürzlich aufgetragener Duft. Ihr Haar war weich, streifte in dicken Strähnen meine Wange. Ihre Hände trommelten goldig auf meinen Rücken. Sie freute sich wirklich, mich zu sehen. Ich stellte mich auf die Zehenspitzen, das Kinn auf ihrer Schulter, und musterte meinen Mann.

Ein Mann bekommt eine Herzattacke von Affären. Seine Flamme, meist jünger als er, liegt ihm auf einer Seite in den Ohren, die Schuldgefühle auf der anderen. Und bums, geht er zu Boden, zu Fall gebracht von der Last zweier Weibchen. Tja, hätte er sich eben nie aufrichten sollen, als Affe war er locker mit einem ganzen Harem fertiggeworden. Ich sah, wie Lew ihr Gepäck abstellte und seine Taschen nach Zigaretten abtastete. Er hatte sich von uns abgewandt und grinste, als wäre er verrückt geworden. Da hat es angefangen, glaube ich; da haben seine Nerven zum ersten Mal versagt.

Ich liege in dem Bett, in dem er sonst allein schläft, unter seiner Decke, doch da ist kein Geruch. Mir fällt nichts ein. Ich drehe mich auf den Bauch, drücke die Nase in sein Kopfkissen, schnuppere. Nichts weist darauf hin, dass er vorhatte, mich zu verlassen. Wo ist er jetzt? Denkt er an mich? Vielleicht steckt er ja irgendwo im Wald fest wie ein brünstiger Hirsch mit viel zu großem Geweih. Sein Bett ist übrigens groß genug für zwei. Überall um mich herum ist mehr als genug Platz. Mehr als genug Luft zum Atmen und eine Fülle an Geräuschen, die kein anderer hört. Es könnten ruhig ein bisschen weniger sein. Es bedrückt mich, mehr als damals, als sie mich noch im Blick hatten. Damals war ich immerhin ein paar Gedanken wert. Wer verfolgt jetzt noch, was ich tue? Sie haben mich durchgestrichen, fertiggezimmert, in ein namenloses Grab gelegt.

»Ist da jemand?«

Kto tam? Ktotam? Ktototam?

Kein Trommelwirbel zur Antwort. Wo ist mein Zug, Lokführer? Vielleicht bin ich ja taub geworden. Vielleicht stehst du insgeheim schon da und wartest, still und leise. Du hast versprochen, sie zurückzubringen, hast gesagt: Geduld, der nächste Zug kommt immer. Ich habe Geduld wie ein Tier, Lokführer, aber meine Stimme, die nur noch dazu dient, mich zu räuspern, prallt von den Wänden zu mir zurück. Außerdem ist es zu kalt hier drinnen. Zum Glück muss ich nicht raus, um Holz zu holen, habe heute Nachmittag einen Korb vom Vorrat unter der Veranda reingeschleppt, so geistesgegenwärtig bin ich noch. Ich stehe auf, lege die Decke aber wieder zurück, um meine Wärme darunter zu bewahren. Heute Nacht will ich hier schlafen. Ich schalte nur die kleine Lampe in der Küche ein und lasse die Ofentür offen, um dem Knistern zuhören zu können. Ich werde Babulja immer ähnlicher. Warum ist sie in den letzten Tagen so oft in meinen Gedanken? Es ist ein seltsames Geschäft, die vielen Erinnerungen im Tausch gegen Lews Gemecker. Als wäre er der Korken auf einer Flasche voller Trauergeister gewesen. Hier, noch so eine Seele, die ich lieber nicht reinlasse: die Stimme von Vera, aus dem kalten Hörer. In meiner schweißnassen Hand.

»Bitte komm, Mama.«

Esther war seit zwei Tagen da und Lydia gerade angekommen. Den Rest weiß ich nicht mehr genau, ich hatte zu viel getrunken. Wahrscheinlich war ich auf der Veranda eingeschlafen, so tief, dass mich keine Alarmglocke wach bekommen hätte. Gezerre an der Hängematte, die damals noch nicht von den Fledermäusen angefressen war. Aus Lydias Fahne drang vor meinen nur halboffenen Augen: »Telefon, Nadja. Es ist Vera. Sie will nur mit dir sprechen.«

Ein Schlag, ich schrecke aus dem Schlaf. Keine Ahnung, was das war, aber vor dem Ofen liegt ein schwelendes Stück Holz, das ich mit dem Pantoffel austrete.

Nein, kein Schlag. Es ist ein russisch-orthodoxer Chor, der da draußen singt. Erfreut binde ich meinen Morgenmantel zu, schlüpfe in die Galoschen und gehe hinaus.

Pscht, sage ich zur knackenden Veranda.

Die Stimmen sind weg. Stattdessen schleppen sich zwei schwerfällige Töne voran. Für einen Moment verzieht sich der Schall, in der Stille nimmt die Nachteule ihr Rufen auf, dann geht es wieder los. Es heult. Ich kann es nicht anders nennen, es heult kolossal und himmelweit. Warum reagieren die Tiere nicht?

»Hallo!«, schreie ich.

Meine Augen tun weh vom schwarzen Himmel.

Ein hoher, zaudernder Ton setzt ein. Ich dachte, mir würden die Großen Geräusche so langsam fehlen, aber Lew hat Recht, das hier ist nicht gut. Der Himmel selbst klingt, als wäre ihm bange. Nichts macht einem Kind mehr Angst als die Angst seiner Eltern.

»Hörst du endlich mal auf, verdammt!«

Die Bäume rauschen etwas lauter, glaube ich. Alles andere bleibt unverändert. Es macht nur mir etwas aus. Erschöpft lasse ich mich auf den Gartenstuhl fallen, reibe mir die zitternden Hände, bis sie sich beruhigen. Meine Augen denken noch nicht dran, sich an die Dunkelheit zu gewöhnen, trotzdem stehe ich auf, schleiche mich zu den Ställen. Nach und nach zeichnen sich die aufgeplusterten gefiederten Körper ab, sie schlafen dicht aneinandergedrängt unterm Maschendraht. Dort liegen die Ziegen. Lassen sich auch nicht stören. Nur das Kleine kommt zu mir. Immer noch blütenweiß ist es, und hellwach.

»Kommst du mit?«

Es lässt sich seelenruhig hochheben. Ich nehme es unter meine Fittiche und schleiche schnell zurück zur Veranda, ins Haus. Tür zu! Das Feuer knistert, es kommt ohne mich aus! Mit der anderen Pfote drücke ich Lews Zimmertür auf, tauche ab ins Bett, samt Böckchen. Unter der Decke, die noch ein bisschen warm ist, drückt es mir seine vier kalten Hufe in den Bauch. Ich streichele das kräftige, neugeborene Fell auf seinem Kopf und zucke mit den Ohren vor Rührung.

18

Ich hatte mir immer vorgestellt, dass es sich so abspielen würde. Ich öffne eines Nachts die Augen, wache aber nicht auf. Die Silhouette des Teufels beugt sich über mich. Registriert meinen Schlafatem. Befühlt mit kräftigem Huf meinen Herzschlag. Draußen, hinterm Kopfende, gerät alles Mögliche in Bewegung, mischt sich ein: »Wo sollen wir mit ihr hin? Alt genug ist sie ja, jetzt reicht es mal.« Ich will weiterschlafen, die Entscheidung an mir vorübergehen lassen. Doch der Zweifel hat meine Muskeln schon angespannt. Die Silhouette tritt auf der beuligen Matratze ein paar Schritte zurück. Ist jetzt kleiner, dazu hornlos. Nicht ernst zu nehmen, dieser Teufel. »Maaama«, blökt er, »Mahama.«

Hol mich ab. Mama, ich kann nicht schlafen.

Auch draußen habe ich keine Vorstellung von der Uhrzeit. Nur die Hühner schlafen noch, der Rest des Tierhaufens ist hellwach. Teufelchen strampelt unter meiner Jacke, seine Eltern kommen mir empört entgegen. Bamscha folgt auf dem Fuß, Plow legt den Kopf über die Stalltür, alle stehen brav da und warten, als wäre ich die Einzige, die Schlaf braucht. Sie sind dafür gemacht, wachsam zu bleiben in den paar Jahren, die sie auf dieser Erde herumspringen, und wenn ihre Zeit gekommen ist, sterben sie in ihrem natürlichen, immer noch vollen und glänzenden Totengewand. Die wenigen Tierarten, die lange leben, sterben meistens genauso kahl und faltig und übergriffig wie wir. Ich schäme mich, als ich das Böckchen neben seine Mutter stelle.

»Da, er konnte nicht schlafen. Es wird nicht wieder vorkommen.«

Sofort stürzt sie sich auf ihn, leckt ihn ab. Weg mit dem ganzen Menschenschmutz.

Bitte komm. Ich kann nicht mehr.

Ich war betrunken, als Vera anrief. So betrunken wie seitdem nie wieder. Vielleicht wäre ich das ohne ihren Anruf ja geblieben, wäre vom Schlaf in den Tod umgestiegen – eine gute Verbindung, Lokführer. Lydia brachte mich ins Haus, ich spüre bis heute ihre herrische Hand in meinem Rücken. Ich kämpfte gegen den Schlaf, der Hörer drohte mir aus der kraftlosen Hand zu fallen. Lew und Esther saßen hinter mir am Küchentisch, als ich Vera hörte: *Hol mich ab, Mama.* Die Leitung kroch vom Telefon in die Steckdose zum staubigen Boden unter unserem Haus, durch den Garten, vor Scherpjakows Haus in den Mast, vorbei an der Bushaltestelle, ins Dorf rein und wieder raus, kreuz und quer durch den Sumpf, an den Feldern entlang, unter den Wolken, schwenkte zwischen die Gebäude, über die Tannenwipfel, weiter, weiter, über Bezirksgrenzen hinweg, dicht über die Plattenbauten am Stadtrand, über Kanäle, Brücken, die Fassade hinauf bis zur Fensterbank, klopfte an ihre Scheibe. *Wenn ich auflege, stirbt sie.* Die dringlichen Töne der unterbrochenen Verbindung weckten mich, der Hörer fiel mir doch noch aus der Hand.

»Was gibt es?«, fragte Lew.

»Ich fahre morgen zu Vera.«

»Nach Petersburg?«

Ich nickte, ohne mich umzudrehen. Ihre Blicke bohrten sich auch so in meinen Körper.

»Aber du warst doch seit zwanzig Jahren nicht mehr da.«

Genaugenommen sogar noch nie. Als wir hierherzogen, hieß es noch Leningrad. Dort bin ich geboren. Da war Sankt Petersburg nur eine dünne Staubschicht aus Gespenstern und Geschichten über der Stadt, aus berühmten Toten in Prunkgräbern hinter dem Alten Newski, aus Geistern, die durch den Smogschleier auf den Scheiben zu uns reinspähten und sich wunderten, was wir für einen Saustall aus allem gemacht hatten. Sankt Petersburg, das waren glanzlose Requisiten von Kirche und Zar, romantischer Singsang, Paläste und Fassaden, die zu schön wirkten, um wahr zu sein. Waren sie auch nicht, beschwor man uns, als die Straßennamen ausgelöscht wurden. Petersburgs berühmteste Straßen und Plätze waren in Leningrad unauffindbar und umgekehrt, weil sie immer weiter strichen und radierten, benannten und umbenannten. Man wurde nicht mehr schlau daraus, keiner wusste mehr, wo er war. Nach dem Weg zur Malaja Morskaja habe ich nie gefragt, zu meiner Zeit hieß sie Gogolstraße. Dessen Figuren traf man übrigens gelegentlich immer noch. Nachts, wenn man betrunken war und in Gässchen und Hinterhöfen Schutz suchte vor dem eisigen Wind. Doch tagsüber schossen wir unter der Erde vom Bürgerlichen Prospekt zu dem der Veteranen, und wenn wir oben herauskamen, zeigte Lenin nach links: »Ihr seid auf dem richtigen Weg, Kameraden!«

Trotzdem sagte niemand Leningrad, immer nur *Piter*. Leningrad gehörte den Helden, nicht uns. Wir wollten nicht mehr in dieser Gruft leben, und die Stadt, Leningrad, hatte sich aus purer Not mitten zwischen die vielen Hungertoten gelegt. Sie hatte den Deckel über ihrem Kopf zugeschoben und wartete seither auf den richtigen Moment, um kreidebleich und blutrünstig wieder aufzustehen: »Ihr seid auf dem richtigen Weg, Kameraden!«

Noch seltsamer als Leningrad war das Petersburg aus Lews und Lydias Geschichten. Als würden sie über eine Stadt im Ausland sprechen, so klang es für mich. Wenn ich nach einer Kneipe fragte, in der wir früher gern waren, schüttelten sie nur mitleidig den Kopf. Meine Erinnerungen waren auch abgeschafft. Warum ich der Stadt zwanzig Jahre fernblieb? In Moskau war ich regelmäßig, die Hektik, die vielen Menschen waren also nicht das Problem. Es lag an den verpassten Chancen, denen wollte ich nicht begegnen. Mehr als alle anderen werden Auswanderer von der Angst zerfressen, die falsche Entscheidung getroffen zu haben. Manche zweifeln ihr Leben lang, bis sie vor Verbitterung ersticken. Aha, wir sollen also keine Auswanderer gewesen sein? Ohne sich von der Stelle zu rühren, wurde meine Generation von einem Land ins andere verfrachtet, von einer Geschichte in die andere, von einer Lüge in die andere. Wir wurden um dreihundertsechzig Grad gedreht, zusammengedrückt, wieder auseinandergezogen und erneut zusammengedrückt, und hielten stand, schließlich waren wir ein Volk von Kosmonauten.

Der Abend, an dem Vera anrief, hatte mit einem Streit angefangen. Deshalb hatte ich so viel getrunken. Lydia hatte uns als Schwächlinge beschimpft. In holprigem Englisch hatte sie versucht, Esther zu erklären, sie habe 1991 auf den Barrikaden gestanden, wir aber nicht. Sie gehöre zu den Helden und wir zu den Feiglingen, weil wir mit unseren Bienen in der Natur Honig machen wollten.

»Laboratorium der Unabhängigkeit, was für ein Dreck«, sagte sie. »Es war euch einfach nur zu kompliziert geworden.«

Und dann hatte mich Esther gefragt, ob ich mein Leben nie langweilig gefunden hätte. Lew und Lydia sagten nichts. Für einen Moment war mir, als hätte ein Requisiteur die Küche eingerichtet: das Radio auf der Fensterbank, die schiefhängende Lampe mit Spinnweben ums Kabel, die Tischdecke aus Plastik und ihre sonnengebräunten Hände darauf, in einer Hand ein Glas, in einer anderen eine Gabel – das alles drängte sich wie ein absurdes Stillleben in den Vordergrund ihrer Frage. Ob ich keine Angst hätte, präzisierte Esther, ganz allein *in the middle of nowhere?*

Das Russische kennt diesen Ausdruck nicht. Wenn hier das Nirgendwo ist, wo beginnt dann das Irgendwo? Was macht es zu einem Irgendwo? Die Menschen? Dann ist es ihr Irgendwo, nicht deines. Dann kannst du nur hoffen, dass sie dir ein Stück davon abgeben.

»Wolltest du nie verreisen?«, fragte sie mich mit einem Lächeln, »einem neuen Horizont entgegen?«

Ich wollte sagen, dass Menschen, die sich zum Vergnügen auf die Suche nach einem neuen Horizont machten, meistens nicht lange genug blieben, um ihn zu finden. Dass sie abhauten, bevor das Schicksal zuschlagen konnte. Sie suchten nach dem Leben, fanden aber nur einen Abklatsch. Sie nannten sich Abenteurer, waren aber nur Sammler, die die weite Welt in ein Album steckten wie eine unbenutzte Briefmarke. Deshalb waren ihre Fotos und Geschichten so sterbenslangweilig. Das hätte ich sagen wollen, doch die englischen Wörter blieben mir in der Kehle stecken wie ein Messer. *I'm not afraid*, sagte ich nur. Sie hatte festgestellt, dass ich allein war. Und damit hatte sie Recht. Lew und Lydia hatten mich zurückgelassen, um sie zu besuchen, und waren als Fremde zurückgekehrt. Ich schnappte mir eine Flasche, ging auf die Veranda und schlief ein. Es war warm draußen, das spürte ich sogar im Traum. Vera rief an, Lydia schob mich ins Haus, damit ich mir ihren Notschrei anhörte, die Verbindung wurde unterbrochen. Ich fragte, ob Lydia mich am nächsten Tag zum Zug bringen könnte und ging schlafen. Ich hatte keine Angst. Nicht vor der Reise, nicht vor der Geisterstadt, wo ich seit zwanzig Jahren nicht mehr gewesen war. Ich hatte nicht einmal Angst, meinen Mann mit einer anderen Frau zurückzulassen.

Um auf der zehnstündigen Reise vor jeder Form von Aufdringlichkeit verschont zu bleiben, kaufte ich mir ein Ticket für die Holzklasse. Der Konversation in einem geschlossenen Viererabteil zog ich es vor, an den Käfigtieren im *Platzkartny*-Waggon entlangzuwandern, die kein Wort über irgendetwas verloren und dir höchstens verschlissene Strümpfe aufzwangen. Einige blieben bis zur Mittagszeit in ihrer ausgeleierten Unterwäsche auf den Pritschen liegen, verbreiteten ungeniert ihren Schweißgeruch. Diese Gitarre klimpernden, Rätsel lösenden und Würfel spielenden Leiber reisten nicht zum Vergnügen, aber sicher auch nicht zur Strafe; ich freute mich zu sehen, dass sich hier jedenfalls nichts verändert hatte, dass meine Landsleute immer noch eine große Vorliebe dafür hatten, sich mit nacktem Oberkörper in engen Räumen zusammenzudrängen. Und auch die Landschaft auf der anderen Seite des Fensters war dieselbe. Nichts wies darauf hin, dass zwanzig Jahre verstrichen waren, immer noch lag eine Viertelstunde zwischen einem Häufchen Häuser und dem nächsten, immer noch blafften kräftige Hunde auf den Wiesen den Zug an. Ich dachte an meine Bahnfahrten mit Vera, als sie noch ein Kind war. Wie ich die kleine Waldnymphe mit den Wabbelbäuchen und -brüsten von Mütterchen Russland bekannt gemacht hatte. Nie hatten wir uns unwohl gefühlt. Sie brachten ihr bei, wie man beim Kartenspielen betrog. Klimperten Lieder für sie und verschluckten die bösen Wörter. Wir zählten die bellenden Hunde und kamen zu dem Schluss, dass ein und derselbe dem Zug mit sagenhafter Geschwindigkeit hinterher sein musste. Ich freute mich auf die Rückreise mit ihr. Hier könnte sie sicher einschlafen, in dem großen und unordentlichen Nest des *Platzkartny*-Waggons. Und der Dicke mit dem auf die Brust tätowierten Skorpion würde doch bestimmt ein Lied für sie singen.

Doch als die ersten Vorstädte von Sankt Petersburg in Sicht kamen, wurde alles anders. Gesichter spannten sich an, Gitarren wurden weggepackt, Hosen angezogen. Die Aussicht bot keinen Raum mehr zum Schauen, denn die Urbanisierung fing viel früher an als in meiner Erinnerung, mit kantig aneinandergebauten Platten und Bürogebäuden. Stundenlang hatte die Landschaft kein Wort fallen lassen, außer den verblassten Namen der kleinen Bahnhöfe, durch die wir fuhren. Jetzt schrien eisenbahnwagengroße Reklametafeln ZU VERMIETEN und KREDIT. Schweigend stiegen die Fahrgäste aus, als hätten wir nicht gerade noch alle zusammen vor uns hin geschwitzt. Die Abendsonne erwartete uns im schönsten Bahnhof Russlands, doch alle liefen an ihr vorbei. Erst dort, beim Ausgang in die lärmende Stadt, wurde ich von einer bösen Vorahnung erfasst.

Ich konnte Vera nicht erreichen. Sie hatte mal erzählt, sie teile sich ein Zimmer mit ihrem mir noch unbekannten Freund, in der Schulstraße, Metrostation Schwarzes Flüsschen. Mir blieb nichts anderes übrig, als zu hoffen, dass sie noch dort wohnte. Ich folgte der Menschenmenge nach draußen und betrachtete die Stadt. Sie war schön geworden, in grellen Farben bemalt, und roch nach reichlichem, gutem Essen. Die Straßen erkannte ich noch, doch sie waren sauberer, geradliniger, aber auch sehr hektisch geworden, Stoßstange an Stoßstange standen die Autos, in einem unfreiwillig sich ordnenden Chaos. Wie war das möglich? Alle wussten doch, dass unsere Bevölkerung schrumpfte. Hatten diese vielen Leute solche Dörfer wie meins verlassen oder hatte falsche Nostalgie das Gewimmel aus meinen Erinnerungen verschwinden lassen? Den Autos und ihrer Kleidung nach zu urteilen standen die Passanten finanziell besser da als vor zwanzig Jahren. Trotzdem fehlte etwas: das Gefühl der Verbundenheit. Auch früher hatten sich die Bewohner dieser Stadt nicht gern angeblickt, doch die Absurdität unseres Lebens hatte eine Verbindung geschaffen. So sehe ich das zumindest. Heute wirkten die Leute weder zufrieden noch unzufrieden, es gab einfach keinen Grund, Blicke zu tauschen. Oder war ich vielleicht nur zu alt und keinen Blick mehr wert, war ich ein überflüssiger Mensch geworden?

Am anderen Flussufer beschloss ich, ein Auto anzuhalten, doch es blieb nur ein echtes Taxi stehen, keine Chance, mit dem Fahrer über den Preis zu verhandeln.

»Setzen Sie sich endlich«, sagte er schließlich unwirsch. Er hatte Ähnlichkeit mit Dimka. Auch in diesem Auto roch es nach Wunderbaum. Ich hoffte, er würde sich mit mir unterhalten, dann könnte ich ihm erzählen, dass ich kein überflüssiger Mensch war, sondern eine breitarmige slawische Urmutter, gekommen, um ihre Tochter zu retten. Doch er stellte nur das Radio lauter und ich sah aus dem Fenster auf die flackernden Werbetafeln. *24/7, Valuta, Brathähnchen, Optik*, eine rüde Verballhornung eines Gedichts von Alexander Blok. Der Flachbau aus Backsteinen in der Schulstraße war genauso schmutzig grau wie früher. Der einzige Laden war einer für Auto-Ersatzteile und darüber, hinter einem der quadratischen Fenster ohne Gardinen, musste Vera sein. Erst suchte ich eine Weile nach dem richtigen Eingangsportal, dann war da kein Klingelbrett, sondern nur ein Codeschloss. Erneut wählte ich ihre Nummer, aber immer noch sagte der Anrufbeantworter, sie sei nicht erreichbar. Als eine Frau in meinem Alter herauskam, schlüpfte ich, dank des alten Lächelns der Verbundenheit, in den unbeleuchteten Aufgang. Es roch nach Katzenpisse und Zigaretten. Hinter den Eisentüren blafften Fernseher. Auf dem Treppenabsatz im dritten Stock stand ein Mann in Badelatschen und rauchte, starrte ins weiße Licht seines Telefons. Unsichtbar ging ich an ihm vorbei, klingelte bei der Nummer 47 und sah zu Boden. Nach einer Weile schloss ein Jüngelchen in einem Frauen-Morgenmantel die Tür auf.

»Ich bin Veras Mutter«, sagte ich. Diese Worte hatte ich lange nicht mehr gesagt.

»Aha«, sagte er, blieb aber in der Tür stehen. Es war, als hätte sich etwas zwischen uns geschoben, zwischen ihn und mich und den vorigen Augenblick und den nächsten. Ein Ort, an dem er lieber gewesen wäre als hier. Ihm fielen die Augen zu und er zuckte zusammen.

»Ja, kommen Sie rein.«

Mit dem Fuß hielt er den PVC-Boden im Flur an Ort und Stelle. Auch hier stank es nach Zigaretten und Katzenpisse und dazu nach etwas Ekligem, Organischem. Ich erkannte Veras Lieblingsstiefel. Hier hatten sie nichts zu suchen, sie gehörten auf unsere Veranda, einsatzbereit im Waldgeruch. Diese ganze Unternehmung sollte bei ihren Stiefeln anfangen, dachte ich. Wenn die erst mit der Spitze in die richtige Richtung zeigten, würde Vera sicher folgen. Ich zuckelte hinter dem Jungen her, vorbei an einem kleinen verdunkelten Zimmer mit einer einsamen Matratze auf dem Boden. Der Gestank wurde stärker, als wir zur Küche kamen.

»Vera?«, rief der Junge schleppend.

Sie antwortete in einem ähnlichen Ton.

»Ich bin im Bad.«

Tiere und Kinder glauben, du wärst Gott. Sie glauben, du durchschaust sie, merkst ihnen alles an und kannst es lösen wie ein Bilderrätsel. Doch wie Gott tappen auch Eltern oft im Dunkeln. Ich durchschaute Vera nicht, konnte nicht nachvollziehen, was in sie gefahren war, dass sie sich das antat. Sich für diese Hölle entschied, obwohl sie im Paradies geboren war. Ich erschrak nicht sofort, als ich sie auf dem Wannenrand sitzen sah. Doch ihr Blick verriet mir, dass ich es tun sollte, dass ich nicht nur auf ihre Augen schauen sollte, die genauso schön und kindlich waren wie sonst auch. Als Nächstes fielen mir ihre witzigen Tigerpantoffeln auf. Die waren wirklich was für sie. Und sie passten zu ihren Schienbeinen, deren Haut in graue Stücke zerbrochen war wie ein ausgetrockneter Sumpf. Mit beiden Händen versuchte sie, die dunkelviolette Kruste an ihrem Bein zu verstecken. Sie sah aus wie ein Vipernbiss, nur größer.

»Du hast dir die Haare gefärbt«, brachte ich heraus.

Entschuldigend fuhr sie sich mit der Hand durchs platinblonde Haar. Sie hatte es auch abgeschnitten.

»Wir fahren nach Hause«, sagte ich.

»Sind diese Leute noch da?«, fragte sie. »Diese Fremden. Die müssen erst weg.«

Stunden vergingen, in denen Vera zwischen Badezimmer und Küche hin- und hertappte, sich mit Sascha stritt und versuchte aufzuräumen. Im Wohnzimmer lag ein Berg von Bettzeug, Kissen, Lumpen, sie wusste nicht, wohin damit, und fing an, darin zu wühlen wie ein Maulwurf. Ich öffnete die Vorhänge zur dunklen Stadt, wollte das Zimmer lüften, ihr Bett machen, doch sie ließ es nicht zu. Sascha warf in der Küche mit Sachen um sich und ging dann in einem Schwall von Flüchen fort. Ich machte mich auf die Suche nach Essen, fand nur eine Packung Makkaroni und einen kleinen Topf mit angebranntem Zeug am Boden. Alles in der Küche klebte. Vera setzte sich in eine Ecke, verzapfte minutenlang Unsinn und schlief dann ein.

Gegen Mitternacht wachte sie auf, für einen Moment wieder sie selbst.

»Ich habe geschlafen«, sagte sie erstaunt.

Dann fing sie an, sich zu kratzen, mechanisch wie eine Katze, während sie mir ihren Traum in allen Einzelheiten erzählte. Eine bloße Aneinanderreihung grausiger Eindrucke, die sie kaum in Worte fassen konnte. Wir hatten uns immer unsere Träume erzählt, auch die Albträume. Dann waren sie weniger beängstigend. Wenn die Kinder nicht schlafen konnten, legte ich mich neben sie und nahm sie ihnen ab, wie ich es in Baschkortostan gelernt hatte. Dann legte ich meinen Kopf an ihren und wir funkten wie Telegrafisten. Jetzt fühlte sich ihre Stirn kalt an, obwohl sie so hektisch geplappert hatte. Sie drückte ihre Stirn an meine. Mir wurde übel, ich konnte ihre Angst fast schmecken.

»Erwischt«, flüsterte ich heiser, »verstanden, Ende!«

»Verstanden, Ende!«, wiederholte sie.

Da hätte ich sie mitnehmen sollen. Sie in eine Decke wickeln, ihr die Stiefel anziehen, nichts wie weg. Doch dann kam Sascha zurück. Vera fing wieder an herumzuräumen, sich mit verzerrtem Gesicht übers Bein zu reiben. Wenn sie doch nur ein Fell hätte, dachte ich. Was hat unsere unzulängliche nackte Menschenhaut nur in dieser harten Welt zu suchen?

Ich drehe mich auf den Bauch und weine. Warum ersticke ich meine Tränen in der Matratze? Als ob mich jemand hören könnte, wenn ich in dieser totenstillen Dunkelheit brülle wie eine Kuh ohne Herde. Ich weine ins Kissen, weil ich es selbst nicht hören will. Ich will nicht die Einzige sein, die meinem Kummer lauscht.

Du kannst nicht sagen, ich hätte keine Geduld gehabt, Lokführer. Du hast gesagt, du würdest sie zurückbringen. Ich bräuchte nur zu warten. Wie oft habe ich mir in Gedanken diese Reise ausgemalt: wie ich sie in die Decke wickle, wie wir uns zusammen in deinen Zug kuscheln, wie uns die ganze Reise derselbe bellende Hund und ein gemütlicher Wabbelbauch auf der Gitarre begleiten. Und wie ich sie danach in diesem Bett gepflegt hätte, das damals noch mein Bett war und das von Lew, bis ihre Adern wieder zart und hellblau gewesen wären wie die eines Neugeborenen. Vera, Verotschka. Meine dumme Waldnymphe mit den Tigerpantoffeln.

»Pst.«

Da ist seine zärtliche Hand in meinem Nacken. Er ist so warm wie immer, als wäre er nie weg gewesen.

19

»Darf ich zu dir?«

Ich schlage die Bettdecke auf. Er donnert ins Bett, Oberkörper, ein Bein, anderes Bein, Arm auf meine Hüfte. Er ist ein großer Mann und das Bett klein. All die Jahre war mir nicht aufgefallen, dass alles nur knapp passte. Langsam erkenne ich sein Gesicht im Dunkeln. Seine Augen sind offen, deshalb tauche ich in seiner Umarmung ab.

»Meine Nadjenka.«

Seine Stimme in seinem Brustkorb vibriert mir im Ohr, seine Brusthaare kitzeln mich: wie ich das vermisst habe. Auch deshalb muss ich weinen.

»Findest du mich einen überflüssigen Menschen?«

Er muss lachen.

»Wir sind alle überflüssig.«

Jetzt legt er auch sein Bein auf meins, es ist bleischwer. Seine Hand tröstet mich weiter. Unsere Lippen finden sich im Dunkeln, als wären nicht Jahre ins Land gegangen. Er riecht nach Milch und Soldatenschweiß. Rasch drehe ich mich auf den Bauch, wäre um ein Haar aus dem Bett gefallen, doch er hält mich zurück und legt mir die Hand unters Becken. In dieser Umklammerung fühlt sich alles an ihm größer an als in meiner Erinnerung; seine fordernden Finger auf einer Seite, sein Glied in meinem Rücken, so hart wie das Gestänge eines Hirschs. Zu dieser Jahreszeit werfen Hirsche ihre Stangen ab. Das Testosteron löst den Bast ab, sie scheuern sich an den Bäumen. Zweimal habe ich so ein Geweih gefunden, beim letzten war das Siegel noch blutig. Solange es wächst, ist das neue Geweih mit einer samtweichen Haut überzogen. Es ist hart, empfindlich, gut durchblutet.

Ich staune, wie gut wir uns paaren. Kräftig und ungezwungen, mit heißen Körpern und gierigen Zungen. Es passt genau. Was außerdem verrückt ist: Da gibt es keine Scham, aber wir lassen die Dunkelheit unversehrt und sagen kein Wort. Ich sehe ihn erst richtig, als wir nachglühen und sein Gesicht im Schein des Feuerzeugs aufleuchtet. Rauchen, das ist das Einzige, was ich von früher erkenne. Ich reibe mich an seiner Achsel, schnuppere.

»Ich habe eine Überraschung für dich«, sagt er. »Willst du sie jetzt sehen oder lieber morgen?«

»Natürlich jetzt.«

Lümmelhaft steigt er aus dem Bett, knipst das Licht im Flur an. Sofort bereue ich es. Er soll mich wieder besteigen, bevor es hell wird und der Tag anfängt. Was sonst noch zwischen uns passiert oder eben nicht, spielt jetzt keine Rolle. Eine Luke hat sich in mir geöffnet, und da unten ist alles in Wallung.

»Schau«, flüstert er.

Widerwillig richte ich mich auf. Er hält einen Glasbehälter in Händen, es ist ein Terrarium aus dem Labor.

»Bin gespannt, ob *du* es erkennst«, sagt er und entfernt vorsichtig das Handtuch. »Gut möglich, dass es sich um eine noch unentdeckte Art handelt.«

Im Licht, das aus dem Flur hereinscheint, sehe ich etwas von der Größe eines kleinen Handflüglers, aber dieses Tierchen ist ganz kahl. Es lebt noch ein bisschen. Seine Flügel sind lang und knochenlos wie bei einem Insekt, seine Pfötchen dagegen eindeutig Fledermauskrallen, aber dieses Köpfchen ... Nein, ich könnte wirklich nicht sagen, was es ist. Mit einem dunklen, zwinkernden Auge sieht es uns von der Seite an.

»Weg damit.«

»Aber es ist doch völlig irre, findest du nicht? Jetzt ist es still, aber draußen hat es mit ganz verrückten Lauten gesungen. Wir müssen es determinieren.«

»Morgen ist auch noch ein Tag.«

Was für ein gespenstisches Intermezzo ist das denn? Eben dachte ich noch, wir hätten die Harmonie wiederhergestellt. Hätten die Uhr zurückgedreht zu der Zeit vor unserem lachhaften Laden und die Dinge hätten wieder ihre Funktion. Ein neues Leben war geboren, blökend und strotzend vor Gesundheit, Lew war wieder da, sein Verstand war wieder da, wichtiger, unsere Liebe war wieder da, und wir würden noch lange und glücklich leben. Aber jetzt ist da dieser verkümmernde Unbekannte. Was auch immer er ist, er leidet.

»Lass ihn frei.«

»Spinnst du? Dann stirbt er. Er war bestimmt dehydriert, als ich ihn gefunden habe. Und sieh ihn dir doch jetzt an, er trinkt schon.«

»Tu ihn bitte zurück in den Flur. Wir können ihn morgen untersuchen, aber doch nicht jetzt ...«

Als Lew wieder zu mir ins Bett kommt, ist nichts mehr von der spannungsgeladenen Geilheit übrig. Im Gegenteil, der Widerwillen ist zurück. Er legt den Kopf aufs Kissen und schläft ein, lässt mich einsam wach zurück. Das war schon immer so. Lew war der Einzige in der Familie, der nicht träumte, sagte er jedenfalls. Ich glaube, er verjagte seine Träume wie Ungeziefer. Kscht, fort mit euch im Tageslicht. Und dasselbe erwartete er von uns. Doch wir teilten unsere Träume beim Frühstück in allen Formen und Farben, und für Vera hörte es damit nicht auf, sie träumte tagsüber weiter und erzählte uns beim Abendessen, wie ihre Träume ausgegangen waren. Das hat Lew mir später vorgeworfen. Ich hätte sie nach Formen und Farben süchtig gemacht, sagte er.

Können nur Träumer süchtig werden, Lokführer? Da bist du ja endlich. Deine Waggons klingen schwer beladen, der ganze Wald bebt unter den lockeren Schwellen. Bestimmt hast du gewartet, bis Lew zurückkommt, um mich zu blamieren. Es ist wirklich lächerlich, wie ich hier liege, mit seinem sinnlosen Samen zwischen den Beinen. Nie war ich bei Lew, als der Zug kam, ich fühle mich ertappt. Zum Glück schläft er weiter. Wo war er, in diesen Tagen? Welches Abenteuer verbirgt er hinter seinen braven, erstaunlich dichtbewimperten Lidern? Am einfachsten wäre es, wenn ich mir ein Szenario ausdenke, eine schöne, passende Fluchtgeschichte für ihn. Frauen wie ich sind nun mal Träumerinnen, Lokführer. Egal, wie oft du sie betrügst, sie träumen dir gern dein Alibi zusammen.

»Was hast du gesagt?«, brummelt Lew.

»Nichts. Hat der Zug dich geweckt?«

Er brummt und schmatzt. Welcher Zug? Dann stützt er sich auf dem Ellbogen ab, plötzlich hellwach: »Ich will dir was erzählen. Dieses kleine Tier da im Flur ist die Antwort auf all unsere Fragen.«

»Ich habe keine Fragen, außer der, wo du warst.«

»Nein, nein, die Frage, was aus der Welt wird! Wir erleben gerade ein Massensterben der Arten, Nadja. Seit den siebziger Jahren hat sich die Population der Wirbeltiere halbiert. Kein Mensch spricht darüber. Innerhalb eines einzigen Jahrhunderts hat die Hälfte der Säugetiere achtzig Prozent ihres Lebensraums verloren. Aber hier, bei uns, ist der Mensch weggegangen. Man sollte doch meinen, dass die Tiere dann zurückkommen. In dieser Nacht bin ich ans andere Ende des Sumpfs gegangen, weil ich wissen wollte, wo die Geräusche herkommen. Ich kam zum Weiler Kulkino. Weißt du noch, wie wir dort mal einen Puter und eine Pute gekauft haben? Lange her. Jetzt sind alle Häuser verlassen, wie hier. Auf den Straßen lag eine dicke Schicht Anthrazitkohlepulver, es fühlte sich an, als ob ich auf einem Vulkan gehe. Der Asphalt war aufgebrochen wie die Kruste von zu schnell gegangenem Brot, aus den Rissen kam gelbes Gras. In den Gemüsegärten wuchsen gruselige Gewächse, riesiger, nicht essbarer Kohl, bizarre Stiele mit violetten Sprossen. Am schlimmsten war aber, dass ich nirgends ein Tier gesehen habe. Die Höfe waren verlassen, nicht mal ein Spatz saß in den Bäumen. Wenn du wüsstest, wie seltsam es ist, ohne Vogelgezwitscher. Wenn du nur von Menschenhand gemachte Dinge hörst, die im Wind klappern und quietschen und knirschen. Ich bin in Panik geraten, habe eine Nacht und einen Tag nach Tieren gesucht. In den leeren Ställen, auf den alten Äckern, zwischen dem Schilf im Moor. Ich wäre so froh gewesen über einen Frosch oder auch nur Kreise auf dem Wasser, von einem Fisch. Ich bin in die Häuser gegangen, habe nach Mauselöchern gesucht, aber keine gefunden. Sogar das bisschen Essen, das die Menschen zurückgelassen haben – Makkaroni, Zucker, solche Sachen –, war unangerührt. Eigentlich wollte ich so schnell wie möglich wieder nach Hause, aber ich hatte Angst, dass die Gegend verseucht ist. Dann hätte ich das Aussterben nach Hause mitgebracht, Nadja. Stell dir nur vor, was das für die Tiere und für uns bedeutet hätte.«

Hinten in seinem Rücken kann ich sein Herz klopfen hören. Ich will nach seiner Hand greifen, doch er ist in Gedanken wieder bei seinem Fund.

»Nein, hol ihn nicht noch mal her«, flüstere ich.

»Was hast du denn?«

»Ich finde ihn gruselig. Ein Fehltritt der Evolution.«

»Als ob die Evolution nur optimale Geschöpfe hervorgebracht hätte ... Als ob wir so gut gelungen wären, Nadja. Egal, wo wir uns blicken lassen, das Leben verschwindet! Ist das etwa logisch? Nicht nur die Stille war scheußlich. Auch der Geruch, ich kann ihn gar nicht beschreiben. Es roch da nicht nach Dung, da gab es keinen mehr. Vielleicht roch es nach Plastik. Überall hielt ich Plastikplanen, Gartenstühle, leere Flaschen für Lebewesen, aber es war immer nur der Wind. Ich dachte, ich werde verrückt. Kniff mich in den Arm, und da fiel mir plötzlich auf, wie einzigartig unser Fleisch ist ... Lebendig, aber alles zerstörend. Und dann habe ich ihn gehört. Er kreischte los, als ich näher kam.«

Er geht zum Terrarium, wo sich nichts regt. Plötzlich bekomme ich doch Angst, dass es tot ist, dass wir uns dieses nackte Geschöpf nur deshalb ins Haus geholt haben, um es zu begraben, bevor es gekannt war. Eine Erfindung, umsonst gestorben. Hier ruht das Unbekannte Tier. »Ein Glück, es lebt noch«, höre ich Lew sagen.

»Es muss überleben.«

Und dann? Er hat nur einen. An der Universität nannten sie Lew den Noah von Westrussland. Da steht er, fünfhundert Jahre alt, im Adamskostüm, Bart bis auf die Brust, mit einem hoffnungslosen kleinen Wesen in den Händen. Es faucht ihn an wie eine Katze.

»Als ich ihn gefunden habe, hat er laut, aber melodisch geschrien«, sagt er. »Wie man es sonst nur von Vögeln kennt. Du glaubst gar nicht, wie froh ich war, ihn zu hören.«

Er tut das Tierchen zurück, deckt das Terrarium ab und geht raus, eine rauchen. Als ich mich neben ihn setze, erhellt sich der Himmel von unten her, als hätte jemand ein Feuer angezündet.

»Hast du noch Geräusche gehört?«, fragt Lew. »Die Großen Geräusche meine ich.«

»Ja, gestern. Ganz kurz.«

»Gestern war es warm und klar. Es war nicht weiter schwer, den Weg nach Hause zu finden. Ich konnte es nicht erwarten, dich zu sehen. Weißt du, an welches Lied ich da denken musste? ›Der Himmel kommt näher‹.«

»Boris Grebenschtschikow.«

»Ich muss immer daran denken, wie wir auf dem Dach des Ägyptischen Hauses gesessen haben, weißt du noch?«

Ich weiß es noch. Ich war schwanger. Wir wollten von der Stadt Abschied nehmen und kannten dafür keinen besseren Ort als das Dach des Ägyptischen Hauses, das flach ist und weit höher als die anderen Gebäude. Wie das Haus der Bücher auf dem Newski war es kurz vor der Revolution errichtet worden, im Art-nouveau-Stil, nichts ahnend von der baldigen Enteignung und Aufteilung in Mehrfamilienwohnungen. Sein miserabler Zustand war von Vorteil für uns, weil uns niemand fragte, was wir dort zu suchen hätten. Zwischen den düsteren Pharaonenköpfen wohnten düstere Menschen, die gelernt hatten, sich nichts aus den anderen zu machen. Wir stiegen mindestens acht Treppen hoch und danach noch über eine rostige Leiter zur Öffnung aufs Dach. Ich nahm Lews Hand und ließ mich von ihm rausziehen. Von dort sah die Stadt aus wie ein Dinosaurier, der mit seinen rostigen Dächerschuppen die Leben der Menschen bedeckte, aber die schauten nicht allzu oft nach oben. Diesen Himmel wollten wir mitnehmen, sagten wir uns, und tatsächlich treibt er sich manchmal auch hier herum, azurblau und mit silbernen Sternen eingelegt wie ein kostbarer Deckel. Später hörten wir das Lied »Der Himmel kommt näher« und dachten, Grebenschtschikow habe sicher auch auf dem Dach des Ägyptischen Hauses gesessen:

Wir nahmen Abschied an der Ecke aller Straßen,
Vergaßen selig, dass jemand uns hinterherschaute;
Alle Wege begannen vor unseren Türen,
Doch wir gingen nur nach draußen,
um Zigaretten zu schnorren.
Und diese lange Nacht lag vor uns,
und ich war sicher, wir würden nie einschlafen.
Aber weißt du, der Himmel kommt mit jedem Tag näher.

20

»Er ist tot.«

Er sagt es leise, ohne zu wissen, ob ich überhaupt wach bin. Ich linse zu ihm, sehe seine nackte, in sich zusammengesunkene Gestalt im Flur, aus der offenen Haustür scheint die Sonne auf seine Schultern. Armer Lew. Ich teile seinen Kummer nicht. Jedes Kind konnte sehen, dass der Nicht-näher-Bestimmte lebensunfähig war. Ein Experiment, das war er. Wer weiß, wie oft Arten entstehen, die gar nicht von uns entdeckt werden sollen.

»Begraben wir ihn«, sage ich, »vielleicht hatte er doch irgendeine Krankheit.«

»Nein, nein, wir müssen ihn untersuchen.«

Eine aufgeweckte Brise fährt Lew durchs Haar, doch er bemerkt es nicht. Er stiefelt in die Küche, ich mache mich auf Klagen und Klirren gefasst, hoffe inständig, die Verwirrung bleibt noch eine Weile fern. Vielleicht hat sein Ausflug ihm ja den Kopf zurechtgerückt.

Ich stehe auf, sehe meine Kleider in einem Haufen auf dem Boden liegen. Es scheint eine Ewigkeit her zu sein, dass ich sie ausgezogen habe. Ich will nicht mehr in diese Lumpen schlüpfen, aber nackt kann ich auch nicht bleiben. Die Nacht liegt wirklich hinter uns. Und das war früher unser Zimmer, dort, in diesem Schrank, steckt ein Schlüssel, der sich schon geraume Zeit nicht mehr herumdrehen lässt. In dem Schrank hängen Kleider, ich habe vergessen, welche, doch bei unserem Wiedersehen werden sie Erinnerungen wecken wie alte Klassenkameradinnen. Nur ich bin älter geworden, sie sind höchstens ein bisschen angestaubt. Ich stemme eine Schulter gegen die Tür, versuche, das Schloss nach oben zu ruckeln. Der Schlüssel gibt nicht nach, der Rest des Schrankes schon. Der ist seit Jahren einsturzgefährdet.

»Was machst du? Lass mich mal ran.«

Es gelingt ihm. Die Tür öffnet sich, wir werden von einer Kampferwolke eingehüllt und schauen enttäuscht ins Dunkel. Schließlich holt Lew ein gelbes Kleid mit Blumenmuster hervor.

»Das hat dir immer gut gestanden.«

»Ich habe es selbst genäht, weißt du noch?«

Aus koreanischer Seide, die Lydia mir zum Geburtstag geschenkt hatte. Für ihre Verhältnisse war das ein sehr weibliches Geschenk, sie drapierte den Stoff um mich herum und sagte, sie habe doch gewusst, dass die Farbe mir gut stehen würde. Dann wurde sie plötzlich verlegen. Diesen scheuen Blick hatte ich noch nie an ihr gesehen, und ich werde ihn auch nie vergessen. Doch mit einer Geste war sie wieder ganz die Alte: »Ich kenne mich damit nicht so aus, du hast eine Begabung für solche Dinge.«

»Ziehst du es mal an?«

Lew kann sich zwar erinnern, wie er mich durch diesen Stoff berührt hat, aber wir wissen beide, dass es mir nicht mehr passt. Da stehen wir also, nackt, die Scham drängt sich in einem Seidenkleid zwischen uns. Ich zwänge mich durch Ausschnitt und Ärmel, er zieht mir vorsichtig den zarten Stoff über die Brüste, doch als ich es geschafft habe, sehe ich meinen Speck aus dem offenen Reißverschluss quellen.

»Ja«, stellt Lew fest, »das war ein sehr schönes Kleid.«

Er schlüpft in seinen Morgenmantel und meldet, dass er Hunger hat.

»Zuerst die Tiere.« Und dann fällt mir etwas ein: »Ich habe auch eine Überraschung für dich.«

Draußen herrscht ein wollüstiger Morgen, mit schwellenden Blattknospen und sehnsüchtig gereckten Blütenkelchen. Barfuß gehen wir übers weiche Gras, zum ersten Mal sehe ich die Lenzrosen, die Rabatten voller Veilchen, Ehrenpreis und Akelei, die dicken Bienen in der Luft über ihnen. Es riecht nach Kamille und warmem Wachs. »Warte«, sage ich, »ich will, dass du's hörst, bevor du es siehst.« Wir bleiben stehen und lauschen, doch nichts übertönt das Vogelgezwitscher. Wir lassen Plow allein zur Weide trotten. Ich bitte Lew, sich die Augen zuzuhalten, gehe im Laufschritt zu den Ziegen, nehme das Kleine und stelle es auf den Gartentisch.

»Jetzt darfst du schauen.«

Kindlich, mit offenem Mund und ausgebreiteten Armen geht Lew auf das Neugeborene zu. Vor dem Tisch lässt er sich auf die Knie fallen, der alte Bock fasst die Szene schweigend ins Auge.

»Wer ist das, wie …? Heißt das, er hier …«

»Und du wolltest ihn schon abschlachten lassen! Seit er Vater geworden ist, hat er aufgehört mit dem Geschrei. Darum ging es ihm anscheinend.«

»Aber wie denn? Seit Jahren rennen sie hier rum, und es ist nie was passiert.«

»Woher soll ich das wissen? Vielleicht war es ja eine unbefleckte Empfängnis. Schau ihn dir doch an. Das Zicklein Gottes!«

Ich hocke mich neben Lew ins Gras. Der Neugeborene bleibt keck stehen, genießt sichtlich die erhöhte Position. Sein anfangs sehr weißes Fell ist flauschiger geworden, und goldener. Aber Lew sieht überhaupt nicht glücklich aus, er denkt an sein kleines Monster. Später, als wir mit offenen Fenstern frühstücken, beschließt er, dass das Terrarium auf dem Tisch prangen soll. Durch das Plexiglas sieht uns der Tote immer noch an, mit größeren und schwärzeren Augen. Wie ein Tier von Hieronymus Bosch.

»Kommst du mit? Dann präparieren wir ihn.«

Bamscha reagiert als Erste. Als wir hintereinander durch den Wald zum Labor gehen, fällt mir auf, wie groß der Kontrast zur anderen Seite des Hauses ist. Diese Seite liegt im Schatten, sie ist kälter und verbreitet keinen Blütenduft, vielmehr riecht es noch nach herbstlicher Fäulnis. Es ist schwer, sich vorzustellen, dass auch hier mal Sommer war und wir ein Stück weiter, auf der nebligen Lichtung zwischen den Birken, gepicknickt haben.

An dem fraglichen Vormittag hatte ich hochkonzentriert gekocht. Kohlpasteten. Dicke Quarkpfannkuchen, Pilzbrötchen mit Sahne, Knoblauch und Dill, Pfefferkuchen mit süßer Erdbeermarmelade. Den fehlenden Schlaf hatte ich nachgeholt und kochte jetzt alles Elend der Stadt von mir. Jeder Küchenchef weiß, dass man zum Kochen einen kühlen Kopf braucht, aber im Gegensatz dazu geht Backen sehr gut, wenn man Kummer hat. Kneten, warten, ausrollen, füllen, all das eignet sich gut zum Weinen. Die ganze Zeit gingen mir fünf Bilder durch den Kopf. Ihre klebrige Küche. Die angebrannte Schmutzkruste im Topf. Die Matratze. Seine fiese Fresse, ihre dürren

Rippen. Da musste mehr Butter ran, mindestens drei Esslöffel. Ich starrte auf den Teig, starrte danach in den Ofen, ohne etwas zu sehen.

Es war ein seltsamer Morgen, an dem ich allein war und Esther ausgeliefert. Sie übernahm die zweite Fütterung der Bären und mistete anschließend fröhlich die Gehege aus. Die Männer waren in die Stadt gefahren, um Ersatzteile für den Jeep zu besorgen, Lydia machte eine hydrologische Analyse im Sumpf – ein kleiner Auftrag für ein kommerzielles Büro, sagte sie. Spätestens um zwei Uhr wollten alle zurück sein, damit wir zusammen essen konnten. Esther kam in die Küche, als ich die Pasteten aus dem Ofen nahm.

»Das riecht aber gut.«

Wegen der Eier und der Butter, dachte ich, sagte aber nichts. Ich hatte schon oft genug Rücksicht auf ihre Ernährung genommen.

»Kann ich dir helfen?«

Ich ließ sie Gurken und Tomaten für den Salat kleinschneiden. Wir redeten nicht viel, sie schluckte ein paar Mal ihre Worte wieder hinunter.

»Ich kann mir nicht vorstellen, Mittwoch wieder zu Hause zu sein«, sagte sie schließlich. »Ich hatte mich so darauf gefreut, Vera wiederzusehen.«

Das Picknick war Esthers Idee gewesen. Wir legten einen Zettel auf den Küchentisch, wo sie uns finden würden, und gingen schon mal vor. Im Wald, hinterm Labor, breiteten wir das Essen auf einer Decke aus. Wir schenkten uns Limonade ein, tranken beide einen kleinen Wodka dazu. Sie wollte wieder fotografieren, diesmal sollte sie selbst auf den Bildern zu sehen sein. Dafür posierte sie routiniert. Viele ernste Blicke in die Weite, während sie mir Anweisungen zurief über den richtigen Standpunkt oder den Winkel, aus dem ich die Aufnahmen machen sollte, doch als wir uns das Ergebnis ansahen, merkten wir beide, dass etwas fehlte. Der Kontrast. Alles auf dem Bild war gleich unerbittlich. Es war der heißeste Tag des Jahres, die Birken standen blütenweiß um uns. Die Mittagshexe war gekommen. Sie hatte sich mit ihrer Sichel einen Weg durch den Wald gebahnt und offenbarte sich in ihrer messerscharfen Raserei.

»Das ist die *poludniza*«, murmelte ich vor mich hin, »wir müssen trinken.«

Selbst wenn sie mich gehört hätte, das Phänomen konnte sie nicht kennen. Lew glaubte nicht daran, aber seine Familie hatte auch nie auf dem Land gearbeitet. Ich wusste natürlich über Babulja davon. Aus ihren Erzählungen, wie sie als kleines Mädchen immer wieder gesehen hatte, dass ein starker Bauer auf dem Feld vom Wahnsinn erfasst wurde. Sie habe sofort verstanden, dass dies das Werk der Mittagshexe war, denn der Bauer zerriss sein Hemd und schrie ununterbrochen dasselbe Rätsel: »Zweimal geboren, niemals getauft, ein Prophet für alle Menschen!« Alle Binder hätten gerufen: »Der Hahn, der Hahn!«, doch er habe nicht reagiert, versuchte nur, in der flimmernden Luft die Poludniza abzuwehren. »Von zwölf bis eins, eine Stunde, ruht jeder eine Runde«, sagte meine Oma, »sonst hackt sie einem den Kopf ab. Aber, na ja, die Alternative waren die Volkspatrouillen in der Kolchose.«

Durch die Linse stach mir die Sonne in die Augen, aber an meiner Nase war nichts auszusetzen. Der Geruch ausgewachsener Bären lässt sich kaum beschreiben, außer, dass er nicht unangenehm ist, obwohl er alle anderen Gerüche im Wald überschreit. So ein Tier kann zweihundert Kilo Beeren am Tag fressen und braucht sich zum Kacken nicht mal hinzuhocken. Ich sah, wie Esther sich die Schläfen rieb. Vielleicht war sie müde, sehnte sich zurück nach Hause. Ich zoomte sie heran. Die Sonne hatte ihrer Haut, die unverändert weiß und wunderschön war, nichts anhaben können. Inzwischen sah sie jünger aus als Vera. Die Zeit, dieser windige Händler, hatte sich einen Wechseltrick erlaubt.

»Ach, Nadja«, sagte sie, »darf ich ein Bärenjunges holen? Fürs Foto. Nur ganz kurz.«

Ich hatte die Kamera sinken lassen.

Aus dem Labor dringen Lews übliche Flüche. Vielleicht ist es doch besser, wenn ich nachsehe, was er treibt. Es stinkt noch schlimmer als beim letzten Mal. Das Knäuelgespinst, das sich am Gebälk festkrallt, sieht dicker aus. Wo sind die Raubspinnen, die diese Weben bewohnen? Regelrechte Schlampen sind das. Lassen sich von ihren Männchen mit Geschenken einlullen, meistens erbeutete und sorgsam umsponnene Insekten. Einige Freier sind so faul, dass sie nur die Verpackung verschenken, aber darauf fallen die Raubspinnen nicht rein. Wenn sie die leeren Gespinste beim Wiegen für zu leicht befinden, werfen sie sie fort und fressen die Männchen auf. Die Generation Frauen, die nach meiner in unseren Großstädten aufgewachsen ist, hat sich diese Kunst von den Gliederfüßern abgeguckt. Schweigen, das ist der Trick. Jammer ihm nicht die Ohren voll, spinne gönnerhaft weiter und schlag dann im Stillen zu.

»Warst du in letzter Zeit hier?«, fragt Lew, ohne sich umzudrehen. Er breitet das kleine Monster auf der Werkbank aus. Ein Füßchen hier, ein Flügelchen dort.

»Es fehlt nämlich wieder alles Mögliche.«

Mir fällt auf, wie breit und gerade seine Schultern im Morgenmantel sind. Falls er sich heute Nacht mit neuer Lebenskraft vollgesogen hat, verstehe ich nicht, wie er so lange darauf hatte verzichten können.

»Ich nicht, aber du hast doch das Terrarium geholt«, sage ich.

Er mault ein bisschen, beschließt dann, ein altes Glas zu nehmen, aus dem das meiste Ethanol verdampft ist. Er schüttet den kleinen Frosch aus, den wir mal bewahrenswert fanden, der landet in Sprunghaltung auf dem Boden. Selbst Bamscha hält ihn noch für lebendig.

»Ach, und der Polizeibeamte hat hier kurz reingeschaut.«

Lew fällt der Glasstöpsel aus der Hand.

»Polizei! Was zum Teufel?«

»Weil du vermisst wurdest. Dimka hat sie gebeten, mal nachzusehen. Wir müssen ihnen noch sagen, dass du wieder da bist.«

»Was hatten sie hier zu suchen, im Labor?«

»Neugier. Sie haben es echt nicht vergessen, selbst dieser Kleine hat von dem Unfall angefangen.«

Er dreht sich um, völlig entgeistert, und ich bereue sofort, dass ich es erwähnt habe. Seine Konzentration sickert weg, wird ersetzt von der altbekannten Verzweiflung. Komm schon, denke ich, während ich ihn zur Werkbank schiebe, vergiss es. Eigentlich sieht das kleine Wesen aus, als wäre es schon präpariert. Als hätte man es, um es für eine ferne Zukunft zu plastifizieren, kurz nach der Geburt in Formaldehyd oder irgendein anderes scheußliches Zeug getaucht, mit dem die Luft in Kulkino gesättigt ist. Die zukünftigen Entdecker unseres Planeten werden zu dem Ergebnis kommen, dass wir nichts anderes gewesen sind als ein zusammengewürfelter Haufen Genmaterial, das sich so lange wiederholt hat, bis nichts mehr übrig war.

»Warum leben wir noch?«, fragt Lew. »Warum ist in Kulkino alles Leben verschwunden, hier aber nicht? Was haben sie dort verbrochen, wenn sogar wir noch am Leben sind?«

»Warum sollten wir nicht mehr leben dürfen?«

Er sieht mich völlig fassungslos an.

»Nach allem, was hier passiert ist.«

»Was ist denn hier passiert?«

Ein Brausen unterbricht uns, als würde ein Schiff zwischen den Bäumen segeln. Sekundenlang verdunkelt sich der Raum, wir rennen zum Fenster. Hinter uns tritt jemand knarrend über die Schwelle. Ein Schritt, zwei Schritt. Wir drehen uns um und sehen den Raben in der Tür stehen. Er flöht sich lässig unter dem rechten Flügel, bis er sich unserer Aufmerksamkeit sicher ist. Dann sperrt er den mächtigen Schnabel auf, würgt die Worte eines nach dem anderen aus seiner Kehle: »Eine Riesenschlamperei. Das ist hier passiert.«

21

Bei der Geburt bekommt jeder dieselben Zutaten mit auf den Weg, die Frage ist, wie man sie ausschmückt. Je mehr, desto besser, oder? Aber so, wie es in den Zeitungen stand, war es einfach nur hässlicher Quatsch. Und das soll nicht sein. Die Blättchen, die unsere Polizisten lesen, haben von trostloser Trübsal und heulenden Touristen geschrieben. Zuerst einmal waren die bereits weg. Eine Stunde bevor ich aus Sankt Petersburg zurückkam, also einen Tag vor dem offenbar derart sensationellen Ereignis, das sogar der internationalen Presse berichtenswert erschien, hatte Scherpjakow sie in den Zug nach Moskau gesetzt.

Zu diesem Zeitpunkt wusste ich nicht mal, ob es Tag war oder Nacht. Aber ich war froh, meinen Nachbarn am Bahnsteig zu erkennen, stolz in seinem weißen Jackett, die Leinenkappe auf dem braungebrannten Schädel, wie ein Matrose aus Odessa. Er hatte Rosen mitgebracht, für Vera.

»Wo ist sie denn?«

»Sie kommt mit dem nächsten Zug, hat der Lokführer gesagt.«

»Welcher Lokführer? Warum ist sie nicht jetzt mit dir mitgekommen?«

Er war geschockt, vom Wesen her aber so stoisch, dass er für seine Empfindung keine passende Mimik hatte. Ich wollte, dass er sagt: »Wird schon!«, wie damals, als wir die Gehege gebaut hatten. Wird schon, natürlich kommt Vera zurück. Doch das sagte er nicht. Er nahm mir das Gepäck ab und legte mir behutsam die Hand auf die Schulter.

»Komm, mein Auto steht vor dem Bahnhof.«

Schwankend vor Schlafmangel ließ ich mich von ihm zum Ausgang führen. Da war er, der wohlanständige, untadelige Held, mit dem wir im Sowjetkino aufgewachsen waren, den man aber im echten Leben selten traf. Und wenn, dann nur im Vorbeigehen. Auf der Rolltreppe in Gegenrichtung, zum Beispiel, unmöglich, ihn einzuholen. Eine Fata Morgana von Mensch. Wenn man selbige Rolltreppe dann nach einer Frau absuchte, die zu ihm passen könnte, war keine in Sicht. Es war unvorstellbar, dass dieser Passant ein geregeltes Leben führen sollte. Aber da war Scherpjakow, der echte, und auch seine Frau hatte ich noch gekannt, die Nina hieß und der Nervosität fremd war, weil sie mit diesem vorbildlichen Mann verheiratet war.

»Die Eurostandartschicki sind also abgezogen?«, fragte ich, als wir unterwegs waren. »Vera wollte nicht zurückkommen, solange das Haus noch voller Leute ist.«

»Aber jetzt sind sie weg«, sagte Scherpjakow. »Sie hätte genauso gut mitkommen können.«

»Aber Esther ist doch noch da?«

»Ja. Esther ist noch da.«

Er sah mich unsicher an und schaute rasch wieder auf die Straße, mit einem Blick, als könnten wir jeden Moment eine Abfahrt verpassen. Doch hinter den Häusern von Kriwandino kam eine Stunde lang nichts, weil dort der Erbsenwald lag. Es war damals schon eine der trostlosesten Straßen der Gegend, leer, Gegenverkehr gab es kaum. Die wenigen Männer, denen wir zunickten, weil sie, wie wir, vor einem Schlagloch abbremsen mussten, fuhren allein. Jedem hier war klar, dass Autos uns zu faulen, vor allem aber zu einsamen Reisenden gemacht hatten. Früher konnte man wenigstens noch ein Gespräch mit dem Kutscher auf dem Bock anknüpfen oder mit dem Pferd, das man lenkte.

Hinter dem Wald wurde es nicht etwa belebter. Die Häuser an der Straße kannte ich alle vom Sehen, doch ihre Bewohner waren immer Fremde geblieben, bis zu ihrem Auszug. Jetzt war da nur noch Gras, meterhoch hinter den Zäunen. Bei der ersten Kreuzung sahen wir endlich einen Fußgänger. Von hinten. Über und über tätowiert, Marine-Unterhemd, Trippelgang. Verdammt, das konnte doch nicht wahr sein.

»Halt!«, rief ich. »Halt an!«

Gehorsam blieb Scherpjakow am Straßenrand stehen. Ich öffnete die Tür und rannte in die Hitze hinaus.

»Ilja! Warte, ich bins!«

Aber er war es nicht.

Als ich wieder einstieg, sah ich, dass Scherpjakow von Tausenden Fragen geplagt wurde, seine vorbildliche Haltung ihn aber daran hinderte, sie zu stellen. Er bemerkte nur, dass ich todmüde sein müsste, und fügte hinzu, er würde in Nachtzügen auch immer schlecht schlafen, weil sie ihn an den Schlafsaal bei der Armee erinnerten.

»Es gibt nichts Einsameres, als wach unter Schlafenden zu liegen«, sagte er. »Wenn man in der Dunkelheit Hunderten Gurgeln ausgeliefert ist und weiß, dass die anderen der Nacht gehorchen, man selbst aber nicht. Eine heikle Lage.«

Wie du weißt, Lokführer, habe ich in diesem Nachtzug kein Auge zugetan. In Strümpfen wanderte ich im Gang auf und ab, als du mich erwischt hast. Ich war die Patientin auf dem Weg zum Ausgang, du der Arzt, der genug davon hatte, mich immer wieder zu retten.

»Sie schon wieder«, sagtest du, »können Sie nicht schlafen?«

»Und Sie? Müssen Sie nicht den Zug führen?«

Schichtwechsel, erklärtest du. Du hattest Frühschicht, eine lange Strecke vor dir. Und weil du meistens nachts an der Reihe warst, konntest du jetzt nicht schlafen. Was für ein seltsames Leben, sagte ich, aber du wolltest nicht reden. Also bekam ich eine Zigarette angeboten, die wir im ohrenbetäubenden Lärm zwischen den Wagen rauchten. Ich brauchte auch nichts mehr zu sagen, ich hatte alles schon auf dem Bahnsteig hinausgeschrien. Jetzt kam uns nur noch Rauch aus dem Mund, während wir im Wagenübergang den Blick starr auf den rumpelnden Boden gerichtet hielten. Zwischen den losen Bohlen sahen wir Bahnschwellen vorbeiflitzen, die Menschenhände dort vor langer Zeit mehr oder weniger zwangsweise verlegt hatten. Wie viele Bahnschwellen gab es wohl in diesem Land? Ich dachte an Iljas Worte, als er wieder einmal von einer Reise zurück war – dass unser Volk nichts lieber machte, als sich hängen zu lassen, doch wenn wir erst mal in die Gänge gekommen wären, würden wir lammfromm immer weitermachen, über Kilometer und Jahre in die falsche Richtung. Und anschließend kaltschnäuzig kopfschüttelnd den ganzen weiten Weg wieder zurück.

Als Scherpjakow das Auto vor unserem Haus parkte, kamen die anderen nach draußen und stellten die Fragen, die er sich nicht getraut hatte zu stellen. Sie taten, als wäre Vera ein Stück Handgepäck, das ich mir über die Schulter hätte werfen können.

»Aber zum Bahnhof ist sie mit?«

Ich versuchte, auf ihre Gesichter scharfzustellen. Lydia war irritiert, Dimka kapierte gar nichts, Lew runzelte unbehaglich die Stirn, und nur Esther schaute freundlich. Noch ein bisschen schärfer stellen, näher heranzoomen. Lew trat einen Schritt zur Seite, um ihrer suchenden Hand auszuweichen, aber ihr zarter Leinenrock tanzte noch an seiner nackten Wade. Dann stemmte sie die Hände in die Seite und wiegte sich ein bisschen breitbeinig auf die Veranda, als wäre sie hochschwanger, und ließ sich mit dem Rücken an der Wand hinuntersinken. Ich sah, dass sie das alles nicht für einen lachhaften Laden hielt. In Sicherheit hinter ihrer Sprachbarriere sah sie dasselbe Idyll wie ich bei unserem Umzug hierher.

»Ja, zum Bahnhof ist sie mit«, murmelte ich, »aber es ist was dazwischengekommen.«

»Was denn?«, wetterte Lydia. »Wovon redest du da?«

»Vom Krokodil.«

Da wurde sie wütend. Ich war zu müde zu verstehen, weshalb. Sie ballte die Fäuste und atmete zischend aus.

»Hör auf mit diesem dämlichen Märchen, Nadja. Ich habe so die Schnauze voll davon! Ich glaube keine Sekunde, dass du die ganze Stadt abgesucht hast, du hast bloß bisschen vor dich hin geträumt, wie immer.«

»Aber, aber …«, brummelte Lew.

»Halt du jetzt einfach mal den Mund!«

Und sie stampfte auf die Veranda, um eine Zigarette zu rauchen, fand aber kein Feuerzeug.

»Sie spricht von Desomorphin«, sagte Dimka schleppend. »Krokodil.«

»Ja«, sagte ich. »Das Krokodil hat sie in den Hintern gebissen und die ganze Chose wieder ausgespuckt.«

Danach bin ich weggegangen, Lokführer.

Ich ging am Fluss entlang in unseren Märchenwald. Dort war es heiß und feucht, der Boden gärte vor Schimmel, viele Pilze wuchsen dort, doch ich wollte nur eine Stelle zum Schlafen finden. Hier und da lag auch Bärenkacke. Wohlgeformte Haufen, wie Hefebrötchen voller feuerroter Brombeerkerne. Am Ende habe ich mich einfach fallenlassen. Ich träumte, ich wäre eine Pflanze. Ich ließ den Smog der Stadt aus meinen Adern verdampfen und sog mich mit Waldwasser voll. Der Schimmel fraß an meinen Wurzeln, und Millionen Läuse überlegten sich, ob sie sich auf mich stürzen sollten oder doch lieber auf den Farn ein Stück weiter. Der Traum verlief nach Plan, bis der Boden anfing zu dröhnen. Tief und rhythmisch und nicht unangenehm, aber ich konnte nicht mal den kleinen Finger rühren. Auch meine Augen blieben zu, aber die Gerüche und Geräusche waren vertrauenswürdig. Pferdeschweif. Klirrende Steigbügel.

»Na bitte, da ist sie doch. Ho, ho …«

Lydia setzte sich neben mich, strich mir übers Haar. Lass mich noch kurz schlafen, dachte ich. Ich war noch nie so müde gewesen.

»Es tut mir leid«, sagte sie.

Plow fing an zu grasen, ich hörte, wie er neben mir die Wurzeln aus der Erde riss.

»Entschuldige, Nadja. Ich hätte nach Petersburg mitgehen sollen.«

»Aber Vera wollte nur mich.«

»Der Jeep ist kaputt, sonst könnten wir sofort losfahren.«

»Erst muss Esther weg.«

»Was hat die damit zu tun?«

»Alles.«

Endlich konnte ich die Augen öffnen. So von unten sah Lydia niedlich aus mit ihrem Schmollmund und dem Flaum im ganzen Gesicht.

»Erzähl mir, wie es Vera geht.«

»Nicht gut.«

Sie schauderte. »Zu unserer Zeit war *Krokodil* ein Comic.«

»Und ein Trickfilm!«

»*Krokodil Gena.*«

»Das Freunde suchte, um mit ihnen Schach zu spielen.«

»Was für eine nostalgische Erinnerung.«

»Und Großmütterchen Schapoklack.«

»Chapeau-Claque. Unser zukünftiges Schicksal.«

Plow graste, als hinge sein Leben davon ab, doch das tat es nicht. Wir sorgten gut für ihn, seit dem Tag, an dem wir ihn auf der Veranda gefunden hatten, den Kopf im Rest des versehentlich dort stehengelassenen Gerichts vergraben, nach dem wir ihn dann benannten. Niemand wusste, wem er gehörte. Immer mehr Menschen zogen weg, aber die Tiere kamen zu uns. Lydia hinderte mich daran, mich wegzuträumen.

»Ich hätte mitkommen sollen«, sagte sie wieder. »Esther reist Mittwoch ab.«

»Vera will ihr nicht unter die Augen kommen. Sie findet sich nicht schön genug.«

Lydia schüttelte schockiert den Kopf.

»Sie hat sich in ihrem Badezimmer eingesperrt, um sich zu schminken, aber jedes Mal wenn sie endlich fertig war, hat sie alles wieder weggewischt. ›Guck doch‹, schrie sie, ›so kann ich doch nicht raus?‹ Ich habe nichts Besonderes gesehen, aber sie schluchzte herzzerreißend, verzog das Gesicht zu einer grässlichen Grimasse und schrubbte wie besessen über die Haut. Guck doch! Diese Maske muss weg, weg damit! Ich konnte sie nicht davon abhalten. Ich weiß nicht, was sie im Spiegel sah, aber es muss schrecklich gewesen sein. Sie musste davon würgen. Und währenddessen hielt Sascha die ganze Zeit apathisch im Flur Wache. Was sollte ich machen, Lydia? Da war meine Tochter, die alles Mögliche sah, was nicht da war, während ich ganz klar sah, was sehr wohl da war. Du kennst mich, ich hätte es gern in ein schöneres Licht gerückt. Schließlich bin ich weggegangen, ins Treppenhaus, eine rauchen, und habe auf eine Geschichte gewartet. Doch es kam keine. Nur dieser Wicht, der mir sagte, dass ich gehen soll. ›Bei allem Respekt, Frau Bolotowa …‹ So was schauen sie sich von Krimiserien im Fernsehen ab. ›Gehen Sie ruhig nach Hause, Verachen wird schon nachkommen, wenn es ihr besser geht.‹ Die einzige Art, ihn loszuwerden, war, ihm Geld zu geben und ihn in den Laden zu schicken, damit er etwas zu trinken für meinen Abschied holt. Gott sei Dank, es hat geklappt, endlich haute der Wicht mit seinen krummen Bocksbeinen ab. Aber nicht lange genug. Alles sah gut aus, wir waren verdammt noch mal schon auf dem Bahnhof … Und da tauchte er wieder auf. Ein Albtraum, Lydia. Der Tod in Trekkinghose …«

»Pst, ganz ruhig.«

Lydia hatte mich, glaube ich, noch nie getröstet. Es hatte auch etwas Bedürftiges, wie sie mich zärtlich zu sich hin zog; meine Tränen wurden eingefordert. Ich löste mich von ihr und wischte sie weg.

»Ich habe mich nicht getraut zurückzuschauen«, fuhr ich fort. »Ich konnte es nicht mitansehen. Vera hatte ihre Hand aus meiner weggezogen und stürzte sich mit ihm in eine völlig zusammenhanglose Diskussion. Ihre Worte bildeten hinter meinem Rücken eine unbegreifliche, neblige Wolke, und vor mir lag alles so deutlich da, vom grandiosen Dach bis zu den Gleisen in der Tiefe, dem Zug, im grellen Licht hellgrün, dem Lokführer, nur sein Oberkörper schaute aus der offenen Tür, wie im Film. Und, nicht zu vergessen, der klare Klang des Abfahrtspfiffs. Aber ich habe mich nicht getraut, zurückzuschauen.«

Lydia nickte, sie sah es vor sich. Die Waldnymphe, die auf dem Bahnhof drohte in einer Wolke von Unsinn unterzugehen. Danach malte sie sich aus, wie alles wieder gut werden würde.

»Wir reparieren den Jeep und holen sie zusammen ab. Diesen Sascha trampeln wir nieder, wie zwei Großmütterchen Chapeau-Claque. So musst du dir das vorstellen. Siehst du, du lachst schon wieder. Das konntest du immer gut. Der Angst mit Märchen zu Leibe rücken.«

Aber als es nötig gewesen wäre, dachte ich bitter, habe ich es nicht geschafft. Da blieb die Wirklichkeit stur vor mir stehen, in Gestalt meiner verwirrten, verblendeten Tochter. Wie ironisch!

»Vorhin hast du noch gesagt, du hättest die Schnauze voll davon.«

»Entschuldige«, sagte Lydia. »Im Grunde habe ich dich immer darum beneidet, woher du überall deine Geschichten hernimmst. Die Fantasie ist nützlich, sie hat sich evolutionär als nützlich erwiesen.«

Wieder dachte ich an meinen Vater, der gesagt hatte, die Fantasie spiele sich nicht nur im Kopf ab, sondern es gebe sie überall um uns herum. Und in diesem Moment begann die

Natur gehorsam ein Märchen zusammenzudichten. So was geschieht klammheimlich, nicht jeder bekommt es mit. Zuerst hält man alles noch für wahr, was man sieht, der Nachmittag geht zur Neige und gleich wird der Abend anbrechen, alles dämpfen und dimmen, aber dann ist es urplötzlich Nacht und man hat sich verlaufen. Wir hatten keine Angst, wirklich nicht. In der Schule hatte Lydia besser aufgepasst als ich, sie konnte sich also an den Sternen orientieren. Ich machte es auf meine Weise und hob die Nase in die Luft.

»Riechst du das?«, fragte ich. »Bärenhaufen, von einem erwachsenen Tier.«

»Du immer mit deinen Haufen. Weißt du noch, wie du versucht hast, Lew damit zu beeindrucken? In Baschkortostan. Wie ein Laubenvogel mit einer Blume im Schnabel.«

»Wolfsspuren. An die erinnere ich mich noch.«

In der Dunkelheit suchte sie nach meinem Arm, um mich in die richtige Richtung zu führen. Mit einem Mal wurde mein Nacken heiß. Der Hohlweg, den wir entlanggingen, füllte sich hinter uns. Ich hörte eine Nase von der Größe eines Brotlaibes am Boden schnuppern. Doch sie merkte nichts.

»Nie verstanden, was du an ihm gefunden hast«, sagte sie. »Oder all die anderen Frauen.«

Vielleicht war es wirklich unser letztes Gespräch, denn danach löste sich auch Lydia in einer unbegreiflichen, nebligen Wolke auf. »Der Teilnehmer ist vorübergehend nicht erreichbar«, sagt der Roboter. »Versuchen Sie es zu einem späteren Zeitpunkt erneut.« Das tue ich also seit Jahren.

Jetzt hör mir mal gut zu, Lokführer. Fahr meinethalben ein bisschen langsamer, dann kannst du dich besser auf meine

Worte konzentrieren. Die Zeitungen haben Geld. Was am nächsten Tag hier anbrach, war keine Trübsal, sondern ein Idyll. Im Sommer ist das hier nichts Besonderes. Aber um die Mittagszeit wird es bullig heiß, und jedes Kind weiß, dass die Dinge dann eine seltsame Wendung nehmen können. Wie gesagt, es war Esthers Idee zu picknicken, und es war keine gute Idee. Das Essen fing an zu schwitzen, sobald wir es aus dem Korb genommen hatten, die Pasteten platzten auf, die Füllung triefte raus, das Fett perlte den Pfannkuchen aus allen Poren. Der halbe Wald geriet in Bewegung von diesen Gerüchen. Die Kochkunst ist so ziemlich die einzige menschliche Fähigkeit, die der Rest des Tierreichs zu schätzen weiß. Die Prinzessin war die Einzige, die sich nichts aus meinem mit viel Arbeit und Mühe zubereiteten Essen machte, die wollte schöne Fotos haben. Und dann musste noch unbedingt ein Bärenjunges darauf.

Was solls, dachte ich, in ein paar Tagen holt Karasow sie sowieso ab. Zurück im Gehege wählte ich einen ganz scheuen Welpen, der sich nie an Menschen gewöhnen würde, selbst wenn man ihn jeden Abend zum Kuscheln mit ins Bett genommen hätte. Er war kleiner als die anderen und hatte bildschönes, blondgestreiftes Fell. Weil er sich die ganze Zeit wehrte, musste ich ihn samt Geschirr hochheben, obwohl er schon so viel wog wie Bamscha. Natürlich schnappte er sich sofort einen Pfannkuchen, und wir mussten das übrige Essen wieder einpacken. Ich weiß nicht einmal, ob die Fotos etwas geworden sind, ich knipste einfach drauflos.

Es war die Mittagshexe, Lokführer.

Die Poludniza mäht dir das Licht aus den Augen und den Verstand aus dem Kopf und füllt ihn stattdessen mit Rätseln. Mein Geruchssinn funktionierte noch, aber ich glaubte, das

Bärenjunge zu riechen. Ich glaubte, ein nahendes Unwetter zu hören. Zu spüren, wie ein vom Blitz getroffener Waldriese zu uns herunterkrachte. Ein paar Mal brach etwas, wie Brotkruste, ununterbrochen kreischte es, mal tief und schnorchelnd, dann wieder außerirdisch hoch. Nahezu die ganze Schöpfung mischte sich ein, Menschen, Tiere, Phänomene. Ein paar Bäume beugten sich mitschuldig vor, rieben sich die harzigen Hände, aber sehen konnte ich nicht die Hand vor Augen, ob mit oder ohne Fotoapparat. Ganz ehrlich, ich dachte, der Saft käme von der Erdbeermarmelade. Und sie würde vor Lachen kreischen. Aber ihre Wange war aufgerissen, und Blut floss schnell und stetig aus der Wunde, als hätte es ein ganzes Leben nur darauf gewartet. Als ich näher kam, sah ich, dass sie noch blasser war als sonst. Ich hockte mich neben sie auf die zerwühlte Decke und strich ihr über den Kopf.

»Pst, ganz ruhig.«

Ihr zerfallenes Gesicht war mir eigentlich sehr vertraut. Wie es ruckte, aber trotzdem versuchte, Worte zu bilden. Sie kämpfte gegen die niedrige Auflösung, wollte zur Verdeutlichung den Arm heben, doch die Verbindung war durchtrennt, die Haut spannte über dem ausgekugelten Gelenk und sie heulte ohne Unterlass, wie Wind im Schornstein.

Wenn ich es mir recht überlege, hatte ich vorher vielleicht einen Blick auf etwas Größeres erhascht. Aber als alles vorbei war, sah ich nur den kleinen Bären. Er stand ein Stück weit weg und sah herüber, wie der eine auf dem Bild von Schischkin, halb aufgerichtet und mit abgeknickter Vorderpfote. Ich musste lachen wie blöd. Das allerrudimentärste schallende Gelächter kam aus meinem Mund, ein nervöses Lachen, das jederzeit in Jaulen umschlagen kann, wie es auch Tiere kennen.

Ich stand auf, wollte ein Gewehr holen. Das war der Sinn der Sache.

Und dann brach alles zusammen. Um es kurz zu machen, das Camp wurde geschlossen, der Jeep beschlagnahmt, die Bärenjungen abgeknallt. Lew und ich mussten auf die Wache, zum Verhör, deshalb führte Karasow vor den herbeiströmten Kameras das Wort. Das Gerücht machte die Runde, ein erwachsener Bär wäre im Spiel gewesen, eine Mutter, die ihr Kleines holen wollte. Aber er widersprach, behauptete, alle Bärenjungen wären verwaist und würden aus seinem Bezirk stammen. Danach sagten die Leute, Lydia hätte sich gerächt, sie hätte die Mutter mit Scherpjakows Jagdgewehr im Schussfeld behalten und wäre ihr auf den Rücken gesprungen, als die versuchte abzuhauen. So, grätschbeinig auf dem hoppelnden breiten Bärenrücken, wäre sie im Märchenwald verschwunden. Das kann ich nicht bezeugen. Der Polizei habe ich gesagt, die Mittagshexe sei schuld, und sie fanden es plausibel. Denn die war schon immer hier.

22

Was dachte ich mir dabei, als ich diese Tapete an die Wand klebte?

Es war warm, so wie heute. Durch das halboffene Fenster spielte dieselbe Brise mit meinen Nackenhaaren. Die sind jetzt grau, nehme ich an. Meinen Hinterkopf habe ich lange nicht mehr gesehen, das Zimmer schon. Ein paar Wochen musste es auf den Blick auf meinen Wirbel verzichten, doch seit es so heiß ist, schlafe ich wieder in meinem eigenen Bett. Die Zeiten, als Lew und ich den Schweiß des anderen in Kauf genommen haben, sind vorbei. Auf meine Vorderseite schaue ich übrigens auch ungern. Wenn ich meine linke Hand so auf der Decke sehe, kommt sie mir vor wie ein Irrtum. Die trockene Haut liegt zu lose um die Fingerknöchel, wie bei einem Affen, brüchige Nägel; dicke Adern sind praktisch, um einen Tropf zu legen, aber diese Alterserscheinungen gehören nicht zu mir. Als ich die Tapete an die Wand klebte, dachte ich, dass man Verfall immer ausbessern kann. Dass es möglich ist, der Zeit die Zähne auszuschlagen, wenn man nur will.

Ich habe gut geschlafen, das ist schon eine Weile so. Kaum liege ich abends im Bett, bin ich weg. Aber jetzt geht mir die ganze Zeit der Hit durch den Kopf, den jemand in meinem Traum aufgelegt hat. *Eine Million, eine Million, eine Million rote Rosen ...* Meine Träume sind B-Filme. Die Bilder sind nach dem Aufwachen gleich wieder vergessen, aber die nichtssagende Hintergrundmusik dudelt den ganzen Tag weiter. *In der Nacht trug der Zug sie davon, doch nie sollte sie das wahnsinnige Lied der Rosen vergessen ...* Ja, wahnsinnig zu werden, das wäre was für mich. Eben dachte ich zum Beispiel noch, wir hätten Besuch. Ich bin von einem Auto auf dem Weg aufgewacht, hörte das Geklapper von Töpfen und Pfannen in der Küche, Dimkas Stimme, aber auch die einer Frau, Musik, fröhliches Reden ... Dann bin ich wieder eingeschlafen, und jetzt ist es totenstill. Soll ich aufstehen? Nein, ich will noch einen Moment bei der Tapete bleiben. Ich würde zu gern spüren, was da in mich gefahren ist ... Warum kann ich das nicht mehr? Als ob meine Hoffnung von damals nichts mit diesem Körper zu tun hätte, der noch im Bett liegt. Wo ist sie geblieben? Bestimmt habe ich sie an irgendeinem belanglosen Ort liegenlassen, wie man das so macht mit kostbaren Dingen.

Es muss die läppischste kleine Tapete aus dem läppischsten kleinen Vorrat des läppischsten, aber immer noch größten Landes der Welt gewesen sein. So sahen wir uns damals gern: als Ausgestoßene vornehmer Herkunft. Einige unserer Freunde schwelgten in diesem Image, rauchten starrsinnig Belomor und zogen sich an wie alte Säcke. Sport machte keiner, der war uns zu lange aufgezwungen worden. Unsere Körper gehörten dem Staat, in guten wie in schlechten Zeiten, also waren die größten Schreihälse so solidarisch, sich ebenfalls ins Unglück zu stürzen, als die Sowjetunion zerbrach. Sie schleppten sich durch den Smog, fixend, saufend und nachts kotzend. *Veränderung, wir warten auf Veränderung ...* Später behauptete Zoi, es sei überhaupt kein Protestlied gewesen. Warten und schwelgen, das war die Beschäftigung unserer Generation. Dass Lew und ich dieses Leben gegen ein Idyll auf dem sauberen Land tauschten, war ihnen verdächtig. Genauso erging es den Freunden, die auswanderten; im stillen Kämmerlein wurden sie dafür gehasst. Im Smog musste man ausharren, bis man ganz kaputt war, saubere Luft war was für Feiglinge. Dabei standen hier genauso viele Fabriken wie in unserer alten Nachbarschaft. Was hatte ich hier zu suchen? Dass ich aber auch nicht verstand, wie unpraktisch es war, sich am Rand des größten Landes der Welt niederzulassen. Dass ich nicht spürte, dass ich irgendwann rausgeschubst werden würde. Können Sie mal ein Stück rücken? Hier ist die Veränderung! Nein, für uns würde die Zeit keine Ausnahme machen.

Der Sommer rumort gut gelaunt, fast schon nervtötend. Hummeln, Hühner, ein Fink hier, ein Fink da. Plow schnaubt ohne Grund, das Zicklein, das seine Stimme Gott sei Dank nicht vom Vater hat, ruft nach seiner Mutter. Die Großen Geräusche haben wir seit Wochen nicht mehr gehört. Sie fehlen mir. Ja, jetzt, wo sie weg sind, sich in Luft aufgelöst haben, ohne dass wir sie verstanden haben, fühle ich mich noch einsamer. Aber nicht die Erklärung fehlt mir, sondern das Rätsel. Bei Erklärungen kann man sich kurz fassen, die werden zur Kenntnis genommen, aber Rätsel können ganze Volksstämme fesseln. Von großen Mysterien bis zu Kreuzworträtseln leisten sie dem grübelnden Menschenaffen Gesellschaft. Weil man einen, der sich austauscht, und sei es mit sich selbst, nicht einsam nennen kann.

Für Lew ist das besser so. Seine Nervosität ist weg und er geht wieder raus. Vormittags macht er einen Spaziergang, zweimal die Woche geht er angeln. Gestern hat er für zwei dicke Aale den Räucherofen aus dem Schuppen geholt. Ich habe wieder angefangen zu spinnen. Ich kämme Bamscha das lange

Haar aus dem Fell und mische es unter die raue Ziegenwolle. Außenstehende würden sagen: Diese Leute leben im Paradies.

Wieder die Frauenstimme.

Mein aufgescheuchtes Herz zieht mich hoch. Im Spiegel begegnet mir meine Angst: blass und zusammengeduckt, als wäre noch Winter, lässt sie die Beinchen über die Bettkante baumeln. Wir lächeln uns leise an. Was tun? Sie haben mich nicht mal geweckt. Ich hatte Recht. Schon seit Wochen dachte ich mir, dieses Idyll kann nicht andauern. Es stimmt hinten und vorne nicht, wie unser Laden alles Lachhafte verlor, ohne dass wir etwas dafür tun mussten. Die Elektrizität hat sich beruhigt, der Wasserdruck ist wiederhergestellt. Der Bock schreit nicht mehr, Lew kommt prima ohne mich zurecht. Da, der Boden knackt nicht mehr, nicht mal die Schwelle. Nur bei mir hat sich nichts gebessert. Allmählich falle ich aus dem Rahmen! Seht nur, ohne den Boden im Flur zu berühren, lande ich im anderen Zimmer. Kaum zu glauben. Sein Bett ist frisch gemacht. Er hat die Schmutzwäsche beiseitegeschoben und die Kissen frisch bezogen. Ich schnuppere am Laken, der Geruch von Zwiebeln, gebratenen, dringt aus der Küche. Da kocht jemand.

»Guten Morgen!«

Herrgott noch mal, es ist der Rabe. Er sitzt im offenen Fenster und legt den Kopf schief. Ich warte drauf, dass er anfängt zu fluchen, aber nein, er sieht mich weiter freundlich an. Noch was: der Schrank, der sich mühelos öffnen lässt. Das Leinenkleid, das immer zu groß war, jetzt aber perfekt passt. Sollte ich besser aus dem Fenster steigen und davonrennen? Aber da draußen telefoniert Dimka. Hört sich an, als ob er ständig unterbrochen wird, er klingt gereizt, vielleicht hat er wieder eine

Freundin. Zurück ins Bad. Auf dem Waschbeckenrand liegt eine Haarnadel, die ich verloren hatte, was soll ich dazu sagen? Wenn ich zur Haustür rausgehe, erwischen sie mich auch. Ich will Lippenstift auftragen, aber als ich nach unten schaue, sehe ich die haarigen Unterschenkel eines Teufels, samt Hufen. Dann eben nicht! Wieder in den schwarzen Flur, weitergehen, dem Sonnenschein aus der Küche ausweichen, die überschwängliche Begeisterung wegstecken, mit der mein Name gerufen wird. Nicht aufhören zu lächeln, eine wegwerfende Geste machen, zaghaft die zusammengekniffenen Augen öffnen. Eins, zwei.

Sie sieht verdammt noch mal genauso aus wie früher.

Nichts zu sehen. Nichts von den Jahren, die seither verstrichen sind, nichts von dem Unglück. Ihr Gesicht ist noch genauso jung und schön wie damals. Sie steht von meinem Küchentisch auf, streckt mir breit strahlend ihre Porzellanarme entgegen. Sie ist noch genauso schlank und trägt wieder so ein altmodisches Wickelkleid. Ich trete einen Schritt zurück, will sehen, ob es am Gegenlicht liegt, aber da fällt sie mir schon um den Hals. Derselbe Duft. Der Parfümeur hatte es sicher nicht darauf angelegt, dass ich seine kristallklare Komposition mit Tod und Verderben in Verbindung bringe, aber zu spät, ich habe den Fäulnisgeruch bereits in der Nase. Erst als ich mich zurückbeuge, sehe ich es. Eine zarte, kalkweiße Linie, die sich von ihrer Schläfe am Wangenknochen vorbei nach unten zieht, wie ein Riss in einer Feinstrumpfhose. Mehr nicht. Es war alles umsonst. Ganz umsonst waren wir zehn Jahre lang nur Abschaum. Lew sieht meinen Blick, wendet seinen ab, und sie spielt wieder einmal den Unschuldsengel.

»Gut siehst du aus, Nadja!«, ruft Esther. »Was für ein wundervolles Kleid!«

Mein Sohn taucht am Fenster auf, wirft mir einen wütenden Blick zu. Wenn du denkst, andere hätten dich durchschaut, musst du sofort aufhören, das zu denken, sonst lesen sie dir das noch am Gesicht ab. Deshalb lächle ich zurück, auch als er seine Wut mit einem Klopfen an die Scheibe unterstreicht.

»Hey!«

Lew ringt sich einen Seufzer ab, geht nach draußen, lässt mich allein mit ihr zurück. Sie steht so kerzengerade da, als hätte jemand sie zur Deko abgestellt. Hinter der Scheibe wechseln Vater und Sohn gedämpft Worte. Was rieche ich nur? Es wird immer seltsamer, passt nur auf.

»Wie geht es dir, Nadja?«

»Gut. Sehr gut.«

»Das sehe ich.«

Sie meint es ehrlich.

Eine Weile stehen wir uns schweigend gegenüber. Vielleicht tun wir gerade beide dasselbe: versuchen zusammenzuzählen, wer von uns am meisten reingelegt wurde.

»Ich habe Suppe gekocht.«

Jetzt erst sehe ich, dass sie meine Küchenschürze trägt, Fettflecke hin oder her.

»Dalsuppe. Ich habe die Zutaten am Flughafen in Moskau gekauft. Sogar Naan-Brot hatten sie.«

Sie winkt mich zum Topf, rührt um. Es kommt ihr gar nicht merkwürdig vor, am Herd zu stehen. Mit dünner Stimme erzählt sie, Dimka habe sie abends von Scheremetjewo abgeholt mit seinem schwarzen Boliden, ein Luxus, an den sie sich nach den harten Pferdesätteln in der Mongolei erst hätte gewöhnen müssen. Ja, später mehr, sie hat mir viel zu erzählen, aber jetzt will sie erst mal nur sagen, wie schwer ihr die Nachtfahrt gefallen sei. Sie habe es unheimlich gefunden, immer näher zu kommen, musste unterwegs weinen. Dann habe Dimka angehalten, um sie zu trösten. Ich weiß beim besten Willen nicht, was sie mir sagen will. Mit einem Kloß im Hals frage ich, ob sie sich ein Hotelzimmer genommen hätten, aber nein, noch schlimmer, nach Mitternacht sind sie hier angekommen und ich habe nichts gehört. Ich traue mich nicht zu fragen, in wessen Bett sie geschlafen hat.

»Hier, probier mal.«

Ihr Blick ist traurig, als sie den Kochlöffel zu meinem Mund führt. Mit verbrannter Zunge gebe ich zu, dass es köstlich schmeckt.

Später, am Gartentisch, auf dem die Leinentischdecke liegt, hat sie immer noch Tränen in den Augen. Es gibt Wein, aber sie bittet uns, nicht zu viel zu trinken. Sie habe etwas vor, Lew und Dimka wüssten schon Bescheid. Ein Ritual, sagt sie feierlich.

»Sehr wichtig für dich und für mich, Nadja.«

Ich halte ein Stück Brot unter den Tisch, weiß, dass ich nicht lange warten muss, bevor ich die vorsichtige Hundeschnauze in meiner Hand spüre. Wenn alle einem fremd sind, gibt es noch die Tiere. Jahrhundertelang unbeirrbar sich selbst gleich geblieben, das nenne ich wahre Treue.

»Lasst uns auf den Planeten anstoßen«, sagt Esther. »Darauf, dass mehr Menschen begreifen, wie schön er ist, und dass wir gut für ihn sorgen müssen.«

Zu meiner Überraschung stimmen Lew und Dimka ein. Zu

meiner Zeit hieß der Planet noch Erde, Mütterchen Erde, und sie sorgte für uns, nicht umgekehrt. Wenn ich Esther glauben darf, ist die Erde jetzt zu einer hilfebedürftigen Alten geworden, die geschoben werden muss und alles Mögliche vergisst, darunter die Tatsache, dass es nicht der erste Klimawandel für sie ist.

»Tschernobyl hat es nie gegeben«, sagt Dimka mitten beim Essen. »Es ist ein Mythos, von den westlichen Medien erfunden, um die Sowjetunion zu zerstören. Ein Bluff der Amerikaner, um die Atomenergie in Verruf zu bringen, damit wir unser Waffenarsenal abbauen müssen. Es hat überhaupt keine Explosion im vierten Reaktor gegeben.«

Betretenes Schweigen. Ein Bluff. Der *vierte* Reaktor. Wörter, Details, damit wir ja nicht anfangen, mit ihm zu diskutieren. Was wissen wir schon? Ich weiß nur, dass wir in jenem Jahr, kurz nach Dimkas Geburt, unsere Ernte vernichten mussten. Lew war Anfang der Neunziger zur Spurensicherung im verseuchten Gebiet, doch auch er schweigt. Unsere Generation hat gelernt, den Überzeugten nicht zu widersprechen. Die Überzeugten sammeln ihre Fakten wie Fliegenpilze zwischen Pfifferlingen, man muss einen kühlen Kopf bewahren, wenn sie ihre giftige Ware vor einem ausbreiten. Unter dem Druck der Überzeugten haben Millionen Menschen ihr halbes Leben vergessen. Überzeugtheit ist ansteckender als radioaktive Strahlung und mindestens genauso hartnäckig. Es kann ein ganzes Jahrhundert dauern, bis man sie wieder los ist.

»Ihr seht euch die falschen Sender an«, sagt Dimka.

»Noch schlimmer, wir sehen uns gar keine Sender an«, sage ich leise.

Er fährt aus der Haut. »Nein, du hältst dich lieber an deine

Fabeln«, sagt er. Was habe ich verbrochen? Das ist wirklich nicht ehrlich, ich schnappe ein, werde bockig. Und Lew bekommt alles haargenau mit, sein Blick ist vogelscharf, aber entschuldigend.

»Hey«, sagt er, »zeig Nadja doch auch mal den Film. Über die Großen Geräusche.«

Dimka greift zu seinem Telefon, fängt entnervt an darauf herumzuwischen.

»Ich hatte ihn runtergeladen«, murmelt er. Am Anfang, als er mir das Ding in die Hände drückt, sehe ich nichts, weil die Sonne auf das Display scheint. Aber die Geräusche erkenne ich, obwohl sie leise und weit weg klingen.

»Das sind die Geräusche, die ihr gehört habt, oder?«, fragt Dimka.

Ich schwenke das Display in den Schatten. Die Geräusche erkenne ich, die Aussicht ist eine ganz andere, aus dem Fenster eines Hochhauses gefilmt. *What the fuck?,* höre ich im Hintergrund, *Do you hear this?* Das Bild verändert sich, jetzt sind wir in einem Einfamilienhaus, der Filmer schwenkt die Kamera von der Unordnung am Boden zum Fenster, schiebt die Gardine beiseite und öffnet es. Ein Auto fährt durch eine regennasse Straße, weiter oben setzt ein Schnarren ein, rast weiter über den Himmel. Darauf folgt eine kurze Stille, doch niemand kommt aus den Backsteinhäusern, um zu sehen, was los ist. Es regnet immer noch, aber da ist er wieder, der bedrohliche Missklang da oben.

»Genau dasselbe«, sagt Lew. Ich verstehe nicht, weshalb er triumphiert.

Mitten in den Heulton hinein knallt der Filmer das Fenster wieder zu, zieht entschieden die Gardine davor.

»Das war Belgien«, sagt Dimka.

Auf den nächsten Bildern ist ein Baseballturnier auf einem Spielfeld zu sehen. Über den Köpfen der konzentrierten Männer brüllt es los. *It sounds supernatural*, sagen die Kommentatoren. Hübsch gesagt, aber wie können die nur so gelassen bleiben, und die Spieler auf dem Feld sich gar nichts draus machen?

»Die Ostküste in Amerika«, sagt Dimka und zündet sich eine Zigarette an. »Am nächsten Tag hat es da ein Erdbeben gegeben.«

Jetzt sind wir in einem Nadelwald, die Sonne geht unter und das Heulen schiebt sich zwischen den Kiefern durch. Noch einmal das erstaunte *Do you hear this?*. Jedes Mal ist die anschließende Stille atemberaubend und vertraut zugleich, das Bild wackelt in der Hand desjenigen, der filmt, ein russischer Text schiebt sich davor:

DAS KNIRSCHEN DER WELT

Die Erkennungsmelodie der Fernsehshow bereitet dem Ganzen ein Ende. Eine Moderatorin im Kostüm ergreift das Wort, die zwei Studiogäste am Tisch – ein munterer Pope und ein älterer Herr vom Typ *Homo sovieticus* tauschen sich in aller Ausgiebigkeit über ihren Hintern aus.

»Von Tscheljabinsk bis Ontario, von Rostow am Don bis New York, vergangenes Jahr tauchten auf der ganzen Welt Zeugenberichte derselben seltsamen Geräusche am Himmel auf«, plappert die Frau. »Auf YouTube ist zu hören, wie überrumpelt die Augenzeugen von diesem Lärm sind, der sich am ehesten noch als unharmonisches Trompetenschallen beschreiben lässt. Geistliche unterschiedlicher Konfessionen wiesen bereits darauf hin, dass solche Geräusche in der Bibel die Endzeit einläuten. Müssen wir uns vor der Apokalypse fürchten oder gibt es doch eine logische, wissenschaftliche Erklärung für dieses Phänomen? Im Studio hier bei mir Hochwürden Sergej Mjasnikow, bekannt von seinem religiösen Blog *Sprüche*, ihm gegenüber am Tisch Michael Juraskin, Professor für Geophysik an der Universität Saratow.«

»Pscht«, sagt Lew, nachdem der Pope sich als Erster geäußert hat, »jetzt musst du aufpassen.«

Die Kamera zoomt auf das aschgraue Gesicht des Professors. Er nimmt sich lange Zeit zu erläutern, dass es solche Geräusche schon immer gegeben hat und sie sich leicht erklären lassen.

»Die Erde macht immer Geräusche, aber meistens bleiben sie außerhalb unserer Hörweite. Kürzlich wurde eine Menge geodynamischer Aktivität gemessen, die Magnetfelder verschieben sich mit hoher Geschwindigkeit. Die starke Plattentektonik bringt aber auch eigene akustische Wellen hervor.«

»Siehst du?«, sagt Lew. »Die tektonischen Platten, das habe ich doch die ganze Zeit gesagt? Ein gut dokumentiertes Phänomen, nichts, worüber man sich Sorgen machen müsste.«

Obwohl er die Sendung zum zweiten Mal sieht, ist er immer noch erleichtert wie ein Kind.

»Moment mal«, unterbricht der Pope den Professor, »jetzt tun Sie so, als ob wissenschaftlicher Konsens darüber herrscht. Das ist aber nicht der Fall. Einer Ihrer Kollegen in Baku behauptet, es seien Sonnengeräusche. Ein anderer spricht von Radiowellen aus dem Meer, und ein Dritter sagt, die NASA würde geheime Tests durchführen. Alles nur Mutmaßungen, weil sie sich vor dem Tod fürchten. Vor dem Urteil Gottes, dessen Existenz sie so leidenschaftlich leugnen.«

»Wenn ich Hochwürden so höre«, sagt Juraskin in die Kamera, »fürchtet er sich nicht vor dem Ende der Welt, sondern er wartet darauf, einzig und allein, um Recht zu behalten.«

»Der hat gesessen!«, jubelt Lew. »Diese törichten Gläubigen.«

Ich gebe ihm das quakende Ding zurück, er nimmt es entgegen wie ein Barbar einen Spiegel. Aber der hätte vielleicht noch mitbekommen, dass es sich nicht um ein Wunder handelt. Nicht mal um einen Zaubertrick, im Gegenteil; es ist ein Guckkasten, der jede Illusion raubt. Ich muss an einen Dokumentarfilm denken – lange her, er wurde an der Uni gezeigt – über die Stammesmitglieder eines Naturvolks, die, einmal zivilisiert und angezogen, über sich selbst lachten, als sie alte Aufnahmen von ihrer schlichten Nacktheit zur Zeit ihrer Entdeckung sahen. Schämten sie sich oder war das ein nervöses Lachen, weil sie ihr Paradies verloren hatten? Sogar für uns, Studenten in der hochtechnologischen Sowjetunion, war es ein tragischer Anblick. Aber seht uns jetzt nur an. Was ist aus unserem Stamm geworden? Wo ist unsere Geschichte geblieben? Esther kann dem Ganzen nicht folgen und ist während der Diskussion weggegangen. Ich beneide sie um die gute Laune, mit der sie durch den Garten schlendert. Sie hebt einen vorzeitig heruntergefallenen Apfel vom Rasen auf, schnuppert daran, sieht meinen Blick und winkt mir freundlich zu.

»Die sind noch nicht reif«, sage ich. »Erst in einem Monat. Und dann kann man trotzdem nur Apfelmus draus machen.«

Sie kommen von einem wilden Apfelbaum, deshalb sind

die Früchte nicht süß. Um dieselben Äpfel in essbar zu bekommen, muss man einen bewährten Baum pfropfen, nicht die Kerne verstreuen, wie der Wind es tut. Die Natur tut die Dinge gern unbesehen, deshalb ist das Leben oft eher bitter als süß.

»Was führt dich eigentlich hierher, Esther?«

Ich weiß nicht warum, aber sie muss laut lachen über meine Frage.

»Ich bin eine Reisende, Nadja. Das weißt du doch? Ich bin auf Durchreise aus der Mongolei.«

Sie verstummt wieder, schaut in die Ferne. Nein, schön ist sie immer noch nicht und genau genommen auch nicht perfekt. Dass ich die Augen nicht von ihr lassen kann, hat einen anderen Grund. Sie ist mit sich im Reinen. Das sieht man hier nicht so oft. Und sie weiß, wo sie hingeht, sie landet nicht einfach irgendwo. Sie hat sich ihr Leben nach ihrem Geschmack eingerichtet.

»Ich reise«, wiederholt sie. »Mexiko, Tokio, wo ich schon überall war … Aber in der Mongolei, am Fuß des Goldenen Berges, bin ich *zu mir selbst* gereist. So weit weg war ich noch nie.«

Wieder dieses schallende Gelächter. Ihren Beschreibungen entnehme ich, dass sie mit dem »Goldenen Berg« und dem »Heiligen Land« den Altai meint. Sie sei zusammen mit zehn anderen dort gewesen, erklärt sie, bei einem Schamanismus-Workshop. Was habe ich nur gegen sie? Sie denkt sich nichts Böses dabei.

»Ich habe gezögert, günstig war der Workshop nämlich nicht. Aber sobald ich den Fuß dort auf den Boden gesetzt habe, wusste ich: Ich bin angekommen. Ich bin zu Hause.«

Sie kniet sich hin, um den Apfel wieder unter den Baum zurückzulegen, drückt beide Hände ins Gras und zieht die Nase hoch. Ich kann nicht erkennen, ob sie weint.

»Ich habe meine *roots* gefunden. Ich habe sogar den *spirit* meiner *roots* gefunden. Es war ein solches Privileg mit dem Schamanen Vijñana reisen zu dürfen.«

»Der klingt ja nicht besonders mongolisch«, sage ich.

Verstimmt steht sie auf.

»Sanskrit. Aber weißt du, die transpersonelle Weisheit übersteigt die Grenzen der Sprache. Vijñana ist einfach nur Niederländer, er war der Gruppenleiter von zu Hause.«

Resolut nimmt sie meine Hände in ihre, schließt die Augen und holt tief Luft. Dann schaudert sie plötzlich krampfartig, am ganzen Körper, und schüttelt sich von mir los, als hätte sie sich verbrannt.

»Uff. Uff, das war heftig.«

Sie klopft ihr Kleid ab, spaziert leichtfüßig zur Terrasse, ich folge ihr wie ein Ochse.

»Was ich da gelernt habe, war sehr gut. Noch besser als der Kurs in den Appalachen. Sieh es doch mal so, bei uns gibt es zumindest noch Schamanen. Eure haben die Sowjets alle ausgerottet.«

Sie streckt beide Arme noch oben, schließt die Augen und beugt den Oberkörper in weitem Bogen vor. So kann sie die Hände flach auf den Boden legen.

»Ich bin neu geboren«, sagt sie mit dem Kopf nach unten. »Und das war dringend nötig. Weißt du, was das Schönste ist am sibirischen Schamanismus? Dass man nach einem Ritual selber heilende Kräfte hat.«

Bei Tisch spricht sie noch eine Weile weiter, aber ich bin zu müde, um ihr zuzuhören. Ich frage mich, ob ihr Spirit es wohl gutheißt, dass sie so viel über ihn redet. Vater und Sohn haben sich eine Zigarette angezündet, rauchen schweigend vor sich hin: ein auf den ersten Blick typisches Bild auf dem Land. Doch in den Rauchfahnen dieser Männer verbirgt sich nichts, auch keine Träume. Aber sie sind sich ihrer Sache sicher, wie Esther. Meine drei Tischgenossen haben alle Rätsel gelöst. Egal, was man ihnen erzählt, sie nicken immer nur eifrig, und du wirst deine Geschichte nicht los, weil sie sie schon kennen, schlimmer noch, sie wissen darüber Bescheid, weil sie über alles Bescheid wissen. Sie haben den Durchblick, Lokführer. Ich bin hier allein mit meinen Zweifeln. Kein gutes Gefühl, kann ich dir sagen. Vielleicht sogar noch elender, als im Zug allein unter Schlafenden wach zu liegen.

»Kann ich mal eure Aufmerksamkeit haben?«

Esther klopft mit der Gabel an die Wasserkaraffe.

»Ich habe gute Neuigkeiten, liebe Freunde. Heute Nachmittag fange ich an zu räuchern, und heute Nacht oder morgen, je nachdem wie schnell Lew die Hütte fertig hat, mache ich ein Schwitzhüttenritual. Das muss sein. Und ich kann euch versprechen: So was werdet ihr nie wieder erleben.«

Die Sonne geht unter, als wollte sie nie mehr aufgehen, der ganze Himmel steht in Flammen. Hinterm Haus schichten die Männer ein Feuer auf, drinnen machen die Frauen Salat. So sieht die Rollenverteilung gerade aus, aber später wird sie die Führung übernehmen. Sie ist in Gedanken, summt ein Lied. Ich schaue auf das kleine Messer in ihrer zarten rechten Hand, die Tomate hält sie in der linken. Sie schneidet sie auf, wie ein Mann es getan hätte. Ich bitte sie nicht um Aufklärung, was sein muss, muss sein, was kommt, das kommt. Eben hat Dimka ans Fenster geklopft und mit einem noch schwärzeren Blick als am Morgen um Streichhölzer gebeten, doch durch den blauvioletten Sonnenuntergang wirkt er lachhaft. Die Großen Geräusche kommen sicher zurück, und ich kann mir nicht vorstellen, dass sie dann klingen, als kämen sie tief aus der Erde und nicht vom Himmel. Was bilden die sich eigentlich ein? Als ich die kleingeschnittenen Frühlingszwiebeln in die Salatschüssel gebe, sehe ich Esther lächeln. Ob sie jetzt noch denkt, ich müsste mich zu Tode langweilen, weil ich immer an einem Ort bleibe?

»Wir wollen die Biologische Station wiederherrichten«, erzähle ich ihr. »Das Labor, die Tiergehege, alles wird wieder wie neu. Und wir nehmen wieder kleine Bären auf.«

Sie summt weiter, kippt eine Handvoll Tomatenwürfel in den Salat, knöpft sich eine Paprika vor. Sie ist kein bisschen beeindruckt.

»Vielleicht auch Wölfe, zum Beobachten«, sage ich. »Dimka sagt, die Nachfrage ist groß.«

»Kann ich mir nicht vorstellen«, sagt sie und entfernt sorgfältig die Kerne. »Das Angebot für Freiwillige konzentriert sich zurzeit auf Afrika. Die Jugendlichen wollen als Weltverbesserer fotografiert werden. Waisenkinder machen sich auf Selfies besser als Tiere.«

Aus einer kleinen Ecke meldet sich die Welt zu Wort: Dimka hat das Radio zum Laufen gebracht und eine Moskauer Stimme quatscht uns voll. Esther schneidet die Paprika weiter in gleichmäßige Streifen.

»Du findest es bestimmt verrückt«, sagt sie in der kurzen Stille, die uns ein Spannungswechsel gönnt, »aber ich bin wirklich froh über das, was hier passiert ist. Am Ende habe ich echt mehr davon gehabt, als ich mir je hätte träumen lassen.«

Sie drückt ein paar Knoblauchzehen aus der Schale und hackt sie wie eine Besessene klein, während sie unermüdlich versucht, mit englischen Wörtern gegen das russische Gekläff anzukommen. Ich verstehe nur die Hälfte. Sie musste hierher zurück, um Frieden zu finden, sagt sie, oder so was in der Richtung.

»Warte, ich muss dir was zeigen.«

Sie wischt sich die Hände an der Schürze ab, nimmt mich beim Arm, zieht mich durchs Haus in ihr Zimmer. Das ungemachte Bett verrät mir nicht, ob sie allein darin geschlafen hat. Sie bückt sich zu ihrer Tasche hinunter und holt feierlich ein großes glänzendes Buch heraus. Es ist schwer. Zuerst sehe ich nur ihren Namen, dann funkelt mir die weit aufgerissene Schnauze eines Tiers vor schwarzem Hintergrund entgegen. Es ist in Relief auf den Umschlag gedruckt.

»Schön, oder? Habe ich selbst gemacht.«

Ich nicke, drehe das Buch um und sehe ihr Gesicht von vorn. Ihr Haar ist hochgesteckt, sie schaut seitlich in die Kamera. Jetzt erst sehe ich, was mir eben nicht aufgefallen ist. Ein Ohr fehlt.

»Gib es mir mal, dann signiere ich es für dich.«

Sie beugt sich vor und richtet sich wieder auf, aber der Defekt bleibt unter ihren Haaren verborgen.

»Da sind viele Fotos drin, guck sie dir ruhig an.«

Es gibt kein Entkommen. Widerwillig blättere ich weiter, bis ich beim ersten Foto bin. Sie selbst. Eindeutig, obwohl der große schwarze Fotoapparat ihr halbes Gesicht verdeckt. Auf einem Knie hockt sie Lenin zu Füßen, der uns wieder mal irgendwo im Land die Richtung weist. Die nächsten Fotos zeigen die verwahrlosten Seiten einer Stadt, noch mehr Köpfe von Lenin, einer von Marx, ein alter Slogan an einer Mauer, ein Sowjetstern in einem Metallzaun. Sie hat danach gesucht, hat sich die Mühe gemacht, Werbung und Autos aus dem Westen wegzulassen und rote Sterne gesammelt wie ein Kopfgeldjäger. Dann erkenne ich unser Dorf. Sie hat wirklich das rostige Karussell fotografiert, wie erwartet. Sie hat es sogar fertiggebracht, ein paar ehemalige Bewohner festzuhalten, zwei Mädchen in Schuluniform mit Schleifen im Haar, ein alter Sack, der Bier aus einer Halbliterflasche trinkt. Ich will nicht mehr hinschauen, weiß, dass mir Vera begegnen wird, und blättere trotzdem um. Augenblicklich erschlaffen mir die Hände vor Grausen. Die ganzseitig verewigte mürrische Bäuerin, die nicht in die Kamera schaut, das bin ich.

Aber halt mal, sie hat mich vermummt. Sie hat meine Schürze angemalt, jeden Schatten, selbst den in den kleinsten Krähenfüßen, tiefschwarz gemacht. Sie hat mir einen Buckel verpasst, also ist auf dem Foto kaum mehr Platz für unseren Garten, in dem ich stehe. Und alles an mir, jedes Detail, ist unverrückbar, unabwendbar Russisch. Kann man das rückgängig machen? Wie hoch ist die Auflage dieser Lüge?

»Ist schon okay«, sagt sie und hält mir das Buch wieder hin, »es ist für dich! Du brauchst kein schlechtes Gewissen zu haben, nimm es ruhig!«

Totgewicht, nennt man so was. Ein Betonklotz in meinen Händen. Sie sieht die Tränen in meinen Augen und streichelt mich, während ich untergehe.

»Am Ende ist alles so gekommen, wie es kommen sollte, Nadja. Heute Nachmittag entfernen wir dann alle negativen

Energien. Du wirst sehen. Tja, bestimmt denkst du: Was ist nur mit Esther passiert? Schließlich war ich immer eine Frau der Wissenschaft.«

Aber sie hat doch nie studiert? Eine Fernsehfrau ist sie, wie die plappernde Tussi gerade eben, sie liest vor, das tut sie. Sie liest vor, was andere ihr unter die Nase halten.

»Das da«, ich tippe auf das Buch, weil mir das englische Wort nicht einfällt, fahre aber auf Russisch fort, »das ist alles Geschwätz.«

Aber sie redet einfach weiter über den Altai. Sie hat entdeckt, dass sie in einem früheren Leben dort gelebt hat, als Schamanin auch noch. Ich erinnere mich an eine Sendung, in der Menschen unter Hypnose in ihre früheren Leben versetzt wurden. Die waren immer spektakulär. Sie endeten auf dem Schlachtfeld, auf dem Thron, unter der Guillotine, aber nie zufrieden auf einem Sterbebett oder in der sengenden Sonne auf einem Acker, obwohl diese Chance doch größer sein sollte. Vielleicht werden Bauern ja nicht wiedergeboren.

»Vijñana hat mich mit den Geistern der Mittelwelt in Verbindung gebracht, um mich von meinem Schmerz zu befreien«, sagt Esther. »Denn Schmerz, ja, den habe ich noch.«

Da geschieht etwas Seltsames. Während wir nur eine Nasenlänge entfernt voneinander stehen, streicht sie sich eine Strähne hinters Ohr. Das linke Ohr, das auf dem Foto fehlt, ist einfach da! Ich taumle, mein Hirn überlegt, ob ich in Ohnmacht fallen oder mich übergeben soll, aber das Tier in mir protestiert: Kommt nicht infrage, geh weiter, und wenn du dich vorantasten musst, ja, so ist es gut, an der Holztäfelung im Flur entlang, *deinem* Flur, nach draußen, auf deine Veranda, rieche die Luft mit deinen Vögeln darin, den geschmolzenen Harz der Bäume, die du gefällt hast. Lass dir von niemandem was weismachen, knurrt das Tier, und tatsächlich, hier riecht es nach früher. Meinem Früher. Babulja hatte auch solche Scheiterhaufen aus Zweigen, Sträuchern, Holzkloben und allem, was nicht in den Ofen passte, gebaut. Manchmal waren mit Dieselöl oder Teer bestrichene Balken dabei, und der Rauch färbte sich schwarz. Als Kind liebte ich diesen Geruch, und seht nur, ich lebe noch, sehne mich nach dem Rausch und dem, was Babulja mir damals ans Herz gelegt hat, als wir zusammen in die giftigen Flammen schauten. Was ist aus ihren Zaubersprüchen geworden? An dem fantastischen Leben, das sie mir damals versprochen hat, bin ich offensichtlich unbemerkt vorbeigeschlittert.

»Wir können anfangen, das spüre ich«, sagt Esther. Sie trägt ein bodenlanges Kleid und hat Kräuter dabei, die es hier nicht gibt. Gut, denke ich, als sie mir zum Feuer hinterm Haus vorangeht, wirf nur alles drauf. Den giftigsten Kram, ab in die Flammen damit. Es wird sowieso nichts passieren.

Am Abend ist es etwas abgekühlt, aber die Feuermacher haben noch immer hochrote Köpfe. Mit unschlüssiger Ehrfurcht sehen sie Esther bei den Vorbereitungen für die Zeremonie zu. Sie hat Bündel aus Lavendel und Tabakblättern gemacht und in meinem gusseisernen Topf glüht ein Stückchen Kohle. Gleich wird sie den Salbei darüber ausstreuen. »Cool«, sagt Dimka, aber ab jetzt dürfen wir nicht mehr sprechen. Den Salat und das Brot dürfen wir auch nicht essen. Wir durfen nur den abscheulich schmeckenden Tee trinken, den sie gebraut hat, und versuchen, uns mit unseren Bauernknochen im Schneidersitz auf den Boden zu setzen.

Warum finden wir nicht die richtige Haltung? Wir sind ohne Gott, ohne Teufel, Ängste und Sünden, brauchen uns bei näherer Betrachtung für nichts zu schämen. Hier haben wir das Paradies, und trotzdem sitzen wir in diesem Boot. Wehmütig denke ich an einen anderen Scheiterhaufen in meinem Leben zurück. Das liebe Lagerfeuer in Baschkortostan, das eine ganze Woche lang brannte, um unsere jungen Träume in Gang zu halten. Ich erinnere mich an ein großes Gewusel. Jeder murmelte, sprach oder flüsterte im Schlaf oder außerhalb, die Tiere in ihren Bäumen machten mit, und manchmal riss eine Windböe unsere Worte aus dem Kontext, kurz, es wurde an einer primitiven, aber zusammenhängenden Beweisführung gebastelt. Einzigartig war es. Von uns gemacht, aber einmalig. Wir plapperten keinem was nach, guckten uns keine exotischen Bräuche ab, um sie wie billige Souvenirs mitzunehmen. So jung wir damals waren – oder vielleicht eben deshalb –, wir wussten, dass das, was dort geschah, nicht reproduzierbar war, nicht in Baschkortostan und erst recht nicht zu Hause, es war kein Trick, den man mal eben wieder aus dem Ärmel schütteln konnte.

Mein Mund wird trocken, ich muss dieses scheußliche Gebräu wohl trinken. Ich habe das Gefühl, Esther muss lachen, weil ich das Gesicht so verziehe. Sie zündet die Kräuterbündel an und macht sich, gefolgt von einer gehorsamen Rauchspur, auf den Weg zum Labor.

»Die fackelt gleich noch den ganzen Wald ab«, murmele ich hoffnungsvoll, aber die Männer können nicht darüber lachen. Lew schaut zu Esther mit einem Blick, der ihn jünger wirken lässt, sie beschreibt große Kreise mit den Armen, verschwindet kurz in der Dunkelheit, taucht dann im Rauch der Kräuter wieder auf. Ich glaube, sie weint, als sie wieder näher kommt.

Inzwischen kostet Dimka den Tee, muss würgen. Wie bei einem Säugling, so schnell wechselt seine Stimmung, weil Esther nicht will, dass er wütend auf mich ist.

»Gleich bist du dran«, sagt sie. »Ich will, dass jeder etwas rauslässt, was festsitzt. Aber fangen wir beim Ältesten an. Lew, also.«

Lew kippt mit stählerner Miene den Tee runter.

»Sprich aus, was dir schwer im Magen liegt. Alte Schmerzen, Schuldgefühle, ungute Erinnerungen. Lass es raus.«

Er schaut auf seine Hände. Ich kann mir nicht vorstellen, dass er auf Esther hört. So was machen wir nicht, wir schütten niemandem unser Herz aus. Mehr als jedes andere Volk sind wir darin geübt, uns auf die Zunge zu beißen, das hat bei uns nun mal Tradition. Eine reiche Folklore von Spitzeln und Stillen gebietet uns zu schweigen. Doch nach einer Weile kommen auch Lew die Tränen. Er schluckt und schmatzt, als würde er seinen Kummer schmecken, und da kullern sie schon, dicke Tränen verstecken sich in seinem Bart. Seht es nur dasitzen, das Wollhaarmammut, gebückt unter seinem Kummer. Esther findet es wundervoll. Tränen sagen mehr als tausend Worte, behauptet sie.

»Nein, ich will sprechen«, sagt Lew. Er schaut kurz zu mir herüber. »Über Schuld. Über Klimow. Meinen besten Freund, der bei einem Kajakunglück ums Leben kam. Und ich war nicht bei ihm. Er hatte mich gebeten mitzukommen, und ich habe es nicht getan ... Ich will davon erzählen, wie er am Ufer gefunden wurde, sie haben gesagt, dass seine Beine ...«

Er will es erzählen, aber ich will es nicht hören. Wir haben schon genug zu tun mit den Tragödien, die wir selbst erlebt haben. Die Hände auf den Ohren mustere ich sein gequältes

Gesicht, den leeren Blick in seinen Augen, die er die ganze Zeit unsanft reibt. Verdammt, jetzt sitzt er sogar so da wie das Tier, nach dem wir ihn benannt haben. Genauso krumm und riesig sitzt das Berjosowski-Mammut schluchzend in seiner Vitrine. Ausgestorben und alles. Man kann sich kein schöneres Mahnmal einer Existenzkrise vorstellen. Vor rund vierundvierzigtausend Jahren brach sich der arme Tropf das Becken, als er beim Grasen in eine Schlucht stürzte, und so saß er da, bei seiner Entdeckung im Jahr 1901, auf dem Hinterteil, mit nach vorn gestreckten Beinen. Hertz, Sewastjanow und Pfizenmayer zogen ihn aus dem Eis. Sein Kopf und Hals, die aus dem schmelzenden Permafrost ragten, waren von Wölfen angefressen, aber darunter waren der restliche Körper und das Fell unversehrt. Gelitten hatte es nicht, sie fanden noch unzerkaute Gräser und Thymian in seinem Maul: den Bissen, den es kurz vor seinem Todessturz genommen hatte. Es wurde präpariert, dann setzte man das Eiszeitmonster in den Zug und brachte es in unser Museum. Ich habe gehört, die Chinesen versuchen, einem anderen Mammut, das angeblich unterm Eis noch etwas Blut in den Adern hatte, DNA zu entnehmen. So hoffen sie, diese Art ins Leben zurückzuholen. Was es dann wohl zu melden hat, wenn wir wieder Auge in Auge stehen? Vielleicht hat es in den Zehntausenden Jahren Ausgestorbenheit doch etwas gesehen und abgespeichert. Lacht es uns aus, weil wir uns so anstellen mit unseren Feuerchen und Zeremonien. »Hört doch auf«, wird es sagen, »Gott ist längst tot. Früher hat er sich hier rumgetrieben, müsst ihr wissen. Ich mochte ihn ganz gern. Er war um einiges haariger und größer als ich, aber kein schlechter Kerl. Aber jetzt ist Er ausgestorben, und ihr könnt es vergessen, noch irgendeine Spur von Ihm zu finden.«

Es sieht aus, als hätte Lew aufgehört zu sprechen, Dimka ergreift das Wort. Neugierig nehme ich eine Hand vom Ohr. Zwischenzeitlich hat sich die Nacht in den Vordergrund gedrängt, und um uns sind lauter Tiere, die nichts miteinander zu tun haben, Frettchen und Frösche zum Beispiel. Weiter weg kreischen Marder und Eichhörnchen wie ein in die Falle geratenes Heer. Fledermäuse flitzen dicht über unsere Köpfe hinweg. Anscheinend bin ich die Einzige, die es hört, dieses Geräusch, als ob sie Limonade mit dem Strohhalm trinken. Hier ist die Nacht immer schon lauter gewesen als der Tag. Ich glaube, die Hitze vom Feuer bringt nicht nur die Bilder zum Flimmern, sondern verzerrt auch die Geräusche. Mir wird klar, dass Dimka vorhat, eine genauso schauerliche Geschichte zu erzählen wie sein Vater.

»Das Blut ist noch geflossen«, sagt er zu Esther. »Ich habe mein T-Shirt ausgezogen, um es zu stillen, dabei war sie wahrscheinlich schon tot.«

Wie dunkel es geworden ist! Je höher ich zum Himmel hinaufschaue, desto blauer und tiefer wird er, wie das Innere einer Druse. In diesem Echobrunnen lassen wir kein Schweigen aufkommen, füllen die Leere immer weiter mit Plappern, Kreischen, Knurren und Kläffen.

»Die Halsschlagader.«

Erinnert mich an die Vampirfledermäuse. Warum sind diese Tierchen in der Sowjetunion eigentlich nie zu Helden erklärt worden? Sie gehören zu den sozialistischsten Geschöpfen der Welt. Die Weibchen teilen erbeutetes Blut mit hungrigen Gruppenmitgliedern, indem sie es wieder herauswürgen.

Plötzlich ist es still. Drei Augenpaare sehen mich an. Nur das Feuer knistert.

»Ja, halt dir nur die Ohren zu«, sagt Dimka. »Du hast es kommen sehen und es uns nie erzählt. Und jetzt stellt sich raus, du hättest was tun können. Warum hast du nichts getan? Du wolltest nicht, oder?«

»Sei still«, sagt Lew schockiert. »Das darfst du nicht sagen. Du weißt nichts.«

»Ach nein?«, sagt Dimka und streckt sich nach dem schweren Buch aus, das Esther mitgebracht hat. »Dann schau doch mal hier rein.«

Esther, die ihn nicht verstanden hat, legt ihm den Arm um die Schultern, blättert mit der anderen Hand durch ihre eigenen Fotos. Sie lächelt ein Gesicht an, das ich sofort erkenne, obwohl es auf dem Kopf vor mir liegt. Es ist gestochen scharf, wie alle ihre Fotos von Vera. Die sieht nervös aus, hat sich vorm Posieren die Lippen wundgebissen. Ein Hautfetzen steht ab, darunter glänzt es. Man kann auch erkennen, dass ihre Haare vorhatten, noch viele Jahre üppig zu wachsen, so scharf sind die Wurzeln verewigt.

»Es sieht ihr überhaupt nicht ähnlich«, sage ich. »In Wirklichkeit ist sie viel schöner.«

Dimka legt sich seufzend die Hand über die Augen. Denkt er noch manchmal an seine Schwester? Hat er sie je lieb gehabt? Sie waren so unterschiedlich, dass es zwischen ihnen nicht einmal Rivalität gab; unter unserem Dach beschränkte sich ihr Kontakt aufs Nötigste, wie bei den Bewohnern einer Kommunalka. Ich blättere weiter, Esther hält mich bei einem anderen Bild zurück, das ich mir ansehen soll. Aber es ist zu dunkel, die Frau auf dem Foto zeigt sich nicht. Außerdem lenkt mich der bronzene Kerl im Hintergrund ab, mit seinem hochgereckten Zeigefinger. Ach, natürlich, es ist Lydia. Die hat immer mit den

Händen in der Seite und leicht schief gelegtem Kopf posiert. Eine Flamme flackert auf, ich kann sehen, wie sie guckt. Sie zieht die Nase hoch und runzelt die Stirn, als würde ihr jemand falsche Töne ins Ohr singen. Sie fühlt sich erniedrigt, so viel ist klar. Ich schlage das Buch zu und stehe auf.

»Was willst du denn von uns?«

Esther sieht mich verständnislos an.

»Und dann dieser Lenin«, sage ich. »Mit dem hatten wir nie was zu tun. Der war sozusagen schon kalt, bis wir auf der Bildfläche erschienen sind. Wir haben ihn in Ruhe gelassen, und er uns. Dass er in einer Vitrine lag, war einfach … Tja, in diesem Land gibt es eben fantastische Präparatoren. Mammuts, Volksverführer, wir schrecken nicht davor zurück, warum sollten wir? Aber du bist eine Touristin, Esther. Du suchst nach einer Nippesfigur für deinen Kaminsims. Du sammelst Totems. Der rostige Wolga M-21 auf dem anderen Foto, zum Beispiel: Du weißt ja nicht mal, dass man bei diesem Auto immer an einen wunderschönen Walzer denkt, die Melodie eines Spielfilms, mit dem meine Generation aufgewachsen ist. Und hinter diesem Lenin waren noch die Stufen zu unserem Institut zu sehen, das Tausende brillanter Wissenschaftler hervorgebracht hat. Das siehst du nicht, weil dein Blick aus derselben Form gegossen ist wie das Lenindenkmal. Du kopierst eine Kopie. Parodierst eine Parodie. Aber weshalb sollten wir mitspielen? Du hast dir eingeredet, uns entdeckt zu haben. Du hast uns fotografiert wie einen einheimischen Stamm, und jetzt willst du, dass wir über uns selbst lachen.«

Sie verschränkt die Beine zum Lotussitz, und in dieser überlegenen Haltung betrachtet sie von unten meine Wut.

Ich kann nicht aufhören. »Weißt du was?«, sage ich, »wenn

wir beichten, saufen wir. Nicht solchen Dreck, sondern Wodka. Das ist unsere Wahrheitsdroge, ganz authentisch.«

Ich habe geschlafen. Und in diesem Schlaf bin ich rumgelaufen oder einer von ihnen hat mich zum Feuer zurückgebracht. Die Männer rauchen, Esther sitzt immer noch kerzengerade im Schneidersitz. Solange sie nicht wissen, dass ich wach bin, beobachte ich sie unauffällig. Lew zieht an der Zigarette und legt dann die Hand, die sie hält, auf dem schweren Buch neben sich ab. Sein Blick ist tieftraurig. Mir schießt der Gedanke durch den Kopf, dass meine Augen wahrscheinlich nicht dasselbe sehen wie seine. Dass unsere Wahrnehmung sich auf eine Weise unterscheidet, die nicht messbar ist, nicht einmal für uns Zoologen.

»Seht nur, sie ist wach!«

Esther gehört zu den Menschen, die immer mit demselben Ton sprechen, bei Tag und bei Nacht. Vergnügt legt sie mir die Hand auf die Schulter.

»Wovor hast du solche Angst?«

»Ich habe keine Angst«, sage ich erstaunt.

»Brauchst du auch nicht. Aber kooperieren musst du schon. Für mich ist es auch nicht einfach.«

»Ich verstehe dich nicht.«

»Warte«, sagt sie freundlich. Dann geschieht etwas sehr Seltsames. Sie fährt sich mit den Fingern über die Schläfe und holt mit dem Lächeln eines Zauberers ein ganzes Ohr zum Vorschein. Makellos und hellrosa liegt es in ihrer Hand.

»Siehst du?«

Sie zeigt auf die Stelle, wo das Ohr war. Die Haut ist glatt wie der Boden eines ausgetrockneten Tümpels, aber rechts und links der Vertiefung ragen zwei kleine silberne Knöpfe heraus. An ihnen klickt sie das Ohr wieder fest.

»Bitte sehr. Ich kann ganz normal damit hören. Und dann das noch.«

Jetzt muss ich mir ihren Oberarm ansehen, auf dem eine grobe, ganz schwarze Tätowierung prangt. Sie soll einen Fisch darstellen. Das passt nicht zu ihr.

»Mein Seelentier. Der Haifisch symbolisiert den Überlebenstrieb. Wenn ich mich mal unsicher fühle, streiche ich darüber, und dann geht es vorbei. Fühl mal.«

Die Haut unter der Tinte ist nicht glatt, sondern buckelig. Gespannt schauen Lew und Dimka von der anderen Seite des Feuers zu mir herüber. Hier wird alles Mögliche von mir erwartet, und nur von mir. Es ist Zeit, über Fluchtmöglichkeiten nachzudenken. Ich könnte Plow satteln, aber dann holen sie mich ein. Ich könnte den Angeblichen Popen anrufen, damit er mich abholt, aber er wird sich zu ihnen ans Feuer setzen und mitmachen wollen. Vielleicht hat Dimka seinen Autoschlüssel auf den Küchentisch gelegt und ich kann sein Auto nehmen.

»Nicht schlecht, oder?«, sagt Esther zufrieden. »Ich wollte die Narbe ganz und gar bedeckt haben. Nicht, weil ich mich schäme, sondern, um sie in etwas Schönes zu verwandeln. Es hat mir noch sehr lange wehgetan, weißt du? Nachts bin ich von meinen eigenen Schreien aufgewacht. In der Dunkelheit habe ich wieder gespürt, wie die Bärin meinen Arm im Maul hatte. Keiner glaubt mir, aber ich habe wirklich gehört, wie die Oberhaut geplatzt ist, bevor ihre Zähne tiefer ins Fleisch drangen. So ist das. Zuerst spürst du, wie die Haut nachgibt, dann knackt es, und danach geht es von selber weiter bis auf den Knochen. Wahrscheinlich ist Blut eine Art Schmieröl bei so einem Biss. ›Wir werden auch gefressen, solange wir leben, und erst recht, wenn wir tot sind!‹ Weißt du noch, dass du das gesagt hast, Nadja?«

Lachend krempelt sie den Ärmel wieder hinunter. Danach greift sie zur Teekanne und schenkt mir wieder ein.

»Austrinken«, sagt Dimka, »bis zum letzten Tropfen.«

Vielleicht steckt sein Schlüssel ja im Zündschloss. Ich weiß nicht einmal, ob ich überhaupt noch Auto fahren kann.

»Ob das so schlau ist?«, fragt Lew plötzlich. »Sie hat Wodka getrunken.«

»Ebendeshalb«, sagt Dimka, »sie muss doppelt ausgenüchtert werden. Erst muss der Wodka weg, dann die Fabeln.«

Esther mischt sich nicht in den russischen Wortwechsel, sie ist in ihr hell leuchtendes Handy vertieft. Nach einer Weile drückt sie es mir in die Hand. Ich tippe auf das schwarze Display, das Bild eines Mädchens erscheint. Die Farben gleißen so grell, dass es mir in den Augen wehtut. Das Kind, im Stil meiner Urgroßmutter aus Tobolsk gekleidet, steht kerzengerade, die kniebestrumpften Beine durchgedrückt und die Arme vor dem rotsamtenen Leibchen verschränkt. Nur ihre Zöpfe passen nicht ins Bild.

»Vera. Wir haben sie Vera genannt. Sie ist jetzt acht.«

Mit Daumen und Zeigefinger vergrößert sie das Gesichtchen. Lächelnd schürzt das Kind die Lippe unter ihren Hasenzähnen, sieht mit einem lieben Blick zu ihrer Mutter hinter der Kamera. Ich glaube, ich muss weinen.

»Hey, es ist schon okay«, sagt sie und streicht mir über den Arm. »Verstehst du jetzt? Der Angriff hat mir den Spirit für dieses Wunder gegeben. Aus etwas Grausamem ist etwas Wundervolles entstanden. Ich bin gekommen, um es zum Abschluss zu bringen. Ich werfe dir nichts vor. Vergeben, aber nicht vergessen.«

Sie ist ganz dicht bei mir, ich kann die Härchen zwischen ihren Augenbrauen sehen. Wenn ich den Autoschlüssel habe, muss ich Bamscha mitnehmen. Ohne Bamscha gehe ich nicht weg. Ich könnte auch sagen, ich gehe mit ihr spazieren, dann käme mir keiner hinterher. Früher konnte ich in ruhigem Tempo fünfzig Kilometer am Stück gehen.

Vergeben, aber nicht vergessen. Je öfter ich es mir vorsage, desto bedrohlicher klingt es. Vielleicht will Esther betonen, dass sie auch über die Tugend der Gnade verfügt. Wen würde es wundern? Alles ist ihr in den Schoß gefallen. Zuerst einmal war sie reizend, wurde nie von Einsamkeit erfasst, Kummer blieb ihr fern: Dann haben die Leute einen einfach gern. Sie hat sich eine gönnerhafte Haltung zugelegt wie einen luxuriösen Mantel, und sie steht ihr gut. Das Missverständnis ist bloß, dass sie sie für natürlich hält, natürlicher als Groll, Wut oder Missgunst. Jeder Depp weiß, dass die Natur nicht gnädig ist und sich auch nicht beherrscht; bestenfalls ist sie gleichgültig. Die Natur schmetterte einen ihrer treuesten Liebhaber samt Kajak gegen die Felsen und sah ruhig plätschernd zu, wie er sich mit seinem zertrümmerten Körper dem Tod entgegenschleppte.

»Sie vergibt dir, dass du nichts getan hast«, erklärt Dimka. »Dass du abgehauen bist, wie immer.«

»Pst«, beschwichtigt Lew.

»Stimmt das etwa nicht? Sie ist immer weggegangen, und wenn sie zurückkam, hatte sie ein glückliches Ende bei sich. Hier, für euch, aber ihr müsst fröhlich sein!«

Sei froh, denke ich. Wenn es nach mir ginge, würde es jetzt

auch ein gutes Ende nehmen. Ein liebes, langes und glückliches, und einen Gutenachtkuss obendrein.

»Für ein Kind ist das schön«, spricht Dimka weiter, als hätte er meine Gedanken gelesen. »Ein Kind bewundert den Geschichtenerzähler, seinen Herrn und Meister in Sachen Unsinn. Aber für einen Erwachsenen ist das nichts. Irgendwann hing es mir zum Hals raus.«

Mit der Zigarette im Mundwinkel blättert er die Buchseiten wieder um, so hastig, dass er sich schneidet. Ich habs, sagt er und dreht das Buch zu mir.

Wann kommt der Abspann dieser Vorstellung in Sicht? Nicht umsonst haben wir den Fernseher nie repariert. Nicht umsonst bewahren Lew und ich unsere Fotos in einer unordentlichen Schublade. Die einzigen Bilder, an denen uns etwas liegt, sind acht kleine Fenster voller Jahreszeiten. Meine Augen haben genug gegessen, wollen sich zur Seite fallen lassen wie ein Löwe im Gras. Gib mir lieber ein Geräusch, Lokführer. Oder noch lieber: dein Wort. Bilder verschwimmen im Schmutz von Scheiben und Erinnerungen, Versprechen hallen weiter, immer deutlicher, wie das Fiepen, das man hört, bevor man taub wird. Welche Strecke fährst du jetzt? Du siehst dieselbe Nacht wie ich, also führst du wohl auch Selbstgespräche, wie ich.

Es stimmt, ich habe dieses Foto gemacht. Aber in Wirklichkeit sah alles anders aus. Zuerst einmal ragen die Bäume bis in den Himmel auf ihren dünnen langen Stelzen wie Straußenvögel, ich kenne sie gut, ihre Kronen fangen meistens dort an, wo die Sonne steht. Das linke Foto ist zwar ganzseitig abgedruckt, aber trotzdem nicht groß genug, um all ihre schönen grünen und roten Kronen darauf unterzubringen. Im Wald hat sich die Sonne fast überall hingelegt, auf die Rückseite einiger Stämme und ganz unten beim Farn, aber dort, wo Gras anfängt, scheint sie so grell, dass es aussieht, als wäre die ganze Wiese verschneit und die Picknickdecke würde darüber schweben. Auf der Decke sitzt Esther. Sie gibt einem Bärenjungen, das schon zu groß dafür ist, das Fläschchen. Es hat sich in ihrem Arm zurückgelehnt, aber sie muss es mit dem Knie abstützen. Im Vordergrund erkenne ich die Pfannkuchen, die ich gebacken hatte. Es sind nicht so viele wie in meiner Erinnerung; vielleicht hatten wir doch schon welche gegessen. Esther trägt eine Sonnenbrille und lächelt breit; so ein Lächeln, bei dessen Anblick man von selbst auch anfängt zu lächeln. Es ist ein gutes Foto, schade, dass die Bäume nicht ordentlich drauf sind. Ich halte das Buch näher ans Feuer, um zu sehen, ob ich auch den Schornstein unseres Hauses erkennen kann. Aber ich sehe etwas anderes.

Der große Fleck hinten im Wald ist ein Bär, ein gedrungenes Weibchen. Sie ist auf dem weichen Nadelboden unter den Bäumen stehen geblieben, den Kopf etwas tiefer als den Widerrist. Das Foto ist zu unscharf, um ihre Augen zu erkennen, aber sie blickt eindeutig in unsere Richtung. Sie muss eine Menge gerochen haben. Dampfende Pfannkuchen, warme Marmelade, Milch, den jungen Bären. Aber Bären sind keine Elefanten; sie kümmern sich nicht um die Kleinen der anderen. Auf dem linken Bild beträgt der Abstand, der sie von Esther trennt, etwa dreißig Meter. Auf dem rechten keine zwanzig mehr. Das letzte Foto ist verwackelt. Plötzlich rieche ich wieder die frischen Haufen und Haarbüschel, die Lydia und ich am Abend vorher gefunden hatten. Nasser Hund mit Paprikapulver, so würde ich den Geruch beschreiben.

»Die Fotos sind so still, findest du nicht?«, sagt Esther leise. »Weißt du noch, wie die kleinen Bären gekichert haben beim Milchtrinken? Diese zufriedenen Geräusche, das war das Letzte, was ich gehört habe, bevor mir das Ohr abgerissen wurde. Ich weiß bis heute nicht, welcher der beiden es war. Es ging so schnell. Auf diesem Foto sieht man, dass die Bärin immer wieder stehen geblieben ist. Sie hat gezögert, auf halbem Weg aber eine Entscheidung getroffen, glaubst du nicht?«

Mein Atem stockt hörbar, sie wartet nicht auf meine Antwort.

»Ich habe es schnüffeln hören, laut und leise, ganz liebe Geräusche eigentlich. Aber gleichzeitig war da dieser elementare Schmerz. Zusammen mit dem Blut muss ein Schrei aus mir herausgebrochen sein. Da hat das Biest kehrtgemacht. Vielleicht glaubte sie, das Junge würde ihr folgen, aber das tat es nicht. Hatte sich natürlich auch erschreckt. Wir konnten alle nicht klar denken, Nadja. Du hast die Kamera fallen lassen, ich dachte, du würdest Hilfe holen. Aber du bist in die entgegengesetzte Richtung gegangen. Erst schnell, dann langsam. Wie betäubt. Ich weiß noch, dass ich dich schön fand so von hinten, dass ich dachte: Ich gehöre nicht hierher, das Blut strömt aus mir raus wie die Luft aus einem zerplatzten Luftballon, aber sie läuft stolz durch den Wald, der ihr gehört. Ein seltsamer Gedanke, oder? Aber so hat es sich angefühlt. Wie eine kaputte Plastiktüte bin ich in eurem schönen Wald zurückgeblieben.«

Mir wird schwindlig. Die Art Schwindel, die einen überkommt, wenn etwas nicht stimmt, und dann gibt es zwei Möglichkeiten: Kreischen vor Lachen wie ein Affe oder vor Schreck umfallen wie ein Schaf. Keins von beidem klappt.

»Wenn Bären erst mal wissen, wie menschliches Blut schmeckt, greifen sie immer wieder an«, sagt Dimka. Im Gegensatz zu seinem Vater weint er nicht. Er musste nie weinen, um seinen Willen durchzusetzen, nicht mal bei seiner Geburt. An die habe ich allerdings besonders wenig Erinnerung. Ich weiß, dass er mucksmäuschenstill blieb, als sie ihn mir am nächsten Tag nach dem Mittagessen gewickelt servierten. Käse oder Schinken? Junge oder Mädchen? Ruhig ein kleiner Junge, das hatte ich noch nicht. Der kleine Junge wusste damals schon, wie man reglos auf den richtigen Moment wartet, um die Führung zu übernehmen. Jetzt, also. Er gestikuliert ein bisschen, aber nur, um sein Englisch zu verdeutlichen. Esther hängt ihm an den Lippen.

»Natürlich war es dieselbe Bärin«, sagt er. »Vor dir ist sie weggerannt, aber dann, das Blut noch auf der Zunge, kam Lydia ihr in die Quere. Die wollte gerade zum Picknick, wir sollten später dazukommen. Bei ihr genügte ein Tatzenhieb. Patsch, Volltreffer. Ihre Halsschlagader. Später sagten die Ärzte, sie hätte auch einen Schlag auf den Kopf bekommen, also war sie wahrscheinlich ohnmächtig, als sie anfing zu bluten. Als ich sie fand, sah sie aus wie ein Blatt Papier. Ihre Haut war leer. Der Wald war knochentrocken, aber da, wo sie lag, waren die Tannennadeln nass. Ich war zu jung für diesen Anblick, glaube ich. Stimmt, ich kam gerade von der Armee wieder, es gab eine Menge Soldaten in meinem Alter, die den Horror in Tschetschenien gesehen hatten, aber das hier war nicht normal. Es war *crazy* Horror. Und als ihr dann weg wart, du und Lydia, mussten wir die da noch wiederfinden. Meine Mutter. Die Polizei hat den ganzen Wald durchkämmt, Trubel, Lärm. Und sie taucht eine Woche später in der Nähe von Tschernuschki auf.

Keine Ahnung, wie sie die ganze Strecke dorthin zurückgelegt hat. Sie hätte einen Zug angehalten, sagte sie, und der hätte sie mitgenommen. Tja, da haben sie ihr dann Barbital gegeben. Seither ist sie so. Schau doch, sie versteht kein Wort.«

Lew schüttelt die ganze Zeit den Kopf, er kann nichts dafür, die Scham, die seinen Kopf in Bewegung gebracht hat, ist zu groß. Aber Dimka plappert munter weiter, als würde er einen Witz erzählen.

»Hier fahren keine Züge. Im Krieg haben die Deutschen eine Schmalspurbahn über den Fluss gebaut, den Dreh hatten sie hier gut raus. Du weißt schon: *Das Land gehört den Bauern, der Wald den Partisanen, die Straßen den Nazis und die Macht den Sowjets!* Aber 1944 sind die alle in die Luft gejagt worden. Vierzig Jahre bevor wir herkamen. *Completely crazy.*«

»Ich sollte längst weg sein.«

»Wie meinst du das?«

»Es ist fast Mitternacht.«

Als ich weggehe, schaue ich nicht zurück. Mir wird keiner folgen, außer meinen letzten Worten, die verzweifelter klangen als vorgesehen. Ein kräftiger Wind kommt auf, aber ich vertraue diesen Bäumen. Die fangen ihren Sturz gegenseitig ab.

23

Es war einmal eine Frau, die rannte, um den Zug zu erwischen.

Sie hatte gerade die Hand ihrer Tochter losgelassen, der schönsten Nymphe der Wälder zwischen Wodos und Pereslegino. Das Mädchen kam nicht mehr hinterher, denn es war von einer Schlange gebissen worden. Doch der Zahnabdruck an ihrem Bein war so groß, dass man ihn für den Biss eines Krokodils hätte halten können. Sie konnte nicht oder wollte nicht mehr weiter, denn sie hatte ihr Herz einem Giftmischer aus der großen Stadt geschenkt. Von seinem Zaubertrunk bekam sie solch schöne Träume, dass sie lieber nicht wieder aufwachte.

Der Lokführer gab das Zeichen zur Abfahrt. Die Frau rannte, so schnell sie konnte, doch der Bahnsteig war sehr lang. Und als sie endlich beim Zug angelangt war, wollte sie sehen, wo ihre Tochter blieb.

»Tus nicht«, sagte der Lokführer und zog sie hinein. »Schau nicht zurück. Die kommt schon. Die reist dir hinterher. So ist das bei der Eisenbahn: Der nächste Zug kommt immer. Versprochen.«

Doch die Frau schaute trotzdem zurück und sah, wie ihre Tochter sich in den Fängen des Giftmischers auflöste.

Du hast gut zugehört, Lokführer, obwohl du mich gar nicht hören konntest. Dazu war es zu laut im Wagenübergang. Wir drückten unsere Kippen in der dafür vorgesehenen Konservendose aus und schlichen an einem Wald von Pfeifnasen und Rasselkehlen vorbei zu deinem Abteil. Niemand wachte auf. Im gelben Licht der Leselampe schenktest du uns etwas Cola ein, gabst einen Schuss aus deinem Flachmann dazu. Wir setzten uns auf das Meer von zerwühltem Bettzeug und tranken. Du schliefst mit der Hand auf meinen Brüsten ein, den schönsten, die du je berührt hattest, sagtest du. Aber ich hatte einen Angsttraum.

Zuerst war alles nur weiß. Da wusste ich Bescheid, so fing es nämlich immer an. Wie eine Spinne klammerte sich mein Blick an die entfernteste Ecke des Zimmers, um ja nicht zu sehen, was mitten auf dem Tischwagen lag. Ich hörte wieder das Blut fließen. Doch diesmal waren es drei. Drei abgetrennte Hundeköpfe, die hechelnd auf einem Servierwagen lagen, ein kompliziertes System von Schläuchen verband sie mit demselben Behälter. Man konnte sie nicht auseinanderhalten, als stammten sie von ein und demselben Hund.

»Und das ist auch gut so«, sagte der linke Kopf und öffnete die Augen einen glühenden Spalt, »wir waren der berühmte Kerberos, der Wachhund der Unterwelt. Sieh genau hin, das sind keine Gummischläuche.«

Tatsächlich wimmelte es an ihren durchtrennten Kehlen von großen und kleinen Adern, die um das Blut rangen.

»Ich würde dir gern eine Geschichte erzählen«, fuhr der mittlere Kopf fort, »hast du Zeit?«

Es war einmal eine Frau, die rannte, um den Zug zu erwischen. Eine Hexe hatte sie von zu Hause vertrieben. Eine gutaussehende, freundliche Hexe, die es auf ihren Mann abgesehen hatte. Die Frau kannte den Wald wie ihre Westentasche, doch die Hexe hatte ihr einen Trunk gegeben, und so verirrte sie sich. Dann begann es auch noch zu regnen und zu donnern. Sie kam zu einem derart glitschigen und abschüssigen Pfad, dass sie ausrutschte und in die Tiefe stürzte. Zum Glück bremste eine wuchernde Baumwurzel ihren Fall.

»Komm mit«, sagte die Wurzel, »folge mir. Hinter meiner Rinde wirst du wenigstens im Trockenen sein.«

Die Wurzel führte die Frau zu einer hohlen Eiche und verflocht sich mit ihren Fingern, damit sie sicher hinabsteigen konnte. Doch als sie unten ankam, war da schon jemand. Ein alter Soldat aus dem Großen Vaterländischen Krieg. Er fror so sehr, dass er vollkommen farblos geworden war, sogar der Stoff seiner Uniform. Und er hatte keine einzige Auszeichnung, obwohl er doch eindeutig gekämpft hatte.

»Da bist du ja endlich«, sagte er mit einem unbestimmten Lächeln, »hast du meinen Mantel mitgebracht?«

»Nein«, sagte die Frau, die ihn dann erst erkannte. »Der hängt noch an der Garderobe in der Datscha.«

Er bedeutete ihr weiterzugehen. »Sie sind hinter dieser Tür, machen große Augen. Aber versprich dir nicht zu viel davon. Die Kisten, auf denen sie sitzen, sind leer bis auf ein paar Kopeken, damit kommt man heutzutage nicht weit.«

Als sie die Tür öffnete, sah sie tatsächlich Riesenviecher auf Geldtruhen sitzen. Der erste Hund hatte Augen so groß wie Untertassen, die des zweiten waren zweifellos größer als Mühlräder, und dem dritten fielen sie ständig zu, weil sie so groß und schwer waren. Der führte dann auch das Wort, mit einer Stimme, wie man sie bei einem so großen Tier erwartete.

»Hör nicht auf diesen Mann, sondern auf mich«, sprach er. »Wir Hunde schnappen alles auf, was euch entgeht. Wir sind im Bilde. Wir wissen, was ihr angerichtet habt. In diesem Quartär habt ihr fast sämtliche Säugetiere verloren. Diese Überheblichkeit! Diese Überheblichkeit!«

Knurrend pflichteten ihm die beiden anderen bei. Überheblichkeit, das war das Wort, das ihnen die ganze Zeit auf der Zunge gelegen hatte.

»Mit diesen Götter-Männchen in den Heiligen Büchern, in denen die Tiere für ein paar kurze Verse die Rolle von Futter und Sklaven zugeteilt bekommen, hat das Elend erst angefangen. Dabei weiß doch jeder, dass Gott selbst ein Tier war. Ein großes und gutmütiges Gottestier, das war er.«

»Warum sprichst du in der Vergangenheit?«, fragte die Frau.

Der Hund betrachtete gelangweilt seine Krallen. »Ganz einfach«, antwortete er. »Weil ihr ihn ausgerottet habt. So macht ihr das nun mal mit Tieren. Setze dich hin und hör mir zu, dann erzähle ich weiter.«

Es war einmal eine Frau, die rannte, um den Zug zu erwischen.

Sie musste erst durch einen großen, dunklen Wald, doch dort halfen ihr zum Glück viele Tiere. Die Fledermäuse zeigten ihr den Weg, und es gab ein kleines Zicklein mit goldenem Fell, das im Dunkeln leuchtete. Ein Hund ging ihr voran, damit sie nicht stolperte, und ein Rabe flog über ihrem Kopf, um sie vor tiefhängenden Zweigen zu schützen. Und als sie zu müde war, um weiterzurennen, kam ein Pferd aus dem Gebüsch gesprungen und nahm sie auf seinen Rücken. Nach einer ganzen Weile gelangten sie an einen Fluss. Das Wasser war violett wie sibirischer Turmalin, und in der Mitte stand ein Männlein in einem Boot. Es hielt einen Stock in den Händen, der von tief unten bis oben in den Himmel reichte, mit ihm stakte er das Boot voran. Die Tiere trauten der Sache nicht. Komm zurück, riefen sie, hier geht es nicht mit rechten Dingen zu, hier riecht es nach Tod. Das Pferd stieg sogar, doch die Frau hörte nicht auf die Tiere, sie sprang ab und redete mit dem Männlein.

»Wissen Sie vielleicht, wo der Zug abfährt?«

»Das hängt davon ab, welchen Sie meinen.«

»Ich bin mit dem Lokführer verabredet«, erklärte die Frau.

»Doch nicht mit dem ›Großen Lokführer in der Lokomotive der Geschichte‹?«

Und das Männlein brach in dröhnendes Gelächter aus. Man musste vor langer Zeit im größten Land der Welt gelebt haben, um seinen Witz zu verstehen.

»Sind Sie denn selbst der Meinung, dass die Zeit für Sie gekommen ist?«, fragte er. »Dann kann ich Ihnen nämlich weiterhelfen.«

Und er brachte das Boot noch ein paar Meter näher ans Ufer. »Gib acht«, flüsterten die Fledermäuse der Frau zu, »bleib auf dieser Seite. Wenn du auch nur einen Schritt ins Wasser tust, kommst du nie mehr zurück.«

»Ich bin zu spät«, sagte die Frau, »in einer Viertelstunde ist es Mitternacht.«

Das Zicklein sprang am Ufer hin und her und schüttelte sein schimmerndes Fell, in der Hoffnung, den Fährmann zu blenden. Doch ohne Erfolg, der legte die Entfernung mit geisterhafter Geschwindigkeit zurück.

»Ihr könnt ganz beruhigt sein«, sagte er zu den Tieren, »die Zeit ist noch nicht gekommen. Jedenfalls nicht für sie.«

Und schon sprang er ans Ufer. Er hatte sich verändert, sah die Frau. Seine Nase war nicht mehr flach, und seine Tätowierungen waren viel schöner, wie mit der kostbarsten Tinte der Welt frisch gestochen. Und es waren keine Schiffe oder Kuppeln, sondern mythologische Wesen, die zwinkerten, wenn man genau hinsah.

»Geh doch zurück nach Hause«, sagte der Mann, »dein Angetrauter und dein Sohn erwarten dich. Du wirst ihnen furchtbar fehlen, wenn du nicht zurückkommst.«

»Mein Haus ist von einer Hexe besessen«, sagte die Frau, »da ist kein Platz mehr für mich.«

Der Fährmann nickte, das leuchtete ihm ein. In dieser Gegend hatte man seit Jahrhunderten unter Hexen zu leiden, großen und kleinen, dicken und dünnen, aber keine hatte dem Land etwas Vernünftiges gebracht.

»Gut, dann komm mit.«

»Ich zweifle«, sagte die Frau.

»Zweifel ist gut. Selbst Gott zweifelt, wie jeder gute Künstler. Nur Tyrannen zweifeln nicht. Tyrannen sind nicht kreativ. Ihnen fehlt der Humor, um eine Welt wie diese zu erschaffen.«

Und mit einer galanten Verbeugung wollte er ihr ins Boot helfen. Doch da brach der Himmel kurz auf, als hätte die Sonne sich geirrt. Es wurde hell und wieder dunkel, es donnerte und blitzte, und alle Schnecken machten einen Spaziergang im Freien. Doch es wurde nicht mehr Tag, und in der Ferne fuhr der Zug vorbei, ohne sein Tempo zu verringern.

Warte auf mich, Lokführer. Es ist kalt, und heute Nacht ist es so dunkel. Weißt du noch, was du gesagt hast, als wir uns in den Armen lagen? »Wo mein Atem aufhört, fängt deiner an.« Doch als ich morgens wach wurde, warst du weit von mir entfernt. Du hattest deine Uniform wieder an und sahst aus dem Fenster auf die vorbeiflitzenden Masten. Wir passierten eine Buche auf einer Weide. Veras Lieblingsbaum. Ich wollte nicht ohne sie nach Hause zurück. Ich hoffte, es käme nie mehr ein Bahnhof, doch wir mussten halten.

Jetzt habe ich keinen Atem mehr, Lokführer, und wo ist deiner? Wenn ich es schaffen will, muss ich immer weiterrennen. Ich höre dich nur, wenn der Wind sich legt. Bist du noch da?

Oder bin ich allein?

Ich verstehe dich nicht.

Eben war da ein grelles Licht zwischen den Bäumen, ich hoffte, es wären die Scheinwerfer deiner Lokomotive, doch das Licht ist wieder verschwunden.

Wer ist da?

Stimmt es, dass das *Jenseits*, das ganze Jenseits, in diesem Leben enthalten ist?

Ist jeder von uns allein?

Nein, da ist doch etwas.

Hörst du das? Ein sehr tiefer Ton, höchstens zehn Hertz. Nicht fürs menschliche Ohr geeignet. Alles wartet – Bäume, Wolken, Mond –, weil mir etwas Riesiges, Samtpfotiges auf den Fersen ist. Spürst du das? Ein Bär ist es nicht, seine Schritte sind viel länger, bestimmt an die zwei Meter. Es hat nichts Böses im Sinn. Wir verringern unser Tempo, Sand stiebt unter unseren Fußballen auf. Es keucht noch heftiger als ich, sein langes Fell kommt wieder zur Ruhe. Ich drehe mich um.

»Es gibt dich also wirklich.«

Er hebt den kolossalen Kopf, wiegt den Rüssel. Ich weiche den Stoßzähnen aus und lege das Ohr an seinen warmen Herzschlag. Riechst du das? Es riecht hier nach Pleistozän. Da drinnen schwingt es noch ein bisschen nach, dann sinkt der Ton wie ein Tiefenlot durch den Waldboden hinab.